内蒙古文学重点作品创作扶持工程

红城时代

路 远◎著

第一部 【水与火】

远方出版社

图书在版编目（CIP）数据

红城时代 / 路远著. -- 呼和浩特 ： 远方出版社，
2023.6

ISBN 978-7-5555-1687-3

Ⅰ．①红… Ⅱ．①路… Ⅲ．①长篇小说 – 中国 – 当代
Ⅳ．① I247.5

中国国家版本馆 CIP 数据核字（2023）第 076603 号

红城时代
HONGCHENG SHIDAI

著　　者	路　远	
责任编辑	蔺　洁	
封面设计	李鸣真	
版式设计	韩　芳	
扉页题字	邓九刚	
出版发行	远方出版社	
社　　址	呼和浩特市乌兰察布东路 666 号　　邮编 010010	
电　　话	（0471）2236473 总编室　2236460 发行部	
经　　销	新华书店	
印　　刷	内蒙古爱信达教育印务有限责任公司	
开　　本	787 毫米 × 1092 毫米　1/16	
字　　数	352 千	
印　　张	26	
版　　次	2023 年 6 月第 1 版	
印　　次	2023 年 6 月第 1 次印刷	
标准书号	ISBN 978-7-5555-1687-3	
定　　价	36.00 元	

序 言

内蒙古位于祖国北疆，广袤无垠的草原、葳蕤茂密的森林、浩瀚辽远的大漠、纵横千里的阴山组成内蒙古多姿多彩的地理风貌。千百年来，各族人民在此繁衍、生息，丰富着"绵历之久，镕凝之广"的中华文化。文学传承，生生不息。源远流长的内蒙古文学，在牧野上传唱，在群山中回响，点亮了祖国北疆一盏盏温暖的生命明灯。

进入新时代，在习近平新时代中国特色社会主义思想的指引下，内蒙古文学工作者坚持深入生活，扎根人民，把澎湃的现实生活、昂扬的时代精神、丰盛的经验和情感提炼造型。人、生活、岁月在他们笔下是砥砺行进的历史，是绵厚的家国之爱，是浓烈的人间烟火。一批批贴近时代、贴近人民、贴近大地的现实题材作品带着生活之感、时代之悟和人民之思传向全国。

为进一步加强文学的组织化程度，推出更多高品位的优秀作品，培养更多高素质的文学人才，内蒙古自治区党委宣传部牵头，内蒙古文联、内蒙古作协组织推进"内蒙古文学重点作品创作扶持工程"，汇集内蒙古众多优秀作家作品，努力推动内蒙古文学事业繁荣发展。

该工程坚持以精品奉献人民，在宽广的世界视野中描绘中华民族精神图谱，有121部作品入选，已出版作品53部（57册），部分作品荣获鲁迅文学奖、全国少数民族文学创作"骏马奖"、全国精神文明建设"五个一工程"奖、内蒙古自治区文学创作"索龙嘎"奖、内蒙古自治区精神文明建设"五个一工程"奖等，为满足人民文化需求、增强人民精神力量做出积极贡献。

伴随习近平总书记代表党和人民的庄严宣告，中国人民踏上了实现第二个百年奋斗目标的新征程。内蒙古大地焕发出前所未有的活力，人民创造历史的伟大实践为文学提供了丰沛的源泉和广阔的天地。讲好内蒙古故事，发出富有影响力和感染力的声音，创作出不负时代、不负人民的优秀作品，这是一个作家的光荣与梦想，也是推动内蒙古文艺蓬勃发展，汇聚建设亮丽内蒙古的精神力量。

"内蒙古文学重点作品创作扶持工程"入选作品，以无数真切的、鲜活的声音，书写着属于这个时代的、有质地的、有温度的内蒙古故事。这些作品从内蒙古脱贫攻坚的现实课题中来，从当代内蒙古的发展进步和人们的精彩生活中来，以体现精神高度、文化内涵和艺术价值相统一的书写，为无数创造历史的人们立传。

　　破浪前行风正劲，奋楫扬帆正当时。衷心希望内蒙古文学工作者以深邃的历史眼光和宏阔的现实视野，倾听内蒙古从历史走向现在、走向未来的脚步声，创作一批见历史之大势、发时代之先声的优秀作品，展现新时代中国共产党和中国人民再创中华文化新辉煌、书写中华民族新史诗的文化自信和历史雄心；希望内蒙古文学工作者更加珍爱文学、诚实写作，记录内蒙古人民在建设美好内蒙古的奋斗姿态，把新的灵魂、新的梦想注入文学，努力为铿锵内蒙古书写新时代的史诗。

　　薪火传承，旗帜高扬。在习近平新时代中国特色社会主义思想的指引下，期待内蒙古文学工作者担当使命，以浩瀚的文学弘扬蒙古马精神，展示内蒙古文学弦歌不辍、日新又新的文化活力；期待更多的读者在文学世界中感受辽阔大地上的人文情怀，感受内蒙古文学的独特魅力；期待内蒙古文学在中华文学版图上绽放出绚烂的光辉。

内蒙古文联党组书记、主席　冀晓青

书中人物表

主要人物：

噶　拉　　蒙古族，牧马人的儿子，后成长为革命战士。

小　愚　　汉族，姓水，原名水小鱼，后改名水小愚。

奥　蕾　　满族，小亲王的养女，人称九格格，出身贵族世家。

列　娜　　女猎手，噶拉的战友。

珍　珠　　蒙古族，梅林夫人玛瑙的女儿。

水家：

水承舟　　江南造船厂董事长，号称"江南船王"。

水夫人　　小愚之母。

水海洋　　水家长子，小愚之兄。

陶家：

陶　宽　　汉族，人称陶二爷，江南大富商。

陶夫人　　陶大可之母。

陶大可　　陶家长子，小愚的初恋情人，中国共产党党员。

陶乐然　　陶大可之妹。

1

沈家：

沈亦武　　政界要员，在南京政府任职。

沈　康　　沈家大公子，后加入汪伪特务组织。

沈　静　　沈家女儿，后参加革命。

其他人物：

鲁　尼　　鄂温克族，列娜的弟弟。

奕　昕　　满族，爱新觉罗氏，人称小亲王。

萧　平　　中国共产党党员。

阿　穆　　中国共产党党员。

杜　林　　日本驻北平领事馆翻译。

田美惠　　北平大美药房店员。

伊堂修一　　北平大美药房老板。

北原仓介　　日本教官。

郝　嘉　　上海进步女学生。

杨　非　　上海法租界巡捕房的巡捕，绰号"鬼难缠"。

黑　川　　日本黑龙会首领头满山的侄儿。

东　哥　　川岛东珍。

玛　瑙　　蒙古族，伊荷梅林的夫人，珍珠之母。

香　柏　　蒙古族，王爷的大福晋，玛瑙的姨姐。

宝　荣　　蒙古族，噶拉之母。

南　迪　　香柏之子，红色活佛。

谢尔盖·彼德罗维奇　　共产国际派到东北的特派员，大家都叫他老谢。

小松原将军　　日本军中顶尖的苏联问题专家。

野　村　　日本学生，后为日本军人。

王德保　　东北军司务长。

中　村　　中村震太郎，日本间谍。

关团长　　关玉衡，东北军军官。

李铁强　　上海工人。

陈二喜　　上海工人。

瘦猴小秃　　游击队员。

王大鼻子　　游击队员。

动物：

银色闪电　　银色斑点马。

雪　兔　　纯白色马。

流　星　　金雕。

风之影　　黑狼。

目 录

第一章

兴安镇

1.

当他睁开眼睛的时候，天依然黑着，四周沉重的夜色压得他几乎喘不过气来。过了好半天他才弄明白，原来，他喘不过气来的原因是他的胸口处压着一具尸体，说得更确切些，是压着一具尸体的一条大腿。他吃力地将那条冰冷的腿移开，这样，一下子就舒服了许多。至于那具尸体是属于敌方的还是我方的，他根本不去想。

天上的星辰也明亮了许多。他想坐起来，但是力不从心，躯体里所有的力量像泄了气的皮球，气早已经跑光了，只剩下干瘪的躯壳。

他很快就弄清了原因——小肚子被炸弹的碎片划伤了，鲜血从那伤口处涌出来，很快在军装上结成厚厚的血痂。虽然现在血流得比较慢了，但依然不屈不挠地渗透出来，将那件崭新的军装洇湿了好大一片。血带走了体内的精力，这就是他无力坐起来的原因。

"难道我要死了吗？"

这个念头犹如寒夜中的冷风一般渗进他的骨髓里。他有些悲哀地想："毕竟我才刚满二十岁，这应该是人生中最美好的年华，就这样无声无息地消失了，心有不甘啊！"

又过了好一会儿，似乎从天边浮现出一丝微弱的曙色。正是那一抹并不很清晰的光，使得大地渐渐变得模糊可辨，草原的轮廓也渐渐浮现出来。这时草原还像一枚湿漉漉的水蛋，正在变得清晰。他再次意识到自己的虚弱，忍不住从心底发出一阵悲鸣："看来，我真的要死啦！"

枪声和炮声早已经停歇。大地笼罩着死一般的沉寂。恰恰是这种沉寂令他害怕——这难道不是死一般的寂静吗？昏迷前的一瞬间，那枪炮声是何等的激烈，简直就是震耳欲聋。那种壮观让所有的生命都黯然失色。似乎身边所有的土地都被炮火耕耘了一遍，从空中落下的不是雨，更不是雪，而是大块大块的土块和锋利狰狞的炮弹碎片，还有支离破碎的尸块，有时是一只手，有时是一条腿……

沉静中他能听得到自己的心跳声。附近，密密麻麻的几乎都是尸体。无数的尸体交叠在一起，根本分不出是敌是友。血都是一样的红、一样的浓，流出来交融在一起，任何人都无法分辨出哪一片是敌人的鲜血，哪一片是战友的鲜血。空气中膨胀着火药中硫黄的味道，这味道渗透进了天空和大地以及那些尸体里，一直渗透进他的心房，令他感到窒息而眩晕。

他努力回忆着："这是哪里？我为什么会躺在这片死一般沉寂的战场上？"

还有："我是谁？"

终于想了起来——这是八月，草原上的黄金季节。这是在白狼峰北面的黑鹰河，"铁血军团"配合日军偷袭南野营，东北抗日联军在这片草原上与日寇展开了一场血战……

想起来了——他成功地策划了"铁血军团"弟兄们起义，掉转枪口，痛击日寇，成功地掩护南野营基地的大部队撤退到西岸的北野营……

想起来了——他的名字叫噶拉。

天亮好像是在一瞬间完成的，东方的红日犹如分娩的婴儿突然冒出了头，发出一声清脆娇弱的啼哭，天地间万物都被这声音惊醒了。

这时他清楚地听到了马嘶声和马蹄声，还有一串日本话。他吃力地抬起胳膊，揉了揉被污血模糊了的眼睛，眼前一下明亮起来。山坡向下延伸着，远处是老哈河吗？从那个方向驰来一队骑兵，正在朝山坡上走过来。他们边走边检查战场，对那些没死的抗联士兵补上几枪。枪声在黎明的空气中嘶吼着，十分刺耳。他们越来越近。现在，已经可以清楚地看见马蹄子上的皮毛了——马腿很细很长，黑色的皮毛光滑油亮。他想把自己藏在尸体堆里，但他根本无力爬动，只能眼巴巴看着那几条马腿朝他踏了过来，几乎就要踩在他的脑门上了。目光慢慢朝上面移动：马肚子旁边是一只擦拭得很黑很亮的马靴，靴子上沾着一片鲜血；骑马人马裤的上半部分可笑地鼓胀起来，像充了气的气球；腰间的武装带扎得很紧，一把三八大盖枪很不标准地举在胸前；头上的钢盔歪斜地戴着，脸上是一种惊慌失措的神情……种种迹象表明，来人和他一样，也是一个初次上战场的新兵蛋子。

那日本兵的目光落在噶拉身上，顿时被焊牢般不动了，他的嘴巴张得很大，吃惊地盯着噶拉看，仿佛噶拉是一个可怕的怪物。噶拉突然觉得这个日本兵有些面熟，可一时就是想不起在哪儿见过他。日本兵又走近了些，刺刀尖已经抵在了噶拉的咽喉上，噶拉感到那不是锋利的钢铁，而是一块寒冷的冰。

日本兵俯下身子盯着噶拉狂笑起来，吐出一串清晰的蒙古话来：

"噶拉你这个小流氓，用你们的话来说，这是不是叫作苍天有眼？还是按照浅见先生教给我们的成语来说——冤家路窄，更为准确呢？"

噶拉的大脑里瞬间闪过一道白光——野村！

野村突然间高兴得像个孩子似的，把刺刀从噶拉的咽喉处挪开，对准他裸露的肩膀，狠狠地扎了下去。噶拉觉得肩膀顿时热辣辣的，似乎有一条细长的虫子在蠕动，他知道那是他的血流成了一条线。野村将刺刀挪到他的大腿处，准备刺入第二刀。

噶拉闭上了眼睛。他倒不怕刺刀戳进身体，反正自己也快要死了，多一刀少一刀也无所谓，只是，死在野村的刀下他有些不甘心，自己与他的恩怨不能就这样结束呀！

奇迹就是在那一瞬间发生的———道黑光一闪，一匹黑狼不知从什么地方闪电般扑过来，锋利的狼牙准确地咬在野村脖子的气管处。它的头扬起来，狼牙撕破了野村的气管。野村几乎没有来得及哼一声就重重地倒下了，倒在了噶拉的身边。

"风之影？是我的风之影！"

噶拉歪头看着倒在自己身边的野村，只见他的眼睛瞪得很大，嘴角还保持着那个讥讽的笑容。回头寻找，却早已经不见了那匹黑狼的影子……

2.

日语课。

外聘的日语老师浅见先生喜欢把金丝边眼镜往下拉一点儿，让目光从眼镜框的上边射出来，盯着被他提问的学生。他不喜欢站在讲台上，喜欢在桌子的缝隙间走来走去，这样，他就能清楚地知道谁在用功而谁在偷懒了。

噶拉最不喜欢上的就是日语课，整个一上午都在打盹儿，眼皮沉重得像一座大山压下来，几次努力睁开又落下。在他模糊的视线中，浅见老师走来走去的样子很像一只大跳兔儿。他坐在最后一排，当浅见老师走到他身边时，他一个激灵，急忙捧起课本，假装认真地读着上面的平假名，其实嘴里也不知道在念叨些什么。

"噶拉，请你站起来，到讲台上来，把刚才学的这一段再念一遍吧。"浅见老师用客气的语调对噶拉说，但那客气中分明透露着一种不客气。

噶拉结结巴巴地读了起来，惹得同学们一阵哄堂大笑。他们不是在笑他的朗读，而是笑他的裤子——他的裤子不知什么时候被扯破了，正是屁股的位置。他走上讲台的时候，那个破洞正好朝着全体同学。

笑得最凶的是坐在前面的那几个日本学生，他们戴着清一色的学生帽——是那种硬壳有着短短黑帽檐的帽子，那是水兵们喜欢戴的军帽。他们的黑色呢制服十分板正，穿在身上如盔甲般坚挺。他们本是插班生，应该坐在后排，可他们每一次上课都要跑到前面去坐。他们的年龄比这个班级其他同学的年龄都大，个头儿也高，挡住了坐在后面的一些个头比较矮的同学的视线。可是他们根本不管这些，一副旁若无人的样儿。噶拉已经和他们发生过几次冲突了。若不是珍珠一再叮嘱他要忍耐，他早就把他们一个个打趴在地了。

他瞪着那几个日本学生，朝他们挥了挥拳头。他知道这个动作会激怒他们，但他不怕。只要他们敢先动手，他便有了教训他们的理由。

噶拉觉得自己倒霉透了，昨天，浅见老师用教鞭挑起他的课本，让全班同学观赏："大家看看，这叫课本吗？这简直就是一堆擦屁股纸嘛！"当时全班同学也是一阵哄笑。

的确，他所有的课本都破烂得一塌糊涂。他的书包里总是装着皮绳、弹弓、石子、奶豆腐。他又爱跑，一跑起来，书包里稀里哗啦地响，所有的东西搅在一起，互相碰撞摩擦，不把课本磨烂才怪呢。

一直到下课，噶拉的心里都充斥着那股屈辱和愤怒感。他开始怪怨珍珠了，若不是她天天在福晋的耳朵边念叨，说："哪有到了上学年龄不去学校的男孩子呀？噶拉都十六岁了，再不上学，就毁了他一辈子呀！"她的念叨起到了至关重要的作用，福晋对阿妈说："行了，别让他每天去放马啦，让他去上学吧，多学一些知识、多认几个字儿总是没错儿的，对孩子好，对珍珠也好——她每天上学下学有个伴儿，再也不怕被那些坏孩子欺负啦。"

噶拉对阿妈说他不想上学，阿妈就用鞭子抽他，还说如果不去读书的话，就不许他进家门。阿妈是多年前跟随着梅林夫人玛瑙到王爷府来的，虽然名为梅林福晋的奴婢，但她和福晋亲如姐妹。噶拉虽然老大不情愿，但他不想无家可归，只得背着书包跟着珍珠来到学校。

总算是应付完了浅见老师，噶拉心中的不痛快需要得到发泄。他知道那几个日本学生的头儿是那个叫野村的家伙，许多坏点子都是野村出的。噶拉想出了一出恶作剧。

接下来是体育课。学生们跑到操场上走正步。而那几个日本学生有特权，他们拿着一颗篮球去球场练投篮。他们脱下外面的呢子制服，挂在附近的单杠和双杠上面，就开始鱼贯般排队练习带球冲刺到篮板下跃起投掷的动作。野村的个头儿高，弹跳力也好，上篮时能摸到篮筐。就在他们专心投篮时，噶拉摸到他们挂制服的地方，从口袋中掏出一条早已经准备好的猪尾巴，挂在野村的制服里面，之后得意地一笑，溜掉了。

放学时，野村与那几个日本学生走出学校大门口时，那条猪尾巴从野村的制服里掉下来，正好挂在他的屁股上，一走路，甩来甩去的。同学们看到都忍不住大笑起来。很快，野村发现自己被捉弄了，一把扯下那条猪尾巴，问是谁干的。几个日本学生大眼瞪小眼，都摇头说不知道。野村马上想到上午课堂上的情景，想到噶拉朝他们挥拳头的那一幕，猜这事儿十有八九是噶拉干的，其他同学没这么大的胆子，只有噶拉才会有如此行径！

野村和几个日本学生守在学校大门口，等着噶拉出来。

等到同学们差不多快要走光了的时候，噶拉背着书包大摇大摆地从教室的方向走过来。原来，他被浅见老师罚了劳动，把教室打扫干净才允许他离开。

噶拉悠闲地吹着口哨走到了学校大门口。其实他早就看见了野村和野村的帮凶们，知道他们是在等他。他急忙从墙根处捡了半块砖头放进书包里，然后把书包拎在手上，故意装成满不在乎的样子走向校门。

野村操着一根棒球棍，拦住噶拉的去路。

噶拉抬头看着野村说：“想干什么啊？没听过一句话吗——好狗不挡路！”

野村一挥手，几个帮凶将噶拉团团围住。野村首先扑向噶拉。噶拉早有防备，一记重拳落在野村的腮帮子上。野村被打痛了，狼那样嚎了一声，再次抡着棒球棍扑向噶拉。与此同时，那几个日本学生一拥而上，对着噶拉拳打脚踢起来。噶拉一边旋转身子，一边将书包抡开。那书包变成了神出鬼没的武器，将野村和那几个日本学生打得头破血流。但他自己的鼻梁上、脑门上也挨了棒球棍，顿时红肿，流出血来。

浅见老师与校长仁钦一边说话一边并肩走过来。看见这一场恶斗，校长惊呆了。浅见老师由于气愤而满脸通红。

仁钦校长指着噶拉喝道：“又是你……这是第几次打架啦？”

“是他们先动的手。”噶拉擦拭着鼻孔里流出的血说。

“是他侮辱了我。”野村尖声叫着，拿出那根猪尾巴在仁钦校长面前晃悠着。

浅见老师说：“他简直就是个小流氓！我为学校有这样的学生而感到耻辱！”

仁钦校长的脸涨成了猪肝的颜色，冲着噶拉大声叫喊起来：“你被开除了，再也不要到学校里来了！马上滚，滚出学校！”

噶拉先是怔了一下，然后说：“这破学校，请老子来，老子还不想来呢！”

他说着，向校门外走了几步，又回过头来，从书包里掏出那半块砖头，狠狠地掷到地上。那半块砖头翻滚着，一直滚到仁钦校长的脚下，砸住了他一只脚的大脚趾，疼得他急忙弯下腰去摸脚尖，尖厉的嗓音撕破了早春的空气：“混账，你就是个小流氓！”

3.

这是雨下得没完没了的一天。早晨醒来，听到的第一个声音就是雨声——雨点很响亮地打在屋顶的琉璃瓦上的声音。这种瓦与紫禁城宫殿顶上的瓦很像，被雨水洗过后变得光洁明亮。只有气派的王爷府才配使用这种昂贵的瓦片。当雨变小时，声音就消失了，味道却涌进了房间，是那种潮湿而略带霉腐的味道。

噶拉四仰八叉地躺在床上，半天也不动一下，凝视着窗户玻璃上拉成一条条细线的雨水，心情越来越糟糕。被学校开除之后，他被阿妈用马鞭狠狠地抽了一顿，脊背上留下了一条条血痕。若不是珍珠跑过来用身体护住他，他的脊背恐怕要被阿妈抽得不成样子了。珍珠哭泣着为噶拉求情。阿妈不能不给小姐面子，愤愤地将鞭子扔到地上转身走开。珍珠扶着他，把他送回他的房间。进门时，噶拉赌气地甩开珍珠的手，然后"砰"的一下从里面关上门，一连三天没有出屋。

为什么这里总是下雨呢？如果不下雨，他可以骑着马儿去牧场玩耍，可以去逗那些傻狍子，也可以去和牧场上最厉害的骑手赛马，或者与那些膀大腰粗的摔跤手比试两下，被摔倒了也无所谓，爬起来，连身上的尘土都不会拍一下，搂着对方嘻嘻笑着，一起走进一顶毡房去大碗喝酒、大块吃肉，那多快活呀！

他还是婴儿时就跟着阿妈来到了兴安镇，住进了王爷府。王爷在索伦山谷有自己的牧场，还有羊群、马群和牛群。七岁时他就跟着那些马倌、羊倌厮混，跟他们学会了骑马，学会了套马，学会了给马梳理鬃毛，学会了如何备马鞍子，也学会了识别良骥和劣马。他每天野得不回家，吃住都在牧场。那些牧人都很喜欢他，把他当成了他们当中的一员。那是一段多么开心的日子啊！可是后来，他重返王爷府，被逼着上学，再也不能到牧场去了。他见不得把马儿关在棚圈里，那不就等于把它们囚禁在牢房里吗？这是多么残忍呀！有时候在半夜，他跑去给马厩里的马上草料，听它们不紧不慢地咀嚼着，他相信自己听到了它们发出的一声声叹息。

他怀念他成长的那片草原——老哈河。阿妈说："儿子，咱们的老家在老哈河边，你阿爸是梅林府的驯马师，他可有名儿哩……"但是他一点儿也不记得阿爸的样子了，阿爸死的时候自己还不到一岁。

珍珠曾悄悄对他说："若不是我阿爸出事儿了，我们也不会到这里来呀！"

伊荷梅林被捕之后，他的夫人带着女儿来到了兴安镇，在姨姐的王爷府里暂避一时。梅林夫人有个好听的名字：玛瑙。可她女儿的名字更好听——珍珠。随梅林夫人一起来的还有忠实的婢女宝荣。宝荣从小姑娘的时候就在梅林府伺候梅林夫人，二人如同姐妹一般。

如今已满十六岁的嘎拉，正是小马驹儿般满草滩撒欢儿的年龄，让他整天躲在阴暗的房间里，那比关在牢房里还要令人难以忍受。

门轻轻地开了。似乎比王爷府的年龄还要老的枣木门轴"吱呀"呻吟了一声。他知道会这么轻轻开门的人只有一个——珍珠。珍珠是伊荷梅林唯一的孩子，与他从小一起长大。在心里他一直把她当成自己的亲妹妹，虽然她只比自己小一岁。如果有哪个家伙敢欺负珍珠，嘎拉铁锤般的拳头会毫不留情地落到那人的脸上。

"嗨，嘎拉，吃饭啦。"珍珠把一碗热气腾腾的羊肉面放在桌子上，顿时满屋子的香味儿。

"不吃！"他闷声闷气地说。

"怎么了？病了吗？"珍珠的声音很细弱，好像蚊子哼哼一般。

一只热乎乎、软绵绵的小手搭在他的额头上，试他的体温。

他有些厌烦地推开那只小手，闷声闷气地说："我不饿……"

"嘎拉，是不是因为被学校开除了，你不开心啊？"

他忽地坐起来，瞪着珍珠连珠炮似的说起来："我当然不开心了！本来我在牧场过着开心的日子，可是，你和额吉非要让我去上学，结果被那些日本崽子欺负，你说，我能开心得了吗？"

珍珠愧疚地低下了头，好像对方巨大的不幸是自己造成的。她的声音更低了："上学读书又不是啥坏事儿……"

"你想上学，想读书，只管去，干吗非得拉上我呢？"

　　她不说话了，似乎感觉理亏了。实际上噶拉并没有责怪她的意思，只是对目前的状况感到不满，发几句牢骚罢了。平心而论，王爷府的条件不错，虽然住在后院下人们住的房子里，但吃的和住的都很好。只是他不上学了，阿妈又不让他再去牧场帮着放羊放马，每天憋屈在这么一块狭小的空间，他实在难以忍受。经过几天的思考，他决定离开王爷府，出去找点儿事情做，或者去当牧马人。一个大老爷们儿，不能整天无所事事。

　　珍珠似乎很理解他的心情，想了一下，说："雨停啦。要不，你偷偷出去玩儿一会儿，到了吃晚饭的时候再回来？"

　　噶拉向窗外望了一眼，雨果然停了。他一下坐了起来。

　　"门口有王爷府的家丁把守着呢，我出得去吗？"

　　"你就说你去给我抓药吧，反正我隔几天就得去嘎拉僧老蒙医那儿去抓药呢。"

　　珍珠的身体弱，经常需要吃药。尤其是她的小姨——大福晋非常疼爱她，自从她随额吉进了王爷府，便张罗着请最好的大夫给她看病，还给她开了一大堆药。

　　噶拉觉得她这个提议蛮不错的，点头说："好啊，只要能让我出王爷府，我就给你从草原上逮几只漂亮的蝴蝶回来。"

　　珍珠比噶拉小一岁，正是贪玩儿的年龄。她喜欢收集形形色色的蝴蝶，把它们做成标本，放在一个厚厚的本子里，闲暇时翻看，并且仔细研究每一种蝴蝶的姿态、颜色和花纹。以前在索伦草原上，噶拉没少给她抓蝴蝶。

　　噶拉到马厩里牵出了一匹额头上长着红褐色椭圆形斑点的白马，他给这匹马取名叫雪兔。这匹小母马腰细臀阔，四腿坚挺，耐力不错，跑得也快，就是性情太温和，没有爆发力，所以噶拉并不是很喜欢它。噶拉牵着马，与珍珠走到王爷府的大门口。果然，守门的两名侍卫兵挡住了他的去路，说若没有梅林夫人放话，他是不能走出王爷府的。

珍珠虽然长得文弱，关键时刻却一点儿也不胆怯。她上前对两名侍卫兵说，是她让噶拉去取药的。"我的药已经服用完了，如果不及时取药回来，一旦旧病发作，这责任由谁承担？"

两名侍卫兵当然不敢承担这么严重的后果，只得放噶拉出了大门。

噶拉出了大门翻身上马之后，回头看了一眼，见珍珠站在大门里望着他，朝他嚷嚷着："别忘了蝴蝶……"

4.

小路上泥泞得很。野草吸饱了水显得肥硕饱满。偶尔头上的树叶也会降下来一小阵雨，不过此刻天上并没有真的在下雨，阴云正在飘散。扑面而来的风十分清新。噶拉勒住马缰绳，贪婪地吸着雨后新鲜的空气，享受着一个因犯获得自由时的幸福心情。

从小在草原上长大，他认得出各种青草和野花，叫得出它们的名字。许多花草的名字是他给起的，也不知道对不对，反正他一直那样叫它们，就像他习惯了给马起名字一样。他喜欢给一切他见到的动物和植物起名字，而且总是恰如其分地点出它们的特点：喇叭花、蛙足草、狗尾巴草、鹰翅花、红豆花、绿毛草、兔子耳朵、老鼠尾巴、野鸡头……

雨停后，潜伏在草丛中的各种小生物都爬出来晒太阳了。在一片开满了小黄花的草地上，一只只花蝴蝶翩翩起舞，忙着炫耀自己美丽的翅膀。噶拉下马后从靴子里抽出那把被他磨得很锋利的蒙古刀，割了几根芨芨草。草原上除了红柳，没有什么比芨芨草更坚韧的植物了。他的双手灵巧地动了几下，一只精致的小笼子就编织成了。他寻找那些个头大、色彩艳丽的蝴蝶，当它们落在花朵上想起飞时，被露水打湿的翅膀沉甸甸的，一时飞不起来。那一瞬间，他的手一挥，那只蝴蝶就落在了他的掌心里。他把蝴蝶放进草笼子里，接着寻找更大、更漂亮的蝴蝶。

草笼子装不下更多的蝴蝶了。他把草笼子挂在腰间，躺在草地上。平时，他就喜欢平躺在草原上，仰面朝天，眯着眼望着天空，看浮云飘动，变幻各种各样的形状。那些云彩是有灵性的，它们会变幻成马儿，或者是飞龙，或者是雪山、海浪，或者是弓箭、骑手……

眼睛看累了，他闭着眼睛嗅着从地面上泛起的花草的气味儿。雪兔在附近寻觅鲜嫩可口的青草，不停地打着响鼻，似乎很满意的样子。

他隐约听见一阵急促的马蹄声由远而近。马蹄踩踏着湿漉漉的草叶和草茎，发出"啪嗒啪嗒"的声响，很像是马蹄拍击水洼的声音。他闭着眼睛听着，已经辨别出朝这边跑过来的是一匹不太听话的烈性马。骑手的体重很轻。马肚带没有系紧，这对于骑手来说是很危险的。

为了印证自己的判断，他睁开眼睛略微抬头望去——果然，附近平坦的草原上，一匹马狂奔而来。当那骑手跑到附近时，他不由得笑了：原来骑手是个女孩子，难怪那马不听她的话，试图摆脱她的驾驭呢！

他的目光被那匹马给吸引住了——好一匹漂亮的马啊！它居然如春雪一样洁白，在那雪白的皮毛上均匀地分布着一个个蓝色的小圆点，就仿佛夜空中闪烁的星辰。这种马太罕见啦！它的体形要比寻常见到的蒙古马略大一些，躯体的流线也异常俊美。它的长鬃在奔跑时会飞扬起来。它狂傲不羁地奔跑着。噶拉情不自禁地站起来。

那银色斑点马看见噶拉，便直直地冲着他跑来。马背上的女骑手努力扯动着缰绳，想改变它奔跑的方向，但那马儿固执地按照自己的意愿一直跑到噶拉面前，然后整个身体向后坐去，来了一个"急刹车"。那女骑手没有提防这一招儿，强大的惯性把她从马背上甩了出去。她反应极快，双手触地时头往回一弯，身体在草地上打了一个滚儿，然后灵巧地站立起来。与此同时，马背上的鞍鞯也掉了下来。

这时，那匹银色斑点马已经跑到噶拉面前，与他仿佛是久违的老朋友，亲热地用鼻子蹭着他，眼里满是温柔的光彩。

噶拉心中一动：听阿妈说，他和珍珠就是被一匹银色斑点马驮到兴安镇的，难道，是它不成？

他轻轻地抚摸着银色斑点马的鬃毛，那马儿就那样一直怔怔地看着他。

银色斑点马的眼睛亮晶晶的，似乎有泪要流出来，真是怪啦！

这时那女骑手走过来，扬起手中的马棒，就要抽打这匹银色斑点马——敢把她掀翻到马下，令她出丑，太可气了，她要狠狠惩罚这个畜生。不等她手中的马棒落下，噶拉一下攥住她的手腕，让她那只紧握马棒的手悬浮在空中。

"放开我，让我好好教训教训它！哎哟，你弄疼我啦……"她盯着他，目光是愠怒的、怨恨的。

"马不能这样驯，你得学会和它做朋友。"噶拉松开手。他的手劲儿很大，那姑娘的手腕被他攥疼了，不住地揉着刚才被噶拉攥住的地方。

噶拉松开缰绳，那银色斑点马趁机逃开，跑到了一边，但并不跑远。它停下，依然回头怔怔地盯着噶拉。

"臭小子，都怪你！"她把怒气发泄到噶拉身上。

噶拉看见她两只手叉在腰间，眉心间有一颗黑色的痣上下跳动着。"她的岁数好像和我差不多大吧？"噶拉心想。

"怪我？怪你自己吧！马肚带都不勒紧，不摔下来才怪呢！"

噶拉笑得更响亮了。他仰头大笑时，看见天上的云层一片片裂开，金灿灿的太阳正在清理着那些乌云的残片。

听见踏踏的脚步声后，他不笑了。她已经赌气地转身走开，脚上的那双皮靴被湿漉漉的青草打湿，光亮耀眼。她走到鞍具坠落的地方，弯下腰去，将那副装饰着漂亮银边的鞍子抱在了胸前。

噶拉觉得自己很无聊，开始讨厌自己了。他胯上坐骑箭一般射了出去，直奔那匹银色斑点马。不一会儿，他追上了那匹马，一个纵身，跃到了它的脊背上。它的脊背很光滑，湿漉漉地挂着雨珠，几乎要把他滑下去。他稳住重心，一只手揪住那马长长的鬃毛，然后把整个上身都紧贴在银色斑点马的脊背上，仿佛粘在了它的身子上。他一边伏在它的背上任它奔跑着，一边亲昵地用另外一只手抚摸着它的脸颊，像老朋友那样温柔地对它说："宝贝儿，你就是银色闪电吗？我们曾经是最好的朋友，不是吗？"

好像那匹银色斑点马听懂了他的话，渐渐放慢了步子，直到最后停了下来，站在原地兜了一个圈儿，在粗重的喘息声中，打了几个响鼻。

他骑着银色斑点马走到那个怀中抱着鞍具的女孩子面前。女孩子用吃惊的目光盯着噶拉。噶拉直起身子注视着她，一眼就发现这个女孩子不是本地人，貌似是从大城市来的有钱人家的小姐。当他跳下马，稳稳地落在她面前时，嗅到了一股好闻的香水的气味儿。这让他更加确定了自己的推测：她不是草原上牧民家的孩子，而是城市里来的有钱人家的小姐。这种香水的味道，他曾从福晋身上闻到过。

他从她怀中接过鞍具，帮她把鞍子搭到马背上。银色斑点马变得很乖巧，任噶拉摆布。

他一边给银色斑点马系肚带，一边告诉那位小姐："瞧见了吗？

肚带一定要系紧，不然的话，它一闪，鞍子一歪，你就会被甩下去的。"

那小姐并不看马，只是用好奇的目光盯着他。他被看得莫名其妙地紧张起来。当她的手伸向他的腰间时，他才明白其实她是在看那个草笼子里的蝴蝶。

"好漂亮呀！"她从他腰间摘下那个草笼子，看着里面的花蝴蝶说，"给我吧。"

"不行。"

"不行？"

"这是给珍珠的。"

"珍珠是谁？"

"我妹妹。"

"你再给她抓几只嘛！"

"不行了。"

"为啥不行了？"

"太阳把它们的翅膀都晒干了，不好抓了。"

她用不相信的目光瞟着他。

他丝毫不理会她的目光，从她的手里夺回那个草笼子，挂在腰间。

"小气鬼！"

他并不搭理她，翻身上马，准备离去。

她不放他走，拦在了他的马前，盯着他，语气是不容抗拒的："喂，臭小子，告诉我你叫啥！"

"噶拉。"他犹豫了一下，还是说出了自己的名字。

"我叫奥蕾。你也可以叫我九格格。这匹马我头一回骑，所以和它还不熟悉……哎，你能帮我给它起个好听的名字吗？"她的语气变得友好起来。她说话的时候，嘴角向两侧扩展开来，感觉是在微笑。之后噶拉发现了她的特点：她在生气或者高兴的时候，都喜欢用食指抿一下鼻翼的一侧，似乎是擦拭掉了一些不属于她的东西。她的眉心有一颗明显的黑痣，当她高兴或者愤怒的时候，那颗黑痣就会跳舞。

"叫它银色闪电怎么样？"噶拉喜爱地抚摸着那匹马雪白的皮毛。他想起阿妈对他说过，当年把他和珍珠驮到这里来的那匹银色斑点马就叫闪电。

"银色闪电？"

"是啊，它跑得像闪电一样快，配得上这个名字。"

"嗯，是很贴切，那从现在起，我就叫它银色闪电啦！"她高兴地说着，"这匹马是我和阿玛从草原上买来的。"

"买来的？"噶拉奇怪地问。

"是呀。我和阿玛到这里来，经过一个马市，看见有牧人在卖马。阿玛一眼就相中了它，说它是匹好马，万里挑一。为了买它，阿玛花了许多银子呢……"

"你是旗人？"他有些惊诧。

"是的。"她一直保持着那种高高在上的态度，但她的笑始终是亲切的、迷人的。

"那你呢？"她发问。

他狡猾地笑了笑："我是牧民。你知道索伦吗？"

"知道。"

"我是从索伦来的牧马人。"

"那为啥到这儿来了呢？"

他支吾道："我是来走亲戚的。"

她笑了一下没说话，目光是漫不经心地从他坐骑的臀部轻轻扫过，却已经将他的身份猜得八九不离十了。

"你扶我一把。"奥蕾准备上马，可银色闪电又开始故意为难她，挪动着后腿转着圈儿，不让她上马鞍。

噶拉过去扶住她的腰，用力将她托举起来。那一瞬间他感觉到她的腰特别柔软。她的一只手抱住了鞍子，另外一只手搭在他的肩膀上，同时，一只脚塞进马镫子里，另外一条腿在空中画了一道弧线，这才坐到了鞍具上。

"你也上来。银色闪电听你的话。"她居高临下地看着他，用的是命令的腔调，目光却充满挑衅的意味，似乎是在试探噶拉的胆量够不够大。噶拉犹豫了一下，觉得不能让她小看了自己，一个纵身跃上马背，坐在她的背后。他的两只手从她的腰两侧环绕过来，抓住了缰绳，两条腿轻轻地磕碰了一下银色闪电的肚子，银色闪电开始小跑起来。

草原向后退去，清风迎面扑来。银色闪电真的是一匹好马，它的四条腿迈动得非常有节奏，让人感觉不到颠簸。它跑起来是行云流水，是长调悠扬。奥蕾在前，噶拉在后，她能感觉到他粗重的呼吸喷在她的颈项上，痒痒的，酥酥的。他的脊背紧贴在她的后背上，像一座山一样稳固而牢靠。她闭上眼睛享受着这一段令她热血激荡的时光。风把她的秀发吹得飘拂起来，那些调皮的秀发不停地拂着他的脸庞，甚至大胆地挑逗着他的嘴唇。他的唇有意无意间亲吻着那些精灵般飞舞的青丝，令他的面颊因充血而泛起红潮。由于紧贴着她的后背，他觉得前胸火一般灼热发烫。那一年他情窦初开，可并不知道那是一种对异性朦胧的渴望。青春的荷尔蒙为他们构筑了一个美妙而虚幻的理想世界……

回王爷府的路上，噶拉的眼前一直交替闪现着两个影子，一个是银色闪电，它那奔跑着的身姿犹如跳舞一般优美；另一个是奥蕾，她美丽的面容令他心动，尤其是她眉心那颗会跳舞的黑痣，给他留下挥之不去的印象。不知为什么，他把奥蕾与珍珠做了比较，觉得珍珠和她，一个是凤凰，一个是孔雀。其实他从没见过孔雀，当然，更没见过凤凰。

唉，如果自己有一匹像银色闪电那样漂亮的马儿，那该有多好啊！"回去要赶紧把银色闪电的事情告诉珍珠。"他想。

5.

在兴安镇兴隆大街的最北端，有一所深宅大院。平时，那宅院的红漆大门始终是紧闭的，很少有人进出。即便是房顶上冒出的炊烟也是淡淡的，不引人注意。附近的百姓都不知道那所宅院的主人是谁。有人说那房子是"草原之狼"与东洋格格的婚房，"草原之狼"在许多城市里买下这样的豪宅却从不去居住。由于这个缘故，那所宅院愈发显得神秘。

一个深夜，那两扇平时紧闭的院门无声地开了。随即，一辆黑色的轿车驶进了院内，然后，那两扇大门又无声地关住了。轿车一直开到正厢房门前才停下。门前的灯亮了起来。住在院子里的管家和两个老妈子早已经侍立在外面，恭恭敬敬地迎候老爷和小姐下车。

首先下车的是一位中年男子，五十岁左右的样子，瓜子脸，单眼皮，消瘦的脸庞显得有些冷峻。他穿着貂皮大衣，戴一顶水滑光亮的水獭皮帽子，一副圆圆的金丝边眼镜后面，一对眸子闪烁着明亮的光芒。他的名字叫奕昕，是爱新觉罗后裔。提起他的家族"铁帽子王"令许多人望而生畏。私下，身边人都称他为小亲王。随后下车的是他的侄女儿奥蕾。奥蕾又尊称九格格，穿戴得尊贵典雅。她上前挎起叔父的胳膊，将头歪斜地倚在他的肩膀上，亲昵得像一对真正的父女。

进了客厅，灯光将屋子里的陈设照得富丽堂皇。她吃惊地观望着，显示出对一切都很好奇的神色，尤其是客厅墙壁上悬挂的一幅巨大的照片。照片上是一位清秀的公子模样儿的青年，穿着大翻领的大衣，大衣领子是耀眼华丽的狐狸皮；头上戴一顶三块瓦皮帽子，皮子是黑亮的颜色，应该是珍贵的水獭皮；手中挂着一把日式军刀，两只手自然地搭在刀柄上。这个姿势十分特别，使得她盯着看了好半天。

"哦，那是她吗？"

"是她！"小亲王把脱下来的大衣交给侍立在身边的管家，神情淡淡地说，"这房子是她的……不，严格地说，应该是'草原之狼'的。他们分开后，甘珠尔扎布把这幢宅院留给了你表姐，你表姐又把它赠送给了我。"

奥蕾把目光从那幅照片上收回来，脱去了外衣，里面穿着一件纯白丝绸紧身上衣，下身穿军式马裤，一根褐色的皮带紧束腰间，使腰身显得纤细而挺拔。小亲王奕昕坐到一张梨木太师椅上后，拿起茶几上的香烟，点燃，不紧不慢地抽起来。九格格还在好奇地四下张望着。

"以后，这儿就是小亲王府啦！"吐了口烟圈儿之后，奕昕感慨地低声说，似乎是在自言自语。他被任命为"兴安总省筹备组组长"，这是他没有想到的。他的另外一个侄女幼年时被送给了一个日本人，在东洋长大，改名川岛东珍，喜欢女扮男装，大家都叫她东哥。东哥长大后，出落成一位美女，嫁给了"草原之狼"甘珠尔扎布。由于从小生活在东洋，东哥与爱新觉罗家族的关系一直平平淡淡的，来往并不密切，但近年回国后，她好像开始念及家族亲情了。她奔波于旅顺、长春、奉天、哈尔滨、兴安镇之间，行动异常诡秘。一日，她拜访了奕昕，动员叔叔出山，为即将建立的"满洲帝国"效力。交给奕昕的具体任务就是前往兴安镇，筹备成立"兴安总省"，出任"筹备组组长"。奕昕起初是犹豫的，毕竟，旅顺居住的条件是很优越的，他一直在那里享受着衣食无忧的富足生活，在他眼里，兴安镇偏远苦寒，故此，一直拿不定主意。但东哥三顾茅庐，真心相邀，他心底残存的对大清王朝效忠的死灰，在东哥的频频煽动下开始复燃了，便带着侄女儿奥蕾来到了兴安镇。

奥蕾来兴安镇完全是因为另外一件事情：一支由日本农学家中村震太郎率领的农业考察队即将来大兴安岭考察。这件事情其实也是东哥一手策划的，她相中了表妹奥蕾，因为奥蕾能流利地说汉语、蒙古语、日语三种语言，所以她聘请奥蕾当考察队的翻译。这样，奥蕾提前跟随养父奕昕来到王爷庙，熟悉这里的情况并为考察队打前站。奕昕也为奥蕾小小年纪就能担当如此重任而欣喜。

第二天，奕昕开始秘密会见各界人士，商洽成立"总省"之事。秘密前来拜访者大都是蒙古贵族的上层人物。一向冷清的小亲王府开始热闹起来，门前车水马龙。

奥蕾迷恋上了被关在马厩里的一匹银色斑点马。这天，趁着连阴雨停歇，她骑着它跑到了草原上，巧遇了噶拉……

6.

傍晚时分，奥蕾骑着高大的银色闪电进了院子。原本桀骜不驯的银色闪电在她的驱使下基本上听话了，但似乎还是不愿意任由她摆布。这使坐在书房里透过窗户看着外面的奕昕有些吃惊——这个疯格格，居然真的把这匹烈马征服了？当奥蕾牵着它走出马厩时，他还真的有几分担心：这匹马性子烈，她可别摔下来啊！整整一天，他都坐在写字台前，翻阅着厚厚的一沓子名单，用一根红笔画着那些枯燥的名字，挑选着未来组成四个"分省"的新"政府"的人选。名字很多，但没有一个名字令他感到愉快。在他眼里，这些候选人大都是庸才，酒囊饭袋而已。他知道用不了多久，"满洲国"就要诞生了，"兴安总省"下辖东、西、南、北四个"分省"，这可是一件天大的事情。可他心中并不快乐，布满了阴霾，他不知道在前面等待他的是凶是吉。只有看到奥蕾时，他的心情才感到一丝愉悦。

奥蕾原本是他哥哥家的孩子。哥哥是家族的长兄，被称为大亲王。大亲王妻妾成群，孩子也多，奥蕾是他的第九个女儿，称为九格格。那是九格格百天之时，小亲王被请去喝百岁酒。当婴儿抱在他面前请他看时，那婴儿居然伸出胖乎乎的小手握成拳又展开，同时伸出另外一只胳膊，似乎想让他抱抱。小亲王的心一下被打动了，抱过了这个孩子。这孩子揪住他的头发就不撒手了，并且发出了开心的笑声。他心中一动，对长兄说："我膝下有儿却无女，能否把这小东西过继给我呢？"没想到兄长听后欣然应允。这样，九格格就成了小亲王的养女。

看着九格格一天天长大成人，聪明伶俐，小亲王对她的爱无以复加，觉得自己生命的全部意义就是要培养这个出众的女孩子，让她将来成为老佛爷那样的人，关键时刻能撑起大清的半壁江山。

仿佛是在转眼之间，奥蕾已经走进了书房。随着她的到来，阴暗的书房里顿时洒满了阳光。那一束束阳光其实是她爽朗的笑声。

"阿玛，你看见了吧？银色斑点马已经被我征服啦！它可听我的话哩！对了，它有自己的名字了——银色闪电。怎么样，这个名字是不是很好听呢？"奥蕾兴奋地说着。

"我一直在为你担心呢，怕你从马背上摔下来，伤了胳膊腿儿……"

"您尽瞎操心，我也是爱新觉罗的后裔呀，连一匹马都征服不了，那岂不是愧对列祖列宗吗？"奥蕾一边说着，一边解下系在脖子上的那条江南产的真丝的绣花围巾。围巾上绣着殷红色的牡丹花儿，花瓣儿上已经浸满了她的汗渍，像是被早晨露水浸湿了的样儿。他看见奥蕾的颈项白嫩得犹如一片东北的雪原，几缕乌丝小心翼翼地覆盖着那里。

"饿了吧？快去吃饭吧。我让厨房给你熬了飞龙汤。"他疼爱地看着她说。

奥蕾却不走，娇嗔地过来坐在他的腿上，双手搂住了他的脖子说："阿玛，你不是说还要教我打枪吗？啥时候教我呀？"

"你还小，得多读书，学打枪的事儿嘛，过两年再说。"他心疼地抚着她那放在他胸前的两只手，嗅着她身上散发出来的气息，感觉满是疼爱。其实从心里来说，他是不想让她学射击的，甚至不愿意让她学骑马。他认为女孩子家家的，舞枪弄棒总是不好，还是琴棋书画更适合女孩子，但是，奥蕾偏偏就喜欢枪呀剑呀马呀这些男孩子喜欢的东西。她每一回撒娇央求他，他都无法拒绝，只能在劝阻了一会儿不成功后答应了她。

他知道自己对奥蕾的溺爱有些过分，这种溺爱造就了她的任性。她以撒娇的方式来消遣这份溺爱。可他怎么都对她严厉不起来。

"你可是亲口答应过我，这个礼拜要教我学打枪的呀！大人说话可得算话啊！答应人家嘛……答应啊……"她不停地左右摇晃着他。她额头上的刘海飞扬起来，蹭着他的脸颊，弄得他痒痒的。这是她最为有效的撒手锏。每到这时，他所有的防线就一下子崩溃了，声音也变得极为温柔而慈爱。

"好！好！阿玛答应你，明天就教你射击……"

她高兴地从他的腿上跳了下来，然后再次搂住他，在他的脸颊上印上一个香吻，这是她对他退让的一个回报，她知道他喜欢这样的回报。

"别疯啦，奥蕾，说说，今天在外面碰到啥有趣儿的事情吗？"

"有趣儿的事情？哦，对了，我在草原上遇到了一个怪人。"

"怪人？"

"是啊，一个穷小子，穿戴破破烂烂，可是驯马的本事极好。银色闪电就是他帮我驯服的。"

"哦，当地的牧民们驯马都有一套儿本事，不足为奇。"

"可是他才十六岁呀！"

"在当地，十六岁已经算成人了，驯服一匹马不算什么。"

"可是，他骑的是王爷府的马呀！"

"你怎么知道的？"

"那马屁股上的烙印是王爷府的。"

他不得不佩服奥蕾的细心，从一匹马的烙印就能判断出一个人的身份，可见这女孩儿天分不低啊。而他此行来到兴安镇，正需要与本地有权势的人家以及蒙古贵族们建立关系，笼络人心。

当奥蕾蹦蹦跳跳去厨房吃饭时，他铺开信纸，拿起狼毫，略微思索了一下，开始写一封信。这封信对他乃至未来的"兴安总省"都有着极为重要的作用。眼下，他不缺人，不缺枪，更不缺地盘，只缺一样东西——钱！日本人已经承诺，只要"满洲国"一成立，就会有大笔经费送到。可现在他两手空空，拿什么来建一个偌大的"兴安总省"呢？

经过几天的苦思冥想，他终于想出一个权宜之计：借贷。

这封信是写给他留日时的老同学陶宽的。陶宽是江南巨富，排行老二，人称陶二爷。有人说二爷的财富超过了"四大家族"。二爷的祖先曾经是汉八旗的旗人，他一直同情并拥戴大清，如果能从他那里借贷到三百万两白银，就解决了筹建"兴安总省"资金短缺的难题。

信中，他向陶二爷提了一个非常有诱惑力的方案：借贷三百万两白银，一年之内还清，并且支付高额利息，即到期后偿还六百万两，这比高利贷的利息还要高得多。这么高的利息陶二爷岂会不动心？他在信中强调，如果成交，请在一个月之内派可靠之人，将三百万两白银送到兴安镇的小亲王府上。

字斟句酌，一封短短的只有三百多字的信函他写了足有一个多时辰。他又反复将信看了三遍，修改了几回，感觉比较满意了，才把信纸装入一个古香古色的牛皮纸信封里，将信封封好，然后叫来管家，吩咐他马上把这封信邮递出去，要挂加急。

管家刚转身出去，又马上返回来禀报："东哥来了！"

7.

传说中的东哥没有让奥蕾失望，果然是一表人才，典型的贵族公子气质，谈吐不俗，英气逼人，只是没有挎着照片上的那把东洋刀。在她面前奥蕾完全忘记了她也是女性，一口一个"东哥"叫着。东哥只是微笑地看了她一眼，说了一句："九格格也长成大闺女啦。"

"她呀，永远也长不大，天天就知道玩儿。"奕昕摇头说。

看见九格格噘起了嘴儿，他马上又说："还好，读书习武倒也认真，马也骑得越来越漂亮啦。"

"那就好，咱的祖宗可是在马背上打下的天下，咱们可不能离开马背呢。"

他们在客厅里说话的当儿，东哥带来的七八个随从忙碌着把大包小包搬了进来，搬上了二楼。奥蕾知道那些物资是为考察队准备的，帐篷啊，防寒用品啊，食物啊，一应俱全。来考察的是日本的专家，不敢怠慢他们。

奕昕让厨房准备酒菜。东哥摇头说为了保持体形不吃晚饭了，喝茶即可。奕昕便让人泡了上好的龙井，在一张长长的檀香木桌上摆开。房间里飘着一丝淡淡的茶香。东哥慢慢地呷着茶，摆开架势，看来准备与奕昕彻夜长谈。

奥蕾觉得自己留在这里有些多余，刚要起身离去，东哥叫住了她："九格格，明儿你出去帮着找一个向导。"

"向导？"

"对，我们需要一个对索伦一带比较熟悉的人，要老实可靠的，要身体强壮，马也要骑得好。记住了？"

"嗯。"

奥蕾回到自己的房间去休息。骑了一下午马，她浑身像散了架般酸疼，巴不得早点儿躺在那张十分舒适的大床上去。她离开后，东哥与奕昕先是从国际大形势开始谈起，从中原大战谈到蒋介石下野，从红军在苏区遭到国民党的重兵"围剿"谈到日本工业的突飞猛进，从溥仪皇上幽居天津谈到日本关东军对扶持清朝的态度……最后，东哥才谈起这次的行动：日本的一位朋友委托她关照一下东京农业考察队，为他们的考察提供一切便利条件，并确保他们的人身安全……后来，他们的声音小得只有对方才能听得清楚。

奥蕾已经躺在温暖的鸭绒被子里昏昏欲睡了。突然，一个人闪电般从心底划了过去，她一下清醒过来：噶拉？

对，噶拉，就是他！明天就去请他当向导。

他看上去倒是挺老实，但他可靠吗？

明天和他好好聊聊。只要一聊，很快就能知道这人是不是可靠。

她觉得心里一下子踏实了，很快进入了甜美的梦乡。

8.

噶拉一夜睡得很沉，不停地做着稀奇古怪的梦。仿佛是在一片大森林里行走着，突然间一只大狗熊扑了过来，他急忙躲闪，却坠入一个深渊。以为要粉身碎骨了，落到地上却无声无息，原来是厚厚的树叶铺展开来，松软而富有弹性。昏暗中有什么东西在发光，抬眼望去，幽暗的山谷里闪烁着星星点点的光亮，宛若天空中的星辰。仔细看，才发现原来那光是由一朵朵蘑菇发出的，有的蘑菇发紫色的光，有的发蓝色的光，有的发黄色或者绿色的光。他惊奇至极，伸手正要去采摘，突然，一匹长了翅膀的马从白云间飞来，在他面前轻轻地落下。他定睛一看，原来那马是银色闪电！他兴奋地骑在银色闪电的背上，在蓝天白云间尽情驰骋起来。突然，马失前蹄，他与银色闪电一起从云端坠落下来……

乍然睁开眼睛，却见珍珠站在床前，用手捅他的腰："醒醒，快醒醒……"

噶拉坐起来，揉着眼睛，不高兴地看着珍珠说："你干什么呀，人家正骑银色闪电呢。"

"啥银色闪电啊，有人找你。"

"谁？"

"不认识，是位大小姐呢。"珍珠眨巴着眼睛，盯着噶拉问，"她好美啊，你啥时候认识她的？你可从来没说过呀。"

"奥蕾？"噶拉急忙下床，找自己的靴子。

"她叫奥蕾？"

噶拉顾不上搭理珍珠，胡乱披了一件衣服向外跑去。看他这个样子，珍珠心里一时有些失落。

噶拉跑到前院时，果然看见奥蕾站在院子中间一棵老榆树下的阴影里，用雪白的小手帕扇着风，可能是在驱赶那些讨厌的蚊蝇吧。她四下张望着，对王爷府的建筑感到好奇。天气陡然变热了，天空中没有一丝云彩，只有一轮明晃晃的太阳孤独地照耀着。

噶拉跑到奥蕾身旁。奥蕾扭过头来看着他，脸上挂着矜持的微笑。

"你怎么知道我住在王爷府？"噶拉疑惑地问。

"我嘛，会算——掐指一算，就知道你在这里。"奥蕾说罢，忍不住笑了起来。她笑的时候眼睛眯成一条缝，一个浅浅的酒窝显露出来，显得更加可爱了。

"我不信。"他盯着她继续固执地问，"我是从乡下来的，这儿的人都不认识我，没有人知道我在这里。你到底是怎么知道的？"

"好吧，实话告诉你——昨天，我看你那匹马的烙印是王爷府的，所以猜你住在这里，果然让我猜对啦。"

噶拉摸着脑袋笑了。他没想到，马屁股上的烙印暴露了他住的地方。看来，这个女孩子非常聪明啊。

"银色闪电怎么样？"他有些急切地问。

奥蕾的神情有些不悦了："我来看你，你却惦记着一匹马……我走啦。"

奥蕾转身做出要走的样子，噶拉急忙拉住了她："别呀……到我的房间里坐吧。"他邀请了一下，但马上就后悔了，想到自己的房间里乱七八糟的样子，被子也没叠，夜壶也没倒，里面还留着昨夜他撒的一泡尿，那股味道她怎么能受得了呢？好在奥蕾摆手拒绝了，说要和他商量一件事情，就在这儿说几句话，说完马上就走。他这才坦然了一些。

"啥事儿？"他问。

"我看你闲得无聊，给你找个事情做吧。"她说得很轻松。

"好呀，我也正想找事情做呢。能赚钱就行。"他以为奥蕾是让他去她家帮着干活儿，马上痛快地答应了。她家一定很有钱，看她这样子不像是个小气的人，出手肯定阔绰。如果自己能赚一笔钱，一定要给自己买一匹好马。他想象着当他骑着一匹像银色闪电那样漂亮的马从牧场疾驰而过时，那些或年轻的或年老的牧人们用羡慕的眼神眺望着他的情景。

"你答应了？"他的爽快令她有些意外，"我还没说让你做什么事情呢。"

"只要是你的事情，做啥都行。"

"不过，你得先向我发誓——这件事情必须得保密。"

"行，我的嘴可严呢，不会和别人乱说的。"

"那就好。记着，三天后的早上，你骑着马到大沟沿的宝局号门口等着，我们从那儿出发。"

"我们是要去外地吗？"

"不该问的不要打听。"这时她的脸色是凝重的，与她的实际年

29

龄不相称。她非常清楚自己的特殊身份，骨子里就有一种高傲，这是噶拉不喜欢的。她这样的神情使噶拉意识到两个人地位的悬殊——他们属于不同的阶层。

"我总得知道你要让我去干什么事情吧，不然我不去。"噶拉有些不高兴了。他觉得这个漂亮的小姐并不信任自己。

"好吧，这个我可以告诉你。有一支考察队要去索伦山谷一带做科学考察，需要一个向导。知道啥是向导吧？"

"不就是带路的嘛！"

"对。你愿意干吗？"

"那得看给什么报酬啦。当向导可是个危险的差事啊——索伦山谷那边可是有许多狼呢。"

"钱少不了你的。"

"我不要银子。"

"那你要什么？"

"银色闪电。"他突发奇想，提出了一个大胆的要求。

"你想要我的那匹银色闪电？"奥蕾有些惊讶地看着噶拉。

噶拉肯定地点头说："那匹马性子烈，你驾驭不了它。你可以骑我的雪兔。"

奥蕾思索了一会儿之后，似乎做出决定："成交——这一路上，银色闪电归你骑。等考察队结束了工作，返回去以后，它就正式属于你了。"

噶拉高兴得几乎跳起来。自从见了银色闪电以后，他眼前总是不停地闪过银色闪电的影子，回味着他征服银色闪电时那种特别奇妙的感觉。他甚至想，银色闪电就是为他而生的，这辈子能得到银色闪电，他将死而无憾。

"另外，考察队需要六匹马和六套鞍具，能办到吧？"奥蕾问。

"没问题。别说六匹，就是六十匹、六百匹，我也能帮你搞到。不过，用人家的马是要付钱的呀。"

"钱不是问题，需要多少钱，到时候我来付给他们。"

"一言为定。"

"一言为定。"

在他们站在树荫下说话的时候，珍珠出现过三次。第一次是跑过来问噶拉要不要留客人吃午饭。噶拉看向奥蕾，奥蕾摆手说不吃，表示自己还有事儿，马上就走。

第二次珍珠又跑过来问噶拉："昨天你帮我抓回来的蝴蝶总共有几只啊？"

噶拉说："总共八只。"

珍珠说："不对呀，刚才我看了，笼子里只有六只，另外两只哪儿去了？"

噶拉不高兴了，瞪了她一眼，说："那就是笼子盖开了，飞走了呗！"

她忙说："我再去看看草笼子盖开了没。"说着转身跑开了。

过了不一会儿，她又跑回来说："笼子盖儿果然开了，我看那些蝴蝶挺可怜的，就把它们都放啦。"

噶拉以为她说完了就要离开，可她并没有离开，又说："你们一直说话儿，肯定渴啦，我烧好了奶茶，你们要不要喝啊？"

噶拉这回可真的不高兴了，瞪眼喝道："你烦不烦啊！"

珍珠瞟了一旁的奥蕾一眼，低下头红着脸悄声说："人家还不是怕你们说得口渴嘛。"然后低着头跑开了。

奥蕾看着她的背影笑了，说："她就是你的妹妹珍珠？"

"你怎么知道她叫珍珠？"

"你昨天对我说过的。"

"噢，我忘啦。她是珍珠。平时她挺懂事的，可有时候也挺烦人的。"噶拉告诉奥蕾，珍珠并不是他的亲妹妹，她是伊荷梅林的女儿。他阿妈是梅林府的奴婢，自己从小和珍珠玩耍长大，两个人和亲兄妹也差不多。

"伊荷梅林？就是那个抗垦英雄吗？"

"嗯，你也知道他？"

"他的故事传遍了草原，我当然知道了。"奥蕾脸上流露出一分真情，"这种能为自己民族牺牲性命的人，我最敬重！"

之后二人不再说话，似乎把该说的话都说完了。他们的目光躲避着对方。奥蕾在回味那天在草原上二人同骑着银色闪电，他紧紧地搂着自己的那种妙不可言的感觉。噶拉则在回想着那天她的秀发海浪般冲刷着他的面庞的感觉，令他魂不守舍……

从王爷府出来之后，奥蕾完全相信了自己的判断：这个噶拉，是一个完全可以信赖的少年，回去后马上告诉阿玛，向导已经找好了。一想到过几天自己就要与噶拉一起跟随着考察队去索伦草原，她心里忍不住有几分小激动——难道自己喜欢上了这个男孩子？她马上否定了这个想法：怎么可能，他不过是王爷府的一个穷小子，自己有什么理由喜欢他呢？不过她马上找到了说服自己的理由——他的那种神态、那种顽皮、那阳光般的笑容，是她过去从来不曾见到过的。对她来说，这样的男孩子是个谜，谜里面应该有许多特别有意思的故事，而这些故事，是她所不知道又渴望知道的，所以，她才会对他感兴趣，才会接近他，这并不仅仅是利用。

她抬头看了一下天空，天真的很蓝，很高，很远。太阳此刻也变得越来越热烈。

9.

三天后。

天刚蒙蒙亮，噶拉就悄悄地爬起来，拎起了昨天夜里珍珠为他准备的干粮和一些在野外必需的用品，这些东西装在一个牛皮口袋里。他到马厩给自己的马儿备好鞍具，牵着马悄悄走出王爷府宅院的后门。后门的钥匙是珍珠帮他偷出来的。无论他做什么事情，珍珠都愿意当他的"同谋"。他想悄悄地出去，不惊动任何人，可当走到院子的后门处时，看见迷蒙的晨雾中有一个女孩子的身影。原来是珍珠，她早已经在这儿等候着他了。

"你怎么来了？"噶拉有些不太高兴。

珍珠说："我送送你嘛，你一走就是好多天呢。"

"过几天就回来了，又不是出远门儿。"噶拉摆了一下手说。珍珠心里惦记着他，他有些感动，说："我不在家的时候，上学放学没人接送你了，你自己当心一点儿——野村那些家伙知道你是我妹妹，没安好心。"

"我知道。"珍珠低头说，"我每天跟敖登花她们一起去上学，没事儿的。"

"那我走了。你还有事儿吗？"

"哦，你回到索伦，看看能不能找到咱们的风之影……"珍珠有些哀伤地说。珍珠六岁的时候，她就与小风之影天天一起玩耍，形影不离。

"好吧，这事儿你不说我也记得呢。"噶拉说着向外走去。

珍珠看着他牵着马出了后门，跟了出来，在他背后追了几步，喊着："离那个大小姐远一点儿！我看她不像好人。"

噶拉知道其实这句话才是她最想说的，也是她一大早前来送他的目的。他没有回答，只是默默地上了马，双腿一夹马肚子，雪兔一溜烟儿向远方奔去。他知道呆站在院门外的珍珠肯定流泪了。她有事儿没事儿就爱流泪，他知道。

约定见面的地点大沟沿的宝局号门口离王爷府不算远，不一会儿工夫，噶拉就赶到了。宝局号是个赌局，此时赌局早散，已是人去楼空。这时，天微微亮些，晨雾已经散去了不少。许多居民家的烟囱还是静悄悄的，没有一丝炊烟。只有香春院的门敞开着，偶尔有一两个在那里鬼混了一夜的嫖客伸着懒腰、打着哈欠从里面走出来，沿着孤寂的街道摇摇晃晃地走远。噶拉牵着马坐在宝局号的青石台阶上，有些犯困。他从来没有起过这么早，即便是去学校也是在太阳升起之后。似乎刚刚打了一个盹儿，一阵急促的马蹄声把他惊醒，抬头望去，看见奥蕾牵着银色闪电来到他面前。他急忙站立起来。奥蕾把驮在马背上的几个行囊和水壶扔下来，示意噶拉放在他的马背上。

噶拉有些吃惊："带这么多东西啊？"

奥蕾说："我们是要野营的，这些都是必须带的东西。"

噶拉说："那就得多租两匹马了，不然的话，带这么多东西，马跑不起来。"

奥蕾点了点头。她知道在这方面，噶拉比她有经验。

银色闪电看见噶拉，居然兴奋地"咴咴咴"嘶叫起来。噶拉走过去，亲切地抚摸着它，与它明亮的眼睛对视着，似乎他们是多年没有见过面的老朋友。

"行啦，你有的是时间和它亲热，换马吧。"奥蕾对噶拉说。

噶拉的心一下踏实了。在这之前，他一直担心奥蕾会反悔，不把银色闪电给他呢。当他稳稳地坐在银色闪电的背上时，浑身都洋溢着亢奋。

兴安镇不大，两人骑马没一会儿工夫就出了镇子。起初，是奥蕾在前，噶拉在后。很快，噶拉骑着的银色闪电就健步如飞，一下子超过了她，跑出了很远。奥蕾似乎有些不服气，打着雪兔追了一会儿，可怎么也追赶不上。噶拉在前面一直与她保持着一段距离，似乎很近，但无论她怎么努力追，依然还是那一段距离。她这才知道噶拉是故意与她保持这段距离的，心里不由得好笑：这小子是在故意显摆他的骑术呢。她并不知道那是由于噶拉骑上了银色闪电而格外兴奋。奥蕾索性让马慢下来。噶拉发现她落得有些远了，就勒住缰绳让银色闪电停下来，等奥蕾策马赶上。

奥蕾赶上来的时候，有些愠怒地看着噶拉说："从现在起，我们是一个团队，我是团队的首领，你是我的部下，你必须听我的命令和指挥。"

噶拉咧嘴笑了："我长这么大，没听过任何人的命令和指挥。"

"你阿妈的话你也不听吗？"

"不听！"他很坚决地说。

"你就是一个野人啊！"

"野人有啥不好的？天当被，地当床，渴了喝山泉水，饿了打野兔子、野鸡烤着吃，不被任何人管束，没老师和父母呵斥，也不用捧着书本念那些讨厌的课文，多么逍遥自在呀！"他得意地说。

"别忘了，你是我雇的向导，我是付了钱的，你必须听我的话。"

"不对，是你必须听我的。"

"为啥？"

"你知道去索伦山谷怎么走吗？"

"不知道。"

"你知道去博克图从哪儿走最近吗？"

"不知道。"

"如果我们迷了路，你知道怎样辨别正确的方向吗？"

"不知道。"

"如果我们遇到狼群，应该怎么办呢？"

奥蕾还是摇头。这些，她真没想过。

"你不知道，可是我知道，所以，你得听我的话。"噶拉更加得意了。

"好吧，在路上，这些事情我听你的，不过呢，其他的事情，你得听我的。"奥蕾虽然是个不愿意退让的女孩子，但是这时不得不做出让步。

"其他还有啥事情呢？我们不就是走路、爬山、过河、穿越森林和山谷吗？"

"还会有其他事情的。"奥蕾含糊地说。

"对了，你说的那个考察队都是些什么人呢？他们跑到这儿来考察什么？"噶拉好奇地问。

"这个……你没必要知道，反正有人给你付钱，你做好自己的事情就是了。"

奥蕾觉得他问得有些多了，就把话题引到了别处："你为什么不上学了呢？"

"因为打架。"

"被学校开除了是吗？"

见他不说话，她又说："那个小珍珠挺有意思的。"

"有啥意思？"

"她看你的眼神儿不大对劲儿。"

"咋不对劲儿？"

"反正就是不对劲儿……嘻嘻……"

噶拉没有回应。梅林夫人曾多次叮嘱过他："有关我们一家人的身份，你对谁都不能说。"梅林虽然死了，但他的仇人一直在寻找她们母女，以便斩草除根，所以她们才不得不躲藏到兴安镇的王爷府里来。噶拉知道这件事情很严重，弄不好会有杀身之祸，可他管不住自己的嘴巴，前几天就把珍珠的身世告诉了奥蕾。一说出来他就后悔了——不应该把珍珠是伊荷梅林的女儿这事儿告诉奥蕾呀，万一她再说给别人呢……

太阳已经升起一套马杆高了，明晃晃地照耀着草原。热气从大地上升腾起来。马蝇开始飞舞，追逐着马儿，它们喜欢往马的眼睛上叮咬。马不停地甩着头，想要甩开那些讨厌的家伙。它们的尾巴也不停地甩来甩去，驱赶着落到它们脊背上或者是肚皮上的蝇虫。银色闪电似乎已经对雪兔有了好感，总是故意往雪兔身边蹭，两匹马的鞍具有时候会碰在一起，铁马镫碰撞发出清脆的金属声。

"哎，我们先去租马吧？"奥蕾看着噶拉问。她怕他把这件重要的事情给忘了。

"知道，前面就是独眼乌宁的牧场，他的马都是我驯出来的，可听话呢。如果开赛马大会的话，我驯的那些马都能得头一名呢……"噶拉说得嘴滑收不住，又吹起来。

奥蕾已经不讨厌他吹牛了，反而觉得挺有意思的。也许这小子吸引人的地方，正是他胡吹乱侃吧。

骑马跑了两三个时辰之后，他们来到了独眼乌宁的牧场。从两顶灰旧的蒙古包那边突然蹿出来三条大狗，异常凶猛，一边奔跑一边狂吠。奥蕾害怕地望着，情不自禁地摸向怀里——她怀里藏着一把小勃朗宁手枪，那是出发前东哥送给她的。东哥用了两天的时间教会了她如何射击。

当她正打算把怀里藏着的手枪取出来击毙那三条扑上来的大狗时，看见噶拉迎着那三条大狗跑去，一边跑一边抡着他的马棒，大声呵斥着："呸呸，真是狗眼不认人啦！没看见是你噶大爷来了吗？"也真是奇怪，那三条狗一看清是噶拉，马上变得乖乖的，其中有两条狗夹着尾巴跑了回去，第三条狗亲热地跟着噶拉的马跑着，高兴地摇晃着尾巴。

奥蕾越来越觉得自己找对了人。

10.

宜立克杜车站是一个非常小的火车站，只有一段露天的站台和一块白底黑字的站牌。奥蕾和噶拉牵着六匹马在那里等候了一个多时辰，才看见一列车头喷吐着滚滚浓烟的火车慢慢爬行过来，并且发出一声悠长的汽笛声。

这是从齐齐哈尔驶过来的火车。从车上下来总共也没有几名乘客。噶拉看见从一节车厢的门口下来四个男人，为首的那瘦高个的男人东张西望了一会儿，便朝他们这边走过来。奥蕾也一直注意着他们，迎了过去。那瘦高个的男人身板挺直，目光犀利，步履稳健，显然是受过训练的。他走到奥蕾面前，彬彬有礼地用日语问道："请问是九格格吗？"

"是我，您一定是中村君了。"奥蕾居然会说一口流利的日语，这让噶拉有些吃惊。他的日语没学好，所以他们的对话他只能偶尔听懂一两句。

他们说了一会儿，然后奥蕾把噶拉介绍给那瘦高个的日本人。那日本人只是用漫不经心的目光瞟了噶拉一眼，就回过头去与另外三个日本人说着什么。

奥蕾低声对噶拉说："他叫中村，是农业考察队的队长。"

"你要是早和我说是日本人的考察队，我就不来赚这钱了。"噶拉有些沮丧地说。这是他的心里话。他讨厌日本人，学校里的那个野村已经让他受够了，可偏偏又来了一个中村。

噶拉按奥蕾的吩咐，帮着那四个人把他们的行李放到了两匹没有备鞍具的马背上。他们在独眼乌宁那儿租了六匹好马，每一匹马都是噶拉精心挑选出来的。

当他们牵着几匹马离开那片牧场时，奥蕾还是有几分不放心，看着那几匹马问噶拉："它们没问题吧？"

噶拉有点儿不高兴了。"嗨，我告诉你吧——老噶我选出来的马，肯定是草原上最棒的马啊！即便不是万里驹，那也是千里马。"噶拉忍不住又吹起来。

奥蕾相信噶拉的眼力。那几匹马跑起来果然生龙活虎的。

出了火车站，噶拉给那几个考察队的队员分配马，并教他们如何驾驭这些马，它们的习性、脾气如何，遇到勒不住缰绳的时候又该怎样做等。多出来的两匹马做备用，同时让它们驮辎重。噶拉特别强调，这一带的野鼠洞特别多，马儿最怕野鼠洞，因为不小心踩进去会崴了马蹄子，所以，见到野鼠洞一定要躲开，要绕着走。奥蕾给他们翻译着。那几个队员郑重地点头，表示他们听明白了。

大约过了一刻钟，这一行人和八匹马离开了宜立克杜车站，向索伦山的方向疾驰而去。

11.

考察队用了两天的时间，从索伦山到达了察尔森湖。

噶拉的疑心越来越重。奥蕾说，这支四人考察队有三个人都是农业专家；一个人是为他们服务的伙计，是个哑巴，也不知是哪国人。他们是到这里来考察农业的，可是，他们不去农村，也不进麦田和高粱地，却对这一带的屯垦军感兴趣。他们随身带来的箱子里放着一些仪器。当他们走到屯垦军营地附近时，就把那些仪器架起来，一边观测，一边记录着什么。噶拉看见他们有一架巨大的望远镜——起初他不知道那是望远镜，以为是什么先进的仪器。那天当他们躺在树荫下午休的时候，噶拉偷偷溜过去，朝那仪器里望了一眼，顿时惊讶得合不拢嘴巴——在那个窥望镜里，远处那影影绰绰的人影被放大了几百倍，能清楚地看到他们衣服上的纽扣，甚至能看清楚男人下巴上的胡茬。

难道，他们不是农业专家，而是间谍，是来搜集军事情报的？

噶拉被自己这个怀疑惊出一身的冷汗来。

会不会奥蕾也被他们欺骗了呢？

休息时，他低声问奥蕾："嗨，这些人，你是怎么认识的？"

"我也是刚刚认识啊。怎么啦？"奥蕾看着噶拉说。

"我的意思是……他们是谁介绍你认识的？"

"哦，我有一个表哥，她呢，从小被过继给了一个日本人，是在日本京都长大的。前年她回国，嫁给了一个蒙古人……"

"等等，你把我搞糊涂了。表哥怎么会嫁人呢？"

奥蕾笑了，说："是我没说清楚——其实她是我表姐，不过呢，她喜欢穿男装，总是扮成男人样儿，大家都叫她东哥。"

"这么说我就明白了。这么说，这几个日本人是你表哥的朋友啦？"

"是呢，中村先生与东哥的老师私交很好，所以，表哥才会帮助他们。"

"你没觉得，这几个人有些奇怪吗？"

"哪里奇怪？"

"他们好像对军营特别有兴趣。"

"那有啥奇怪的。这一带驻扎的都是屯垦队伍，这些当兵的都是种地的，考察农业，不得先考察种地的人嘛。"

噶拉觉得奥蕾说得也有些道理。他知道专家们都喜欢研究一些稀奇古怪的事情。

可是两天后发生的一件事情，让噶拉确定了自己的怀疑——他们就是间谍！

井衫太郎是中村的得力助手，曾经是日军退役的预备曹长，会说几句生硬的蒙古话。他让噶拉帮他穿上了一件蒙古袍，一切都按照当地蒙古族的装束打扮。打扮停当之后，他让噶拉带他去附近的佘王府。噶拉问他去那里做什么事情，他说想了解一下当地的风土人情。噶拉有些听不明白他的话是什么意思，只得叫来奥蕾翻译。

噶拉带着井衫去了佘王府。这里是一个不大的小镇，也是屯垦军第三团的驻地。井衫袖筒里藏着一架很小的照相机。他趁着没有人

41

注意，悄悄地拍摄了许多防区的照片。他还让噶拉打听每个连的人员火力部署情况。他们在返回途中，看到有几个浩特的牧人正在比赛摔跤，一时好奇，便下马观看。

噶拉灵机一动，对井衫说："我来教你摔跤吧。"不等井衫答应，噶拉已经搂住井衫摔了起来。还没等井衫反应过来，噶拉一个大背胯把井衫摔倒在地。藏在井衫腰间的一把手枪被甩了出来。

井衫急忙爬起来，捡起手枪，藏进怀中，对噶拉嬉笑着说："防身，我带枪完全是为了防身，听说这边土匪很多……"

噶拉不再相信他的鬼话，有些紧张起来，飞快地思索着应该如何处理这件事情。

噶拉想，当务之急，是如何把这个消息透露给当地驻军。

噶拉忽然想起了一个人——三连司务长王德保。

那时噶拉大约十岁，在索伦牧场帮着放牧，德保曾经为连队来买羊。噶拉帮着到羊群里抓羊。有一只山羊很凶猛，用犄角顶了德保，德保恼羞成怒，拔出枪来射杀了山羊。噶拉生气了，说他是坏人，不再帮他抓羊。德保一看事情不好，急忙买了一包糖果来贿赂噶拉。吃了人家的糖果，噶拉不好再不理睬人家，心里暗骂自己嘴馋，还得帮那家伙抓羊。日子久了，噶拉渐渐与德保熟了，吃了人家不少糖果，也不觉得他有多坏了。

噶拉看了看天色，太阳快落山了。他知道每当这个时候，德保就会一个人出来到集市去买菜。他对井衫说："对了，先生，我刚才在镇子上看见一个家伙，一年前他借过我五块钱，到现在也不还，我得找他讨债去！先生你在这儿稍微等我一会儿，我跟他要了钱，马上就回来。"

噶拉说完，不等井衫答应，便翻身上马，掉转马头，打马一鞭，向着小镇方向奔去。

不一会儿工夫，噶拉再次回到小镇。他策马跑到集市上，看见那个规模不大的小集市上有许多小商小贩正在收摊儿。他四下仔细瞅了一遍，没有看到穿军装的人，不由得有些失望。正准备离去时，听见有人唱着东北小调走了过来。他回头一看，乐了，来人正是德保，赶着一头小毛驴，驴背上驮着两个菜筐子。

王德保唱道："大闺女美呀大闺女浪，大闺女半夜爬上我的炕……"

噶拉急忙迎上前去："长官。"

德保认出了噶拉："哟，臭小子，是你啊！有几年儿没见着你啦，去哪儿了？"

"走敖特去啦。"噶拉说，"长官，我有个重要的情报要向你汇报。"

"你能有啥重要情报？"

噶拉把手伸出来说："先给我五块钱，我就把重要情报告诉你。"

德保用不相信的目光看着噶拉说："你小子不是想从我这儿骗钱的吧？"

噶拉急忙说："我要是骗你，这匹马就归你啦。"

德保说："你这家伙人小鬼大，我不信你。"

"那你可别后悔啊。我现在就去你们团部，直接找你们团长，他给我的赏钱可要多多啦。"

噶拉说着，做出要走的样子。

德保想了一下，急忙拉住他："哎，兄弟，别走啊，来来，咱们来个公平交易。"

噶拉转过身来问："怎么公平交易？"

德保从身上掏出五元钱来晃了晃说："你先把情报告诉我，我看看这个情报值不值五块钱。"

"好吧，那我就告诉你。有一个日本农业考察队，总共四个人，我觉得他们是间谍。"

德保的眼睛一下瞪得有牛眼睛那么大，问："间谍？你没搞错？"

"没错，他们身上都带着枪呢，一路上不停地拍照片。"

"他们在哪儿？"

"今晚住老哈屯。"

"好小子，我马上去报告。如果真的像你说的他们是日本间谍，那老子可要立大功发大财啦！"看着噶拉一直盯着他，他马上补充说，"放心，只要发赏金，少不了你那一份儿。"

噶拉一把从德保手里夺过那五块钱说："赏金的事儿以后再说，这五块钱我有急用。"

不等德保反应过来，噶拉已经翻身上马，策马而去。

返回镇子外面时，噶拉勒住马，想了一下，下了马，从路边捡起一块石头，对准自己的脑门，狠了狠心，猛地拍下去，顿时额头上流下了鲜血。

返回路口，噶拉看见等他的井衫满是猜疑的神色，问他："喂，你干什么去啦？"

"我去讨债了呀。你看，脑袋都让那家伙打破了，这五块钱要回来真不容易呢……唉，借钱容易要账难啊！"噶拉故意晃着那张钞票让井衫看。

井衫怀疑的目光像秋天的云被大风刮跑了，翻身上马，和噶拉一起返回了老哈屯。

12.

考察队把他们的帐篷扎在了老哈屯村外不远的地方，这儿离察尔森湖很近，夜里能听得到湖水拍打沙滩的响声，还能听到湖中的鱼在水面上跳跃而翻腾起浪花的声音。

这天其他人都没有出去。噶拉回去的时候，奥蕾和中村正在湖边聊天，她看见噶拉的样子，吃了一惊，急忙问道："你怎么了？被谁打了？"

"别提了，真他妈的晦气！有个家伙借了我的钱不还，今天恰巧在镇子上碰见他了。我和他要钱，他不给，还骂我，我就跟他打起来了……"噶拉愤愤地说着，说得煞有介事。

奥蕾急忙取来急救箱，取出一卷纱布和一管药膏说："来，我给你包扎一下。"

噶拉摆了摆手说："嗨，擦破点儿皮，不碍事的。"

"不行，感染了就麻烦啦。来，让我来包扎一下。"奥蕾说着把噶拉摁到她刚才坐的一块大青石上，开始给他上药。她的头离噶拉很近，她的气息喷到他的脸上，令他感到一阵酥痒。

"你特别爱和人打架吗？"她轻声地问。她的声调让他感觉到很舒服。

"我只和坏人打架，从不欺负好人。"他说。一时间，他觉得自己像是一位惩恶扬善的大侠。

"你得学会保护自己呀！"她又说。

噶拉觉得她的话有点儿可笑，珍珠才会用这种口气和他说话呢："你得学会保护自己呀，总是把自己弄伤，知不知道人家有多心疼啊……"唉，女人难道都是这样婆婆妈妈的吗？不过，有人关心总不是一件坏事儿，他心里还是感觉挺高兴的。

晚饭是中村的助手高仓做的。他们带着许多罐头，只要打开稍微热一下就可以吃了。噶拉挺佩服日本人的精细：他费了老劲儿也打不开的罐头，他们用专门开启罐头的工具，非常轻松地几下就把铁皮筒罐头打开了。然后他们把空了的罐头盒拿到附近的草原上，用自带的能折叠的小铁锹挖一个小坑，把那些空罐头盒埋起来。

这是怕泄露他们的行踪吗？

噶拉觉得一切都变得合情合理起来。

晚饭噶拉只吃了个半饱。正是长身体的年龄，最近他特别能吃，总是吃不饱的样子。他饭量惊人却不敢表现出来，怕奥蕾笑话他能吃。当奥蕾说再给他盛一碗米饭时，他摇头说不吃了，吃饱了。奥蕾笑了一下没说话，取过他手中的空碗，盛了小半碗米饭，又塞到他的手里。他看着手中的碗做出苦笑状说："你这是成心想让我长成一个大胖子吗？"虽然这样说，但他还是几口把米饭全拨拉进了嘴里。

噶拉有些心神不定，奥蕾看出来了，刚想要问他，他却拍着肚子站起来，说他吃撑着了，这要怪奥蕾。他对奥蕾挤了挤眼睛说："马不吃夜草不肥。明天我们还要赶路呢，我得去把那几匹马放到草滩上去吃草。"

奥蕾不明白他对她挤眼睛是啥意思，也没理会。

噶拉出去，走到附近的小树林里，将那几匹拴在树上的马的缰绳全部解开，让它们自由行动。之后他趴在林间草地上，耳朵紧贴着地面，仔细地听着。

耳朵隐约听到如闷雷般的敲击声，噶拉知道，那是马蹄敲击大地的声音。他一秒钟也没有迟疑，飞快地朝着宿营地那边奔去。

奥蕾待在帐篷里百无聊赖，她估计噶拉得过上半个时辰才能回来，可没想到，仅仅过了一小会儿，外面传来一阵马蹄声。

噶拉急急忙忙跑了进来，大声嚷嚷起来："咳，完啦完啦！马跑啦！"

"怎么回事儿？"中村有些惊慌地问。

奥蕾问噶拉："马为什么会跑掉？"

噶拉说："我刚把马牵到一片草场上，打算给它们上脚绊，让它们留在那儿吃夜草，突然，不知是从哪儿蹿过来的一条大狗，对着马狂叫起来。马受了惊吓，狂奔乱跳，怎么拉扯都拢不住，结果，几匹马都跑掉了。"

中村听了很愤怒，指着噶拉说："我们明天还要赶很远的路，不能没有马！"

奥蕾看着噶拉问："能抓回来吗？"

噶拉犹豫了一下说："抓回马倒是没有问题，只是，我需要一个帮手。"

奥蕾问："谁去帮你合适？井衫还是高仓？"

噶拉说："他们俩都不行，只有你跟我去最合适。"说着，又对她挤了挤眼睛。

这下奥蕾有些明白他挤眼睛的意思了——他有话要对自己说，而这些话，是不想让日本人知道的。

奥蕾跟着噶拉出了帐篷。刚一出来，噶拉抓住奥蕾的手就跑起来。奥蕾不知道出了什么事情，努力想甩脱他的手。但他的手劲儿很大，像一把大钳子紧紧地夹着她的手腕儿，她根本甩不掉。

"哎呀，你这是怎么啦？发生什么事情了？"

"快跑，一会儿再跟你说。"噶拉紧拉着奥蕾的手只是跑着。

跑了好一会儿，他们跑进了村子外面的那片小树林里，才停了下来。噶拉紧攥奥蕾的那只手依然没有松开。

林子里十分阴暗，奥蕾害怕地四下张望了一下，喘息着说："不是说出来找马吗？"

"马是我故意放走的。"噶拉也大口喘着气。

"啥？你故意放走马？你疯了吗？"奥蕾吃惊地看着噶拉。昏暗的夜色中，噶拉黑乎乎的脸上只有那对眼睛闪着光亮。

"你听我说，中村、井衫，还有高仓，他们不是什么农业专家，也不是到这儿来考察的。"

"你说什么？不是来考察的？那他们……"

"他们是间谍，是来收集军事情报的。"

"不可能吧，东哥怎么会骗我，她说他们是……"

"相信我吧，奥蕾，我们上当了。他们真的不是好人！"

奥蕾一时沉默了，她想起了出发前夜，她与东哥的一席长谈。那时东哥也像噶拉这样紧紧地攥着她的手，盯着她的眼睛和她说："九格格，你阿玛不想让你跟考察队一起去索伦山，说你还小，怕你吃苦，担心你出事儿。但是我坚持让你去。我看得出来，你是咱们家族优秀的女孩子，将来会成就一番大事业。从现在起，你就应该锻炼自己，参与各种活动。这次跟随考察队一起去野营会非常危险，等于是对你的一次考验。不过，这只是我个人的意见，你阿玛说，一定要听听你的想法。如果你不想去也不必勉强，我会派其他人给他们当翻译的。"

奥蕾似乎在那一瞬间看见噶拉阳光般的笑脸在眼前闪了一下，坚定地对东哥说："我去……"

那时候她还不明白东哥说的"非常危险"是什么意思，现在，她明白了——那几个日本人是间谍，与他们同行，一旦被发现，当然会非常危险了！

由于害怕，也可能是由于寒冷，奥蕾的身子有些发抖。

"你冷吗？"噶拉关心地问。

奥蕾点了点头说："我回去拿些衣服……"

"不行，不能回去！"

"为什么不能回去？"

"因为，我看见东北军的骑兵包抄过来了……"

仿佛是证明噶拉没说错，他的话音刚落，附近突然响起了一阵激烈的枪声……

奥蕾被惊呆了。

那时候他们谁都不会想到，这枪声将会引起更大的战火……

第二章

雨塘巷

13.

1931年，美国缅因州二十三岁的女教师米丽娅姆给她的母亲多丽娜邮寄了一封信。她万万没想到，这封信在路上走了整整八十三年才送到。

就在同一天，远在中国东北的一个小城镇兴安镇，爱新觉罗氏的后人奕昕也发出一封加急挂号信。这封发给他的留日同学陶宽的信，由齐齐哈尔驿车发往天津，路上走了七天，在天津港口上船，五天后抵达上海，再转邮车走了三天到达浙江嘉兴，终于在十五天后送到了嘉兴大亨陶二爷的书桌上。

二爷捧着那封信，足足看了一个时辰。

二爷名陶宽，爷爷曾入汉八旗，所以他也算是大清的旗人。可是，辛亥革命之后，各地军阀割地而起。二爷盘算着仅凭蜷缩在东北的几个遗老遗少想扭转乾坤，在东北起事，还要成立什么"满洲国"，谈何容易？

当年留日时，小亲王奕昕与二爷关系最好，二人情同手足。他们有着共同的爱好、共同的话题，并且同时爱上了一个日本女人——松本一香，那是他们房东的小女儿，时常来给他们打扫房间、端茶送水。那时松本一香已经读完了大学，她的清纯和温柔令二人魂不守舍。但是当他们发现对方喜欢一香时，都表现出谦谦君子的风范，不再向一香表达爱意并有意与她疏远。这件事情使他们认清了彼此的性情，也就更加巩固了他们之间的友谊。

但是现在小亲王与他商洽的事情已经远远超越了他们友谊的范畴，那边需要的是一笔数目可观的钱，是出于政治和经济上的急需。小亲王给出的条件非常诱人：一倍的利息！也就是说，如果借贷给他三百万，就能收回六百万。小亲王在信中透露，日本人的政治献金年底就能兑现，最少有几十个亿，所以这笔买卖是只赚不赔的。二爷做生意一向精明，而且胆大，只要看准了行情，抓住了机会，再大的风险也不胆怯。

想当年，陶二爷从日本学成归来，决定大干一场，将全部资本押在了上海股市，不承想股市突然暴跌，他赔得血本无归。那时有多少绝望的股东下饺子般的跳楼。关键时刻，二爷向居住在旅顺的小亲王求救，小亲王马上派人给他送来了一百根"大黄鱼"。正是那一百根金条救了二爷的命，他重操祖上旧业，投资丝绸纺织。奕昕又帮他采购了先进的纺织机器，二爷由此起死回生，生意越做越兴旺。

二爷思前想后，觉得于情于理，自己都应该答应小亲王，帮他这个忙，更何况，这么一笔划算的生意放弃不做，岂不是傻瓜？不过，三百万现金他一时也难以筹齐，目前只能拿出两百万，还有一百万需要想办法。

他想到了他的好邻居——"江南船王"水承舟。

二爷掏出金壳怀表看了一眼，已经到了正午。柳妈影子般轻轻地进来，用蚊子一样轻的声音对他说："老爷，水家的客人到了。"

他这才突然想起今天正午要宴请水家之事，急忙对柳妈说："快，请到客厅去叙话。"

14.

在嘉兴烟雨路与海盐塘路交会的地方，有一条幽深的巷子，当年名叫雨塘巷，巷子里仅居住着三户人家：陶家、水家、沈家。当地人都知道，这三户人家皆为实力雄厚的大户人家，非一般人家可比。

陶家的祖先曾做过一任杭州织造府的提督织造官，辞官后开办了一家丝绸纺织厂。那时江南丝绸名满天下，苏州产的丝绸为"罗缎"，杭州产的称"花缎"，南京产的称"玄绘"。陶家的花缎集三家之所长，轻薄软润，名满天下。几代传承下来，陶家的花缎一直畅销大江南北，甚至名扬海外。

水家也是生意世家，当年本居住在无锡。无锡造船有名家十二，水家未入名册，却在民间有"江南船王"之称。水家造的船无论是质量还是造型工艺都独具一格，许多技术是祖传下来的，对外秘而不宣。只是近些年来，火车、汽车兴起，造船业被冷落，水家似乎有了败落的迹象。三年前水家从无锡搬到雨塘巷，是三户人家中相对不算富裕的一家。

沈家几代人并不经商，走的是科举为官之路。沈家历史上出过几个举人，乾隆年间出过一个探花，院门上便挂上了一块"探花府"的匾额，一百多年来从没有摘下来过。探花府虽然在巷子最深处，但科举制废除后，沈家公子沈亦武就读于复旦大学，参加同盟会，辛亥革命成功后，到南京任职，官职虽不大，但薪水颇丰，在当地无人不知、无人不晓。

雨塘巷出过许多奇人奇事，但最奇的是三户人家各有一儿一女，从陶家老大陶大可算起，依次递减一岁，水家小女儿水小鱼最小，比陶大可整整小六岁。有人算过这六个孩子的生辰八字，正好将他们配成三对，都是绝好的姻缘。

六个孩子从小在一起玩耍，青梅竹马，日久自然生情。陶大可长得高高大大，有几分军人的英姿。他在上海震旦大学读书，马上就要毕业了。妹妹叫陶乐然，小名乐乐，在嘉兴女子师范就读。人如其名，她长得小巧可爱，一张娇嫩的娃娃脸，一对大眼睛，声音也非常稚嫩，一说话就咯咯地笑，两腮间显露出两个迷人的酒窝，很是招人喜爱。

水家女儿本来父母起名叫水小鱼，都说她是个才女，琴棋书画无所不通。人也长得水灵，除了有一点儿任性，似乎挑不出其他的毛病。上学时，她说："我可不愿意当一条任人宰杀的鱼。"就自作主张，取其谐音，改名为水小愚。可同学们依然唤其"小鱼儿"。其兄水海洋相貌清秀，非常聪明，许多女孩子都暗中喜欢他。

沈家女儿沈静虽然还在上海女子护校上学，但已经有了婆家，据说男方的爹是一位赫赫有名的政府参事，是名门之家。偏偏这沈亦武的公子沈康不让人省心，既不读书，也不从政，每天在家无所事事，经常瞒着家人跑到上海去泡夜总会，结识了一帮狐朋狗友，手脚大得很，没钱就向母亲索要。

一天，这六个孩子在一起玩扑克牌，突然沈康提出玩"配冤家"。所谓的"配冤家"就是挑出六张牌来，从一至三，三张黑桃、三张红桃，男抓黑，女抓红，最后大家亮牌，点数相同者为一对儿"冤家"，然后每一对冤家为一组，三方再赌牌决胜负。抓牌的结果是陶大可与小愚黑红点数相同，小愚的哥哥海洋与沈康的妹妹沈静为一对，而沈康与陶大可的妹妹陶乐然成了"冤家"。陶乐然当场就叫起来："不行不行，我才不跟他一家呢！重来重来，再抓再抓……"奇的是第二次重摸牌，依然是这个结果。这下大家都默不作声了，彼此看着对方，似乎都默认了这个结果。

陶大可称自己是无神论者，并不相信这个小把戏。他嘴上说着"不过是个游戏嘛，不必当真……"心里却是当真了的。他在震旦大学读的是法学院，却狂热地迷恋上了马克思的论著，整整一个暑假都捧着一本《资本论》读得十分入迷。对于水小愚，他从前并未过多地注意过，印象中她不过是个没有长大的小妹妹。可是有一天，当小愚突然出现在他面前时，一下子颠覆了他的固有看法。

闷热的假期里，陶大可躲在他家的小阁楼上读书。他在读恩格斯的《反杜林论》。对于欧洲的一些情况，他只是一知半解，譬如工业革命他是熟知的，可对于一些哲学问题他需要认真阅读才能搞清楚。他发现了一条捷径：读马恩的论著，只要牢牢把握住唯物辩证法和剩余价值学说，就能一通百通。

正读在兴头上，却见空中飞来一个不明飞行物。定睛一看，原来是一张纸折叠的小飞机，在空中盘旋着，然后准确地从阁楼敞开的窗户飞进来，落在他面前。他抬头望着对面，那是水家的小洋楼，阁楼的窗子也是敞开的，风拂纱帘，纱帘后面露出一张笑脸——是小愚。

她给他做了一个手势。他马上明白那手势的意思，离开书桌，弯腰捡起那个纸飞机，展开一看，上面写着一句话："书呆子，别总埋头读书啦，我们去南湖游泳吧。"

半小时后，他们来到了南湖浴场。

说起来，还是大可教会小愚游泳的。虽然她名叫"小鱼"，可从小就惧水，不敢下水游泳。她认为自己"晕水"。有一次，六个孩子一起来到南湖，大家下水游泳，只有小愚一个人坐在岸边观望。大可已经游了一个来回，湿漉漉地上岸后，站在岸边冲着小愚招手。小愚以为他要告诉自己什么有趣儿的事情，就走了过去。在她心目中，大可是最值得信任的大哥哥。大可也不说话，突然一下抱住了她的腰，还没等她反应过来，隔着矮栏杆一下将她抛进了湖水中。惊恐的小愚在湖水里扑腾着，激起一片片水花。湖水很快淹没了她的头。她呛了几口水，感觉难受极了，身体向下沉，一个念头闪过脑海：完了完了，要被淹死啦……就在这时，她突然感觉到一双有力的大手托住了她的腰，将她托出了水面。她的头露出水面后就大口大口地呼吸着，逐渐清醒过来，扭头一看，看到了一旁托举着她的大可。他对她说："放松——让身体彻底放松……"她按照他说的做了，放松身体，也放松了紧张的心——有他托举着她，她还有什么可紧张的呢？她知道大可的水性极好，曾得过学校的游泳冠军。奇怪，自己一点儿也不晕水了，反而感到漂浮在水面上的感觉真好！她按照大可的叮嘱，练习着每一个动作，不一会儿就学会了游泳。上岸以后，她用她独特的方式报复了大可——突然抓住他的胳膊，在他的小臂上狠狠地咬了一口。被她咬过的那个地方马上变得殷红，清晰地留下了几个齿印。几天后她看见大可的小臂上那个显眼的红印还没有消失，后悔自己咬得太狠了，一时感到挺内疚的。

对于陶大可来说，那个咬痕不是留在胳膊上，而是深深地留在了他的心里。

15.

　　那是六月末的一个晴朗的日子，陶家公子大可与水家小姐小愚两个人来到南湖，他们想用清凉的湖水冲刷掉初夏的燥热。

　　当换好游泳衣的小愚走到大可面前时，大可的目光一下被她给牢牢地吸引住了——一个学期没有见到小愚，她居然一下由少女的模样出落成大姑娘的样子了。最好的证明是她的身材——那高高隆起的前胸，犹如两座骄傲的小山峰颤动着青春的诱惑；那两条修长的腿如挺拔的小白杨散发着无限的活力。她的皮肤是那样的白净，当乌黑的秀发覆盖在颈项上时，更是有一种说不出的魅力。他吃惊得合不拢嘴巴。

　　看着他的傻样儿，小愚忍不住笑了起来："怎么啦，看见妖怪啦？"

　　"没有没有……"大可努力掩饰着自己的窘态，"我还以为认错人了呢……"

　　"你是奇怪我一下子变胖了吧？我都愁死啦，说胖就胖，怎么办呀？"

　　"不不，你一点儿也不胖，是衣服小了。"大可急忙安慰她说，"等开学我回上海，到外滩帮你买一件大号的吧。"

　　小愚高兴起来："那我得好好谢谢你啦！等游完了泳，我们上烟雨楼，我请你吃冰激凌啊！"

"好啊！"

天气很好，湖面上的微澜鱼鳞般层层扩散。大可的水性极好，时而蛙泳，时而仰游，时而潜入水中，半天不露头，直到小愚害怕了，大声呼喊他的名字，他才突然一下从水下钻出来，望着小愚笑着，露出雪白的牙齿。

他们大约游了一小时，感觉有些累了，上了岸，擦拭身上的水滴。小愚摘下头上的游泳帽，秀发上点缀着一粒粒珍珠般的水珠儿，一颗颗向下坠落着。望着小愚，大可突然想起了那句诗："大珠小珠落玉盘。"

烟雨楼算是当地的名胜古迹，据传乾隆皇帝六下江南，曾八次登上过烟雨楼，那楼台画阁里不知隐藏了多少风流故事。大可和小愚住在附近，也不知多少次登上过烟雨楼，对这儿的一切都极为熟悉。其时，微风习习，拂面而来。眺望着那一片青山碧水，大可诗情涌荡，信口吟来："南湖可饮春畴美，只合躬耕毕此生。"

陆游是他最喜欢的一位诗人。

一条画舫由远而近，在附近的小码头停下来。画舫上的游客不多，稀稀落落地下了船。小愚望着画舫，突发奇想，早忘了吃冰激凌之事，拉住大可的手说："我请你去坐船吧。"

这时，陶大可的心是异常温和的，他会答应她提出的任何建议。他笑了笑跟着她下了烟雨楼，向那个小码头走去。

远远望去，那画舫并不起眼，与其他的画舫并无两样，是单夹弄的中号画舫，纯木结构，船身两侧是一扇扇四方形的窗子。船首插着长长的竹篙，船尾有一柄大橹。船娘站在岸边正在招徕游客，看见小愚，马上笑脸相迎，一口一个"大小姐"叫着。大可这才知道这画舫原来是水家的。小愚自豪地告诉他："在南湖，有一多半儿游船是我家的，是我们家在无锡船厂制造好后，运到这儿做水上生意的。"

他们刚刚上了画舫，几位零散的游客也跟着他们上了画舫。船娘想拦住他们："这是我家小姐，这船不载客啦……"

小愚笑着对船娘说："没事，让他们上来吧。"

画舫离了岸，向湖心驶去。船娘摇着大橹，发出"吱呀吱呀"的响声。陶大可和小愚起初坐在船舱里，二人都觉得有些不自在。

小愚为了打破尴尬的气氛，没话找话说："哎，你知道吗，我家这条画舫，有故事呢。"

"啥故事？"

"你真不知道？"

"不知道。"

"你听说过共产党吧？"

"当然听说过，怎么了？"

小愚压低声音说："中国共产党成立的会议，就是在这条画舫上开的。"

陶大可略有些吃惊地瞪大眼睛："第一次党的代表大会，就是在这里开的？"

小愚肯定地点头说："我爸爸说的，应该没错儿。不信你去问船娘。"

"十年前的事情了，她还记得吗？"

"也许记得吧。"

陶大可来到船尾，见那船娘四十岁左右的样子，头发在脑袋顶上盘了一个发髻，上着一件青布对襟袄，下穿一条紫色灯笼裤，脚踩一双木屐，十分干练的样子。大可与她交谈几句，果然是位快言快语的妇人。她告诉大可，十年前七月下旬的一天，她这船上载着几位先生，都是读书人的模样。他们喝茶聊天，又像在开会，一会儿声高，一会儿声低，说的一些话她都听不大懂。

大可急忙问："你知道他们的名字吗？"

船娘想了一下说："好像有个人叫润之，说的是湖南话，我也听不大懂。还有一个叫李达的。对了，有一个叫国焘的。他们还喊口号哩！"

小愚问："他们喊的是啥口号？"

船娘有些紧张地低声说："他们喊共产党万岁，苏维埃万岁……"

陶大可听得有些激动，对小愚说："他们可都是中国的精英啊！如果那时候我也在船上就好了，我就可以认识他们了。"

小愚捂嘴笑道："十年前你才几岁啊，还穿开裆裤呢！"

陶大可摸了摸脑袋，笑着说："也是啊！我要是早出生十年就好啦！"

船娘见他们说得有趣儿，就接着说："他们刚喊完口号，就有一条水警船开了过来。"

大可有些紧张地问："是来抓他们的吗？"

船娘说："不是，只是例行公事。"

小愚问："然后呢？"

船娘说："虚惊一场，那些警察只是问了几句话，没有到船上来检查。"

"后来呢，这船上还有啥故事呢？"大可好奇地问。

船娘想了一下，说："后来啊，那个租船的女人上船来寻一支金笔，说她在租船时可能把一支金笔丢在了船上。"

"金笔？"

"是呀，她说那金笔对她有特殊意义，那是她与丈夫结婚时的纪念品，她想找回来。可我帮她找了半天也没找到。"

"金笔会不会掉在湖里了？"大可望着碧波粼粼的湖面，若有所思地问。

突然间大可站起来脱去上衣。他的胸中有一股冲动，他并不知道那是一个情窦初开的男孩子急于想要向他所喜欢的女孩子证明自己不可言说的内心。

"你要干什么啊？"小愚不解地看着他问。

大可也不说话，"扑通"，一个猛子扎了下去。湖面上冒起一串串水泡。

他想潜水去把那支金笔找回来，让它物归原主。其实，他更想让小愚见识一下自己的水性是何等出众。

小愚有些担心地望着水面。她知道大可水性很好，潜到水底应该没有问题，问题是，时间已经过去那么久了，那支笔怕是早已经被泥沙埋没，或者被水下的暗流给冲到什么地方去了，用这种刻舟求剑的方法能找得到吗？

过了好一会儿，大可从水里冒出头来换气。小愚急忙喊他："喂，找到了吗？"

大可摇摇头。

"快上来吧，不可能找到的。"小愚喊着。

大可却没上来，深深吸了一口气，又潜回水里。

这一回，时间特别长，湖面只有波光闪耀，让人看得眼晕。小愚有些害怕了，用手拍着船舷叫着："大可——大可——"

湖面上依然不见大可的影子。

小愚有些急了，准备往水里跳，她要去水中寻找大可。

船娘在旁边一把抱住她说："使不得，大小姐，万一你有个三长两短，我怎么向东家交代呀！"

"放开我，让我下去！"

"你不能下去啊！这下面水草长得很旺盛，他也许是被水草给缠住了呢。"

"那我更得下去救他啊……"

小愚挣扎着、叫喊着。正在这时，大可突然从水里冒出头来，手中高举着一个长条状的金属盒子。他激动地大声叫着："找到啦——我找到啦——"

16.

陶二爷与三姨太莺莺宴请水家夫妇是一个月之前就安排好的。原来，陶二爷摆的是一场"鸿门宴"。

女儿陶乐然是那种心里装不住事儿、脸上藏不住事儿的女孩子。她的喜怒皆形于色，对谁都是那么坦诚，有啥说啥，不藏不掖，可唯独对海洋敬而远之。她用她的伶牙俐齿教训过这条巷子里所有男孩子，对海洋却不曾有过一句微词。水家养了一只虎皮猫，时常跑到陶家这边来。乐然对那只小猫出奇地好，把自己的好吃的都喂给它，以至于那虎皮猫时常赖在陶家不走。海洋对虎皮猫这种无耻行径很不满，只得摁响陶家的门铃，客气而礼貌地问："我家的虎皮猫是不是又赖在你家了？"这时候乐然会抱着虎皮猫从她的闺阁里走出来，交还到海洋的手上。其实，这一刻才是她最期待的。她对虎皮猫所有的好，都是为了能见到她心仪的这个少年。海洋在这方面有些迟钝，浑然不觉，当着陶乐然的面儿斥责虎皮猫耍无赖，有时还用巴掌拍打它几下。这时候陶乐然就装出生气的样子护着虎皮猫，说是她要虎皮猫留下不走的。胖胖的虎皮猫似乎得到美人的青睐，对着海洋龇牙咧嘴做凶相。

海洋说："你看看，你把它惯得不成样儿啦。"

乐然却笑道："肯定是你虐待它，它才离家出走的嘛。"

由于过度肥胖，虎皮猫终于病倒了，海洋把它送进了宠物医院。乐然等了两天也没见到虎皮猫，同时她也见不到海洋了。几番犹豫之后，她鼓起勇气去摁响水家的门铃。

开门的是水家的老管家旺才。旺才告诉她："虎皮猫患病了，被送进医院啦。"

乐然抹着泪儿回了家，恰在门口遇到了父亲陶二爷。二爷从他那辆老爷车上下来，旁边还依偎着三姨太莺莺。二爷看见宝贝女儿抹泪，有些惊诧，问她原因。她抽噎着说："虎皮住医院了……"说完就跑回到自己的闺阁。

陶二爷一时有些莫名其妙："虎皮是谁？"一问，才知道原来虎皮是水家养的一只肥猫，它的主人是水海洋。

从那时起，二爷就窥见了女儿的心事。

二爷进客厅时，水家夫妻已经在那儿坐等了约一刻钟。看见二爷，他们都站立起来。二爷对他们拱拱手，朗声道："杂事繁忙，让仁兄贤嫂久等了，恕罪恕罪！"

船王水承舟平时与陶二爷来往并不多。虽然同为商贾，但他不喜欢二爷的为人处世。二爷行事是哪里都畅通无阻，尤其与上海的青洪帮来往十分密切，只要有利可图，他办事便不择手段。当然，二爷也很讲义气，出手阔绰，在沪浙一带有"小及时雨"之称。水承舟觉得二爷的钱赚得有些不明不白，故对他敬而远之。

寒暄了几句之后，二爷请水家夫妇到餐厅用餐。一张八仙桌上已经摆满了美味，山里跑的、天上飞的、海里游的应有尽有，香味儿扑鼻，好一桌珍馐海错。待客人坐定，二爷让人取出来他珍藏了三十年的女儿红，给水承舟和穆兰夫人各斟了满满一盅。

"来来来，仁兄贤嫂，虽说我们同住在一条巷子里，可平时总是各忙各的，很少能在一起坐坐。今天哪，好不容易有这么个机会，咱们两家人好好喝几杯啊！"陶二爷说着举起酒盅，朗声道。

水承舟只是略微品尝了一下，果然是好酒，色泽血红，入口润滑而不涩，柔绵而爽喉，不用自己咽，那酒自己就沿着咽喉下了肚。酒虽下肚，却留下了满口余香。

酒过三巡，陶二爷就憋不住了，说出了今天酒宴上要说的主题："仁兄贤嫂，实不相瞒，我今天请您二位过来啊，是想说一说孩子们的事情。"

水承舟暗自揣度：终于开始说正题了。

原来，三天前的夜里，陶二爷在外应酬完了回家，刚进院子，就看见女儿乐然拉着一个男孩子上了她的阁楼。二爷心生疑惑，站在阁楼下望着，听见楼上传来一阵阵笑声。这么晚了，谁家的男孩子这么胆大，居然敢进女儿的闺阁？二爷也是有些喝多了，一时怒火冲心。片刻，他看见那男孩子抱着一只猫儿走了出来，乐然伴在他身边，十分亲昵的样子。二爷迈步上前，一把揪住那男孩子的衣襟，正待呵斥时，看清原来是水家的公子水海洋。水海洋从小就非常懂事，对人彬彬有礼，二爷也有几分待见他。二爷松了手，看了一眼两个惊慌失措的孩子，拂袖而去。

"我们两家的儿女是从小一起玩耍大的，两小无猜嘛。可是呢，孩子们已经长大了，到了懂事的年龄啦，我们做父母的，有必要管束着他们，要不，他们可能会做出后悔一辈子的事儿呢。"二爷神情严峻地说。

水夫人以为他是在说大可与小愚，便说："我家小愚年岁尚幼，且正在读书，她和大可只是正常往来……"

二爷笑道："贤嫂，你弄错了，我说的不是大可与小愚，我说的是乐乐与你家海洋。"

水夫人愣了一下，她没想到，二爷说的居然是这两个孩子，难道，他们俩真的做了啥不体面的事儿让二爷看到了？她一时无语。

水承舟急忙接过话头："二爷何出此言？"

二爷说："这两个孩子来往太密切了，我看出了一些苗头。自古儿女的婚姻大事，媒妁之言，由父母做主，可不能由着他们胡来。"

水承舟也有些发愣："有这事儿？我怎么就没瞧出来呢？"

"我瞧出来啦，这俩孩子形影不离，在一起好着呢。此时此刻，他们还在一起呢。"

水夫人说："不会吧，海洋跟我说今天学校有事儿，一大早就去学校了。"

二爷说："我家乐乐也这么跟我说，可我派人去学校看了一圈儿，今天是礼拜天，学校放假，大门紧闭，一个人影儿也没有。"

水夫人说："这孩子，居然骗我！那他们去哪儿了呢？"

二爷说："他们俩啊，这会儿在宠物医院，正一起伺候你家那只肥猫儿呢。"

这时，坐在二爷身边一直没有开腔的三姨太莺莺说："本来这事儿啊不应该今天说，可是二爷这人你们也知道，是个肚子里装不住事儿的人，非要把这层窗户纸捅破不可……反正迟早也是要捅破的，早一天捅破也没啥不好的，防患于未然嘛。二爷的意思呢，也不是说令公子不好，不配当陶家的女婿，只是呢，二爷三年前就把乐乐许配给了上海码头黄金宝的公子啦。"莺莺一边说，一边给大家斟酒。

她以前是杭州一个越剧团的戏子，被二爷看中，做了姜。在她之前，二爷的发妻病故，又续了一房，没两年那个女人突然神经错乱，癫狂起来，谁也镇不住。二爷只得把她送回乡下老家。三姨太莺莺不但有几分姿色，而且会察言观色讨二爷欢心，小嘴儿如抹了蜜一般甜，颇受二爷宠爱，所以在陶府的地位仅在二爷之下。

水承舟听到这里一愣：陶家女儿许配给黄金宝的儿子了？这他可是头一回听说。那黄金宝是黄金荣的胞兄，在上海码头一手遮天。如果得罪了他，谁也别想有好日子过。

听到这儿，水承舟也明白了，今天二爷设宴是要让他儿子海洋离二爷的公主远点儿，别不知天高地厚。水承舟放下酒盅，正色说道："二爷放心，这事儿我会认真处理的。再说犬子尚小，还不到谈婚论嫁的年龄，他得专心读书呢。"

水夫人也夫唱妇随地说："是啊，光看他们在一起玩耍不能说明他们有啥事情，我看二爷的担心有些多余吧？"

二爷面子上有些挂不住，稍有愠色。莺莺在桌子下面悄悄地踢了踢他的脚，他这才换了平静的口吻："可能是我疑心太重……总之呢，我们当长辈的，关心一下孩子们总是没错的……好好，此话已经说明白了，就此打住，不再谈论。喝酒！"

二爷端起酒盅，一饮而尽。

水承舟也一饮而尽。

二爷放下酒盅，对水承舟说："还有一桩重要的事情，要与仁兄商洽。"

"二爷请讲。"

"有一笔好生意，想与你一起合伙来做，不知仁兄意下如何？"其实对二爷来说，这件事情比刚才说的那件事情更重要，也更迫切。

"什么好生意？"

"这是一桩一本万利的好生意，包赚不赔。"

二爷又将酒盅斟满了血一般颜色的女儿红，开始详细地向水承舟说起了小亲王从千里之外寄来的那封加急信函。

17.

小愚与陶大可是在黄昏时分才回到家的。二人走到弄堂口时，小愚让陶大可先走，自己则在巷子口的一个小吃摊上假装问价钱。她想等着陶大可进院门之后再往里走，这样就可以避免被熟人碰到。

她却意外地看见哥哥与陶乐然二人结伴一路走来。哥哥的怀里抱着那只肥猫，与乐然说笑着走了过来。小愚急忙低下头假装挑选小吃。二人没有看见她，继续说笑着进了弄堂。

小愚刚刚直起身子，突然有人在她的肩膀上拍了一巴掌，吓得她浑身一激灵。回头一看，原来是沈康。

"一个人偷偷摸摸地在这儿吃啥呢？"沈康穿着一身童子军装，胸前还系着一条飘带。小愚觉得他穿这身衣服很可笑。她知道沈康参加了学校的童子军，这段日子一直在军训。

"哎，你们军训日不是不让回家吗？"小愚望着他奇怪地问。

"嗨，他们还真把我们当军人了，管得那个严啊！我可受不了被管制，下午趁教官不注意，就偷偷地溜出来了。"沈康得意地说，讨好地看着小愚，"小愚，你想吃什么，我请客！"

"啥也不想吃啦，回家。"小愚一溜烟向弄堂里跑去。

"你急什么呀……哎，你等等，我有话要和你说呢……"沈康一路追赶着小愚跑进了雨塘巷。

小愚跑进家的时候，父母二人也刚刚从陶家吃罢酒宴回来。小愚心里惦记着那件事情，等父亲一个人进了书房之后，也轻手轻脚地跟了进去。

"爸爸。"

"又跑哪儿去了？"

"去南湖坐画舫了。"

"自己一个人？"水承舟用不相信的目光打量着女儿。

"我和大可哥一起去的。"小愚坦然地说。她拉了一把椅子，坐在父亲对面，摆出一副要与他长谈一番的样子，却不说话，一直用探究的目光盯着水承舟。

水承舟觉得女儿的样子怪怪的，看着她，问："有事儿？"

"嗯。"

"有事儿就说。"

"爸爸，十年前，是不是有个女人租了咱家的船？她把一支金笔丢在了船上？"小愚问。

"有这事儿……哎，你怎么想起问这个呢？"

"今天，大可在南湖潜水，找到了一支金笔。"

小愚说着，变魔术般，手上出现了一个长条金属盒。盒子已经锈渍斑斑，打开盒盖，里面躺着一支金笔。可能是金属盒子密封好，这些年居然没有进水，那金笔又被小愚擦拭得闪闪发光，看上去像新的一般。

水承舟接过金笔反复看着，吃惊得嘴巴合不拢："你们真行，居然把它给找到啦！你们真行！那女人好几回派人来，询问她的金笔是不是找回来了呢。"

"爸爸，那个租船的女人叫什么，住在哪儿啊？大可说要把这支金笔物归原主呢。"

"哦，那个女人姓王，是咱们嘉兴的老乡。我这儿还保留着她的住址呢。"

水承舟放下抽斗，翻找了一会儿，找出一个陈旧的笔记本。他一页一页翻看着，找到了那个地址。

小愚接过来看着："乌镇？"

18.

陶大可一进家门就被父亲叫到了房间里。然后二爷把房门关住，一副十分警觉的样子。大可很少见到父亲这么小心谨慎，不知道发生了什么重要的事情。

"大可，你们学校是不是已经放假了？"

"放了。"

"放多少天？"

"还和以前一样，一个多月吧。"

"很好，你能不能帮爸爸一个忙？"

"啥事儿？"

陶二爷心中早有盘算：给小亲王送那三百万两银子的事情，别人谁也不敢相信，唯一能办这事儿的，而且能让他放心的，只有自己的亲生儿子。但是儿子毕竟还是个学生，没有多少办事的经验，如果派自己的心腹——账房管事老马和儿子一起去，那就稳妥多了。

当二爷把他的计划告诉大可之后，大可沉吟着没有立即回答。

"这个……"

其实在假期大可有自己的事情要做。他早已经参加了学校的地下组织，他们正在策划一次"反内战、反饥饿"大游行。他是学生会的宣传委员，这个时候离开会不会影响到组织上的整个计划呢？

但这个事情他不能对父亲明说。

看着儿子犹豫不决的神情，二爷走过去拍了拍大可的肩膀，说："你放心，我让老马和你一起去。你们到上海坐船先到天津，再坐火车到奉天，然后租一辆汽车去兴安镇。路上少带行囊，不会引起别人的注意的。你到奉天后，把那几张支票兑换成现大洋，雇一辆汽车，把现大洋送到兴安镇，亲手交到奕昕亲王的手上，就算完成了爸爸交给你的任务。"

这是父亲第一次委托自己去办一件十分重要的事情，大可不忍心拒绝。他只好对二爷说先回学校把一些事情安排一下，可能会在上海逗留一两天，然后再从上海乘船北下。二爷满意地点了点头。

和父亲谈完话，大可回到自己住的阁楼。从一侧的窗户望去，对面小愚阁楼的窗户是敞开的。大可坐在桌子前，在一张稍硬些的纸片上写了几行字，然后把那张纸片折叠成一架小飞机，瞄准对面的窗子投掷出去。

小纸飞机在空中稳稳而笔直地飞行着，直接飞进了小愚的窗子。用纸飞机互传消息，这是两家孩子多年来使用的一种联络方式，他们已经把这种投掷技能掌握到炉火纯青的地步，纸飞机基本上都能准确地飞入对方的窗口。

果然，不一会儿，对面也飞过来一架小纸飞机。那是小愚用淡粉色的信笺折叠成的，上面有着淡淡的紫罗兰的清香。

小愚在信笺上告诉大可，她问过父亲，父亲给了她一个地址，是那个租船女人的地址，住在乌镇，她想明天去乌镇找这个人。

大可很快给了她回复："我和你一起去。"

这一晚，两窗之间，小纸飞机不停地飞来飞去。

19.

陶家有两辆小轿车，一辆是二爷的专座，另一辆是为家人服务的。陶大可很早就学会了开车，如果他用车的话，不叫司机，自己开车，独往独来。

一大早，大可就把车开到了弄堂口。到了约定的时间，小愚快步而来，走到轿车旁边时，前后看了一眼，见没有熟人，这才拉开车门上了车。

陶大可觉得她的样子很可笑，问："你怎么鬼鬼祟祟的？"

小愚说："我不想让别人看到我们在一起。"

陶大可不以为意地说："别人看见了又能怎样？我们在一起光明正大。"

小愚说："反正我不想让他们看见。快开车吧。"

大可熟练地驾驶着轿车出了城。

乌镇离南湖不算远，大约用了两个时辰，他们的车开到了乌镇西栅。小愚还是头一回到乌镇来，觉得这里很像水上之城威尼斯，一条河穿镇而过，河两岸都是店铺人家。若想去什么地方，乘船是最好的选择。

　　他们租了一条船，把写有地址的纸条交给船娘。船娘摇头说不认字，要大可读给她听。大可把纸条上的地址读了一遍，问她知道不知道这个人。船娘摇了摇头。

　　船娘摇着橹，船慢慢地向前行驶着。橹发出轻微的"吱呀吱呀"的声音。水面上泛起阵阵潮气，隐隐笼罩着一层薄雾，并且带来一股河腥的味道。有小媳妇在河边的青石板上浣衣，也有老妪在河边洗菜、淘米。

　　船突然有些摇晃，坐在大可身边的小愚不由得往他身边靠了靠，轻声问："可以借你肩膀用一下吗？"

　　大可笑了一下，关切地问她是不是坐车坐累了。小愚点了点头，把头靠在大可宽厚的肩膀上。

　　摇船的船娘是个喜欢交谈的女人，看见他们这么亲密，笑着问小愚过门儿没有，是不是新婚宴尔出来游玩的，是不是已经有喜了。小愚的脸一下红了。

　　大可说："大嫂，我们还是学生哩。"

　　小愚不知不觉中攥住了大可的一只手。她感觉那只手很有力量，很温暖，紧紧地握着。她的小手犹如躲藏到老母鸡阔大翅膀下的小鸡崽儿，得到一种被庇护的安全感。

　　大约行船半个时辰，船娘把船停泊在一处地方，指着岸上的那幢房子说："那里就是你们要找的人家。"

　　二人上了岸，沿着狭窄的小巷走了一会儿。他们看见一座深宅大院的阁楼上，有一位青年正在奋笔疾书，对附近轰隆隆的纺织机声置若罔闻。小愚本想和他问个路，站在楼下喊了几声，那人却头也不抬，只顾挥舞狼毫写着什么。

　　大可看了一下他家院门上的匾额，写着"沈宅"二字，突然想起了一个人，对小愚说："我听说乌镇有个文人，文章写得极好，人称妙笔生花沈雁冰，莫不就是此人？"

小愚笑道："那我们要不要进去拜访他一下呢？"

大可说："别打扰人家做文章了，以后再说吧。"

二人说笑着走开，去找路边的行人问路。

又走了一会儿，他们绕到了一条小巷子里，找到了一栋木质结构的房子。敲了好一会儿门，才有一个老阿婆慢腾腾地走出来开门，问他们找谁。小愚说出了租船女子的名字。

阿婆耳朵不好，听不清楚，又问："谁？"

大可大声在阿婆的耳边说了一遍租船女子的名字，并问："我们想找王会悟，这是她家吗？"

阿婆点头说："是。你们找她干什么？"

小愚也大声说："我们找她有事情。"

阿婆摇头说："她早不在这里住啦，几年前跟丈夫去上海啦，她现在住在上海。"

小愚和大可一时面面相觑。

20.

事情很快决定下来：由老马陪陶大可，再带一个伙计阿六，三个人一起从上海上船，到天津改乘火车，先到奉天，去盛京银行将支票兑换成银圆，再改乘汽车奔赴兴安镇，把银圆交给小亲王奕昕。

陶二爷将三个人叫到一起，神情严峻地叮嘱："时逢混战，时局动荡，外面的世界很不太平，你们一路上要千万小心。别的我倒是不担心，我只担心你们从盛京银行兑换好银圆之后，到达兴安镇这一路可不太平。东北那边，人生地不熟的，你们千万要当心。"

大可说："为什么不直接把支票交给小亲王呢？"

陶二爷说："小亲王住在兴安镇，那边没有盛京银行，不能兑现，而他等这笔钱急用，所以，他要求我们给他兑换成银圆。银圆在那边是通用的。"

老马说："三百万两现大洋可不是一笔小数目，目标过大，会被黑道儿的人盯上的。"

陶二爷说："你们到了奉天，先去租一辆大卡车，然后弄些粮食袋子堆在上面，让人以为你们是粮贩子，这样便可掩人耳目。"

一切商议妥当，三个人轻装出发了。

嘉兴到上海每天有三趟火车。他们选了最早的那趟车。大可说他得先去学校请假，然后才能北上。

陶大可和老马、阿六上了火车。大可走在最前面。车厢里的乘客并不多。他找了一处靠车窗的空位，刚要坐下，突然听见对面有人说："对不起，先生，这个座位有人了。"

大可吃惊地抬头一看，说话的人竟是小愚。她坐在对面的座位上，穿了一件雪白色的连衣裙，一顶花边大檐帽压得很低，所以大可一开始没有认出来。她笑嘻嘻地看着大可，似乎为自己给他的这个意外的惊喜而自鸣得意。

"你也去上海？"大可问。

"是呀，我要去找那个租船的女人，还她金笔呀。"小愚说，"正好和你搭个伴儿。"

"你跟家里说了吗？"

"说了，我说正好是假期，我去上海看朋友。再说，我们水家有个规矩——凡是船上捡到的物品，都必须得物归原主。"小愚说。

汽笛发出一声悠长的声音，火车缓缓启动。大可与小愚面对面坐在车窗前的座位上。本来，小愚计划着这一路要有许多话与大可说，可现在面对着他，却觉得那些话说不说都无所谓了，只是这样静静地坐着就是一种幸福。

车窗外闪过绿油油的田野，偶尔也会有河流或者湖泊一闪而过。水面上亮晶晶的，反射着太阳的光芒。天很蓝，有几缕白云淡淡地涂抹在天上，好像画家漫不经心地甩了一下，呈现出漂亮的鱼鳞状。车轮单调而有韵律地响着，像是一首催眠曲。大可看见小愚的眼睛有些困乏地闭住了，便坐到她身边，轻声说："困了吧，我的肩膀借你用一下。"

小愚甜蜜地笑了一下，把自己的头依偎在大可的肩膀上，然后闭上眼睛，很快就睡着了。当她再次睁开眼睛的时候，列车已经驶进了上海站。

陶大可把小愚带到震旦大学附近的大华旅馆。一切安顿妥当之后，大可先去震旦大学请假，让小愚待在旅馆里等他回来，不要出去。小愚在房间里坐了一会儿，找了一张地图查看着，发现乌镇那位阿婆给她的地址离旅馆并不远，想了一下，决定自己去找王会悟。

法租界环龙路渔阳里二号是一幢洋式小楼，黑色铁栅栏里可以看到有两棵法国梧桐树、一丛美人蕉，还有一片开得正旺的玫瑰花。她走过去摁了一下门铃。

片刻，从楼里出来了一个男子，穿了一件深色风衣，戴着黑色的礼帽。他问小愚："找谁？有何贵干？"

小愚问："有个叫王会悟的人是住在这里吗？"

那男人摇头说不知道这个人。

小愚有些失望，忽然想起那乌镇的阿婆说过一句："会悟夫妻俩是借住在一位叫陈庆同先生家的。"

她回身又问："这儿不是陈庆同的先生家吗？"

那男人的眼睛马上亮了一下，急忙说："对对，是陈先生的家。我是他的管家，小姐请进。"

小愚跟着那男人进了小洋楼里，总感觉有什么不对劲儿。看那男人的样子，并不像一个管家的装束。客厅里很空旷，而且很凌乱，看样子好久没有打扫过了。茶几上落着一层尘土，墙角处结着一张蜘蛛网，一只硕大的花斑蜘蛛盘踞在网中间，正等待着猎物自投罗网。

小愚坐定后，那男子说陈先生外出办事儿，恐怕一时回不来，问她找陈先生有什么事情。小愚说自己有一件东西要交给王会悟。那男子急忙说："王先生跟陈先生一起出去了，一会儿才能回来。如果你不想等，把东西放在这儿就是了。"

这句话让小愚感觉更不对了：那王会悟明明是个女的，他却称她先生。看来这里有诈。

小愚站起来客气地说："既然这样，我还有事儿，改天再来吧。"说着向外走去。

不料那男子抢上一步，"砰"地关住了门，手中亮出一把手枪来，冷冷地说："小姐，实不相瞒，我是法租界的警探。请你跟我到巡捕房走一趟吧。"

小愚问："我又没犯法，为什么要跟你走？"

那男子冷笑道："你要找的那个陈庆同是赫赫有名的共产党的头子，我们正在通缉他。我怀疑你是他的同党。"

半个小时后，小愚被关进了法租界巡捕房。

21.

学校已经放了暑假，陶大可完全没必要请假，但他是学生会的干部，又是马列读书小组的组长，走之前得把学生会的工作做一个交代。女子附中的郝嘉是个干练的女孩子，冲他爽朗地摆着手说："你放心走吧，学生会这边有我呢。过几天的大游行，我已经安排得差不多啦。"

郝嘉是个北方女孩儿，说话办事嘎巴溜儿脆，留着短短的头发，乍一看会以为她是个男孩子。她是学生会最热心的人，只是有时候容易跟人起冲突。

"记着，如果巡捕房出来弹压的话，你们就从日租界撤到法租界，千万不要造成流血事件。"

"我知道。只要大家心齐，警察能奈我何？"郝嘉看着陶大可又问，"你是要出远门吗？"

大可说自己有个亲戚在天津，突然病重，父亲生意忙，一时走不开，让他去探望一下亲戚。

"我怎么没听你说过你们家在天津还有亲戚呢？"郝嘉就喜欢刨根问底。

"行了行了，回头再跟你说，我得马上走了。"大可真怕让她问出破绽来，急忙说有事儿，快步出了校园。

陶家在上海不仅有厂房，也有销售机构。陶二爷时常要过来照料这边的生意，便在上海置办了一处公馆——用人、管家样样俱全。但是大可不愿意住陶公馆，他不愿意让人把自己当成大少爷来伺候。在学校住校时，他也不要家里的钱，而是自己出去打工，勤工俭学，自己养活自己。他担心小愚独自在旅馆感到寂寞，一处理完学校的事情，就直奔大华旅馆。

房间里空无一人。大可看到小愚留给他的一张字条，知道小愚独自去了法租界环龙路渔阳里二号。他在房间等了一会儿，等到天快黑了，依然没有等到小愚回来。大可预感到事情不好，急忙出门，直奔法租界环龙路渔阳里二号。

到了法租界环龙路渔阳里附近，他没有立即进那幢小洋楼，而是假装看路边的广告，注意着那幢小洋楼里的动静。很快，他发现从那幢小洋楼里走出一个男人，一看就是"包打听"，四下张望了一会儿，又回到房间里。大可暗忖：坏了，这个地方早已经被巡捕房盯上了，小愚只怕是凶多吉少。

大可急出一身冷汗，搓着双手，一时也是无计可施。如果小愚真的出了事儿，那这完全是他的责任啊，他可怎么向水承舟交代！何况，水海洋也是他的铁杆兄弟呢。

急中生智，大可忽然想起自己有一位同窗，名叫李美娣。她曾说她有个舅舅在法租界巡捕房当差，也是"包打听"。大可急忙上了电车，前往李美娣家。

李美娣有些嫌贫爱富，虚荣得很。平时大可看不上她，与她并无来往。但她不知怎么打探到大可是大江南公司董事长陶二爷的儿子，对他的态度马上来了个一百八十度的大转弯儿，主动献殷勤，时不时私下做些小动作，今天悄悄塞给他一包口香糖，明儿又往他的书桌里放一块西洋巾，在上课时也会暗中给他递一张小纸条，写几句关心体贴的话。大可对她一直是防范甚严，敬而远之。曾经有一回，她请大可去逛外滩，对他说起过自己家的住址，大可尚且记得，便搭乘电车去了她家。眼下有急事求她，他反倒有几分磨不开情面。好在李美娣见了他十分惊喜，急忙把他拉进屋子里，又是沏茶，又是洗水果，热情得不得了。

大可心急火燎，哪里有心情与她委蛇，开门见山，直接说出来找她的原因："我有个老乡被法租界的巡捕房给抓了，你能不能去找你舅舅，帮着把人捞出来？哦，钱不是问题，需要多少就给多少。"

李美娣马上大包大揽，说："我舅舅是巡捕房的老华捕啦，你放心吧，放人只是他一句话的事儿。"

陶大可与李美娣一同来到法租界巡捕房。李美娣让大可在外面等着，她进去找她舅舅冷震伟。过了好半天，她才从巡捕房里出来，一副垂头丧气的样子。

"怎么样？"

"事情不大好办啊。办你老乡这案子的是巡捕房一个有名的家伙，名叫杨非，绰号叫'鬼难缠'。舅舅找他问这个案子，他说是抓到了共产党的一个高级联络员，从她嘴里能查到潜伏在上海的共产党地下情报网。他总算等到了一个升官发财的机会，不会轻易放人的。"李美娣有些无奈地说。

大可有些急了："用钱呢？买不通他吗？"

李美娣说："他现在想晋升巡捕房的督察长呢，就想着破大案有政绩，钱对他不起作用。"

李美娣说这话的时候有些心虚。进巡捕房之前，听大可说他的老乡叫小愚，是个女学生，她心里就大为不快，醋意大发。所以，她见了舅舅之后，只是简单地问了几句案情，与舅舅拉了一会儿家常，再没说其他事就告辞出来了。

大可觉得事情愈发严重了，心情异常沉重。李美娣不懂察言观色，要拉他去逛大世界，看好莱坞的新片子。大可哪儿有这心情，婉言谢绝之后，匆匆忙忙返回大江南办事处。老马和阿六还在那儿等着他，准备晚上一起到码头上船去天津。

回去的路上他心想："不救出小愚，我不能走，绝不走。"

坐在电车上，听着电车单调乏味的声音，他想起了父亲在上海的一个朋友：黄金宝！

22.

"鬼难缠"杨非的确是个非常难缠的角色，这家伙早年曾在上海滩的黑白两道儿上混过，后来法租界巡捕房要招一百二十名华人巡捕，他报了名并且被录取了。他本以为从此时来运转，可以施展身手大干一场，没想到他一生中的克星也报考了华捕，并且处处压他一头，让他郁郁而不得志。此人便是上海滩大名鼎鼎的流氓大亨、青帮老大黄金荣。后来黄金荣官至督察长，令他气愤不已。

总算等到黄金荣离开了巡捕房，他认为属于他的时代来到了。眼下，他需要的是漂漂亮亮地办几件大案子，得到上边的赏识，这样才能被提拔上去。

但他又是一个爱钱如命的家伙，只要有钱，就是亲爹亲娘都可以出卖。陶大可本可以用钱来收买他，但由于李美娣一时的妒忌，使行贿这件事情化为泡影。

"鬼难缠"一直注意着法租界环龙路渔阳里二号的那幢小洋楼，

那是一个"红窝儿"，他相信总会有不明真相的人到那里去找共产党。他用了最懒的办法——守株待兔。今天运气好，他刚好到那幢小楼里去察看动静，就碰到那傻乎乎的女学生一头撞了进来……

杨非暗自思忖着：将此案压下，金笔私留，至于那个女学生嘛，模样儿长得俊俏，身材也不错，可以卖个好价钱。他暗地里与上海滩的几个人贩子有密切来往。只要抓到无足轻重的女人，他假意说是已经释放，其实在暗地里转交给了人贩子，一手交钱，一手交货。这笔外财对他有很大的诱惑力。由于做得机密而巧妙，巡捕房的其他华捕们谁也不知道他一直在暗中做着这样肮脏的勾当。

等到房间里没有其他人的时候，他拨打了一个电话，几句黑话一说，就把时间、地点、金额等说得清清楚楚。人贩子那边正好有一位大主顾想要买一个女学生，马上决定今晚九点过来领人。

"鬼难缠"放下电话，一时心情愉悦。他穿上风衣，叫了辆黄包车，来到徐家汇，在一家西餐馆要了一份牛排、一杯威士忌，慢慢地品尝着。晚上八点三十分，他回到巡捕房坐了一会儿。今晚是他坐班执勤，其他巡捕都在街上巡逻。他悠然自得地吹着口哨，掏出那支金笔把玩着。他知道派克笔是非常贵的，在黑市上应该能卖个好价钱。

他不知道，这个时间陶大可已经找到了黄金宝家。父亲陶二爷已经给黄金宝打过电话，说了小愚被抓之事，委托宝爷帮着捞人。陶大可见到那位江湖上号称"天煞星"的宝爷，直接将二百两白银奉上。宝爷与陶二爷是换过帖子的把兄弟，前几年又与他攀了儿女亲家，此刻，见了银子更是笑得合不拢嘴，说："区区小事，还有劳陶少爷带银子来啊。"

大可说："被抓的这个女孩子与我青梅竹马一起长大，我们关系非常好。这次到上海，也是我带她来的。万一她有个好歹，我对她家没法儿交代啊。"

宝爷说："我大哥以前在法租界巡捕房当过督察，虽说现在不在那儿了，但那儿的人谁敢不给他面子？陶少爷你放心，我马上带你去巡捕房要人。"

见宝爷如此爽快，大可那颗高悬的心也就放下了一半儿。

再说那"鬼难缠"看了下怀表，见时针指向九点，外滩悠然响起报时的钟声。他拿着监房的钥匙，打开牢门，看见小愚在墙角蜷缩成一团。

他和蔼地笑道："水小姐，你没事儿了。我现在放你出去。"

小愚有些不相信地看着他。

他拉起小愚，却突然将手铐给她戴在了手腕上。

小愚有些惊疑，问："不是说放我出去吗，怎么还上铐子？"

"鬼难缠"说："这只是做做样子，掩人耳目。万一让我的同事看到了，我就说带你出去找人。"

说话间，小愚跟着"鬼难缠"出了巡捕房，看见一辆轿车停在门前。车上的人打开车门，做了一个手势。"鬼难缠"拉扯着小愚走到车前，将小愚一把推了上去。

一切都发生得异常迅速，小愚来不及思考，就被推进了车内。车内有一个大汉一把抱住了她，同时将一个黑布袋子扣在了她的头上。小愚想叫喊呼救，可是嘴巴被那个大汉死死地捂住。随即，轿车飞速开走了。

也就在这时，宝爷带着陶大可赶到了巡捕房。"鬼难缠"一看来人是宝爷，马上点头哈腰，上前问候。

"哟，宝爷来啦，您怕是无事不登三宝殿吧？"

"我来捞一个人。"

"捞谁？"

"今天被你抓来的女学生，她叫小愚。"

"这个女孩儿啊，真是不巧，我刚刚把她给放啦。"

陶大可和宝爷一怔，互相对视一眼。

宝爷对大可说："可能和你们擦肩而过啦。你赶紧回旅馆看看她回去没有。"

"你老实说，小愚到底在哪里？"大可不相信"鬼难缠"的话，盯着他问。

"鬼难缠"一看这位少爷一副来者不善的样子，何况身边还有"天煞星"宝爷虎视眈眈，哪儿敢发作，只得装出委屈的样子说："她真的走啦……"

23.

小愚觉得自己一度处于昏迷状态，在黑暗中似乎待了很久很久。当那个黑布口袋终于从她头上摘下去时，红色的灯光晃得她有些眩晕，好半天才看清她是在一个日式公寓里，留声机里正播放着使人昏昏欲睡的日本音乐。一个身穿和服、留着仁丹胡子的日本浪人正在上下打量着她。

小愚暗忖："完了，这才叫才出虎口，又入狼窝儿呢！我该怎么办……"

那浪人名叫黑川，像是打量一件珍奇物品一样上上下下地打量着小愚，然后满意地笑了。

他的中国话说得很生硬："小姐，与我共度良宵，好不好？"

　　说完，他坐回榻榻米上的那张矮几前。矮几上面摆了一个酒壶、两个酒盅。他把两个酒盅斟满了酒，对小愚招手，意思是让她过去与他共饮。

　　小愚心想："想要逃走，只能先把这家伙摆平。既然他让我陪他饮酒，那能不能将他灌醉了，然后逃之夭夭呢？"这么一想，小愚有了主意，款款过去坐在黑川身边，端起了酒杯。在学校，她的日文成绩很好，但是还没真正和日本人交流过。这时也顾不了许多，她用日语向对方介绍自己的名字，并用敬辞恭维对方。果然，黑川放松了对她的警惕，开始与她说笑对饮起来。

　　说起饮酒，小愚实在不行，不过，她懂得一些日本人饮酒的规矩，譬如，她给对方敬酒时，会故意把酒瓶标签的方向朝着对方。日本浪人愈加兴奋，不停地饮着、唱着。小愚在他浑然不知的情况下把自己酒杯里的清酒换成了白水。她曾听父亲和陶二爷说过，日本人虽然喜欢饮酒，但酒量不大，很容易喝醉。果然，在她一次次地敬酒之后，黑川终于一头栽倒在榻榻米上。

　　小愚看见机会来了，便轻轻起身，准备溜出去。不承想，她刚要迈脚，一条腿被黑川紧紧抱住了，一下将她摔倒在榻榻米上。与此同时，黑川重重地压在她的身上，疯狂地撕扯着她的裙子。她挣扎着、爬着，用另外一条腿蹬着，无奈那家伙力气很大，死死抱着她的一条腿不撒手。这时小愚爬到了矮桌子旁边，伸手抓住了一个空酒瓶子，用尽全身的力气，反身抡臂，将那个瓶子狠狠地砸到了黑川的头上。酒瓶碎了一地，黑川软软地躺倒在榻榻米上，脑门上流淌着一股股小溪般的鲜血。

　　小愚不顾一切地爬起来，夺门而去，却猛地撞在一个急匆匆进来的人身上。那人一把抓住她的臂膀。她以为是黑川的同伙，对着那只抓她臂膀的手狠狠咬了一口。

随后，她听到一声熟悉而轻微的呻吟："小愚……"

她抬头一看，怔了一下——是大可！

原来，陶大可不相信"鬼难缠"说的话。他随着宝爷走出巡捕房后，请宝爷先行一步回家，他又转身进了巡捕房。"鬼难缠"刚要去茅房撒尿，一个冰冷的枪口就顶在了他的后脊梁骨上，回头一看，见陶大可用一把勃朗宁手枪顶着他，登时吓得脸都白了。

大可的这把枪是临行前陶二爷给他的。二爷让他拿着防身，没想到这时候派上了用场。

起初，"鬼难缠"依然不肯说出小愚的下落。大可身材高大魁梧，比"鬼难缠"高出几乎一头来。他用一条胳膊勒着"鬼难缠"的脖子，老鹰捉小鸡般将他拖到小巷的僻静处。他把整个枪管都塞进"鬼难缠"的嘴巴里，低沉而威严地说："你若不说出小愚被你弄到哪儿去了，我马上要了你的命。"说着，扣动保险栓，手枪发出金属摩擦的声音。这声音传到"鬼难缠"的脑瓜里犹如五雷轰顶。好汉不吃眼前亏，他只得领着陶大可来到日本人的会馆……

小愚一头扑进大可的怀里，声泪俱下。大可一只手抚着她的头发安慰着她："不要怕，没事儿了。"

这时，"鬼难缠"也跟了进来，看见倒在地上血流满面的黑川，先是一惊，随后上前去试了一下黑川的鼻息，又按他的脉搏，确定他已经没有了生命迹象。

"他死啦……你们闯下大祸啦！""鬼难缠"惊恐万状地说。

"他死有余辜！"大可愤愤地说。

"哎哟，你可知道他是谁？"

"他是谁？"

"他是日本黑龙会首领头满山的亲侄儿黑川啊！""鬼难缠"说到黑龙会时，吓得浑身发抖。

陶大可知道黑龙会是日本一个很神秘的黑帮组织，他们以黑龙江来命名，意欲侵占东北三省。在传说中头满山是一个杀人不眨眼的恶魔，他派自己的亲侄儿黑川到上海来是为了发展黑龙会的势力。

"你们赶紧走吧，走得越远越好！头满山要是知道他的侄儿被你们杀了，肯定会派人追杀你们的。惹上他们就是惹上了天大的麻烦。你们要是被他们抓住了，千万不要提我啊……""鬼难缠"说罢，拔腿而去。

24.

陶大可和小愚回到大华旅馆，老马和阿六正在焦急地等着他。去天津的客船是夜里十一点起航，眼下已经十点一刻了，去码头需要半个时辰，也就是说，他们只剩下十五分钟的登船时间了。

大可看着依然没有从惊恐中恢复过来的小愚，想了一下对她说："你不能回家了，黑龙会肯定会派杀手去找你报仇。上海更不能久留，你在巡捕房留下了案底，他们很快就会找到这儿的。"

"那我该去哪儿呢？"小愚的眼睛里闪着泪花儿，可怜巴巴地看着大可，似乎把自己的未来都交给了他似的。

大可果断地说："你马上跟我们一起走，坐船，去天津。"

小愚惊喜地抓住大可的手问："你要带我一起去北方吗？"

大可肯定地点了点头："只有远走高飞，才能避过风头。等这边事情平息了，咱们再回来。"

老马跑出去叫了两辆黄包车。大可和小愚坐一辆，老马和阿六坐一辆。老马催促着车夫加快步伐，只说是为了赶客轮，给车夫多付一倍的车费。车夫一听能赚多一倍的钱，立即脚下生风，车轮飞转。

他们刚刚离开大华旅馆，十几个日本浪人就赶到了，正好与他们擦肩而过……

到了码头，大可让老马赶紧去给小愚买票。可售票处说今天的船票早已经卖光了，只能买明天的了。小愚听了非常失望，急得快要哭了。大可想了一下，对阿六说："你别走了，把你的船票给小愚。"

半小时后，当十几个日本浪人追赶到码头时，那艘去天津的客轮已经鸣着响亮的汽笛驶出了港口，驶向了茫茫大海。

小愚和大可站在甲板上，眺望着越来越远的上海外滩，还有那些越来越模糊不清的霓虹灯——那些原本星星点点的灯光现在已经连成了一片，渐渐消失在他们的视野中。再望大海，却是黑乎乎的一片，浊浪拍打着船舷，客轮摇晃着，蒸汽机怒吼着，船头劈开波浪，向着那一片不可知的黑色水域驶去。

小愚的身子哆嗦了一下，似乎是被海风吹得有些冷。大可感觉到她身体的颤抖，把自己的外衣脱下来披到她身上，然后紧紧地搂住了她的肩膀。

第三章

森　林

25.

黑龙会首领头满山的侄儿黑川遇刺身亡的消息轰动了黑龙会，头满山红了眼，三刀砍下了三颗中国劳工的头颅。黑龙会在中国所有的眼线卧底都接到了一封密杀令，上面附有小愚的画像，还有她的名字：水小愚。头满山密令："只要发现此人，杀无赦！悬赏百万。"

远在关东的东哥由于与黑龙会有密切的关系，也接到了这封密杀令。她看了只是冷笑一声，觉得这个黑龙会的首领有点儿小题大做了，无非死了一个日本浪人，而且是在他企图强暴女学生时被人家给打死了，只能怪那个黑川行为不检点，如此兴师动众，太过分了。眼下，她正在下一盘很大的棋，如果这盘棋下活了，日军就可以占据东北三省，虎视中原。

　　她急切地等待着中村他们的消息。可是一连几天，丝毫得不到考察队的任何消息，电台也与他们联系不上了，莫非，他们真的被张学良的手下抓了吗？

　　她在兴安镇的小亲王府又等了五六天，依旧联系不上；派出去的几个特工也回来禀报，说没有找到人，也没打听到任何有关他们的消息。现在可以肯定，考察队出事儿了！这时，日本驻奉天的领事馆也给东哥发来密电，说和中村失联已经二十天了，让她尽快查明中村一行的下落。

　　还有一个比她更焦急等待的人，那就是小亲王奕昕。奥蕾虽然是他的养女，但从小把她养大，感情胜于亲父女。他几次问东哥，东哥只是支支吾吾。奕昕更加疑惑，追问她："那所谓的农业考察队真的是专家学者吗？他们会不会是间谍，前去刺探军事情报的？"

　　东哥被追问不过，只得点头说："中村君是关东军特高课的一名高级谍报官，他此去索伦，是执行一项特殊任务。"

　　奕昕的怀疑得到了证实，他怒斥东哥对他隐瞒实情，若知如此，他无论如何也不会派自己的女儿跟随他们去索伦。东哥劝他先不要着急，事情到底如何尚无定论。她表示自己会马上动身前往离这里四十里路的佘王府镇做调查，因为她在二十天前收到中村的电报，说他们"考察极为顺利，驻扎在佘王府镇附近的老哈屯"。从那封电报之后，就突然断了联系。东哥决定从老哈屯和佘王府镇查起。在她走之前，小亲王千叮咛万嘱咐，要她一定要找到奥蕾并把奥蕾安全地带回来。

　　东哥刚刚出了小亲王府的门，上了她的那匹大洋马，突然，马缰绳被一个人抓住了。东哥心中一惊，"刷"地掏出了腰间的小手枪对准了那人……

26.

洮儿河流域的察尔森草原是兴安屯垦公署第三团所辖的范围。团长关玉衡兼屯垦公署军务处长。此人高大威猛，性格直爽，是个典型的东北人。他是张大帅最喜欢的猛将之一，曾任帅府驻京军务处长，后调任炮兵参谋处长，现兼任三团团长。这天，他正在突泉剿匪，传令兵跑来，告诉他抓住了四名日本间谍。关团长一听事关重大，急忙带几个亲兵连夜策马赶回团部驻地。

司务长王德保跑步而来，向他表功："团座，这几个日本间谍是我先发现的，我告诉了三连的宁连长，宁连长又报告给董团副。董团副带了一个连的兵把他们一举抓获。"他隐去了噶拉向他透露情报的那一环节。

关团长很满意，拍着德保的肩膀说："原以为你小子不成器，才让你去管伙食，没想到关键时刻显露出英雄本色嘛！干得好！以后，跟着我吧，给我当个副官。"

德保大喜，一个立正敬礼："多谢长官栽培！"

这关团长当年深得张大帅赏识而受到重用，他对张大帅的知遇之恩感激涕零，愿肝脑涂地报效大帅。不料，大帅被日本关东军炸死于火车内，他悲愤了不知多少天，曾对天发誓："若不为大帅报此仇，枉为男儿！"眼下，总算找到了一个报仇雪恨的机会，他是绝对不会轻易放过的。

时近凌晨，他决定马上提审那三个日本人。

第一个被提审的是中村。

五花大绑的中村被两个士兵推搡着进了团部，这里变成了临时审讯室。关团长先是不说话，走过去上下打量中村，见他中等身材，身着灰色棉裤，上穿一件俄式皮夹克，头顶着三耳火车头式的皮帽子，帽子上套着一个风镜，那是野外考察的装备，脚蹬军用短筒皮靴。中村脸上是一副傲慢而自信的神情，几乎没有正眼看关团长。

一股无名的火气蹿上关团长的头顶：这些日本人一个个如此狂妄，根本不把我们中国人放在眼里。关团长走到桌子前坐下，猛地拍了一下桌子，喝问："你叫什么名字？"

中村这才轻蔑地看了关团长一眼，什么话也没有说。关团长又问，他摆手，意思是自己听不懂汉语。其实关团长也是会讲几句日语的，当年他在东北讲武堂是学过日语的，但他不想用日语来审这个家伙，对外拍了下手，叫进来团里一个懂日语的参谋，让那参谋充当审讯的翻译。

审讯极费周折，中村一口咬定他是东京农业学会派来索伦山一带调查土质、农业状况的。

"你们无故把一个持有合法证件的日本公民关起来加以审讯，是违反国际法则的。我要见你们的司令长官，我要向他提出抗议！"中村用极高的声调说着，并让参谋翻译给关团长听。

关团长听得火冒三丈："奶奶的，这是在中国的土地上，你个小日本儿还这么胆儿肥？"他走过去，抡圆了胳膊，"啪啪啪"，连着抽了中村几个耳光。中村将头一昂，怒睁双目，一副宁死不屈的样子。

这次审讯把关团长的情绪弄得很不好，几乎不想审问另外两个日本人了。毫无疑问，他们都是间谍，从他们的棉裤里和行囊中，搜出了几张日文军用地图，几份关于兴安区屯垦军的兵力驻扎及当地人口、物产、风土人情的表册和笔记，一把王八盒子，一个精密的测绘仪。这些物证足以证明他们到中国来是从事间谍活动的。

第二天，他让其他军官去审另外两个日本人和那个哑巴伙计，问他们的任务是什么、目的是什么、他们的联络员藏在哪里、还有没有同伙等。可他们都是一问三不知。

他让士兵把中村拉下去关起来，然后，召开了一个连级以上的军官会议。

"大家说说，这几个小日本儿怎么处理为好？"

军官们纷纷表态，有的说："把他们送到奉天，交给少帅处理。"有人马上说："不能把这个烫手的山药丢给少帅，让他为难，应该由我们做决断。"有人说："如果把他们送到奉天，就会交给日本领事馆，同时他们的这些物证也会交出去，这么一来，我们的军事秘密就会泄露。"有人说："按国际法惯例，对于间谍，所在国有权任意处置。我们不妨一直扣押着他们，把他们关到一个秘密的地方。"马上有人反驳说："那可不好，日伪特务无孔不入。一旦发现我们扣押了他们的人，他们就有了进攻我们的口实……"

等大家都不再说话的时候，关团长突然冒出一句："既然是个烫手的山药，留也不是，吃也不是，扔也不是，那只有一个办法了。"

所有的军官都安静下来，目光齐刷刷地投射到关团长身上。

"杀！"关团长的手在空中做了一个劈砍的动作。他的臂膀十分有力，仿佛那是一把马刀，正在砍杀眼前的敌人。

一时间，大家更加安静了，望着关团长，没有人说话。

忽然有人低声问："那要是让关东军知道了怎么办？"

"是啊，会不会造成两国冲突？"

关团长扫视了部下一眼，坚定地说："秘密执行死刑，然后把尸体和所有的东西统统烧掉，不留下任何痕迹。只要我们大家守口如瓶，不对任何人说，他们查不出丁点儿蛛丝马迹。同意我这个方案的，举手。"

关团长第一个举起了手。

随后，团副董昆吾举起手。

三连的宁连长举起手。

四连的王连长举起手。

所有人都举起了手。

"从现在起，我们大家谁也没见过这几个日本人，谁也不知道这件事情。如果谁敢走漏半点儿风声，只有一个字——杀！"关团长的声音变得如冰一般寒冷。

夜幕很快降临了，草地上泛起了一团团浓雾。在寂静的察尔森山的背阴处，夜雾更浓，与浓雾搅在一起的是一股股烟雾。透过雾，可以看到火光升腾而起，冲天而去。空气中弥漫着人肉烧焦的气味儿。突然传来了马嘶声，紧跟着又是几声枪响。马嘶声也消失了。但不一会儿，浓烟中冲出一匹雪白的精灵，身上似乎还伏着一个骑手，飞快地奔驰着，消失在察尔森湖的另一边。几个士兵追赶了一阵子，举枪胡乱射击了一会儿。浓雾充当了逃亡者的帮凶，转眼间，只能听见马蹄嗒嗒，却早已经看不见那匹马儿的影子了。

27.

噶拉和奥蕾本来已经离开了察尔森湖附近的老哈屯，可是后半夜他们又返回来了，只是为了银色闪电。

深夜，噶拉说他真的听到了银色闪电的嘶鸣声，而那声音发自佘王府镇的军营。

"我们不能丢下银色闪电不管。"噶拉坚定地说。经过这些日子的相处，他已经把银色闪电当成了自己的亲人。

"好吧，我们回去找马。"奥蕾无奈地说。

老哈屯静得犹如一座古老的坟墓，没有一家灯的亮着。屯里的人都以为是土匪打劫，家家户户将屋子的门顶得严严实实，谁也不敢到屋子外面去。前半夜他们只听见马嘶人喊，然后是急促而远去的马蹄声。后半夜漫长的沉寂无声更让他们胆寒，他们在巨大的恐惧中颤抖着进入了梦乡。

后半夜，噶拉和奥蕾悄悄地返回了考察队的宿营地。这里早已经空无一物，所有的东西，包括那三顶帐篷和四个人统统不见了。

"银色闪电会不会也被他们抓走了呢？"奥蕾颤抖着声音低声问。

"有可能。"

仿佛是印证他们猜对了，噶拉又听到银色闪电的长嘶声。奥蕾却说她什么也没有听到。

那夜，东北军突然袭击了考察队的宿营地，抓捕了那三位所谓的农业专家及那个哑巴伙计。士兵们在清理现场时，银色闪电居然带着另外两匹母马返回了营地。士兵们马上抓住了它们。尤其是德保高兴极了，他一眼就相中了银色闪电——这匹银色斑点马太漂亮啦！他以前在村里是当过马倌儿的，识马懂马，他开始琢磨怎么把这匹马弄到自己手里。

奥蕾颓丧地坐在地上开始掉眼泪。猝不及防的变故让她在这短短的一个小时之内变得沮丧悲观，往昔的高傲荡然无存。现在，她能依赖的人只有噶拉了。她一方面庆幸自己没有被东北军抓去；另一方面又悔恨不该轻信东哥的话，来冒这个险。她还庆幸上天给了她一个噶拉，可以带她脱离这险境。

噶拉也在懊悔——为什么当初不把银色闪电和雪兔藏起来呢？现在好了，一匹马也没有了，怎么回家？

还有，另外那六匹马是他和独眼乌宁租来的，独眼乌宁跟他要马，他拿什么去还人家呢？

他决定暂时不走，把马找到了再走不迟。

奥蕾却有些担心，催促他赶紧离开这是非之地。

"咱怕个啥？咱们跟那几个日本间谍又不是一伙儿的。"噶拉一副十分坦然的样子。

"可毕竟，我们是一起来的呀！你是向导，我是翻译，他们会认为我们是同伙。"

噶拉几乎就要说出是他把情报送给东北军的，在抓日本间谍上他是有功之臣。可一转念，他怕说出真相奥蕾会不原谅他，那样，他们的友谊可就毁于一旦啦。他强忍住了，没说。

第二天天刚一亮，噶拉在草滩上找到了三匹跑散的马，其中有雪兔，可是没有银色闪电。难道，银色闪电也被他们抓住了吗？噶拉心急如焚，决定冒险去佘王府镇查看一下。他让奥蕾守在小树林里看好那三匹马，自己去了佘王府镇。

28.

天蒙蒙亮时，德保来到镇上老玛西家，想请这位有名的老兽医出山，帮他给马治病。从老哈屯抓回来的那四个人由关团长亲自审讯，已经与他无关了，可是那几匹马——尤其是那匹银色斑点马，让他爱得抓耳挠腮。可没想到银色斑点马颇有气节，喂它青草豆饼它都不吃，强摁它的头让它的嘴巴接触到食物上，它倔强地昂起头来，一副宁可绝食饿死也不肯屈服的样子。一连三天，它都不肯进食。德保怀疑它得了病。

德保敲开老兽医家的门，一问家人，才知道老兽医下乡出诊了，不在家。德保好不失望，低了头快快地往回走，却不知后面跟上了一条"尾巴"。

这一路上，经噶拉一手调教，那银色闪电已经对他百依百顺，只听噶拉的指挥，只有噶拉给它的草料它才肯吃。

噶拉在天不亮时就来到了镇上，那时街道上冷冷清清，几乎没有行人。他知道天亮时分，德保就会走出军营到集市采购肉蛋青菜等。他耐心地等候在军营外。

公鸡报晓声打破了长夜的沉寂。附近人家的烟囱渐渐都冒出了或浓或淡的炊烟。这时，噶拉看见德保匆匆而来，急忙悄悄地跟上他。

离开老兽医家又走了一会儿，噶拉判断这里是安全的，便加快脚步追赶上去，轻轻地拍了拍德保的肩膀。

德保回头，看见站在他面前的是噶拉，不由得一惊："你——还没走啊？"

噶拉说："你带我去领赏金吧。"

德保又是一惊："这小子原来是来讨要赏金的。如果让团座知道，发现日本间谍的是这小子而不是我的话，那团座还会器重我吗？还会让我当他的副官吗？"想到这儿，德保心里便有些发慌。

"兄弟，我不是已经给过你赏金了吗？"

"那也叫赏金？才五块钱，那只能叫定金。你当时可是亲口许诺我的，说将来赏金少不了我的。"

德保急忙把噶拉扯到一边，压低声音说："兄弟，那件事情千万要保密，可不敢让关团长知道你也是考察队的。要是让人知道了，你就没命啦，非把你拉出去一起枪毙了不可。"

噶拉说："枪毙？咦，是我发现的间谍，不奖励也就算了，还要枪毙我？"

德保低声说："关团长他们正在查找那几个日本间谍的同伙，你是给他们当向导的，敢说你不是他们的同伙？"

噶拉被他这几句话给吓着了，迟疑了一下，问："中村他们怎么样了？"

德保低声说："还能怎么样，咔嚓——"德保做了一个抹脖子的动作。

"全杀了？"噶拉吃惊地问。

德保摇头说："暂时还没杀，不过他们活不过今天晚上。你小子命大，赶紧跑吧，跑得越远越好。"

噶拉呆怔了一会儿，正准备离开，想起了那匹马，回身又问："哎，你有没有看到我的银色闪电？"

"银色闪电？"

"哦，就是我骑的那匹银色斑点马，你看见了吗？"

德保看着噶拉说："马在呢，可是它病了，我刚去给它请大夫，大夫不在家。"

"病了？它现在什么样子？"噶拉急切地问。

"不吃不喝，傻了似的。"

"它是想我了，不是病。你带我去看看它吧。"

"你能治好它，让它恢复正常？"

"能啊。"

德保想了一下，把自己的军大衣脱下来，披在噶拉身上，把头上的军帽也摘下来，戴在噶拉头上，然后摆了摆手，示意噶拉跟他走。

当噶拉走进军营的马棚时，一眼就看到了银色闪电。银色闪电也看到了噶拉，本来趴卧在地上的它，一下子站立起来，"咴咴咴"地嘶鸣了几声。噶拉走过去，亲热地抱住它的脖子，抚摸着它的鬃毛。它激动地用鼻子蹭着噶拉，一副十分委屈的样子。噶拉端起一筐笋草料喂它，它马上香甜地吃了起来。

这下可把德保给看傻了："嘿，这畜生居然还认人哩！"不过他心里马上释然了——这下这宝贝儿有救啦。

给银色闪电喂完草料，噶拉对德保说："我也不和你要赏金了，让我把它骑走就行了。"说着给马戴上笼头，就要牵走。

德保急了，一把夺过笼头，压低声音说："你疯了吗？这可不是普通的马儿，这是物证！关团长要我精心看管，等候处理命令。若是马突然不见了，关团长追究下来，我就得被枪毙。"

噶拉不以为意地说："枪毙不枪毙你跟我有啥关系，反正，我得把它牵走。"

说着噶拉一把从德保手里夺过笼头，转身要走。

德保将他紧紧地抱住说："今天你就是要我的命，我也不敢让你把马牵走啊！"

二人正在纠缠之时，突然，关团长的传令兵急匆匆地跑来，向德保传达团长的命令："你马上把那天抓到的三匹马赶到察尔森山坡后面，听候指示。"

传令兵走后，噶拉紧张地问："把马赶到山坡后面是什么意思？是要放了它们吗？"

"团长的指示我怎么知道呢，去了就知道啦。"德保一边说一边往外拉扯银色闪电。不料，银色闪电稳住四蹄，站在原地一动不动，德保根本无法拉得动它。德宝发火了，举起皮带正欲抽打银色闪电，却不防银色闪电突然转身，猛地抬起后腿，用一条腿狠狠地踢了德保一脚。德保顿时四仰八叉地倒在地上。噶拉见了，开心地笑了起来。

德保狼狈不堪地爬起来，拍着身上沾着的草屑和粪末，看着银色闪电心有余悸，再也不敢靠近这匹马了。

他回过头来，对着噶拉央求起来："好兄弟，它听你的话，你牵着它出去吧。"

噶拉心想只要能出军营，找个机会就能逃走，便说："好吧，我帮你牵着它。"

凌晨的雾气还没有散尽，山坡下荡漾着乳汁般的晨雾。东边的天际处泛着清冷的白光。噶拉牵着银色闪电，德保牵着另外两匹母马，一起来到察尔森山下。噶拉看见那里列队站着一排持枪的士兵。关团长披着一件黑色斗篷，像一位出征的将军，威风凛凛地挥了一下手，便有十几个士兵推着被五花大绑的四个人走了过来。噶拉定睛一看，正是中村、井衫、高仓加上哑巴伙计四个人。噶拉怕他们认出自己，赶紧低下头。幸好，那四个人都已经被黑布条蒙上了眼睛，没有看到噶拉。

关团长对着那四个人宣布："按照国际惯例，对于抓获的间谍，我们有权判处你们死刑。"

只有井衫能听懂汉语，他声嘶力竭地叫起来表示抗议，一旁的宁连长把早已经准备好的一团脏棉花塞进他的嘴里，他的声音变得唔唔呀呀，含混不清了。

关团长挥了一下手，一队士兵上前，走到四个人背后，猛地用脚踢向他们的腿湾处，他们几乎同时跪了下去。不等他们站起，两个士兵一组，把枪管抵在他们的头颅上扣动了扳机。八支枪前后响起，发出闷闷的声音，四个人一个个扑倒在草地上……

　　噶拉呆呆地看着这一切，完全忘了自己是因为什么到这里来的。他正在思忖着那四个人是不是已经死了的时候，看见关团长又挥了一下手，下令说："把尸体还有他们的全部物品统统烧掉，把那三匹马一起杀了烧掉，不要留下一点儿痕迹。"

　　泼上煤油，点火后尸体马上燃烧起来。借着火光，噶拉看见那几名刚刚开枪行刑的士兵持枪朝这边奔来，一边奔跑，一边拉动枪栓。拉动枪栓的金属声在空旷的草坡上格外响亮。

　　先是一声枪响，德保牵着的一匹枣红马头部中弹，一声不吭倒在地上。银色闪电吓得跳了起来，猛地挣脱了缰绳，前蹄离地，直立起来，"咴咴"嘶鸣着。两名士兵举起枪瞄准了银色闪电，但是呆若木鸡的德保挡住了他们的视线，他们摆着手叫喊着，让德保赶紧闪开。德保以为是让他去抓住马缰绳，急忙扑过去从草地上抓住马缰绳。不料银色闪电一甩头，将他甩到了两米外的地方。

　　那边正是混乱之时，这边噶拉心想："此时不走，更待何时？"于是他纵身一跃，跃到了马背上，双腿一夹马肚子。银色闪电似乎早就在等待着这一刻，一秒钟都没有耽搁，四蹄发力，往前一蹿，蹿出三四米远。

　　那边，关团长眼神好，看见一匹白色的马蹿了出去，急忙大声叫着："不能让它跑了，快，开枪——"

　　士兵们缓过神来，急忙举枪对着银色闪电开枪射击。

　　噶拉将整个上身紧紧地趴伏在银色闪电的脊背上，死死地攥住它的鬃毛，再次用双腿猛夹银色闪电的肚子。银色闪电箭一般向前蹿去，融进那一片迷蒙的夜雾中。

　　就在这时，枪声响起，一颗颗子弹"嗖嗖嗖"地从噶拉的耳边、身边飞了过去。

　　噶拉听天由命地闭住了眼睛。他知道，他的命已经交给银色闪电了，自己今天是死是活，全看它的啦！

29.

东哥没想到拦截她的人居然是一个瘦弱的小姑娘。她把已经掏出来的小手枪又揣进了怀里。

"小姑娘，你要干吗？"

"你是九格格家的人吗？"

"是又怎样？"

"噶拉为什么还没回来。你有他的消息吗？"

"噶拉是谁？"东哥一时没有反应过来。

"就是让九格格请去给带路的那个人。"

"哦，你说的是那小子啊。你又是谁？"

"我是他妹妹，我叫珍珠。"

东哥明白了，原来着急等着他们回来的，还大有人在呢。她微笑着安慰珍珠说："你别急，他们可能遇到了点儿麻烦。我这就去接他们回来。"

说着，东哥打马向前驰去。

珍珠在她后面追赶了几步喊着："见了我哥，叫他赶紧回来啊——"

东哥早已经跑远了，不知道她听没听见珍珠的叮咛。珍珠转身，快快地往回走。这两天，她总是心跳过速，任何一个微弱的响动都会让她心悸。时间已经过去一个月啦，噶拉走的时候说，顶多走十天，可他一走就没了音信。刚才那人说他们遇到了麻烦事儿，会是什么麻烦事儿呢？

刚一进王爷府，珍珠就碰见了额吉。

作为一个母亲，她早已经看到女儿这些天坐立不安的样子，但又不知道她为何会这样。看着珍珠失魂落魄的样子，她愈发担心起来。

玛瑙把珍珠叫到她的房间，抚着她的头发问："好女儿，告诉额吉，这些天你咋的啦？为啥闷闷不乐呢？"

珍珠低头不语。

母亲又问："莫不是生病了吧？"

自从逃亡来到王爷府，过着寄人篱下的日子，玛瑙最关心的就是女儿珍珠。珍珠是她和伊荷梅林唯一的血脉。伊荷梅林生前对宝贝女儿十分呵护，疼爱至极。伊荷梅林起义失败后，多亏自己的大姐是王爷的大福晋，在王爷府里有一定的地位，才使她们母女有了一个安身立命之处。

眼看着女儿一天天长大，越长越漂亮，越来越懂事儿，玛瑙心里十分欣喜。十五岁的珍珠已经长成一个亭亭玉立的大闺女啦！再过两年，给她寻个好人家嫁出去，也算可以告慰伊荷梅林的在天之灵了。

"我没生病……"珍珠甩开母亲抚摸她的手，将心中的烦躁一股脑儿地发泄出来。她这个年龄，正是叛逆的青春期，对于母爱阳光的照耀尚不懂得尽情享受并且心存感恩。

玛瑙被女儿这话顶撞得心尖尖疼。她觉得对不住女儿，不能让她像那些贵族家的孩子们，过无忧无虑的生活。珍珠跟她到了王爷府并没过上养尊处优的生活，而是天天在厨房忙碌，或者打扫房间院落，或者洗衣煮肉，干着那些脏活儿累活儿。这孩子太懂事啦，知道寄人篱下就得乖巧勤奋，不能让人家讨厌。她手脚勤快又利落，样样活儿做得好。现在珍珠的刺绣技艺已经到了炉火纯青的地步，绣出的花样子让福晋爱不释手。福晋十分喜欢这个外甥女儿，希望珍珠能长久地陪在她的身边。

想到这里，玛瑙夫人禁不住暗自垂泪。珍珠见母亲在一旁啜泣，知道自己刚才的话太生硬了，就坐到母亲身边，抓住她的手，也跟着一起落泪。

母女二人啜泣了一会儿，珍珠这才擦拭着眼泪说："额吉，别为我担心，我啥事儿也没有，只是这两天心情不太好。"

"是不是因为噶拉……"玛瑙夫人把后半截话咽回到肚子里。

珍珠的心思被母亲窥破，有些不大好意思了，摇晃着母亲的手说："都这么多天了也不见他回来，他会不会出事儿呢？"

"不会的，噶拉是个好孩子，有佛爷保佑着呢。"玛瑙夫人宽慰她说。

"要不，我们明天去召庙，请庙里的喇嘛念经，保佑噶拉哥早点儿回来？"珍珠望着母亲说。

玛瑙夫人点头微笑道："行呢，明天一早，我们就进庙里去。"

珍珠高兴地抱紧了母亲的胳膊。

外面突然传来了嘈杂的声音，马嘶狗叫。珍珠和玛瑙的目光不由得向窗外望过去。母女二人对视一眼，顿时紧张起来。

"额吉，我出去看看。"

不等母亲发话，珍珠早一阵风儿似的跑了出去。

珍珠一口气跑到王爷府大门口，看见有七八个骑马穿黄色军装的骑兵挤在门口想进来，十几个王爷府的亲兵齐刷刷地举着枪，形成了一道防线。珍珠知道穿这种军装的都是东北军，是大帅的部队。

王爷府管家走了过来，与那几个东北军交涉，问明了情况。原来，他们到此是要抓一个叫噶拉的年轻人。

"噶拉？他怎么了？"

"他偷了我们的马，赶紧把人交出来！"带队的是那个姓宁的连长，样子非常凶。他身边跟着德保，一脸败兴的样子。

珍珠听得生气，几步上前，对宁连长说："你胡说，噶拉哥怎么会偷别人的马？绝不可能！"

管家说："军爷，你们说的那个噶拉，不在王爷府。"

宁连长转头问德保："他是住在这里吗？"

德保点头说："是，他亲口跟我说的，他住在王爷府。"

管家说："他住在这儿不假，只是他出门已经好多天了，一直没有回来。"

宁连长哪里肯信，坚持要进去搜查一下。管家不让，说："这是王爷府，岂是你们想进就进的地方。"管家一拍手，早有一队王府兵丁跑过来，举起长枪。东北军的士兵也急忙举枪，瞄着对方。

双方正僵持之间，大福晋香柏在丫鬟的搀扶下走了出来，神情威严地摆了摆手，对管家说："让他们进去搜，搜不到人，就让他们赶紧滚。"

王爷府的护兵们这才让出一条路来。

宁连长带兵把王爷府院落前前后后都搜了一遍，没有发现噶拉，也没有找到银色斑点马，只得悻悻而去。走之前，他留下一个班的士兵在王爷府门外蹲守，万一噶拉回来好一举抓获。

士兵们一走，珍珠一下抱住母亲，激动地说："噶拉哥还活着，他还活着呢……"

玛瑙夫人叹气说："唉，这孩子又在外面闯啥祸啦？得赶紧给他送信儿，让他千万别回来……可到哪儿才能找到他呢？"

珍珠忽然想起了什么，连忙站起来说："我有个办法，让流星送信儿去……"

30.

刑场上一匹马居然被人劫走了，关团长大发雷霆，刚一回到团部，马上把德保押过来审问。德保吓得双腿发抖，只得说那盗马贼是他临时请来的一个熟人，帮着照料马匹的。关团长又问那盗马贼的姓名住址，德保只好如实回答。

关团长思忖着说："这家伙是目击者，如果他落在日本人手里，麻烦就大了。"随即下令宁连长马上带兵去抓住此人。

德保深知自己犯了大错，自告奋勇，说愿意带人去王爷府抓噶拉。他以为噶拉已经回到了王爷府。

关团长用手枪筒点着他的脑壳骂道："成也萧何，败也萧何。要是抓不住那家伙，老子就把你的脑袋拧下来当尿壶。快去！"

宁连长带着两个班的弟兄及德保刚走，关团长又把所有人马撒出去，在附近三十里的各个路口要道上设卡，拦截一个骑着一匹银色斑点马的人。

刚刚布置好，他接到了少帅的急电，打开一看，上面写着："妥善灭迹，做好保密。"

这是一次典型的先斩后奏。关团长是在把那四个日本人化成一股青烟之后才给少帅汇报的。至于少帅当时是什么反应，是报了父仇的痛快淋漓，还是怕惹怒日本人的提心吊胆，抑或是为部下不经过他的批准先斩后奏闯了大祸的愤怒，已经无从考证。从少帅一连三封急电来分析，他起码是对这件事情十分重视的。

对于关团长来说，少帅的重视就是一种巨大的压力。他把电报丢在一旁，颓唐地跌坐在椅子上——无论如何，得抓到那个目击者！也许，那家伙也是日本间谍呢。这时，他感到了后怕，如果事情泄露出去，后果将不堪设想。

他拿起电话发出命令："将附近三十里设卡扩大为一百里，布下天罗地网，抓获那个目击者。"

31.

两个人，三匹马，噶拉和奥蕾策马在荒原上狂奔着，犹如漏网之鱼，仓皇而逃。很快，他发现从原路逃回兴安镇已经不大可能了，东北军在那边布下层层哨卡，他们只好折回来往西，想绕道回去。可是西边也到处是关卡。往东、往北都是森林，那里罕有人迹，进去后就会迷路。正在迟疑之时，噶拉听到天空中传来了一声熟悉的啼叫声，抬头一看，嘎拉乐了——天空中飞来了一只金雕。

那年，噶拉七岁，珍珠六岁，梅林夫人决定带两个孩子和宝荣一起秘密转移到索伦山谷躲避。山谷里有王爷府的牧马场，王爷府精良的马匹都是在此养育的。她们在山谷牧场隐藏了整整五年之后才返回兴安镇王爷府。对小噶拉来说，这五年是他最美好的时光，索伦山谷是他的乐园。有一天，噶拉从山谷的悬崖峭壁上发现了一个金雕窝，里面有两只尚未出窝的小金雕。孵化它们的母金雕可能已经死了。那两只小金雕在窝里嗷嗷待哺，生命岌岌可危。第一天，噶拉没有惊动它们。第二天，他又去看望它们，依然没见着母金雕归来。第三天，那两只小金雕已经奄奄一息了，连鸣叫的力气也没有了，脑袋软软地歪在一边，看样子马上就要死了。噶拉动了恻隐之心，小心翼翼地将两个小家伙揣到自己的怀里，然后骑着马飞奔回到了家。

一进蒙古包，他就把两只小金雕交给了小珍珠。小珍珠马上给它们喂牛奶，并且把新鲜的羊肉切成很细的条，塞进它们的嘴巴里。但其中一只已经不行了，一动不动。在小珍珠的努力下，救活了另外一只。几个月后，被他们救活的那只小金雕已经长成凶猛的大金雕，天天跟随着噶拉到草原上去抓野兔。它有一个神奇的功能：无论飞多远，都能找回家；无论噶拉和珍珠去了哪里，都能很快找到他们。它俯冲的速度极快，犹如流星坠落，所以噶拉给它取名为流星。

噶拉和珍珠还收养了一匹黑色的小狼崽儿，跑起来像风的影子，看不见，捕不着，神出鬼没，噶拉给它取名叫风之影。流星和风之影是他们两个人忠实的朋友。当天空中流星在翱翔，展示它美丽的英姿时，长大了的风之影犹如一条猎犬在草地上奔跑着，自由地舒展着肢体，时而跟在他们的坐骑后面，时而蹿到他们前面。

五年后，当他们返回兴安镇王爷府时，是无法把它们两个带回到王爷府的。额吉说："它们是属于草原的，就让它们回到草原去吧。"

两个孩子只得与风之影和流星依依惜别……

没想到几天以后，当他们回到王爷府后，噶拉听见天空中传来熟悉的鸣叫声——流星从空中对着他俯冲下来，稳稳地落到了他的怀中……从此，流星也定居于王爷府，陪伴着噶拉和珍珠。

此刻金雕飞来，稳稳地落在噶拉的肩膀上。噶拉知道是珍珠派它来送信儿的。果然，流星腿上绑着一个小纸卷儿。他取下来展开一看，正是珍珠写的，告诉他东北军的士兵到家里来抓他，让他千万不要回家。

　　噶拉和奥蕾商量了一会儿，很快做出决定：往北，进原始森林。此时，只有进了森林里他们才安全。

　　这时一小队东北军的骑兵在望远镜里发现了他们，几个人驰马呈扇形包抄过来。噶拉一看事情不妙，急忙招呼奥蕾上马。二人向着北方飞奔而去。

　　当他们终于策马跑进了黑森森的大森林里时，心里的石头才算是落了地。他们暂时安全了。

32.

　　东哥曾学过易容术，简单地化一下妆就能掩人耳目。她把自己化装成一位牧民——先用颜料把脸抹成与牧民一样黧黑的颜色，然后穿上一件笨重陈旧的大得勒，脚上踩一双香牛皮靴，头上戴一顶黑色的礼帽，像真正的牧马人那样歪斜地骑在马背上，哼着小曲，一路走来。几个东北军的士兵拦住她进行检查，她用流利的蒙古语对答，没有受到丝毫的怀疑，顺利地过了几个关卡。

　　这种如临大敌的检查使她心里更加怀疑中村他们出事儿了。难道有幸存者逃了出来？她来到佘王府镇附近，向当地人打听几天前的事情。但大家都摇头，没有人知道那支考察队的下落。她向人们询问有没有见到过一匹银色斑点马。有人说前几天曾经看到过的，在察尔森湖边有人骑着一匹银色斑点马经过。

她策马来到察尔森湖附近，一路寻来，遇到一位牧羊人。她下马与那老人闲聊了几句，先聊了聊天气、草场、牲畜等。接着她说她在寻找一匹银色斑点马，已经丢了好几天了，问那牧羊人看到没有。牧羊人想了一下，说二十多天前的一个晚上，他隐约听见山坡那边响起枪声，他出了蒙古包察看动静，望见察尔森山的北坡那边升起一股浓烟。

东哥喝了一碗奶茶之后，谢过牧羊人，骑马向察尔森山北坡跑去。

天气很好，没有风，草丛间的昆虫匆匆忙忙地寻觅或者搬运食物，也有的互相追逐着进行交配，抓紧夏日最美好的时光繁殖后代。马蹄踩踏着一簇簇野花，沾上了野花的香味，引得蜜蜂追逐着马蹄不肯离去。东哥的马骑得很好，当年在日本，她从小就由养父手把手教习骑马、射击、格斗。养父对她很慈爱，犹如冬日一片温暖的阳光照耀着她心底的那片苦寒之地。她认真学着，心里对养父充满了感恩之情。可谁能料到，她刚满十六岁的时候，在一个漆黑的夜晚，养父摸进她的房间把她给强暴了。她永远忘不了白色床单上那一抹鲜红，成为她永远抹不去的记忆……

从此，她恨自己的女儿身，不仅改着男装，在心里也把自己当成了男性。

她一路嗅着野花的芳香，很快来到了察尔森山的北坡。抬眼望去，这里一如既往，青草萋萋，青翠的牧草铺展到天边。她牵着马慢慢走着，细心的她寻找着异常。

突然她似有所发现，蹲下去拨开青草，从草根下发现了散落于草丛间的一缕灰烬。她轻轻地捏起一撮灰，放在鼻子下嗅了嗅，微微地皱了下眉头。她嗅出了骨头被烧焦的味道。然后她一路寻找过去，在其他地方发现了更多的骨灰。一处没有草的地方引起她的注意，她从马背的褡裢里取出一把折叠铁铲，在那个地方挖起来。不一会儿，她从挖出的坑里找到了更多的骨灰以及没有烧干净的人的头骨。

　　她静默了片刻，然后把一部分骨灰装到一个羊皮口袋里，放到马背上。她从马鞍子下面一个十分隐蔽的地方取出一部微型照相机，对着那个骨灰坑拍起照来。

　　毫无疑问，中村等人已经死了。

　　如果她把这件事情宣扬出去，肯定会在国际上引起巨大的轰动，会在日本国内掀起滔天的民愤。只要激起日本人的民族情绪和仇恨，就可以怂恿他们进攻东北军，占领中国东北地区，那么，建立"满洲国"就指日可待了。

　　想到这里，她激动起来，意识到自己正在从事一项多么"伟大"的事业！其实从一开始策划中村等人的考察队进入索伦山谷，她根本就没有为他们的生命安全考虑过，她甚至希望这个所谓的考察队暴露，这样，就能为制造事变找到合适的借口，才能督促日本关东军的高级首脑下定决心，对张学良的东北军采取行动。现在，一切如她所愿，因此她内心一阵狂喜。

　　她用土把那个挖开的坑填平，恢复了原样。她想：单凭这些骨灰作为证据还是不够的。他们会说中村等人的死与他们没有任何关系，也许是当地的牧民老乡火葬了他们并掩埋了骨灰。最好能找到更为有力的证据。

　　在去佘王府镇的路上，她才想起了临行前小亲王的叮嘱以及那个小姑娘扯住她的缰绳恳求她的情景。接着她想到了奥蕾和那个当向导的蒙古族男孩。她根本不关心那个蒙古族男孩的死活，如果他死了，世上只不过多了一个冤枉鬼罢了。可对表妹奥蕾，她的心里多少还是有些歉疚的。是啊，当初就不应该让表妹卷入这个事件！明明知道这是一项十分危险的任务，却让她参与其中，这不是害了她吗？"如果小亲王缓过神儿来，他会不会怨恨我呢？"怨恨倒也无所谓，会不会影响到"满洲国"的"建国大业"呢？毕竟，他还是现存清朝那班旧臣中比较有影响力的元老，无论是"建国"还是建立"兴安总省"，都离不开他啊！

进佘王府镇小镇之前，她把自己化装成一个商人的模样。她把马拴在一家小饭馆门前的拴马桩子上，然后进了饭馆，和老板娘要了一碗羊肉面吃了起来。一天的奔波又累又饿，现在她正好可以略微休息一下。老板娘是个挺干练的中年妇人，很是热情，不停地与她搭话儿，问这问那。她懒得搭理老板娘，只管埋头吃面。

刚吃了几口面，见一个身穿黄色军装的男人走了进来，大大咧咧地坐在离她不远的桌子前，对饭馆老板娘高声叫着："喂，金花，给我炒俩菜，来三两酒。"

那老板娘与他很是惯熟，走过去与他打情骂俏道："哟，德保啊，好多天没过来啦，是不是外面养了相好的啦？"

"狗屁相好的，军营里出大事儿哩，我这几天东跑西颠儿，连放屁的工夫都没有。"

"出啥大事儿了，给我念叨念叨？"老板娘金花一边给他倒茶一边问。

德保看了旁边正在吃面的东哥一眼，低声说："军事机密，不敢跟你说啊。"

"这两天我看你们这些当兵的都扛着枪进进出出的，是不是要打仗了啊？"

"不是打仗，是抓人，逃了一个盗马贼。"

"哟，抓一个盗马贼还用得着这么兴师动众啊？"

"这你不懂，他盗走的马可不一般。"

"啥马这么金贵啊？"

"一匹银色斑点马。"

"银色斑点马？"

"身上带着蓝点儿。"

"呀，这样的马可少见啊！"

东哥听到这儿，心里"咯噔"一下：雪白的马，身上带着蓝色斑点，那不正是奥蕾骑走的那匹银色斑点马吗？奥蕾还说给它起了一个好听的名字，叫银色闪电。

不一会儿，金花端上了两盘菜，还有一壶酒。德保自斟自饮，喝着闷酒。连着几天，马和人都没找到，关团长赶到齐齐哈尔去和少帅报告情况，临走前再次用手枪敲着他的脑壳说："等我回来，人和马还是找不到，你小子就死定了。"

德保担心关团长回来会把他军法从事，这脖子上吃饭的家伙什可就真的保不住啦。

酒越喝越心烦，正所谓借酒消愁愁更愁啊。

东哥看出德保不开心，端着碗走到德保面前，一边吃一边说："大哥，你刚才说的那匹宝马啊，我知道它在哪里。"

德保的眼睛一亮："你知道？它在哪儿？"

"在我手里。我用高价把它买下来了。"东哥故意压低了声音。

"在你手里？"德保喜出望外，眼睛一亮，仿佛抓住了一根救命稻草。

东哥坐在了他面前，放下已经吃空的面碗，掏出一包香烟来，递给他一支。德保接过香烟，抽了几口，乜斜着东哥，似乎对她有些怀疑，问："你是哪儿来的？"

东哥说他是一个旅蒙商，是来经商的买卖人。

德保问："那匹银色斑点马真的在你手里？"

东哥说："当然了，是一个叫噶拉的家伙卖给我的，他说那马叫银色闪电。"

东哥说出噶拉和银色闪电的名字，德保立刻对她深信不疑了。

"噶拉那家伙呢？他在哪儿？"

"我把他藏在了一个安全的地方。刚才我听说你们正在满世界找他，是吧？"

"对……兄弟，你要是连人带马一起交给我，我保证会给你一大笔钱的。"

"好啊，这个买卖咱们可以谈谈。你能给我多少钱呢？"

"你开个价吧。"

东哥早注意到德保手腕上戴着一只金灿灿的手表，看着眼熟，就说："你把你的金表给我，我就把人和马都交给你。"

德保迟疑了一下，把手腕上的金表摘下来递给东哥。东哥接过仔细看着，心中一惊，她确信这只金表是她老师的，因为金表的背面刻着老师的名字。后来老师把这只表赠送给了中村君。原来中村在被押赴刑场时，觉得事情不妙，就故意把金表丢到了门后，德保来打扫房间时捡到了它并私藏起来。

东哥心想："看来，这家伙是一个知情人。"她想了一下，把金表还给了德保，说："你要是真的想谈成这笔生意，那么，今天夜里，你到我住的旅馆来吧。切记，这事儿不要告诉任何人！"

两个人约定了时间地点之后，东哥起身而去。

33.

毕竟是偏远的小镇，这家最好的旅馆也不过如此——简陋的床铺、一张桌子、一把椅子、一个烛台、一面镜子。但对于东哥来说，这几样东西已经够用了。

　　天很快黑了下来。东哥点亮了那根红蜡烛，先是换上一身性感的内衣，然后对着镜子描眉画眼。她要恢复女儿妆，让自己变成一个漂亮而性感的女人。她知道在获取情报上，一个美女的作用抵得上十个优秀的男特工。看着镜子里那张美丽的面庞，她相信任何男人都无法抵御，都会成为她石榴裙下的俘虏。

　　九点整，听到有人轻轻地敲门，她举着蜡烛过去开门，看到德保瞠目结舌地站在门外呆呆地看着她。

　　"我是不是走错门了？"

　　她对着他嫣然一笑："没走错，进来吧。"说毕，一把将他拉进了屋子里，随手将门关了个严实。

　　"你……你是个女的？"德保依然没有缓过劲儿来，一直呆呆地看着她。

　　她拉着他走到桌子前坐下，把红蜡烛放好，然后把早已经准备好的一瓶子东北小烧斟到两个酒盅里。这时他才看清，桌子上摆放着几样精致的小菜，散发着香味儿。

　　"来来，德副官，我们好好喝两杯。等喝完了酒，再谈我们的生意。"

　　说着，她把一个酒杯递到德保手上。

　　良宵美景，又有美女相伴，共饮美酒，德保如坠入迷梦之中，骨头早就酥软了。三杯酒下肚，他更是觉得今天顺水顺风，为这从天上掉下来的好事儿欣喜不已，搂住她就要求欢。她自然是半推半就，任其宽衣解带，几番云雨。德保是久旱逢甘霖，却不知她早已在那酒杯里放了致幻剂。那迷药果然十分厉害，没一会儿工夫，躺在床上的德保便对她详细地说出了一切，包括他是如何发现那支考察队的人是日本间谍，如何禀报团座，团座又如何带人抓捕中村等人，接下来如何审讯、如何枪毙、如何烧毁物证、如何杀马，还有噶拉如何骑着银色闪电逃脱……

待德保睡熟之后，东哥从床上起来，铺开笔墨，把德保所叙之事详细记下，然后将德保的手摁在红印泥上，在那份"供状"上画了押。待后半夜清醒过来时，他已经被捆绑在椅子上，胸前放着那份供状。东哥正在用她的微型照相机给他前后左右地拍照。德保此时已经清醒过来，知道情况不妙，拼命想挣脱，可东哥是经过特殊训练的，那绳结打得十分牢固，哪里挣脱得开。他刚想叫喊，一张浸湿的麻纸糊到了他的脸上，把他的声音憋回到肚子里。接着东哥又糊了一张又一张。他的胸脯一起一伏，像一个鼓风机。他的头在剧烈地摇晃，两条腿也胡乱蹬着。这是她的养父风外山人教给她的三十六种杀人方法中的一种。大约半个时辰后，德保已经一动不动了。她把覆盖在他脸上的那几张麻纸取下来，看到一张惨白瘆人的面孔。她解开他身上捆绑着的绳子，把他的衣服弄平整些，然后把尸体放到床上。之后她又用了半个时辰收拾现场，抹去自己存在过的一切痕迹。登记房间时她用的是德保的名字。没有一个人看见过她的真容。走的时候，她没忘记带上那只金表，那可是最为重要的物证。

外面传来雄鸡第一声啼鸣时，她已经悄然离开了那个小旅馆，策马奔驰在去齐齐哈尔的路上。她知道在那里，秘密潜入中国境内的土肥原贤二正在焦急地等待着她。

34.

　　大森林是动物们的天堂，却是闯入者的地狱。它实在是太大了，大得无边无际，让人进入其中就辨不清东南西北，犹如进了九曲迷宫，想走出森林，比登天还难。

　　更要命的是还有各种猛兽——狼、老虎、豹子、熊瞎子、毒蛇……让人防不胜防。

　　没有在森林里生活过的人只要进了森林，就是九死一生。

　　第一天，嘎拉和奥蕾就迷路了，在森林里走了不知有多久。奥蕾实在是累得走不动了，尽管骑在马上，她也感觉到浑身酸痛，臀部都被磨破了。马跑起来免不了要颠簸，这一颠更是疼得万箭穿心一般。好在他们看到前面的密林中有一个白色的三角棚子——后来他们才知道那是鄂温克族人盖的，为狩猎者提供食物、水和用品的撮罗子，没有人居住。他们二人在撮罗子里补充了水和食物之后，昏然入睡。

　　嘎拉第一个醒来，天还没有亮，大森林还在沉睡。他决定独自到外面去看看周边的环境，就一边扎着腰带一边走了出去。

　　破晓前，森林里异常阴暗。风儿在树梢头匆匆行走，发出婆娑的声音。猫头鹰不时冷笑一下，时而在这边，时而又跑到了另一边，显得神秘而怪异。嘎拉以胆大著称，这世上似乎没有什么事情会让他感到害怕，可现在，他的心底正在蔓延着恐惧，这恐惧令他毛骨悚然。他回转身来，准备去林子那边去看看绊在那儿的银色闪电和雪兔，冷不防撞到了一个毛乎乎的东西上。仔细一看，他惊得大叫起来——那是一头熊，一头硕大的黑熊，对他怒目而视，正抡起巨大的巴掌对着他拍过来。噶拉反应极快，马上一个就地十八滚，逃过了黑熊致命的进攻。黑熊扑了一个空，更加恼怒，向他冲过来。他一个鲤鱼打挺站起来，没命地朝着撮罗子狂奔而去。他在奔跑中回头望去——一头熊变成了两头熊，在他身后紧追不舍，它们沉重的脚步震得大地颤抖着，在噶拉听来，这声音比闷雷声还要骇人。好在撮罗子不远，当跑在前面的那头黑熊几乎就要抓住他时，他已经冲进了撮罗子里。

他几乎是扑到了奥蕾的身上。睡梦中的奥蕾吃惊地睁开眼睛看着他，不明白发生了什么事情。他急忙用一只手捂住奥蕾的嘴巴，生怕她发出声音来。奥蕾完全理解错了，以为噶拉是在用这种粗鲁的方式来表达爱意，就伸出两条嫩柳般的胳膊搂住了他的脖子，同时，闭住眼睛，将自己的嘴唇贴在了他的嘴巴上。

对于噶拉来说，这是他的初吻。他被那奇妙的感觉给弄呆了，突然之间忘记了外面巨大的危险。他贪婪地接受着她的吻，感觉到她的身体散发着热量。这状况仅仅持续了几秒钟，撮罗子外面，黑熊开始发威，用它的巨掌摇晃支撑撮罗子的桦树杆子。整个撮罗子摇摇欲坠。另外一头黑熊守在门口，防止他们逃走。

奥蕾这才知道外面出了状况，想要叫喊，可是噶拉怕她出声，急忙用自己的嘴唇牢牢地贴在她的嘴唇上，使她不能发出声音来。

黑熊在外面击打着、撕扯着，很快将覆盖着撮罗子的桦树皮扯出一个洞来。它的一只大爪子伸进来，几乎就要摸到奥蕾的脸。奥蕾害怕得浑身发抖，两条胳膊更加用力，死死地抱住了噶拉，仿佛是一个溺水者抱住了一个前来搭救她的人。

噶拉心想："完了，看样子，今天要死在这熊爪下了。在死之前，能抱着美女一同赴难也值了。"他抱着奥蕾打了一个滚儿，滚到了撮罗子的另一边，黑熊的爪子够不到的地方。两个人的唇依然胶合在一起没有分开。

外面，那个窟窿越拆越大，看样子，黑熊是一门心思要钻进来享用它的美餐了。噶拉以前听说过熊是吃人的，尤其是在饥饿的时候，会吃掉一切可以吃的东西。

一缕清冷的光束从撮罗子顶上的通风口投射进来。这时候，那头黑熊大半个身子已经挤进了撮罗子里，另外一头黑熊也从门口探头进来，它们那极为残忍的眼睛里闪着兴奋的光芒，盯着噶拉和奥蕾，就像盯着一顿丰盛的美餐。

噶拉摸起一根烧火棍子，对着黑熊捅了过去。黑熊的皮非常厚，棍子捅到它的前胸好像是给它挠了挠痒痒，它丝毫不理会。噶拉又抡起棍子在它的鼻梁上猛击了一下。这下打疼了它，它狂怒地嘶吼一声，用力向里挤，将那碗口粗细的桦树杆挤得断裂开来。

噶拉以为自己最后的一刻到来了，再次回身抱紧了奥蕾。

就在这时，外面响起了枪声："啪——啪——"

35.

两头黑熊一头受伤逃走，另一头被猎枪击毙，倒在撮罗子外面，像一座黑色的小山包，黑色的血流了一地，旁边一条狗不停地吠着。

惊魂未定的噶拉迟疑了好一会儿才走出撮罗子，看见从密林深处走过来两位猎人，前面跑着一条棕色的狗。他们的猎枪上还冒着烟。其中那瘦高个子的猎人小心翼翼地接近倒在地上的那头黑熊，当确认它已经死了后，拔出锋利的猎刀，剖开熊的肚子，掏出熊胆，放进他腋下的一个鹿皮口袋里，又将四个熊掌割下来，然后割下来一些肉扔给那条棕色的狗。狗香甜地吃起来。那稍矮些的猎人则走到噶拉面前，用警惕的目光上下打量着他。噶拉这时候才发现这原来是个女的。她的长发是藏在帽子里的。

"你们怎么跑到这儿来了呢？"她问。

噶拉不敢说出被追杀之事，信口编了一个谎言，说他和奥蕾是私奔跑进森林里来的，因为奥蕾的父亲为了十块大洋要把她卖给一个五十多岁的糟老头子，而他见义勇为，带她逃婚。他看见奥蕾狠狠瞪了他一眼。那个女猎人居然相信了这个谎言，一时很气愤地说："没见过这种父亲，居然为了钱卖女儿！"

噶拉急忙顺着杆儿往上爬，又说："是啊是啊，你瞧这姑娘有模有样儿的，怎么着也得卖二十块大洋吧。"

奥蕾假装替噶拉拍打身上的尘土，另外一只手在他大腿后面狠狠地掐了一下。噶拉"哎哟"一声跳开。

那女猎人奇怪地看着他，问他怎么啦。他说可能被草爬子给咬了一下。这时那个瘦高个的男猎人走了过来，噶拉发现他与自己的年龄相仿，是个少年。果然，那女猎人介绍说那是她弟弟，叫鲁尼，她叫列娜。

列娜和鲁尼非常有经验，在撮罗子里拢起了火，用锅煮了一锅熊肉。噶拉头一回吃熊肉，发现真的很好吃。奥蕾却不肯吃，只是吃了些列娜带来的大列巴。用驯鹿乳做的列巴很香，她吃得很饱。

吃饱喝足，鲁尼牵来两头长着很长犄角的驯鹿，把一些用品放在驯鹿的背上，准备离开这里。这个撮罗子是他们的一个补给站。

噶拉见他们要走，有些慌了，急忙上前问："能不能带上我们一起走呢？我们可不想待在这儿被熊瞎子给舔了。"

列娜说她要和弟弟到密林深处去寻找黑松露，那边环境同样险恶。

噶拉急忙说："只要跟你们在一起，我们就啥都不怕啦。"

列娜说："那好吧，跟我们走吧。"

噶拉跑到林间牵过来他们的两匹马——银色闪电和雪兔。鲁尼好奇地抚摸着银色闪电说，他头一回看见还有白马长着蓝色圆斑点儿呢。噶拉说这马特别名贵，它日行千里不会出汗，如果出汗的话，那些蓝色的圆斑点就会变成红色，所以这马还有一个别称，叫汗血宝马。奥蕾见他又胡乱吹嘘起来，也不好点破他，只得在心中暗笑。

36.

越走林子越密，光线也就越暗。脚下踩着厚厚的腐质落叶，感觉很有弹性。那条棕色的狗始终走在前面，在地面上不停地嗅着，好像在寻找什么东西。列娜告诉他们，那是寻松犬，只有它能嗅得出松露的味道，若没有它，想找到一颗松露也比登天还难。噶拉听得心里痒痒，愈发想看一看那神奇的松露究竟长得是什么样子。

他们在密林中走了有多半天的时间，并没有发现松露。噶拉从来没见过松露，不知道它是什么味道。

奥蕾说："我阿玛说他在日本的时候曾品尝过白松露，那白松露特别名贵，只那薄如蝉翼的一片就得几十万日元。在欧洲白松露还要贵许多。”

噶拉听得咋舌，急忙问：“是不是特别好吃啊？”

奥蕾说：“阿玛说也没有多好吃，就是味道很特别。”

噶拉问是什么味道，奥蕾说不上来，想了一会儿说："一股蒜味和臭鸡蛋的味道，还混合了一丝蜂蜜味儿。”

天色很快暗了下来。寂静的森林里有鸟鸣声以及密林深处传来的稀奇古怪的声响。列娜和鲁尼捡来许多的干树枝，开始点火。他们用的是原始的火镰，两块白色的马牙石在反复击打时会迸发出火花，火花引燃一种毛茸茸的蒿草，再用燃烧的蒿草去引燃那些干树枝。

当列娜点篝火时，鲁尼跑到稍远些的地方去寻找水源。很快，他拎着一个熊皮口袋回来了，里面装满了清冽的山泉水。噶拉用心记下了他们所做的一切，他知道，若想在森林里生存下来，必须得学会这些生活经验——找水、生火、煮肉以及如何保护自己不被猛兽伤害。

奇妙的是那头母驯鹿尚能挤出奶来。列娜拎着一个小桶走过去，在母驯鹿的肚皮底下抚弄了一会儿，就拎回来半小桶鹿奶。她用这些鹿奶和捡来的野蘑菇煮了一道汤。奥蕾和噶拉尝了一下，都说这汤好喝极了。

火光忽明忽暗，映照在他们的脸上。噶拉发现列娜的脸部线条很刚毅，透着一股英武之美。她那深邃的眸子里盛满了野性之光。奥蕾与她比起来则要秀气得多，也柔媚得多。大家在吃东西时都话不多，只有噶拉不停地提问。

“它到底长什么样子？和蘑菇一样吗？”

列娜摇头说：“不一样，它更像一块古怪的石头。”

“你挖到过吗？”

“挖到过。”

一直没有说话的奥蕾冷笑了一声："你在骗人，这里根本没有什么松露！松露其实就是块菌，世界上主要分布于阿尔卑斯山脉、喜马拉雅山脉的少数地区，中国只有四川西南部才能找得到，而且是凤毛麟角。大兴安岭里怎么可能会有松露呢？你是个骗子！"

列娜用不屑的目光瞟了奥蕾一眼："你说的都是书本上的知识。等我挖到了你就会相信了。我为什么要骗你们呢？"

奥蕾说："谁知道你安的什么心！"

列娜显然有些恼怒了："我们鄂温克人从来不会骗人，你说我骗人就是对我的侮辱。我要你把刚才的话收回去！"

两个人吵了起来。

"说你是骗子那是轻的呢！"

列娜真的火了，"唰"的一声抽出腰刀，愤怒地说："把你的话收回去。"

不料，奥蕾根本不惧她，从怀里掏出一把小手枪，对着列娜说："你敢动武？"

噶拉根本没有想到奥蕾会带着手枪，他一把夺过她的手枪，仔细欣赏着："好精致的小手枪啊！哎，昨天黑熊要闯进来的时候，你为啥不掏出来开枪啊？"

奥蕾想夺回属于她的手枪，但噶拉不给她，把枪高高举过头顶。奥蕾跳起来也够不到他的手。

噶拉得意地笑了："这枪，归我啦。"

不料，噶拉不经意间扣动了扳机，"啪"的一声，枪响了，子弹射向了夜空。

所有的人都呆怔了一下。

之后，奥蕾和列娜不再说话，赌气似的转过身去。噶拉劝了这个又劝那个，心想："女孩子们真是麻烦，怎么聚在一起就要吵闹呢？"又想："还是珍珠好，从来不和任何人吵，总是那么安安静静地做自己的事情，和人说话也是和风细雨的，从来没有一次是电闪雷鸣的。"

噶拉想和奥蕾说话，可她转过头去，根本就不搭理他。"她生气了？是因为刚才吵架时我没有向着她吗？"他想。

倒是那个鲁尼，始终不说一句话，只是看着他们，不停地"嘿嘿"傻笑着。

噶拉有些无聊地站起来，向绊着马的那边走去。他不敢把马放得太远，这森林里到处都隐伏着危险啊。

夜幕严严实实地笼罩着森林。睡在树林间，看不到星星，也看不到月亮。静下来的时候，只有风儿在树梢尖上奔走着，那"沙沙沙""嗖嗖嗖""哗哗哗""呼呼呼"就是风儿的脚步声，忽而轻缓，忽而急促，忽而懒散，忽而暴烈。有一种鸟儿的叫声像极了人的冷笑声，乍然响起，令人头皮一紧。噶拉看见银色闪电和雪兔正在安安静静地吃草，它们耳鬓厮磨，仿佛已经成为一对好友。

他从怀中取出那把小手枪看了一下，有了它，仿佛有了壮胆儿的主心骨，他不再感到害怕了。突然感到身后有动静，他吓了一跳，一个急转身，把枪口对着那黑乎乎的影子，问："谁？"

来人是列娜。她走到离他很近的地方，凝视着他，目光依然是野性的、冷峻的。

"知道我们为什么要挖松露吗？"

"不知道。"他老实地回答。

"我们是在筹集经费，挖了松露，卖了钱，就可以买枪了——买许多的枪。"

"买那么多枪干什么？打熊瞎子？"

她摇头说："我们要组织一支队伍。老谢说，枪把子只有掌握在自己手里，我们才能真正成为这片土地上的主人。"

"老谢？"

"嗯。老谢是我们的头儿，我们都听他的。其实，我们总共有十几个小组呢，有挖人参的，有猎熊取熊胆的，有淘金的，寻找松露的只有我和鲁尼这一个组。"

噶拉这才知道，原来他们这是一次有组织、有计划的行动。

"你们组织队伍要干什么呢？总不会要当土匪吧？"

"抗日啊！难道你不知道日本关东军在我们这里胡作非为、横行霸道吗？老谢说，他们迟早是要跟我们开战的，我们必须得武装起来才能抵抗他们。"

一听说是打日本人，噶拉马上激动起来："太好了！等你们组织起队伍，也算我一个。我也恨日本人，他们总是欺负我，那浑蛋野村……"

每当想起学校里野村那几个小浑蛋，他就恨得牙根痒痒。

列娜的眼睛望着远方那篝火的光芒，说："我想说的正是这个——我发现你挺勇敢的，将来会成为一名勇敢的战士。你要是真的想加入我们的队伍，等走出森林后，我就把你介绍给老谢。"

37.

第五天下午。

噶拉几乎要绝望了——也许奥蕾说得对，这里根本就没有松露！列娜和她弟弟是走火入魔了，黑松露可能只存在于他们的幻想中，他们是在做一件不可能完成的事情。

前几天，他们用了半天的时间搭起了一个撮罗子。一切都是就地取材，砍几根桦树杆，再剥一些桦树皮蒙在上面，一个简易的撮罗子就搭成了。鲁尼虽然岁数小，但干这事儿简直就是轻车熟路，非常利落。看得出他从小就学会了如何搭建撮罗子。他依然是微笑着不说话，噶拉怀疑他是个哑巴。

不过，此时奥蕾彻底躺倒了。她头晕乏力，躺在熊皮褥子上昏睡不起。噶拉知道她这个娇生惯养的格格出来受这罪，也真难为她了。噶拉把水和食物给她留好，跟着列娜和鲁尼，带着那条狗向另外一片密林走去。

路上，噶拉提出了自己的怀疑："这里真的有松露吗？"

列娜告诉他："松露主要生长在松树、橡树、榛树、山毛榉和橙树下，这片松树林是有可能生长松露的。"

"你知道吗，在国外，很多时候人们是用母猪来寻找松露的。"列娜又说。

"母猪？难道母猪的嗅觉比人还要灵吗？"

"动物的嗅觉都比人灵敏。老谢说，松露会散发一种类似公猪身上的气味儿，所以母猪能识别这种气味。只要闻到这种气味，它就会拼命地拱地，直到把它拱出来为止。"

"那你们为什么不带一头母猪来呢？"

"母猪会抢着吃掉松露的。在这点上狗比猪强，狗不吃松露。"

噶拉越来越急着想见一见松露了。

也正在这时，跑在他们前面的那条棕色狗停下了，回头对他们吠起来，然后又嗅着脚下的地，用前蹄刨着。

列娜惊喜地叫起来："找到啦！"

她的话音未落，鲁尼早已经跑了过去。噶拉和列娜跟过去一看，那片林间有一小片青草已经全部枯萎死亡了，呈黑色，犹如一片烧焦的土地。

噶拉疑惑地望着说："这种地方怎么可能会长松露呢？"

列娜说："凡是长松露的地方，大致就是这个样子。"

这时候鲁尼已经开始挖了。他挖得很小心，用一把木头铲子一点儿一点儿地挖着，有点儿像考古专家在发掘价值连城的文物。

挖了大约半个时辰，鲁尼小心翼翼地从那挖开的坑里捧出一个黑乎乎的东西。噶拉凑过去一看，很是失望——多么丑陋的东西啊，不圆不扁，不方不正，表皮爬满了疙疙瘩瘩好像肉瘤子的东西，这就是能卖天价的稀世之宝？

嗅着那股气味儿，他感觉有些眩晕。

38.

那天晚上，列娜按鄂温克人的习俗，铺好皮垫子，待噶拉和奥蕾坐好后，她端上奶茶，然后开始煮狍子肉。这只狍子是他们归来途中鲁尼顺手打的。列娜说："这是搂草打兔子——捎带的。"她居然熟知汉族的歇后语。狍子肉煮好后，列娜拿出猎刀，切下一小块肉投入火堆里，然后把她自酿的野果酒端到噶拉和奥蕾面前。按照他们的习俗，敬酒时她高举酒杯，先往火中倾注点滴，自己呷一口，再请噶拉喝。噶拉看得出来，这一晚她兴奋极了，很快将带来的那一罐子果酒喝了个底儿朝天。

列娜说："今天挖到的这块黑松露，能换十条滑膛枪。明天，继续寻找松露，争取能挖到换一百条枪的黑松露。如果运气好，能挖到一块白松露，那可就谢天谢地啦！"

喝到兴奋时，列娜唱起了鄂温克民歌。她唱的是鄂温克叙事民歌《母鹿之歌》。她边唱边给噶拉解释说："在遥远的狩猎时代，有个叫呼尔迪的鄂温克族猎人，在一次打猎时射中了一只母鹿。母鹿带伤奔跑，呼尔迪追踪母鹿的足迹找到了它，却看到了令人心碎的一幕：奄奄一息的母鹿正在安慰嘱咐小鹿，提防猎人的暗箭。呼尔迪对自己的行为后悔不已，有了沉重的负罪感。从此，鄂温克族禁止狩猎有孕或带幼崽的动物……"

列娜的歌儿把大家都唱哭了。

噶拉和奥蕾不会想到，正是在这个夜晚，东哥在日本东京举行了新闻发布会，揭露了日本农业专家中村一行四人被"无辜杀害"的"真相始末"，日本朝野为之震动。

第二天，所有的日本报纸都报道了这个消息，并配发了察尔森山坡毁尸灭迹的照片和王德保"口供"的全文。

日本关东军开始了大规模的战备动员，枪口和炮口对准了东北军的北大营。

第二天一早，噶拉正要跟随列娜和鲁尼继续寻找松露时，奥蕾突然捂着肚子呻吟起来，说她的肚子疼得要命。噶拉犹豫着走不走。列娜说："既然这样，你今天就不要跟我们一起去了，还是留下照顾她吧。"

列娜和鲁尼带着寻松犬刚一走，奥蕾的肚子马上不疼了。噶拉正觉得奇怪，她说出的一番话，把噶拉吓了一大跳。

39.

"这个列娜和她弟弟肯定是土匪，我们应该把他们抓起来，送交官府。"奥蕾神情严肃地对噶拉说。

噶拉一怔，仔细看她的脸，发现她表情很严肃，不像是开玩笑的样子。

"人家可是我们的救命恩人，这么做是丧天良的啊！"

"我猜他们对咱们俩没安好心。你想，她为啥要收留我们？我们对她有什么利用价值？难道你就不怕她出卖我们吗？"

噶拉摇头说："不会吧……"

"小时候就听我阿玛常念叨'害人之心不可有，防人之心不可无'。你呀，太容易相信别人了！"

"即便我们是有防人之心，那也不能有害人之心啊！"噶拉以她的理论反驳她，让她无话可说。他觉得奥蕾就是肚量太小，还爱疑神疑鬼，认为谁都是坏人。

"先下手为强嘛！我们不是有手枪吗，等他们回来，我们出其不意，一下就把他们制服了。"看得出，奥蕾心里已经有了计划。

"如果他们反抗呢？"

"那就干掉他们。"

从小到大，奥蕾的养父小亲王教给她的都是弱肉强食的生存法则。这恰恰与噶拉的做人原则相违背。他从来不欺负比他弱小的人，更不会乘人之危去害别人。对于奥蕾的这个主意，他认为是荒唐可笑的。奥蕾见她说服不了噶拉，只得作罢。不过她表示这鬼地方她一天也不愿意多待了，她让噶拉跟她马上就走，返回兴安镇。

噶拉表示反对："回去有危险啊！那些东北军守在那儿，就等着咱们回去，好抓咱们灭口呢。"

"我不怕！我阿玛在东北有很强的势力，再说还有东哥呢，她会保护我的。"

"要走你走，反正我是不回去。"噶拉态度坚决地说。

奥蕾看着他冷笑道："露馅儿了吧？我看出来了，你就是个胆小鬼，屁大点儿事情就吓得到处乱跑，不敢回家。"

噶拉没看出这是奥蕾的激将法，果然上当了："谁是胆小鬼？走就走，我噶拉怕过谁呀！"

"那我们收拾东西，去抓马吧？"奥蕾高兴得跳了起来。

噶拉突然又冷静下来，摇头说："要走，也得等列娜和鲁尼回来后再走，不能不辞而别，那样没有礼貌。"

奥蕾一看噶拉态度这么坚决，也就顺着他，表示同意。

不料，他们一直等到天完全黑了下来，也没见列娜和鲁尼回来。"难道他们出事儿了？"噶拉忐忑不安地想着。

奥蕾说："如果等到明天早上他们还不回来，我们就不等了，直接走。"

此时奥蕾嚷嚷饿了，要噶拉做饭。

噶拉把昨天剩下的狍子肉放在锅里，又往锅里放了些炒米，熬了一锅肉粥。他不放心，再次出去看列娜他们回来没有。

森林再次被笼罩在黑暗之中，看不到天空，只有走到树木稍微稀疏些的地方，才能望见并不大的一片夜空。噶拉脱掉了靴子，找了一棵比较高的树爬上去。他爬树很敏捷，凭着发达的肌肉，一蹿一蹿就蹿到了树顶。他终于看到广阔的天空了，就连树梢顶上掠过的风儿都是那么清新。他大口呼吸着，极目望去，远远近近都是一片林海；仰望夜空，明朗无云，密密麻麻的群星闪烁着明亮而寒冷的光芒。他寻找着北斗七星，很快就找到了。他知道那边就是北方，由此他就能辨别出东西南北，这样，明天走在森林里就不会迷路了。虽然在来的时候，他在几个地方做了记号，为了出去的时候能辨明方向，找到出路，但万一找不到那几个记号呢？所以，无论是在荒野还是在森林，认清方向是非常重要的。

隐约听见奥蕾在呼唤他，他知道该回去吃饭了。

他从树上溜下来，穿好靴子，回到那个临时搭起来的撮罗子里。

奥蕾已经把锅里的米粥盛到了两只木头碗里。他端起来吃了几口，觉得味道特别奇异，那种香味儿是无法形容的美妙。很快一碗粥就进了肚子里，他问："你往这粥里放啥了？太好喝啦！"

奥蕾诡秘地笑了一下："你猜。"

噶拉摇头："我只放了狍子肉和炒米啊。"

奥蕾说："我放了你最想吃的东西。"

"黑松露？"噶拉一下就想到了黑松露。

奥蕾笑道："味道是不是很独特呢？"

噶拉生气了，斥责道："那黑松露是列娜他们用来卖钱换枪的，你怎么趁人家不在家就给吃了呢？"

奥蕾说："那有什么，反正他们还会挖到黑松露的。再说，他们是不是能活着回来还不一定呢。"

"那也不能随便吃人家这么贵重的东西啊！"

奥蕾温柔地笑了，坐到他身上，把头倚在他的肩膀上说："行啦行啦，已经吃到肚子里啦，说啥也没用啦。你不是爱吹牛嘛，以后又有吹牛的资本啦——你吃过非常名贵的黑松露，多有面子呀！"

温柔是奥蕾的撒手锏，只要她一温柔，噶拉顿时就消了火气。

说来也怪，吃了那松露，不到半夜，噶拉就觉得自己的身体起了非常奇妙的反应——浑身燥热，变得亢奋而冲动，一种深邃如大海般的欲望随时决堤而泄，无法克制。

奥蕾同样有了反应，她搂住了他，不住地呻吟着，发出女性渴望的呼唤。她眉心的那颗黑痣在不停地跳舞……

噶拉听到了呼唤，想用理智的闸门挡住欲望的洪流，不让它们泛滥成灾。可是没有用，理智的闸门此时此刻居然如此脆弱，不堪一击，早已经化作青烟飘散。欲望的野兽横冲直撞，不可阻挡。青春的躯体似乎在那一瞬间成熟了，完成了一次不可逆的蜕变——他突然之间变成了真正意义上的男人！

之后许多年，他都在诅咒那个引诱他的魔鬼——黑松露。那才是伊甸园里的苹果啊！

可是，引诱他吃下那"苹果"的又是谁呢？

40.

再睁开眼睛时，噶拉发现自己被一根皮绳子捆绑着。仔细一看，列娜和鲁尼正坐在那儿吃东西。令他感到羞愧的是他还赤裸着身体，一丝不挂。

再看撮罗子里，已经没有了奥蕾的影子。

听到响动，列娜转过头来看了他一眼，冷笑道："醒了？"

"为什么把我绑起来？"他愤怒地问。

"因为你偷了我们的黑松露。你是一个贼！"列娜淡淡地说。

"奥蕾呢？她哪儿去了？你们不会杀了她吧？"

"她跑了，她把两匹马都骑走了。"

噶拉一听就急眼了："她会迷路的，凭她一个人根本走不出这片大森林啊！"

列娜冷笑了一声："那是她自己找死！"

列娜和鲁尼很快吃完了东西。列娜把噶拉的蒙古袍扔给他，让他穿上。

噶拉说："我的手脚被捆着，怎么穿啊？"

列娜说："让鲁尼帮你穿。"

鲁尼走过来，看着噶拉，依然笑着。他把那袍子像套一样东西似的套在噶拉身上，再给他系上腰带。

"把我的胳膊放出来呀。"噶拉叫着。

鲁尼根本不理睬他，帮他系好了腰带，就忙自己的去了。他们两个皮口袋都是满满的，整个撮罗子里都是黑松露的味道。看样子，昨天他们运气不错，没少挖黑松露啊。

噶拉跟着他们出了撮罗子，鲁尼把他抱到一头公驯鹿的背上。他这才知道，他们满载而归，今天就要返回他们的营地了。

这一走，走了整整三天。

噶拉心中一直惦念着奥蕾，他不相信奥蕾会扔下他一个人逃跑，她可能是看到列娜他们回来了才跑的，或者，她是到外面牵那两匹马，返回时看见列娜和鲁尼正在把他捆绑起来，知道事情不妙，就骑着马跑掉了。

幸好那把小手枪不见了，列娜说她没有拿，还反问噶拉枪哪儿去了。噶拉知道一定是奥蕾把它拿回去了，如果她在路上遇到什么危险的话，那把手枪也可以防身。

一路上，噶拉的心一直被怒火灼烧着。他何曾被人绑过？让他失去行动的自由是最痛苦的。他一次次骂列娜，没用，列娜好像没听见一般。然后他软下来，一遍遍央求她，求她给自己松绑，让他自己下来走路。但是列娜依然像没听见似的。只有鲁尼回过头来冲他龇牙一笑——他的牙雪白发亮。噶拉看见他一路上嘴里不停地咀嚼一种野草的叶子，应该是那野草汁把他的牙洗白了吧。

噶拉的目光在密林里搜寻着，希望能搜寻到奥蕾的影子，但是没有搜寻到。她已经像空气那样蒸发了。回想那一夜她给他的千般缠绵、万种温柔，他百感交集，到后来渐渐变得愧疚起来，对奥蕾深深的愧疚——如果她在森林里遇难，他一辈子都不会原谅自己。

唉，他为什么会睡得那么沉呢，以致对后来发生的一切全然不知。

到达他们的营地时，已经是第三天的傍晚了。鲁尼把他推进了一个比较大的撮罗子里，接着，他就看到一个人看着他大笑着，上前来亲手解开捆绑了他三天三夜的那根皮绳子，然后像和老朋友见面那样拥抱着他。

这人长着棕色的头发、蓝色的眼珠，个头不高，大脑门儿光溜溜的，闪光发亮。他用熟练的汉语对噶拉说："你好，我是老谢……"

41.

谢尔盖·彼德罗维奇的名字后面还有一长串，噶拉根本记不下来，知道他叫老谢就够了。

起初，他一点儿也不喜欢这个老谢，觉得这个人太精明、太狡猾，好像他的眼睛后面还有一只眼睛——不，还有许多只眼睛，那些眼睛会深入人的脑袋，会探测人内心最深、最隐秘的地方。噶拉不喜欢这种被别人窥视的感觉。

老谢无疑是非常聪明的，他很快就知道了噶拉是个什么样的人，明白了应该如何驾驭他。

"你一无所有，所以你是无产阶级，是我们革命队伍中的同胞。"老谢说。老谢喜欢穿马甲，当他说话的时候，就把两只手插在马甲的口袋里。当他说得激动的时候，就会把其中一只手抽出来，在空中做一个劈砍的动作，似乎要把他面前的旧社会一巴掌劈碎。

"噶拉同志，目前你最需要的是理论。你需要用革命理论来武装你自己，这样，你就会成为我们队伍中最杰出的战士啦。"

很快，噶拉就弄清楚老谢的身份了。表面上，他是一个来自俄罗斯的商人，做着皮货生意，也收购人参、黑松露，然后拿到海参崴去卖。实际上，他是受苏联委派，到中国的东北地区发展抗日武装力量，好与越来越强势的日本关东军对抗。这样，当日本人想入侵苏维埃时，中间就有了一个"缓冲地带"，中国境内的抗日武装力量会首先挡住日本人的进攻。

说也奇怪，没几天，噶拉对老谢的反感就消失了。他的那些话极富煽动性和诱惑力。譬如，当他讲到共产主义时，就会描绘出一幅十分美妙而迷人的画面，那无疑是一个美好的社会。

噶拉喜欢那样的生活。他开始用老谢的理论来武装自己，学得很上劲儿。

老谢派人把各小组采集回来的黑松露、人参、熊胆、鹿茸等运到了海参崴。很快，一批枪支弹药运了回来，那都是崭新的德国毛瑟

G98式步枪。老谢带嘎拉去试射。枪的后坐力很大，但精度很高，威力巨大。嘎拉也试着开了几枪，居然有几枪直中靶心。老谢拍着他的肩膀，称赞他是一个神枪手，并配给他一支最先进的毛瑟卡宾98K狙击步枪。

可能是怕嘎拉逃跑，鲁尼每天紧跟着他，寸步不离。嘎拉觉得有些好笑：如果我想跑的话，谁也不可能拦得住我的。只是，大爷我还没想跑，兴安镇暂时是回不去了，在这里有吃有喝有住，还有枪玩儿，感觉也不错！

他在心里默默挂念着奥蕾，不知她是生还是死。

接下来的日子是军训。老谢亲自当教官，教他们射击、近距离格斗、跟踪、侦察、反跟踪，还有如何纵火、投毒、行刺等。嘎拉头一回从他的嘴里听到"契卡"这个组织。老谢说他曾在契卡受到过严格的训练。

这支刚刚组建起来的队伍很奇特，队伍中有汉族、蒙古族、鄂温克族、鄂伦春族、达斡尔族以及俄罗斯人。每个人似乎都有些奇特的来历，除了猎民，还有当过兵和警察的，有当过土匪的，有当过盗贼的，也有杀了人被关进死牢又逃出来的。用老谢的话来说，大家都是无产阶级，为了一个共同的革命目标走到一起来了，那就是武装暴动，推翻一个旧社会，建立一个崭新的苏维埃政权。

一天夜里，老谢把列娜、嘎拉叫到他的撮罗子里，压低了声音给他们布置任务。

"我们得到了可靠情报，在日本人的扶植下，那些清朝的遗老们打算建立伪满洲国。他们计划以大兴安岭的兴安镇为根据地，在那里率先建立'兴安总省'。为了达到这个目的，日本方面已经委任小亲王奕䜣秘密抵达兴安镇开展活动了。根据情报，再过几天，有一批资金要从奉天运送到兴安镇。你们的任务就是带领我们的队员去伏击他们，绝不能让那笔资金落到奕昕手中。"

列娜一个军人式的立正，向老谢敬礼。回来之后，她换上了一件军马裤，马裤的小腿部分塞进了马靴里，上面穿一件褐色的牛皮夹克，腰间扎着武装带，看上去颇有几分军人的英姿。

噶拉不会立正敬礼那一套，心中也颇不以为意。但不管怎么说，能返回兴安镇，就能知道奥蕾的下落，也许还能见到珍珠，这还是让他很高兴的。

第二天一早，由十二名队员组成的特别行动队骑着马出发了。噶拉觉得分配给他的马不称心，不由得怀念起银色闪电来。

第四章

奉　天

42.

东哥一去不归。眼看着日子一天天过去了，没有奥蕾的一点儿消息，小亲王奕昕有些坐不住了。悔恨和自责令他坐立不安，他把亲王府的人都派出去了，却打探不到任何有关考察队的消息。

这天报纸来了。兴安镇地处偏远，报纸总是比那些大城市晚到几天。他打开日文报纸一看，大吃一惊。东哥回了东京，将中村四人被杀事件炒得沸沸扬扬，日本几乎所有的报纸都刊载了这个消息。

震惊之后，奕昕冷静下来，觉得不对——报道说遇害的是四个人，而考察队总共是六个人，也就是说，奥蕾和她找的那个向导并没有被杀害。

希望的火光重新亮了起来。

　　他突然想到了噶拉——那个蒙古族小伙子也许会给他的家人送回去一些消息吧。这么一想，他决定去王爷府拜会一下。

　　眼下偌大的王爷府只有香柏福晋一人打理。也幸得福晋自幼读了些书，年轻时又帮丈夫照料过一些事务，倒也把王爷府打点得像模像样，井然有序。

　　小亲王是一位不速之客，他的来访令福晋感到十分意外。她虽为女性，但对于兴安镇上的事情也都有所关注。小亲王秘密潜伏在此，密见当地达官显贵，正在筹备"兴安总省"的消息她早已耳闻。不过，今天小亲王突然登门拜访所为何事呢？

　　福晋十分隆重地接待了这位小亲王。奕昕倒不摆架子，彬彬有礼地与福晋寒暄着。福晋知道旗人品茶十分讲究，摆在那儿并不喝，称之为"看茶"。当他端起茶盅时，就是要告辞离开了。同理，当主人端起茶盅时，那意思就是送客了。

　　茶已经摆好。小亲王只是把茶盅的盖子揭开，让那茶的香气飘散出来。王爷府的茶具很讲究，是景德镇特制的，飞龙镂凤，煞是气派。小亲王爱不释手地抚摸了一会儿茶盖，把话题转到正题上。

　　"前些日子，我家九格格跟随一支日本的考察队去了索伦，她当时引荐了贵府一位名叫噶拉的少年当向导一并同行。不知您这儿可有噶拉的消息？"

　　香柏福晋笑了："你是说我妹妹带来的那个奴婢宝荣的儿子噶拉啊？这个我也不大清楚。不过，有一个人可能知道他的行踪。"

　　奕昕听了大喜过望，急忙说："可否把此人请出来一见？"

　　福晋拍了拍手，管家进来，福晋在管家耳朵边低语几句。管家领命退下。福晋与小亲王又扯了几句闲话儿，外面传来脚步声。一位小姐模样儿的少女快步走了进来："姨妈，您找我？"

　　"珍珠，来见过亲王大人。"

　　珍珠看见一位微胖的富态中年男人端坐在客椅上，衣饰讲究，望着她一副笑眯眯的样子。珍珠心想："此人莫非就是那位奥蕾格格的阿爸么？"

　　果然，那男人一开口就提起了奥蕾："小姐，近来可有噶拉和奥蕾的消息吗？"

　　珍珠说："我用流星和噶拉联系过，他给我回信，说他们去了北面的原始大森林了。只要进了森林，东北军就抓不到他们啦。"

　　"流星？"奕昕听得有些糊涂了——用流星联系？那噶拉莫不是神人？

　　珍珠解释说："流星是一只金雕的名字，噶拉和我从小把它养大。它可以传递书信。"

　　小亲王这才弄明白是怎么回事。

　　"知道是哪片森林吗？"奕昕知道大兴安岭的森林面积非常大，若想在森林中找一个人，无异于大海捞针。

　　珍珠摇头，想了一下急忙说："噶拉在信上说，他们路过了一个叫野狼谷的地方。"

　　"野狼谷？"

　　有了确切的地址，奕昕决定亲自带他的精锐卫队去野狼谷寻找奥蕾。

　　当他告辞的时候，珍珠追出来叮嘱说："守在这儿的兵还没有走，你要是见到噶拉哥，叫他千万不要回来。"

43.

奥蕾那天本打算叫醒噶拉一起走的，可是，当她出去牵马回来时，看见列娜和鲁尼回来了。她悄悄摸到撮罗子后面，从缝隙间向里望去，正好看到列娜让鲁尼把赤裸着身子的噶拉捆绑起来。

她不敢滞留，急忙返回林子里，骑上雪兔，牵着银色闪电，一阵风向远方奔去。走出很远一段路后，她才放慢了速度，让雪兔徐徐走着。这边的森林没那么密了，偶尔也有阳光播洒进来，铺了一地的金色斑点。她摸了一下怀里，小手枪还在，幸亏自己从噶拉那儿把手枪拿回来了，有了它，遇见猛兽可以壮胆儿。佛爷保佑，还是不要遇见任何猛兽啊！

走了一阵子，她有些发蒙了：自己走的究竟是什么方向呢？如果方向错了，只会越走越远，永远回不到兴安镇啦。

怎么办？

她静静地伫立在原地，思索了一会儿。

她想起了有一次阿玛带她去野外游玩，问她如何确定方位。她说："只要跟着阿玛去哪儿都行，干吗要确定方位呢？"

阿玛认真地对她说："有时候，我们在草原上或者是森林里会迷路，所以，确定方位至关重要。"

阿玛教了她几种确定方位的办法：一是在林中找一棵树桩，根据树桩的年轮来识别方向，因为其年轮总是南面的宽、北面的窄。二是观察一棵独立的树，其南侧的枝叶茂盛，北侧的则较为稀疏。三是找一个蚂蚁洞穴，蚂蚁的洞口大都是朝南的。四是找一块醒目的岩石来观察，岩石上布满苍苔的一面是北侧，干燥光秃的一面为南侧。

树桩一时不好找，但她很快就找到了一块岩石，果然有一面布满苍苔，另一面光滑。她不放心，很快又找到一个蚂蚁洞，洞口的土一面堆积得多，一面堆积得少。然后她又观察了几棵树，最终确定了南方与北方。

她知道兴安镇是在南边的，因为出发时噶拉告诉过她："我们是一直往北走的，只有北面才有原始森林。"

认准了方向之后，她轻松起来，在树林比较稀疏的地方，可以打着马快速奔跑。大约跑了多半天的时间，眼前豁然开朗——她跑出了原始森林。

终于看见了落日——挂在西边天上的落日又大又圆又红，像一颗熟透的苹果正在一点儿一点儿向山后面坠落。已经许多日子没有看到落日了，她喜悦难禁，流下了激动的泪水。她知道，走出森林，就意味着她活下来了。

仔细眺望四周，她发现这里其实是一条开阔的山谷，由于树比较少，所以看上去像是草原。她并不知道这条山谷就是有名的野狼谷。看来今晚必须在这里过夜了。她下了马，按照噶拉教给她的方法，专门寻找已经死了的枯树。很快，她找到一株很粗的枯树，用脚踢了踢，树干发出"咚咚"的声音。她知道树心里是空的，就用腰刀挖起来，很快挖开一个圆窟窿。她钻进树洞里一看，虽然里面空间非常狭窄，但把身子蜷起来是可以在这里睡觉的。

她先把两匹马牵到附近的草地上，给它们绊上马腿，去掉马嚼口，让它们自己吃青草。之后她用腰刀割了一抱比较柔软的草，把它们铺在树洞里。然后用藤条把几根树枝捆绑起来，做成一个栅栏式的门，把它堵在树洞口。这样当她在树洞里睡觉时就不用担心猛兽来袭击她了。这个办法是她从列娜和鲁尼那儿学来的。她没有火镰，无法点火，只能啃几口肉干充饥了。这肉干是前一天她把狍子肉割下来一部分晾晒的，那些天她一直在做回去的准备。

昏昏沉沉睡到后半夜，听见树洞外面传来窸窸窣窣的声音，她睁开眼睛透过栅栏门的缝隙望出去，看见几只幽绿的眼睛飘忽着——那是狼！狼群闻到了她的气味儿赶来了，把她包围在了树洞里。如果没有这枯树和栅栏门的防御，她早就被这群狼撕成碎片了。

狼群试图摧毁她架起的屏障。它们用锋利的牙齿啃咬着那棵枯树，似乎想把它啃断。奥蕾觉得这棵枯树摇摇欲坠，随时会倒下。有的狼从那栅栏的缝隙间把嘴巴伸进来，想咬住她。她害怕极了。她知道这个栅栏门并不牢固，狼随时可以闯进来。情急之下，她居然忘记了自己怀里还有一把手枪。她只是紧紧地攥着刀子，对着伸进来的狼嘴乱捅着。有两刀刺中了狼的嘴巴，她听见那狼号叫着跑开。但是其他的狼并不因此而退却，依然前呼后拥地向她发起进攻。有一匹特别凶悍的狼已经把脑袋挤进了栅栏里，似乎马上就要挤进来了。慌乱中的奥蕾终于想起了藏在怀中的手枪，急忙取出来，对着那匹狼开了一枪。那狼一声不吭摔落到枯树外面的地上。所有的狼都被枪声惊着了，它们"嗷嗷"地叫着，一哄而散。

奥蕾从栅栏的缝隙间看见被她射中的那匹狼还在痉挛地蹬着腿儿，一下一下地抽搐着，发出一声声哀鸣。血正从它的嘴巴里不断地涌出来。她抚摸着发热的枪管，心中泛起阵阵惊喜。她头一回感觉到武器的强大，再凶猛的野兽在它面前都会感到害怕。

终于熬到了天亮，她警觉地向外望了许久，没有看到狼的影子，确信狼群已经不在附近，这才打开栅栏门，从树洞里钻出来，去找那两匹马。可是马已经不在原来的草滩上了，它们大概受到狼群的惊吓，不知躲到什么地方去了。

她沮丧极了——没有马，她寸步难行。怎么办？必须先把马找到。她想起了噶拉呼唤马的办法——把拇指和食指环在一起放进嘴里，使劲一吹，发出一声刺耳的呼哨声，银色闪电和雪兔听到这声音，马上颠颠地从远方跑了过来。她学着噶拉的样子，也把拇指和食指环在一起放在嘴里使劲吹，但是根本吹不响。她继续努力地吹着。过了一会儿，能发出声音了。她惊喜至极，急忙又吹，这回她成功了，果然发出与噶拉一样的呼哨声。

两匹马不知从哪儿冒出来，向她奔跑过来。银色闪电是个异常聪明的家伙，它带着雪兔到下风头去过夜，而狼群在上风头闻不到它们的气息，这样它们躲过了一劫。

奥蕾急忙将她所有的物品放在马背上，找到一个蚂蚁洞，确认了方向，然后骑着雪兔向着南方疾驰而去。

一行南飞的大雁从她头顶上掠过，她更加相信自己奔驰的方向没有错。

出了山谷，她才悲哀地发现，前方依然是一片莽莽苍苍的大森林。她犹如从一座孤岛上再次置身于茫茫大海，望不到一块可以登陆的陆地。

又走了整整一天，当太阳将要落山的时候，她吃惊地发现，她又回到了早晨出发的那条山谷，只是昨天还矗立着的那棵枯树已经悲惨地倒下了，也许是今天那些狼又来了，它们没有找到她，就啃咬这棵枯树，直到它轰然倒下。

那匹被她枪杀的狼已经散发出一股呛鼻子的腐臭味儿。

她绝望了。今夜，她没有藏身之处了。

太阳飞快地被山峦吞噬。大地顿时暗下来。这意味着她还得在这里过夜，还得再经历一次狼群的攻击，那恐怖的一幕将再度上演。她检查了一下手枪里的子弹，只有三发了，如果弹无虚发，也只能射死三匹狼，可昨晚的狼群足足有七八匹狼啊！

昨晚的那些狼，难道不会来找她报仇吗？

仿佛是为了印证她的想法，附近隐约传来了狼的嗥叫声——那是狼群在传递信息呢，那是它们的集结号。它们一定会报昨夜的一枪之仇，被她开枪打死的是一匹母狼，它的儿女们正从四面八方赶来，为它们的母亲报仇雪恨。

蓝灰色的夜空与山峦间勾勒出一道清晰可辨的曲线。月亮从那山峦后面升腾起来了，是一轮满月，将整个山谷映照得如同一片反射出的朦胧雪光。狼嗥声骤停，从那天际的曲线间出现一个狼影，接着，又显现一个……

奥蕾绝望地闭上了眼睛，扣动了扳机，将枪膛里的三发子弹对着天空一股脑全部发射出去——总之也是一死，要这子弹也没有用了，倘若枪声能吓退狼群，也许是她最佳的选择。

当她睁开眼睛时，惊喜地发现山峦上的狼影不见了。

几条毛茸茸的东西蹿了过来，围绕在她身边狂叫着，却不扑上来，只是叫着……等等，怎么像狗的叫声呢？

几个骑手的黑影从山冈上冲了下来，马蹄声搅碎了月色与星光。

她听见一个熟悉的声音在夜色中奔腾而来："奥蕾——奥蕾——"

她顿时软如稀泥，瘫坐在那棵大树下。

44.

奥蕾获救后回到兴安镇小亲王府，躺在她房间里舒适的床上，整整昏睡了三天。

三天后她第一次走出房间，抬头望天——湛蓝的天空一碧如洗，一只金雕在自由地翱翔着。她舒展着双臂，第一次感觉到生命是如此美好。院子里的大树下挽着一个网格吊床，那是阿玛特意给她准备的。她喜欢躺在那吊床上望着头顶上密密麻麻的树叶，听着隐藏在密叶里不知名的鸟儿低吟浅唱，婉转啼鸣。不久前经历的一切——逃亡、森林、黑松露、迷路、遇险……似乎只是一个个迷乱而不真实的噩梦。

噩梦醒来是早晨。

但那一夜如此真实，那感觉如此逼真……唉，为何如此轻率地把自己的初夜给了那小子呢？

这个时候她又想到了噶拉——那小子怎么样了？被他们绑走，不会把他当成奴隶卖了吧？他会不会有危险？

她马上为自己的想法感到可笑：用不着为那小子担心，他机灵得很，有的是办法。他绝对会逃出来的，除非，他不想逃走。

是啊，荒野流浪的生活倒是蛮适合他呢。他和列娜说起话来就没完没了，也许，他已经被她所吸引了——那鄂温克姑娘长得不丑，有一种野性的美，那种美可能更吸引他吧。

想到此，奥蕾心底居然泛起一阵醋意。"噶拉算是个男人吗？在那方面他可是没有一点儿经验哦。如果说他已经是男人了，那也是我把他变成男人的。"

她又有一丝小小的得意。

她就那样长时间躺在老榆树下的吊床里，不停地胡思乱想着。

管家不知何时走到她面前，低眉顺眼地说："主子请小姐到书房叙话。"

她从吊床上滑下来，迈着轻快的脚步，进了小亲王府的书房。

45.

书房里的书柜、书橱、书架都是用上好的橡木制作的，那张宽大的写字台是用花梨木制成的。几把椅子上都镂刻着龙饰图案，颇有皇家气派。只是色彩太暗了，使书房整体上显得有些压抑。

奥蕾不喜欢这间书房，但这里是小亲王处理政务的地方，如果来了重要的客人，有些比较机密的事情就要在这间书房里密谈。书房的隔音做得很好，厚厚的橡木门只要一关上，从外面根本听不到屋子里的任何动静。

奥蕾进来的时候，小亲王奕昕正在看一份电报。看到奥蕾，他的笑容很舒展："听管家说你起来了，怎么样，身体恢复得如何？"

"非常好。"奥蕾说，"有种死而复生的感觉。"

奕昕招手，让奥蕾坐在他身边。

"本来你前些时候经历了那么多可怕的事情，吃了那么多的苦，我当时发誓，以后把你留在我身边，哪儿也不让你去了。可是……可是……"奕昕有些吞吞吐吐，似有难言之隐。

奥蕾撒娇地说："是不是又有事情想让我去做了？说嘛，我又不是只能摆着看的洋娃娃。"

"好吧，你听阿玛说，"奕昕的神色庄重起来，"前些时候，为了解决筹备'兴安总省'所需资金的难题，我和江南大佬陶二爷借了三百万两白银。陶二爷真是爽快，派他的公子亲自押运。近期他将从奉天启程，将这笔钱送过来。"

"三百万两？好大一笔钱啊！"

"是啊，这笔钱事关即将成立的'满洲国'之前途大事，万不能出一点儿纰漏。所以，我打算派人去奉天监运这笔银子。我想了很久，派谁去我都不放心。我呢，这边事情实在太多，明天就要连着开几天的筹备会，根本走不开，所以……"

"我知道了，您是想让我去奉天。"

"对。我想让你去奉天与陶公子碰面，然后和他一起押运这笔钱回来。"

"阿玛，我还当是多大的事儿让你这么为难呢，不就是押运嘛，我去就是啦。"奥蕾不以为意地说。钱的数目是不少，但是，朗朗乾坤，就算遇到几个小毛贼，只要枪一响，他们谁敢靠近？

"不可大意哦！"奕昕叮嘱，"我已经向郭尔罗斯的其王借了一百名精锐骑兵，带队的连长叫特木尔。特木尔连长明天跟你一起去奉天。切记，若遇到土匪，不可恋战，让特木尔连长掩护你们，迅速返回。"

听说还有护送的人，奥蕾更加坦然了，心想："我就把这次任务当成一次消遣散心的旅行吧。"正好，她想到奉天去做头发。近来看见一本画报上刊登电影明星胡蝶的发型很好看，她也想照着做一个那样的发型。

46.

虽然只是九月中旬，但是东北的天气已经开始变冷。草原上的草已经开始枯黄，林子里落叶飘零，纷纷扬扬，给大地铺上了一层金色的地毯。

陶大可和小愚从火车上一下来，就感觉到这里的气候与南方截然不同，脸上犹如当面被人给了一拳，被呼呼的冷风来了一个下马威。幸亏他们做了准备，带了厚衣服。小愚穿上了一件水貂皮大衣，但感觉那寒冷还是像一只只小手从小腿下面伸进来轻薄她。

大可叫了两辆骡马车，自己和小愚坐一辆，让老马单独坐一辆。小愚四下张望，这奉天街头冷冷清清的，远不如上海那般热闹。她又想起家乡的雨塘巷来，三户人家生活在那里亲如一家，六个孩子从小一起玩儿大，那是何等的亲密啊！唉，只怕那样的日子以后再也不会有啦。

这由南而北的一路走得实在是艰辛。从天津下船后，本来可以坐火车一直到奉天。不料，铁路工人闹罢工，火车停发。他们在客栈等了一天又一天，一直等到天津的街头出现了通缉小愚的告示，大可觉得天津也不可久留，急忙租了辆汽车向奉天而来。谁知，那是一辆老爷车，在途中不停地熄火抛锚。那司机操着天津口音骂骂咧咧，钻到车下面去修车。他们走走停停，走了快半个月，总算是到了一座稍大点儿的城市。他们急忙到火车站一问，原来罢工已经结束，去奉天的火车早就开通了，气得大可直骂街，急忙买了三张火车票上了车，这才到了奉天。在车厢里，大可一算，路上已经走了一月有余。

奉天的骡马车其实与上海的黄包车没有什么两样，只不过拉车的不是人，而是骡子或者马。有意思的是骡马的屁股上都罩着一个帆布兜子。小愚不知道那是干什么的，问赶车的车夫，车夫说那是怕骡马把屎拉到马路上。小愚听不懂东北话，问大可，大可笑着说："那就是粪兜子嘛。"小愚听了捂着嘴"咯咯"地笑个不停。

拉车的大骡子很卖力，甩动尾巴向前冲着。

小愚说："东北的马比咱们那边的要大许多呀！"

大可说："那不是马，是骡子。"

小愚问："母骡子一年能生几头小骡子？"

大可笑得前仰后合。

小愚弄不清楚这有啥好笑的。到最后她也没有弄明白母骡子一年能生几头小骡子。

路过中街，这里的商业气氛浓郁，人来人往，叫卖声此起彼伏，不绝于耳。店铺的门大开，顾客们进进出出，许多人抱着、拎着、背着刚买的物品，也有赶毛驴车的、拉洋车的来来往往。这景象倒也对得起"东北第一街"的称号。

骡马车在一家气派的三层楼房前停下。大可扶着小愚下车。小愚抬头望去，看见门上有"华日旅馆"的匾额，知道是到了他们下榻的旅馆。

旅馆的房间还是比较舒适的。大可让老马开了三个房间，他们每个人一个房间。三个房间都挨着。

大可对小愚说："夜里如果你害怕就敲墙吧。"

小愚说："只要我能感觉到你在我附近，我就不会害怕。"

吃过午饭，陶大可、老马和小愚三个人来到三井洋行，取出支票，兑换银圆。银行经理是一位矮胖的日本人，一看支票，大吃一惊，然后打量着他们三个人说："这么大的数额，现银怕没有这么多，请稍候。"

经理带人进到金库里去查点现银。过了好半天才出来，非常礼貌地对大可说："先生，我们库存现银不足。不过请放心，我们会从各地银行调集的，两天之后请先生来领取。"

办完相关手续，三个人从洋行出来。老马去联系租卡车的事情，先走了。小愚拉住大可的手说："我们去逛大街吧。我还是头一回来东北呢。"

"我也是头一次来。"大可说。

在来奉天之前，大可曾做了一些功课，找了些书刊，查阅了一些资料，对奉天有了一个大致的了解。他知道是少帅前几年把奉天改名为沈阳的，可人们还是按照老习惯，仍旧叫奉天。他们在老北市场上闲逛时，大可给小愚讲了奉天的历史以及风土人情。小愚专注地听着，从心底觉得大可知识渊博，真是位才子啊，对他的敬佩之情又加重了几分。

"以前，这里叫侯城、盛京，知道为什么要叫沈阳吗？因为它地处沈水之北，水北为阳，所以叫沈阳。元贞二年时就设了沈阳路。清顺治十四年，这里设了奉天府。1929年，奉天改为沈阳……"大可滔滔不绝地讲着。

小愚吃着刚刚烤出来的杨家吊炉饼和沈阳回头，一边听着，一边吧嗒着嘴儿。

傍晚，西天泛起一片火烧云，预示着明天是个好天气。但是这火烧云烧得十分惨烈，大半个天空都变得通红。陶大可带着小愚回华日旅馆。他们刚刚下了黄包车，小愚看到天空如血，惊叫起来，让陶大可快看。

大可说："不过是片火烧云罢了，有啥大惊小怪的。"

小愚说："不是的，不是的，你快看那朵云的形状，多么像一只凤凰啊！"

凤凰？火凤凰吗？大可仔细望去，有一朵云正在变幻着形状，看上去还真的有几分像一只飞腾的大鸟，双翅展开，长长的尾翼飘逸地甩向地平线，而鸟的头部则向着天空，似乎要冲出这颗星球。大可心想："这图案像是一个预兆！可它预兆什么呢？预兆我们这个多灾多难的民族要像凤凰一样，浴火重生吗？"

进了旅馆，服务台里的执事见他们回来了，把一份电报交给了大可。大可拆开看着。

小愚心里惦念着老家那边，急忙问："是家里的电报吗？"

大可边看边点头。

"我家里……没出事儿吧？"小愚最担心的是日本黑龙会的人跑到她家里找麻烦。

大可看完了电报说："你家没事儿。父亲说，要我们在奉天再等两天，小亲王那边已经派人来接我们了，让我们等他们来了，一起去兴安镇。"

二人说着上了楼。

老马已经回来了，他告诉少东家："卡车已经租好了，明天就可以去银行金库装货。"

大可问："司机靠得住吗？"

老马说他和司机牛师傅谈过了，看上去人很可靠。他是在一家日本人开的远东株式会社租的车，他们还负责武装押运。

老马补充说："那家租车行的信誉很高，在奉天是一流的，只是要价高一点儿。"

大可说："只要能保证把货安全送到，价格高一点儿就高一点儿吧。"

连着两天，小愚拉着大可的手几乎逛遍了整个奉天。她玩儿得开心极了，只是走路逛街太累，一回到旅馆，就想马上躺到床上。

小愚还是强迫自己去浴室沐浴。浴罢，她穿着睡衣走到窗前眺望外面，但见幢幢楼房灯光灿烂，但霓虹灯远不如上海繁华。她刚要拉住窗帘，却听见楼下的街道上传来几声枪响，接着看见一个穿浅色风衣的男子跌跌撞撞地跑过来，进了这家旅馆。随后，有两个穿黑色风衣、戴礼帽的男子追赶而来。他们手里都持着枪，四下搜寻一番，没有找到被追踪者，低声说了几句，也进了旅馆。

看来，这里也不太平啊！他们都是些什么人呢？为什么要追杀那个男人呢？

小愚抑制着剧烈的心跳，刚要上床，突然听见外面走廊传来脚步声，接着，有人拍打房门。小愚害怕地走到门口，却不敢开门。拍门声似乎越来越微弱。是谁呢？小愚想起她与大可的约定，急忙走到墙壁那儿，用手拍墙，给隔壁房间的大可发出了信号。

她听见隔壁房间的门开了，大可似乎惊呼了一声。她急忙打开房门，看见大可搀扶着那个穿浅色风衣的男子。那男子大腿中弹，血从大腿处涌出来。他用一只手捂着伤口，用另外一只手从衣服口袋里取出一个牛皮纸信封来，塞到大可手里。大可愕然。他用日语说了一句什么，一把推开大可，又一瘸一拐地向前跑去。前方有个防火楼梯直通楼顶，他拼尽全力沿着防火楼梯爬了上去。这时大可听到急促的奔上楼的脚步声。他一把将呆立在门口的小愚推回了房间，自己也一步进了房间，关住房门。

这时，其他房间的门纷纷打开，里面的住客不知发生了什么事情，探出头来看究竟。那两个穿黑色风衣的男子一路奔跑而来，看见了正在爬防火楼梯的穿浅色风衣男子，急忙挥着枪追赶过去。其中一人开了一枪，吓得看热闹的住客们急忙缩回头，关住了房门。

房间内，惊魂未定的小愚一下抱住了大可。大可那坚实宽阔的胸膛似乎是一个安全的港湾，可以庇护她免遭危难。这时他们突然听见楼外传来沉闷的一声，似乎是什么东西从楼顶掉了下去，落到楼下的柏油马路上。大可和小愚急忙奔到窗户前，拉开窗帘，向下望去。他们看见那个穿浅色风衣的男子平躺在柏油路上，一动不动——显然，他在楼顶上走投无路，只得跳楼了。

大可急忙拉住窗帘，展开手中那封带血的信件，见上面用工整的毛笔字写着几个日文字母。大可的日文不行，他把信递给小愚，让她翻译。小愚告诉他，上面写着："十万火急，速交汉卿收。"

大可抬头看着小愚，小愚看着他。二人相视，呆怔了一会儿。小愚说："可能是一份重要情报吧。"

大可想了一下，犹豫片刻。

小愚看出他的心思，说："打开看看吧，我们需要知道里面的内容，如果内容不重要，也就不要管他了；如果真的是重要的情报，那我们就要想办法把它交给少帅。"

大可认为小愚分析得有理，就把信交给了小愚，用信任的目光望着她。

小愚展开信一看有些傻眼——信纸上面并没有文字，却是一行行阿拉伯数字，而且这些数字没有规律，似乎是胡乱排列着。小愚看得直摇头。

"应该是密码。"小愚抬头对大可说，"我们没有密码本，是不可能破译的。"

大可拿过信来看了又看，对小愚说："你看，最下面这儿有一行日文呢。"

小愚看了一下说："那好像是无意间写上去的。"

大可摇头说："写在这上面的应该都是有用的信息，不可能是无意间写上去的。你看一下这是什么意思？"

小愚又接过信看了一会儿，说："好像是一个日本人的名字。"

"他叫什么？"

"石川啄木。"

"等等，这个名字我好像在哪儿听说过……"大可努力地思索着，想了好一会儿，突然激动地说，"我想起来啦，这是一位日本诗人的名字。"

"诗人？"

"也许，破译密码的方法，就藏在这个诗人的作品里呢。"

大可这样一说，两个人都兴奋起来。

第二天一大早，大可和小愚找到附近一家外文书店。时间还早，书店还没有开门。他们就在外面等候着。大可用警觉的目光四下张望着。今天从旅馆一出来，他就保持着这种警觉。小愚知道他是怕被人盯梢。

小愚依偎在他的肩头，低声说："我怎么感觉我们是特工，正在执行一项秘密任务呢。"

大可揢了一下她的鼻子尖儿，逗她说："我看你就是一块当特工的好料。"

"你更是！"

两个人都笑了。

等到书店开门，二人走入。这家书店冷冷清清的，没有几个顾客。收银员也是懒散地坐在那儿，翻看着一本推理小说。大可拉着小愚的手，找到了日文书专柜，便急切地寻找起来。很快，他们找到了几本石川啄木的诗集。

小愚问："买哪一本？"

大可说："统统买下。"

二人抱着几本书返回旅馆。进了旅馆前厅，大可又用警惕的目光扫视了一下——附近有两个客人正在结账，他们带着大包小包。有一个穿西装的男人坐在椅子上专心致志地读着当天的报纸。一个服务生帮着新来的客人拎着皮箱上楼。一切都很正常，没有异样。

大可与小愚一进房间，小愚就开始翻看那几本诗集，又与那封信的数字对照，却不得要领。一直折腾到下午，他们连午饭也没顾得上去吃，老马只得从对面的饭馆里买了些老边饺子，给他们拿回来。两个人一边吃着饺子，一边继续分析着，却没有一点儿收获。

大可实在无计可施了，就说："你干脆放开声朗诵吧。"

小愚捧着诗集大声朗诵起来，居然诵读得声情并茂：

> 在东海的小岛之滨，
>
> 白白的沙滩上，
>
> 我哭湿了衣襟，
>
> 逗着螃蟹玩。
>
> 没有生命的砂粒，
>
> 多么悲哀哟！
>
> 用手一握，
>
> 就从指间纷纷地落了。
>
> 但愿有事，
>
> 叫我痛快地干，
>
> 等完成后，
>
> 我再死去。

…………

好悲凉的诗啊！当小愚朗读时，大可的眼睛始终没有离开那页纸。他突然问小愚："这本诗集是哪一年出版的？"

小愚看了一下封底，说是1910年出版发行的。大可激动地叫了起来："这就对了，你瞧，这里，开始的数码就是1910……我找到它的秘密了——我们按照信上的数码，把诗集中几页几行第几个字挑选出来，应该就是这封密信的内容了。"

他们按照大可所说的办法开始从书里往出挑字。过了不一会儿，信就破译了，只有短短的几个字：

"9月18日，关东军攻打北大营……"

北大营？

47.

大可看着小愚怔怔地发问："今天是多少号？"

小愚说："今天就是18号啊。"

大可说："我们必须马上把这个情报交给少帅。"

小愚说："我们能见到少帅吗？"

大可说："即便见不到，也得让人把这个情报转交给他。"

两个人一分钟也没有迟疑，马上穿上外衣，拉开门向外走去。他们在旅馆前厅碰到了老马。老马说："租的卡车已经来了，少爷要不要一起去金库装货呢？"

大可摆了下手说："你去就行了，我还有更重要的事情要办。"说着，拉着小愚向外跑去。老马只以为大可和这个女孩子在热恋之中，卿卿我我，无心顾及其他，只得摇了下头，匆匆去了。

陶大可拉着小愚上了有轨电车。电车叮当响着穿过市区。大可觉得这电车太慢了，眼看着日头西斜，也许关东军已经动手了呢。

跳下电车，大可和小愚一口气奔到了少帅府，被站岗的警卫挡住了。大可说他有重要情报要送给少帅。这时，从少帅府里面走出来一位军官模样的人，他上下打量了大可和小愚一眼，问："你们哪儿来的？干什么的？"

大可说是从嘉兴来的，是来做生意的。

那军官不屑地操着东北口音说："你们南方人做生意也捎带着卖情报吗？真服你们了，贼精明！"

大可连忙说他不是卖情报，说自己是偶然得到了一个情报，要交给少帅。

那军官根本不听他的话，摆着手说："走吧走吧，少帅不在奉天。"说着转身欲走。

大可急了，一把拉住他的腰带，还要说什么。

那军官吓了一跳，以为大可要抢他腰间的盒子枪，急忙捂住，喝道："你要干什么？小子，胆儿挺肥啊？信不信我一枪崩了你？"

小愚急忙拉住大可说："我们走吧，快走啊！"

小愚拉着大可走到僻静处，埋怨他说："你也真是，干吗和他动手动脚的。"

大可气愤地说："他蛮横无理！"

小愚说："少帅不在，他们也不敢做主。这样，我们去找长官公署吧。"

东北军长官公署的荣参谋长是个很温和的人，他热情地接待了大可和小愚。当他把那信的原件以及小愚翻译出来的那页纸看过之后，微笑着对二人说："你们情报来源不准确啊！我刚刚从北大营回来，那儿很平静嘛，根本没有日本军人。"

陶大可说："情报是否准确，我也不敢说，总之，事关重大，我们觉得必须得把它交给你们。"

荣参谋长拍着大可的肩膀夸奖他觉悟高，有爱国热情，然后郑重地说："你放心，我会马上把这个情况报告给少帅的。"

待大可和小愚离开后，荣参谋长想了一下，摇了摇电话，让话务员给他接通北京少帅的府邸。

"什么，少帅正要偕夫人去中和戏院看戏？哦，是梅兰芳登台献艺，庆贺中原大捷啊。那就算了，不要打扰少帅的雅兴了。好的，这边没啥事儿，一切正常。"

放下电话，荣参谋长把那封信和小愚的译文一同丢进了垃圾桶里，然后用雪白的手帕擦了擦手。

48.

大可和小愚回到旅馆时，天色已经晚了。老马也回来了，一直在前厅等着少东家。看见陶大可和小愚进来，老马急忙迎上前去，告诉他说："货已经装车，明天一早我们就可以出发了。"

"不，今天晚上就出发，马上就走！"

大可用不容置疑的口气说。

老马吃惊地看着他问："为啥？走夜路可不安全呀！"

"要打仗了，我们得赶紧走。"

"打仗？"老马吃惊地看着少东家。他不知道少东家从哪儿听来的这个消息，但是，不管是否打仗，他是下人，出来帮着办事儿的，一切都得听少东家的。他点头应着，急忙出去通知还在外面等候的司机牛师傅。

"不等小亲王派来接我们的人了？"小愚问。

"不等了。"大可果断地说。

大可和小愚在旅馆对面的老边饺子馆吃了半斤鸡蛋韭菜馅饺子。小愚不喜欢吃牛羊肉，而这里的饺子馅都是牛羊肉做的，大可也只能陪着她吃素馅饺子。

二人回到旅馆门口时，见许多人都站在外面，有的站在高处，向着北方眺望着。大可和小愚也随着众人的目光望过去，只见北方的天空不时闪耀着火光，隐约传来爆炸声。

"那是哪里？"大可扯住一个当地看客问。

看客说："那儿是东北军的北大营啊。"

大可的心里一坠：北大营？看来，那份情报是准确的。也许，情报早已经送到少帅手里，他已经下令，全体官兵做好了准备，正在给偷袭的日本关东军有力的回击。

可是，情况好像越来越不对了——北面的枪炮声渐渐向南移动。时而，救护车惊叫着开过去，车上拉着许多伤员。接着，有大批的百姓涌过来，对在路上、房顶上看热闹的人们呼喊着："日本人打过来啦，快跑吧……"

街上马上像炸了窝似的，人们不再站在高处看热闹了，纷纷跑回家去，寻找安全的地方躲藏起来。

陶大可有些纳闷儿："难道，少帅没有得到那个情报吗？怎么会一点儿防备也没有呢？"

枪炮声越来越近，他顾不得想那么多了。这时老马带着司机老牛急匆匆地跑过来。

大可问："卡车在哪里？"

老马指了一下附近说："卡车已经加满油了，就在那边的路边上停着呢。"

大可对小愚说："马上回旅馆收拾东西，我们赶紧走，一分钟也不能耽搁。"

一刻钟后，当他们的大卡车驰出奉天时，奉天城里已经到处是枪声，到处是惊恐奔跑的人，到处是人们的尖叫声……

49.

司机老牛名叫牛润田，是个话匣子一打开就关不住的人。驾驶室里只能坐三个人，自然是陶大可和小愚坐在驾驶室里，老马很自觉地爬到车后面的帆布棚里。他说车顶上好，宽敞，透风，还能躺着睡觉，万一有贼爬上来，他还可以防贼。就在老马在车后面打呼噜的时候，老牛的嘴可不闲着，一路上叨叨着，说起来没完没了。

小愚听不大懂东北话，早已经昏昏欲睡。只有陶大可尚有精神，与老牛攀谈着。

"你大哥我呀，地道的本地人。"他把"人"发音成"银"，

"从小没爹少娘。要不是后来逮住一个机会，学会了开车，嘿，这辈子，就得去讨吃要饭了。"

从交谈中大可得知，这个牛师傅是在日本人开办的一家工厂里学会了开汽车。后来他到东北军里当过汽车兵，因为受不了部队的约束，提前退伍了。那年月会开汽车的人不多，他自然成了香饽饽，被奉天的一家押运行招去开车。他虽然已经三十多岁了，但没有结婚。没有结婚的理由是女人太麻烦——"我可不想给自己找那么多的麻烦，一个人自由自在的多好啊，娶老婆那叫一个没事儿找事儿。"老牛说。

大可问牛师傅熟悉不熟悉去大兴安岭的路。老牛说熟得很，前些年他开大卡车常去大兴安岭拉木材，送到齐齐哈尔上火车。他的车开得很娴熟，该快则快，该慢则慢，遇到坑洼能及时绕过去，避免了许多颠簸。

进入科尔沁草原后，路越来越难走了。这种自然路最怕下雨，偏偏几天前这里下过一场秋雨，草原上到处是沼泽。自然路上的泥泞使车轱辘不停地打滑，让人胆战心惊。小愚有些害怕，情不自禁握住了大可的手。大可握紧她的手安慰她。两只手暗中传递着情感信息。

终于走过了那片沼泽地，地势平坦起来，沙土路上铺着碎石子，车跑起来很平稳。小愚很快睡着了。大可也闭上眼睛，昏昏欲睡。老牛终于关住了他的话匣子，连连打着哈欠。

大可说："牛师傅，要是困了，咱们就到前面找个村子打尖，休息一下吧。"

老牛摇头说："这大草原啊，有时候跑上一百里也看不到一户人家。到下个供应站还早着哩。"

正在昏睡的大可被枪声惊醒了。他睁眼一看，老牛脸上满是惊恐的神色，紧握方向盘，死踩油门，卡车发疯似的狂奔着。大可向车窗外望去，看见有十几个骑手正在与他们并行奔跑着。他们一手握着缰绳，一手持枪，长枪扛在肩膀上。他们一边奔跑一边嗷嗷地叫喊着，时不时对着卡车开一枪。显然，他们是想逼停卡车。

"他们是什么人啊？"大可疑惑地问。

"还用问吗——土匪！"老牛说。

"这下糟啦，快，再快点儿，别让他们追上我们。"

"这已经是最快的啦，再快就要翻车啦。"

说话间跑在最前面的那个骑手已经策马追赶上了卡车。那小伙子骑术很精湛，他让马靠近卡车，轻轻一跃，一下就抓住了卡车后马槽帮子，身体也离开了马鞍，身体贴在了卡车上。他的那匹马一直跟着卡车向前跑着。

大可有些慌了，急忙对车后喊："老马，快，把他打下去！"

后面车棚里的老马早就发现有人扒车。他抡起一根棍子，冲着那人打去。那人灵活极了，左右倒手，老马居然没有一棍子打住他。老马年轻时跟着陶二爷在上海码头混过，习过武，会些拳脚，打起架来放倒四个五个人不在话下。

这时候又有一位女骑手也赶了上来。她脑门上系着一根红色的丝绸带子，后脑勺两条红绸带飞扬起来，很惹人注目。她也接近了卡车，并对那第一个蹿上卡车的年轻骑手大声叫着：

"噶拉——你到前面去——到驾驶室去——"

老马瞅得准准的，抡起棍子朝噶拉扫过去。不承想噶拉一个纵身，跳回到马背上。老马扫了一个空，身体一个趔趄，差点儿把自己给闪到车下。

噶拉狠狠地打了马一下，马向前一蹿，就蹿到了驾驶室的门旁边。噶拉又一个纵身跳，稳稳地落在驾驶室外的踏板上。隔着车玻璃，他清楚地看到里面坐着的陶大可和小愚，冲他们做了一个鬼脸。

小愚听牛师傅说外面的骑手是土匪，心早就怦怦跳了起来。当一侧的车窗外出现了一张充满稚气的少年的脸庞时，她又不害怕了——难道这就是杀人越货的土匪吗？可他明明还是个孩子啊！你看他的一举一动，又吐舌头又扮鬼脸的样子，就像在和你玩儿恶作剧呢。

噶拉想从外面打开车门，可是大可已经从里面锁死了车门，他打不开。他想用胳膊肘子打碎车窗玻璃，没想到玻璃很结实，他撞了几下，把胳膊肘撞得生疼，那车窗也没有碎。这时牛师傅猛打方向盘，车子来了一个急转弯儿，强大的离心力将噶拉甩了出去。

噶拉落地的一瞬间在草地上打了两个滚儿。当他站起来时，卡车已经驰远。

他的马朝他跑过来。他翻身上马，急忙追赶卡车而去。

前方，列娜和鲁尼带着他们的队员像一团甩不掉的马蝇追逐着卡车，有两个队员已经跃到卡车上，都被老马用棍子扫了下去。骑在马上的鲁尼举起步枪，对准了车上的老马。列娜急忙阻止道："不要对着人射击，打轮胎，把车轱辘打瘪。"

鲁尼对着旋转的车轱辘开了一枪。他的枪法很准，顿时，轮胎爆了，车子不再走直线，在草地上画了一个很大的弧形，最后慢慢停了下来。

列娜趁机带着众队员将卡车团团围住，所有的枪口都对着卡车的驾驶室。

噶拉这时也追赶上来。他翻身下马，走到驾驶室门前，抢起枪托，猛砸车窗。车窗玻璃"哗"的一下碎了，玻璃碴子落在地上。噶拉再次跃到驾驶室外的脚踏板上，一把揪住里面的陶大可的衣服领子说："还不赶紧滚下来！"

车门慢慢地打开，陶大可从车上下来。

噶拉望着依然坐在驾驶室里的小愚喝道："还有你，小姐，快点儿下来！"

小愚端坐在驾驶室里没动。

噶拉有些恼怒：这小丫头居然敢无视我的权威？他伸手就去拉扯小愚，却被一旁的大可一把攥住手腕。

大可的手很有力，声音低沉而威严："不要碰她！"

噶拉没想到已经成为俘虏的大可居然敢反抗，反手一拳，重重地击在大可的眼窝上，顿时把大可打了一个乌眼青。

这时车上的小愚惊呼一声，急忙下来，抱住了大可。大可也紧紧地抱住了她。

"呵，原来是一对小情侣啊！"噶拉讥笑着说，"你们放心，我们不会棒打鸳鸯的，只要你们乖乖听话，我们不会难为你们。我们只要银子，不要性命。是吧，列娜？"

噶拉说着，朝着一旁的列娜挤了挤眼睛。

列娜笑了，说："我们不是土匪，我们是革命的队伍，是抗日游击队。我们只要车上的东西，你们不过是押车的，我们不杀你们。"

这时候鲁尼等人已经把车上的老马和司机老牛五花大绑起来。老牛倒是挺老实的，一副听天由命的样子。起初老马并不服他们，自恃有武功，从车棚里跳出来，要与这些人过招儿，但这伙人根本不讲武德，抢起枪托子就把他打翻在地，然后将他绑了起来。

列娜给噶拉使个眼色，噶拉会意，一个箭步跳到车棚里，看见车棚里堆满了木头箱子，都严严实实地封着，并且贴着封条。他抽出腰刀，撬开一个箱子，打开，发现是满满一箱子银圆。

噶拉捧着银圆跳下车，哈哈大笑着给列娜看。

列娜满意地点了点头，说："如果我们的情报没错，应该有三百万两。"

陶大可心里一惊："原来他们是摸清了我们的底细才在此打伏击

的，看来是有人泄露了消息。"

列娜带来的那些队员们欢呼起来，他们呼喊着"忽哩——忽哩——"，又叫着"乌拉——乌拉——"。

陶大可满脸疑惑地看着他们，心想："他们也许真的是抗日游击队呢。"

列娜指挥那些队员们上车去搬那些装银圆的木头箱子，把搬下来的箱子驮到马背上。刚干到一半儿时，突然听见四周响起密密麻麻的枪声，接着，马蹄声声，一片黑压压的队伍呈伞形朝他们包抄过来，土黄色的军装加上马蹄扬起的尘土，形成了一片黄色风暴。

50.

噶拉被俘了。

本来他是可以不被俘的。那时候列娜看见对方来势凶猛，急忙下令撤退。

噶拉说："你们撤，我掩护。"

列娜和鲁尼带着十几名队员上了马，一声呼啸，向远方奔驰而去。这边噶拉单枪匹马，开枪或者甩出手榴弹，狙击着席卷过来的军队，虽然是杯水车薪，但也起到了让敌人暂缓进攻的作用。老马、陶大可、小愚加上司机老牛被捆在卡车旁边，丝毫帮不上忙。

原来这支队伍就是奥蕾带领的接应队伍。郭尔罗斯的其王派来的一百名骑兵个个骁勇善战，马背上的功夫极好，噶拉无法阻止他们的进攻。噶拉一看对方已经蜂拥而至，情知不妙，急忙翻身上马，准备开溜。正在这时，他忽然听见一声十分熟悉的马的嘶鸣声。

噶拉眼睛一亮——银色闪电？

果然是银色闪电！但见黄色的沙暴中一道闪电一闪，箭一般蹿到冲锋队伍的前面，跑得比风还快。

如果这时候噶拉选择跑的话，那些士兵是追不上他的。但是，他选择了等待——他在等银色闪电。

他把食指和拇指放在嘴里，打了一个尖锐的呼哨。

银色闪电听到了噶拉的呼唤，顿时四蹄生风，直直地朝着噶拉跑了过来。

噶拉满心欢喜地等待着，给银色闪电加油：再快点儿，我的闪电……

转眼间，银色闪电几乎就要跑到他的面前了，他这才发现原来镫里藏人，在银色闪电的一侧，居然隐藏着一个骑手。

那骑手是——

奥蕾！

她还活着啊！

噶拉呆怔了三秒钟。

就在他呆怔的这三秒，奥蕾突然出手，将一个绳套投掷过来。噶拉来不及躲闪，那绳套准确地套在了他的脖颈上。

他万万没想到奥蕾居然会这一手。

他一下被拖下了马，重重地摔倒在地上。这时后面的几个穿黄军装的骑兵赶上前来，将噶拉捆绑起来。

噶拉满以为这只不过是奥蕾的恶作剧，或者，顶多是因为当初他不肯与她一起偷跑而生气。

当他站立起来，满不在乎地拍打着身上的尘土时，奥蕾已经走到他面前，收紧了勒在他脖子上的那个绳套。

"喂，老相好，干什么呀？快，给我松开……你勒得我快喘不过气儿啦。"

可是奥蕾丝毫没有松手的意思，盯着他冷笑道："几天不见，就真的变成土匪了？"

噶拉这才想起他的战友们，急忙抬着头张望着——列娜和鲁尼他们的马队早已经伴着尘烟消失在山脊后面。

他放心了。只要抓不到他的战友，他相信是奥蕾不会杀了他的。

奥蕾果然没有杀他，只是让人把他捆绑得结结实实的，扔到了那辆卡车上。

银圆被列娜他们抢走了一部分，但大部分还在卡车上。陶大可和老马一边清点着银圆，一边为他们侥幸遇救而感到庆幸。大卡车破损，一时走不成了，牛师傅说修车需要三四天。奥蕾决定把其余的银圆放在她带来的一辆马车上。

奥蕾与陶大可互相做了自我介绍之后，让人把噶拉推了过来。

"你们带上他！路上可得把他看好了啊，这家伙不好对付呢。"奥蕾说。

"我是个好人啊！"噶拉笑着对陶大可和小愚说，"不要信她的话，其实她是我的相好。"

陶大可瞪了噶拉一眼，他很讨厌这人油腔滑调的样子，心里还记得他那狠狠的一拳。他和老马揪着噶拉，把他扔到了马车上。马车走起来。噶拉坐在高高的木头箱子上面，陶大可和小愚坐在下面。

噶拉居高临下地看着他们，没话找话说着："喂，你们这对小情侣，听没听过乌里古尔？哦，就是说书，用蒙古语说书。我听过你们汉族人的古书，叫啥《水壶传》还是《水勺转》，忘啦，可我记得有一段叫《智取生辰纲》，你们知道这段吧？我们是在拦截不义之财呢。"

大可抬头瞪了他一眼，没有说话。

小愚觉得有趣儿，忍不住抿嘴笑了一下。

大可说："人家那是梁山好汉，你们不过是一帮乌合之众。"

噶拉不高兴地说："我们是抗日游击队，你不信？我们政委是个俄国人，他叫谢尔盖大萝卜。"

小愚又笑起来。

大可说："你别蒙我们了，没人信你的鬼话。"

噶拉说："我说的是真话，没骗你们。你们不信的话，等到了兴安镇，刚才抓我的那位格格就会放了我，我可是她的情郎哩！"

小愚认真地问："你们是自由恋爱？"

噶拉说："我们是患难之交。"

大可对小愚说："你别听他的鬼话。他嘴里没有一句真话。你别搭理他。"

噶拉却喋喋不休地说着，吹嘘起了森林里发生的奇特的故事，一会儿讲狼，一会儿讲熊瞎子，一会儿讲挖人参的故事，一会儿又讲带着狗寻找黑松露的经历。大可不耐烦地皱着眉头，小愚却听得津津有味，时不时插话，问这问那。聊着聊着，太阳快要落山时，他们进了兴安镇。

小亲王府院门大开，将他们迎了进去后又紧紧地关闭住了。两个亲兵过来把噶拉绑在院子的马棚里。暮色完全落下来时，大家都去吃饭，只有噶拉依然被绑在木头桩上，被蚊虫叮咬，苦不堪言。

他大声喊叫起来："喂——九格格，你出来，出来呀……咱们不带这么玩儿的。我快要饿死啦，渴死啦，你不能不让我吃喝呀！快给我端一盆手把肉来……"

叫了一会儿，夜色中一个女子的身影走过来，手里似乎还拿着什么东西。她走到噶拉面前时，噶拉看见果然是奥蕾，高兴地叫着：

"还是九格格心疼我呀！给我拿吃的来了？有奶茶吗……"

一个"吗"字没说完，一条毛巾塞进他的嘴里，他发不出声了。

噶拉本想骂她狼心狗肺，骂她心如蛇蝎，居然一点儿不顾二人情分，可是，他已经骂不出来了，因为嘴巴被塞得严严实实。

奥蕾摸了摸他的脸蛋儿笑道："你是我的俘虏，知道吗？俘虏就应该有俘虏的待遇，还想吃肉喝奶茶？你咋想得这么美呢？噶拉，我告诉你，你要是不把你同伙的去向说清楚，你就死定啦！"

51.

奥蕾回来之后就向小亲王奕昕汇报了一路上的情况。奕昕颇为振奋，这倒不是因为押回来一笔数目可观的经费，而是关东军占领沈阳之后，东北其他地方相继沦陷，这为即将成立的"满洲国"注入了鸡血，令他亢奋不已。当他听说抓住了噶拉后更兴奋了——东哥从日本发电报给他，如果能找到一个证人，能让他指证当时是少帅的东北军杀了中村一行，那么，便是为九一八事变找了有力的证据，就会把这场突然入侵"合法化"。听奥蕾说，中村等人被枪毙焚烧时，噶拉正好在场。所以，他决定劝说噶拉。对于噶拉这种人，必须得先让他吃够苦头，然后再给他点儿甜头，他就会成为被奕昕驯服的马，乖乖地让奕昕牵着走。

小亲王用隆重的全羊盛宴款待他老朋友陶二爷的公子以及他的女朋友，并唤来草原上的歌手们放开歌喉，把最美的赞歌和奶酒献给二位远方的来客。陶大可不胜酒力，加上他不知道这奶酒的威力，喝到嘴里感觉淡淡的清香，似乎没有什么度数，不由自主地多喝了几碗，很快酒劲儿上了头。

小愚觉得这酒宴很无聊，应付了一下，说自己一路劳顿，十分疲倦，要回去休息。小亲王也不勉强，让奥蕾送小愚回客房。小愚坚持说自己能找得到客房，不让奥蕾送。奥蕾出于礼貌，把她送到宴会厅门外，然后转身回到厅内，和大家继续饮酒。

天空中悬着半弯明月，给大地镀上一层霜雪般的银光。景物显得模模糊糊，能看得见远山黑色的轮廓。小愚刚才也饮了两碗奶酒，这时觉得有些头重脚轻，昏暗中辨别着方向，寻找着自己的客房。她没想到这小亲王府这么幽深，找来找去居然有些迷失方向，摸到了马厩门前，嗅到一股浓烈的马粪味儿。她刚要转身离开，听见马厩里似乎传来一阵哼哼唧唧的声音，心中惊诧，转身过来，迟疑片刻，走进了马厩。

马厩里更加昏暗，顶上有个破了的窟窿，一缕月光从那窟窿里投射下来，正好照在噶拉的身上。小愚看见了被绑在木头桩子上的噶拉，心底不免泛起一丝怜悯之意。她看见噶拉使劲地朝她摇晃着脑袋，知道他有话要对自己说，就走过去，把塞在他嘴里的那条毛巾取了出来。

噶拉大口喘息着，感激地望着小愚说："他们太没人性啦，我快渴死了。你能不能给我找口水喝呀？"

看着他可怜的样子，小愚动了恻隐之心，让他稍等片刻，自己转身跑出了马厩。

在院子里刚走了几步，她闻到一股煮肉的香味，她知道那味道散发出来的地方一定就是厨房了。她按着那味道的指引摸进了厨房，看见有几个厨子正在里面忙碌着。她和其中一个厨子要了一壶奶茶，拿了一只银碗，就急匆匆地出来，返回马棚。

当小愚把热腾腾的奶茶端到噶拉的嘴边时，噶拉低下头来，像牛羊饮水那般，吮吸着银碗里的奶茶，转眼之间，就把一碗奶茶吸了个干干净净。小愚有些惊诧，再斟满一碗端给他，他又喝了个底儿朝天。一共喝了五碗，壶里的奶茶几乎快要喝光了，噶拉才摇头表示自己不喝了。

"你是个好人。"噶拉感激地说，"你叫啥名字？哪儿来的？"

小愚告诉他："我姓水，叫水愚儿，是从江浙那边过来的。"

噶拉笑了起来："怪不得咱俩有缘呢——你是水，我是火，咱们是一对儿嘛。"

小愚奇怪地问："你们蒙古族还有姓火的？"

噶拉告诉她，自己的名字就是火的意思。

小愚摇头说："不对不对，水火无缘，你没听过一句话吗——水火不相容啊！"

噶拉却说："怎么能不相容呢？没有火，煮不了肉，做不熟饭，烧不成奶茶，是不是？你看天上，打雷时冒火，然后才会有雨落下来，是不是水火配合？还有，铁匠打铁，先用火把铁烧红，打成形后，再用水来淬火，这样，打出的刀才坚硬锋利，难道不是水和火共同的功劳么？"

小愚觉得这男孩子懂得还挺多，也挺会找歪理儿，忍不住又笑了，说："那倒也是。你见过火车吧？"

"见过，可从来没坐过。"

"火车行驶的原理，就是先用火把水烧热了，产生蒸汽，再由蒸汽推动机器，火车才能跑起来。"

"这么说，你同意我的观点了，水火是一家？"

小愚笑着点点头。

"那你能不能再帮我一个忙？"

"什么？"

"帮我把绳子解开。"

小愚摇头："那可不行，他们说你是强盗，是要送交官府的。"

"我跟你说，我真的不是强盗，我是游击队员。你们啊，帮他们的忙，就等于是在帮日本人的忙。"

"为什么这样说？"

"因为那些钱是送给小亲王的，小亲王是日本人的走狗。"噶拉愤愤地说。

小愚不语。

自从进了小亲王府，她就觉得气氛不大对。刚才酒宴上，小亲王口口声声说他所做的一切都是为了"满洲国"，成立"兴安总省"是为了建立"满洲国"做准备。数天前，她和大可亲眼看到日本关东军是怎样入侵奉天的，那一车车伤兵和尸体，还有在日军大炮轰炸中倒下的民房、悲哀哭泣的百姓……她自己也是被日本人追杀才浪迹天涯的。想到此，她在思想上和噶拉产生了共鸣。

"你给我解开绳子，我悄悄地溜出去，没人知道。"噶拉央求地说。

"我不能私自放你走。不过明天，我会劝说九格格，让她给你自由。"小愚坚定地说。

"唉，你们女孩子总是不敢做出正确的决定。"噶拉失望地看着小愚，"那么好吧，水小姐，你能不能再去给我搞些吃的东西，比如手把肉、奶豆腐什么的。"

"好吧，我再去厨房给你拿一些来。"

又过了一会儿，小愚从厨房回来，端了一盆食物。由于噶拉的手被绑着，她只得喂他。她用筷子夹着食物送到他的嘴里。他大口大口吃着，心满意足地吃着。突然，他似乎发现了什么，停下咀嚼，用鼻子使劲儿闻着。小愚奇怪地看着他。他的目光落在她身上，似乎有一种痴迷。

"真香……你身上的味道……不像是香水的香味儿。"

"我从来不用香水。"

"那就是你身上的味道，太好闻啦！"噶拉闭着眼睛陶醉地说。

许多年之后，噶拉仍在思索着：小愚身上的味道究竟是一种什么味道呢？可他费尽脑汁，也想不出来。

52.

第二天中午，小亲王在他的宴会厅里接待了从马棚里放出来的噶拉。原以为经过一天一夜的折磨，噶拉已经锐气全消，不成样子，没想到他容光焕发，精神儿十足。奥蕾见了他也觉得奇怪：不吃不喝，他怎么还这么精神呢？她怎么也想不到昨天夜里小愚已经给他送去了一顿大餐。

奕昕亲热地拉住噶拉的手说："哎呀呀，你看这事儿闹得，我是刚刚才听说你被他们给关起来了。太不像话啦！你是奥蕾的朋友，而且一起为我办过事儿，是有功之臣，怎么可以这样对待你呢。来来，坐坐……"

桌子上摆满了菜肴，花样繁多。噶拉心想："莫非这就是传说中的满汉全席？他们突然一下子这么热情是啥意思？会不会不安好心？管他呢，吃饱了再说。"

有关小亲王奕昕的事情，在去索伦山谷的途中，奥蕾对噶拉讲了许多，所以噶拉对小亲王并不陌生。开席之前，陶大可和小愚也作为来客进了宴会厅。大可看见噶拉一怔，心想："这不是我们抓来的俘虏吗？他怎么突然从阶下囚成了座上宾呢？"

奥蕾是最后进来的，看见噶拉也是一怔。她以为阿玛是要把噶拉送进官府大牢的，没想到他会受到如此礼遇。

奕昕举起酒杯说："诸位不用我介绍，大概都彼此认识了吧？有道是不打不相识。我们都是同路人，今天特意为噶拉先生摆酒压惊。诸位请。"

大家象征性地举了一下酒杯。噶拉不管他们喝不喝，自己举起酒杯，仰头喝下。他知道那是奶酒，度数不高，滋味清淡。

小愚看见噶拉受到小亲王的礼遇，以为他已经被释放，成了自由人，也就打消了向奥蕾求情的念头。

宴会散后，奕昕请噶拉到他的书房叙话。

当那扇宽大的橡木门关住之后，书房里只有奕昕和噶拉两个人时，噶拉才觉得气氛有些诡秘。

"噶拉小兄弟，你的情况，我都听奥蕾说了。我们都是自家人，有啥说啥，是吧？"

噶拉没有吱声。他不知道小亲王要对他说什么。

"你把那天晚上你去找马时看到的情景再跟我说一遍好吗？"

噶拉知道他说的是那天刑场上的事，但他故意装糊涂："哪天啊？我经常夜里出去找马呢。"

"就是考察队的中村先生被杀的那天晚上，在察尔森山的北坡。那天你不是骑着那匹银色斑点马逃了出来吗，你应该看到当时的情景了吧？"

噶拉摇头："当时天太黑，而且到处是烟，我啥也没看到。"

"也没听到什么吗？"

"没有。"

奕昕流露出明显的失望，说："噶拉，你陪同的考察队的四名队员都被枪杀了，这太惨无人道啦！如果你看到什么、听到什么，勇敢地站出来揭发他们，日本帝国会因此而感激你的，你也会有一辈子的荣华富贵的。"

"会给我很多钱吗？"

"那当然了。你还可以去日本，接受报纸采访。你会成为日本最受欢迎的中国人。"

"可惜啊，我是真的啥也没看到啊，这么好的发财机会，唉，没有福气得到啊！"噶拉装出很遗憾的样子说。

他的表演十分成功，奕昕相信他说的是实话。

"好吧，噶拉你回去再好好想想，想起了什么，马上告诉我，好吗？"

"好……对了先生，奥蕾说，银色闪电是我当向导的报酬，我可以把那匹马骑回去了吧？"

"当然可以啦。不过，你得和奥蕾说一声。我看，她也非常喜欢那匹马呢。"

53.

"不行，银色闪电不能给你，它是我的！"奥蕾态度坚决地说。

"你可是亲口答应过我的。"噶拉气愤地说。

"那又怎么样，我答应的事情多啦，随时可以收回。"奥蕾傲慢地说。

"你……"噶拉握紧拳头，想揍她。

"怎么，想打我？"奥蕾挺胸上前，似乎把自己交给噶拉的样子，"你打啊，打啊……"

噶拉紧握的拳头松开了。他从来不打女人，这是他的底线。他觉得九格格蛮不讲理。难道就因为她和自己有了那层关系她才会如此蛮横吗？

他转身欲走，奥蕾却拉住他不放："你不能走。"

"为什么？"

"你是我的俘虏。"

"要是我非走不可呢？"

"那你试试看。"

噶拉甩开奥蕾的手，大步向大门走去。在门口站岗的卫兵用两把刺刀拦住他。他这才知道，若无奥蕾发令，他是不可能走出这高墙大院的。他其实并没有获得自由。后来他学会了一个名词——软禁。

他被软禁在小亲王府整整一个冬天。

这期间发生了许多事情：陶大可带着小愚返回了上海；少帅的东北军一溃千里，撤出了东北；日本军队开进了兴安镇并将此地改名为王爷庙街，奕昕让人在院门口立了一根旗杆，一面清朝的龙旗高高地飘扬在小亲王府的上空；与此同时，伪满洲国成立了，溥仪在"新京"（长春）当了"皇帝"；随即，"兴安总省"也成立了，下设东、南、西、北四个"分省"，奕昕虽然没有当"总省"的"省长"，但四个"分省"以及各个衙门的官员都是他选定的，大都是他的心腹，譬如那个曾经借了一百骑兵给他的其王爷就是他力荐当上伪兴安总省省长的。

噶拉一直不明白小亲王或者是奥蕾为什么要软禁自己。自己又不是什么大人物，一个无名小卒罢了。后来他才知道，原来小亲王是要利用他这个小卒子过河，完成一项大事业。

东哥又来了一回，与奕昕密谈了一夜。她带来的是日军高级军官们的秘密计划：若想巩固在东北刚刚建立的"满洲国"，就必须得建立强有力的武装力量。一旦日军向长城以南推进的话，这里就是大后方。对付那些地方的抗日武装队伍，稳定"满洲国"的治安，必须得有一支过硬的军队。倘若能在这里建立一支骑兵队伍，那将会对将来的局势起到至关重要的作用。

他们制订了一个齐头并进的方案：一头，办一个士官军校，主要培养蒙古族青年，让他们成为将来骑兵部队的骨干力量；另一头，收罗地方武装，将附近王爷的卫队甚至当地的土匪都招募过来。奕昕知道噶拉与大森林里那个游击队有联系，想利用他去"招安"。

不料噶拉坚决不肯，把头摇得像被马蝇叮咬，不停摆脑袋的马一样："不不不，我可不敢再回去了。你是不知道那个女人有多厉害，她和她弟弟简直就是两个凶神，枪法准，下手狠，我要是回去，他们非得杀了我不可。"

"我对那个女人多少了解一些。她叫列娜，她弟弟叫鲁尼，对不对？他们好对付。难对付的是那个俄国佬。那人叫谢尔盖，是吧？不过，近来他回苏联了，这倒是个绝好的机会。"

噶拉有点儿吃惊：这个小亲王，从来不出王府，可他对林子里的事情了如指掌，莫非那支队伍里有他的眼线？

"无论如何，你要给我把那个叫列娜的女人弄过来，她对我们非常有用……"

"这个我可不敢给你打包票。你要是让我去杀了她，那我能办到；可若是劝说她来投靠你，我没把握，你还是另请高人吧。"

奕昕见自己说不动噶拉，就让奥蕾来劝说他，可是依然被噶拉给回绝了。

噶拉怎么都想不明白，为什么小亲王偏偏看上列娜了呢？难道是他喜欢上了那个烈性的女人了吗？

其实，奕昕之所以想得到列娜，是为了一张藏宝图。据说，当年成吉思汗在兴安岭里埋下了一大笔宝藏，号称"成吉思汗宝藏"，并留下一张用羊皮烫制的藏宝图。谁若能找到那张图，谁就能得到那笔富可敌国的宝藏。奕昕多年来一直派人游走于兴安岭一带，寻找那张藏宝图。不久前，有密探打听到，一个鄂温克女人在挖黑松露时，从一个树洞里找到一张羊皮，皮子上烫着一幅图，还有些稀奇古怪的文字。奕昕急忙让人查找那个鄂温克女人，查找的结果是只有列娜符合传说中那得到藏宝图女人的特征。所以，找到列娜，得到藏宝图是奕昕的心愿。

这段日子奥蕾对噶拉一直不错，生活上处处照顾他，时不时过来看看他，嘘寒问暖的样子一度让噶拉相信她其实在心底是爱自己的，把他关起来只不过是她使小性子罢了，也许是她另外的一种表达爱的方式。但他还是受不了她那种居高临下的样子，她想驾驭他，而他则想驯服她，彼此互不相让，到最后两败俱伤。

其实奥蕾早摸透了噶拉的性子。他是一匹散漫自由惯了的野马，岂肯被长时间关在棚圈里？用不了多少天，他就会主动答应她，帮她去办那件事。

果然，一天，噶拉终于来找奥蕾，说可以帮她去森林里找那支队伍，但前提条件是银色闪电必须得属于他。

"好吧，银色闪电先给你骑，只要你把事情办成了，那它就属于你了。"

"这次不会再反悔了吧？"噶拉不相信地盯着奥蕾。

"不会了，你放心。"奥蕾说着，捧着噶拉的脸，在他的面颊上吻了一下。这是她惯用的小恩小惠，她知道什么时候可以使用它，并且会取得预期的效果。

果然，噶拉顺从了她。第二天，他给银色闪电备好了鞍子，带足了水和干粮，离开了小亲王府，去大森林寻找列娜他们。不过，在走之前，他必须得回一趟王爷府，去看望一下额吉，还有珍珠——不见她们已经太久啦……

54.

当年伊荷梅林最喜欢骑的是一匹浑身没有一根杂毛的白马，那是他的驯马师斯冷从上万匹马里选出来，又用了两年的时间调教出来的良驹。它不但外形俊美，骨骼匀称，肌肉发达，跑起来像风儿一般迅捷，而且善解人意，能懂得人的心思，只要你用小腿或者用手给它一个暗示，它就会按照你的意愿奔跑、停下或者卧倒躺下装死。只要你打一个呼哨，无论多远被它听到，它都会一阵风儿似的跑过来，将前腿弯曲下去，等待你骑到它的背上，然后站立起来，听凭你指挥它往东还是向西。它跑得飞快，似乎在草原上划过一道闪电。

所以，斯冷管它叫闪电。

伊荷梅林被官兵抓住之前，他的驯马师斯冷一直跟随在他身边。当官兵密密麻麻从四面包围过来时，身负重伤的梅林抓住斯冷的手，用最后的力气对他说："我被捕后，官府一定不会放过我的家人，你一定要冲出去，带着我的夫人和孩子，还有你的老婆和孩子，一起去兴安镇王爷府。我夫人的姨姐是王爷的大福晋，她会妥善照料女人和孩子们的……"

斯冷含泪点头。当他转身准备离去时，梅林又喊住了他："你骑闪电走吧，我不想让它落在他们手里。"

斯冷骑着闪电穿越了枪林弹雨，一路狂奔，赶回了梅林府。到了梅林府他才知道，梅林夫人玛瑙前几天去兴安镇看望生病的姐姐，那边传话来说福晋病重，她让家奴护送她匆匆而去，丢下尚在褓褓中的小女儿由婢女宝荣照料。

斯冷浑身的鲜血震惊了梅林府里的女人和孩子们，老婆宝荣急忙上前看他身上哪里受了伤。他说只是被子弹擦破了皮不要紧，现在要紧的是赶紧逃离这个地方。家奴们备了一匹马，斯冷把两个婴儿放在两个皮口袋里，驮在马背上。他骑着闪电，老婆宝荣也骑着马，两匹马并肩奔驰，箭一般蹿出了梅林府。

然而追兵已至，距他们只不过百米之遥。子弹呼啸着从他们的身边飞过，带着死神的怪叫。闪电跑得快，把另一匹马远远落在后面。斯冷一看这样不行，就放慢速度，等宝荣追赶上来时，对她说声"换马"。声音未落，斯冷纵身一跳，身子落在了另一匹马的脊背上。与此同时，宝荣也一跃身子，骑在了闪电的鞍子上。

闪电再次箭一般蹿出去，遥遥领先。

斯冷甩手用驳壳枪朝后面的追兵射击着。跟随在伊荷梅林身边多年，他也练就了一手好枪法，将几个追兵打下马背。追兵放慢了速度。他再回头向前看，看见宝荣骑着闪电已经跑出很远的距离，他欣慰地笑了。

就在这时，一颗子弹飞过来，击中了他的后脑勺，他身体一歪，重重地栽了下去……

宝荣骑着闪电飞奔着，大约跑出几十里之外，才放慢马步，回头眺望，等待着丈夫追赶上来。可是，左等右等，一直等到太阳快落山了，她依然不见斯冷的影子。

一片不祥的阴云笼罩了她的心。她决定自己独自赶到兴安镇的王爷府去。她刚刚准备策马奔跑时，突然感觉天旋地转，眼前一片模糊，一头栽下马，伏在草地上不动了。

原来，宝荣患有一种奇怪的疾病：昏厥症。在神经高度紧张的时候，她的病就会发作，昏睡过去如死去一般，有时一睡甚至三四天才能醒过来。

闪电一直守在她的身边，低下头用嘴拱她，不时"咴咴咴"地叫着。但是宝荣一直没有醒。后半夜时，驮在马背上的两个婴儿由于饥渴，交替地哭叫着，声音嘹亮，这令闪电两头为难：是舍弃主人而去，还是留下等她醒来？如果等她醒来再走，那它驮的两个婴儿可能就会因为饥渴而死。等到明天早上，太阳升起，烈日暴晒，那两个娇小的婴儿必死无疑。怎么办？它显然经过一番激烈的思想斗争，最后决定：走！

为了孩子，它必须得走。

这应该也是昏迷在草地上的这个女人的愿望吧。

于是它坚定地迈动着脚步，驮着两个婴儿离开了，将银色的身躯融入茫茫的夜色之中。它飞奔起来，在昏暗的天幕上划出一道银光。它凭借着超强的感应能力辨别着方向，准确地朝着它曾经去过的那个地方——兴安镇奔驰着。它跑得又快又稳，努力不让脊背上的两个孩子感觉到颠簸，即便是摇晃也要摇晃得有节奏、有韵律，就像他们的额吉给他们吟唱的摇篮曲……它四蹄轻点草地，马鬃飘扬着像一面旗帜，马尾左右甩着驱赶着企图追赶它的蚊蝇。在它节奏分明的奔跑中，那两个婴儿居然睡着了，睡得十分香甜。那男婴把自己的手指放进嘴里吮吸着，在梦中露出甜甜的微笑……

天将破晓时，闪电驮着两个婴儿来到兴安镇的王爷府大门前。那时天边熹光微露，草原上雾气荡漾，两扇朱门紧闭。闪电用前蹄踢着大门，并发出"咴咴咴"的嘶鸣。王爷府的守门人听到这声音，揉着惺忪的睡眼，很纳闷儿地出来开门，一个毛乎乎的家伙一下闯进来，把守门人吓了一跳。再细看，那是一匹银色的马，它软软地卧到了地上，只有鼻翼还在一翕一合地呼吸着，似乎为完成了它的使命而感到欣慰。

守门人发现了驮在它背上的两个皮口袋，并从里面抱出了一男一女两个婴儿，他惊奇地叫了起来。

叫声惊动了香柏福晋和她的姨妹玛瑙夫人，姐妹俩急忙来到前院，看到守门人怀抱的那两个婴儿也惊呆了，玛瑙认出其中一个婴儿正是自己这几天一直牵挂的女儿……

谁也没有发现，闪电悄然离去。它是寻找它的主人去了，还是怕自己的行踪让官兵发现，给两个小婴儿带来灾难？它从此再也不见了踪影。

十天后，宝荣搭一辆马车来到了兴安镇王爷府。玛瑙夫人看见她形同乞丐的样子，忍不住抱住她失声痛哭。

噶拉一直在想：莫非，银色闪电就是当年闪电的后代？

第五章

沪

55.

上海。

从清晨开始，一层迷雾就一直弥漫在黄浦江上不肯散去。外滩的电报大楼也笼罩在烟雾之中若隐若现。

陶大可陪着小愚来到上海电报大楼给家里打电话。水家的电话接通了。电话那边，母亲一听到女儿的声音就哭泣起来，几乎连话都说不出来了。

后来是父亲水承舟接过了电话，他告诉小愚："黑龙会依然派人盯着雨塘巷，这段日子千万不要回来。"

小愚说她想和大可哥一起留在上海读书。

电话那头，父亲犹豫了一下，说："也好，你去女子护校吧。

那校长是我的同窗，我马上给他打电话。沈先生的女儿沈静在那里读书，有她在，也好给你做个伴儿。"

小愚一听就高兴地跳起来，说她与沈姐姐可投缘啦，跟她在一起，就好像在家里一样呢。

接着父亲又叮嘱她："在上海一定要格外小心，要隐姓埋名，千万不能让日本人知道你回到了上海。"

小愚一一应着，心想，只要和大可哥在一起，自己还有啥好怕的呢？

与此同时，陶大可也打了一个电话，却不是打给家里的，而是一个神秘的电话。他打给与他单线联系的上海地下党组织的负责人萧先生。他接到的任务是到工厂去动员工人兄弟们，把他们组织起来，让他们投身抗日的行列中来。

从电报大楼出来，陶大可和小愚都感觉十分轻松。这时，笼罩在天空中的烟雾散尽了，一轮太阳明媚地照耀着大地。

小愚告诉大可："父亲答应让我去女子护校上学。我现在就想去找沈静姐姐。"

女子护校就在震旦大学的旁边。二人进了学校，大可轻车熟路，很快找到沈静的宿舍。正无聊地躺在床上看一本外科书的沈静乍一见到大可和小愚，又惊又喜，拉着小愚的手，居然流下了眼泪。

小愚说："姐姐你哭啥呀，我们也就是几个月没见面啊。"

沈静说："你打死日本浪人的事儿我们都听说了。我爸爸说，前几天黑龙会的人还去你们家闹事呢，说非要找到你给那个日本浪人报仇呢。我真担心你有个三长两短呢。"

见她们俩说得投机，大可不便插嘴，就说："你们姐妹俩聊着，我先回学校去了。"

大可在校园里遇见了同学郝嘉。郝嘉一看见他就叫起来："哎呀，大可，你可算回来啦！我还以为你被九一八事变耽搁了行程，留在东北了呢。"

大可笑着说："别说，还真让我赶上了，我亲眼看到日寇是如何入侵我中华的，我还差一点儿参加了东北抗日队伍。"

"你没杀几个鬼子，给我们出出气？"郝嘉用敬佩的目光看着大可问。

大可摇头说："杀鬼子不像你想的那么容易。唉，真没想到，整个东北一下子就沦陷了。"

郝嘉看看左右，见没有人，低声问："组织上有没有给我们安排任务？"

"我们有新任务了。明天，我们一起去三友实业社，发动工人组织义勇军。"

"太好啦！大可，你一回来，我就感觉有主心骨啦。你不在的这些日子，我们都感觉像没有主心骨似的，不知道应该做些什么。"郝嘉的高兴发自肺腑，大可看得出来。她是那种抗日热情极为高涨但又没有任何主见的女孩子。她是完全可以信任的。

56.

三友实业社是上海的著名国货工厂，生产的"三角牌"毛巾以质优价廉而闻名。之前，大可曾和同学来过几次，在工厂车间做过爱国演讲，对这里并不陌生，许多工友都是他熟悉的，像李铁强、陈二喜、赵友顺、王雪鹰等，都与大可称兄道弟。看见大可来了，他们都很兴奋。正是工休时间，他们聚到一个简易的工棚里，听大可讲述东北之行遇到的事情。

"日本人已经骑到我们头上拉屎了，我们可不能答应！"李铁强挥着拳头愤怒地说。他老家在河北农村，离东北很近。他担心自己的家乡会被日军侵占，老家还有七十八岁的奶奶，如果日军入侵，奶奶腿脚不好，哪儿也去不了，只能坐在家中等死。

"我看最近咱上海公共租界的日本人嚣张得很呢。"陈二喜是地道的上海人，一时有些忧心忡忡。

"小日本就是欠揍，干他！"赵友顺与陶大可是同乡。他爱读书，大可经常借书给他，有时还送他有关共产主义的小册子。那些通俗读物是大可撰写，在学校油印出来的，通俗易懂。

陶大可说："对，我们必须要团结起来、组织起来，打击一下日本人的嚣张气焰。"

接着他们几个商谈起组织工人义勇军之事。

李铁强是属于那种特别讲义气的大哥，他拍着胸脯对大可说："我在咱们三友实业社结拜下的兄弟就有三四十个，我们都是换过帖子的，只要我一招呼，他们铁定会参加我们的义勇军。"

郝嘉用敬佩的目光看着李铁强。她内心深处有着强烈的英雄崇拜情结。

李铁强被这小女生的目光鼓励着，愈发表现得豪气冲天："咱们组织起来，人多力量大。当年北伐时，我们工人纠察队还藏了些枪，明天我们就去把枪取出来，先把弟兄们武装起来。"

陶大可点点头，说："太好了！你觉得，我们能拉起多少人的队伍？"

李铁强想了一下说："一百来人应该没有问题。"

陶大可顿时信心满满。他一直有个主张：中国革命还得像苏维埃一样，依靠工人，只有工人才能称得上是真正的无产阶级，而农民，不过是同盟军而已。在中国，工业最发达的城市是上海，因而，发动上海的工人起来搞武装斗争是重中之重。一直领导他的老师萧先生与他的观点一致，也主张搞城市工人暴动。

"等咱们工人义勇军组织起来，先杀他几个日本人，把动静搞得大大的！"李铁强兴奋地说。

57.

外滩的钟声悠长，响了四下，五更将至，黄浦江沿岸的万家灯火也黯淡了许多，多数人家早已进入了梦乡。江面上开始泛起了浓雾。雾是灰白色的，将那些高楼大厦涂染得虚幻而不清晰，正合了人们的梦境。

在日本驻沪总领事馆，有两个人没有入眠，正在兴奋地谈论着、密谋着。二人对视，双目熠熠放光，那目光似乎来自上天的恩赐，要将浓厚的夜幕照亮。这两个人一个是日本驻沪总领事馆的助理武官田中隆吉少佐，另一个就是东哥。

东哥在沈阳促成了九一八事变之后，深得日本高层的赏识，又被派到上海，准备策划上海版的"九一八"。

东哥知道凡欲燃起战火，一定得找一个由头。什么由头呢？田中与她反复商议，一时也想不出一个比较好的办法来。就在这时，一个神秘的电话打了进来，田中过去接电话。东哥走到窗户前，眺望着外面的夜色，空空的街道上只有路灯昏黄地闪耀着一片凄惶，这时，街上传过来几声扁鼓的声音。东哥知道那是早起的日本僧侣已经上街，开始了破晓时的巡街化缘。待人们从睡梦中醒来之后，他们就会打开家门，给这些僧侣布施。东哥看到那穿街而过的僧侣形似幽灵，心中不禁一动：何不利用一下这些僧人呢？

田中接完电话，走到东哥身边，把一只手轻轻地搭在她的肩膀上，与她一同凝视着窗外楼下渐渐变得清晰起来的景色，用低沉的声音说："我们安置在三友实业社的线人刚才打来电话说，共产党派人渗透到工厂了，他们暗中组织了一支抗日义勇军。"

东哥听了冷笑一声，说："又是一帮乌合之众。不过，我们倒是可以利用一下他们盲目的民族情绪。"

"哦，看来，你又有锦囊妙计了？"田中凝视着东哥。他与她的距离是如此之近，他呼出的气息喷到她的脸上，她感觉到那气息里有股浓浓的荷尔蒙的味道。

"对，既然中村事件如此成功，那我们何不再如法炮制一回呢？"说着，她已经娇声呢喃，软软地依偎进田中的怀里。

"那就让我们放开手脚，大干一场吧！"

"为什么不呢？"东哥几乎在一瞬间完成了性别的转换，完全恢复成一个娇媚的女人。

58.

整个上午，陶大可都捧着一本书读着。可是他一直心不在焉，右眼皮突然无缘无故地跳了起来，怎么也控制不住，只得用一根火柴棍把它支住，它才不再跳了。

他感觉心慌，难道，要出啥事？

他的心思不由得转到了三友实业社，想到了李铁强、陈二喜那些人。这些天他们已经把义勇军队伍拉起来了。工人弟兄们情绪高涨，每日操练，除了列队，还练习射击、拼刺刀、肉搏格斗等。但大家都觉得不过瘾，尤其是李铁强和他的几个弟兄，口口声声说要找几个日本人操练操练、较量较量。陶大可觉得他们有些偏激，想着再去工厂待几天，好好做做他们的思想工作。抗日是全国一盘棋，不能只图个人痛快，得顾全大局。

快到中午时，郝嘉慌慌张张跑进来找他，她的脸由于过于激动，红彤彤的。

她对大可说："打起来啦，打起来啦……"

"瞧你这没头没脑的，啥打起来啦？"

"三友的工人义勇军和几个日本僧侣打起来啦！"

大可一听，忽地站起，心想：坏了，怎么和日本僧侣打起来了呢？如果是和日本浪人或者是日租界的军警打起来还可以理解，可与僧侣打架，首先从道义上就输了一半儿。

"走，看看去！"

陶大可和郝嘉赶到赵家巷附近时，斗殴已经接近尾声。三个日本僧侣被打得逃进了附近的东华纱厂，那是日本人的厂子。有人要去追，李铁强喊住了大家。地上还躺着一个被打晕的日本僧人。愤怒的人们怒火未消，还在继续朝他身上投掷石块和砖头。大可发现混在工人队伍中的几个人比较陌生。还有一个记者模样的人，长着一张非常俊秀的面容，举着一架照相机到处拍照。

大可拉住身边的赵友顺问："他们是哪个车间的？"

赵友顺仔细看了一下，摇头说："我从来没见过他们。"

那个眉清目秀的青年看见陶大可在打量着他们，便给几个人使个眼色，说是去东华纱厂抓那三个日本僧侣，之后一哄而散，跑得没了踪影。这边，李铁强意犹未尽，抡起一根棍子还要痛殴地上的那个日本僧。大可一把抓住他的手说："不能再打了，赶紧让人把他送去医院。"

"你……"

"斗争要讲究策略，不能胡闹蛮干。"大可严肃地说。他隐约感觉到，刚才这件事情可能会授人以柄，会变成日本人侵占上海的口实。他过去摸了一下那个日本僧人的脉搏，发现他的心脏已经停止了跳动。

陶大可感觉自己的心脏也马上要停止跳动了。他那两根试探脉搏的手指依然摁在那日本人颈动脉上。

就在这时，化装成记者的东哥恰到好处地举起了手中的照相机，随着镁光灯一闪，这个画面便被记录在她的照相机里。

第二天，几乎整个上海的报纸都刊发了一张照片，从画面上看，似乎是陶大可正在掐着那日本僧人的脖颈，用的是锁喉的手法，而那日本人满脸是血，已经死去。报社配发的文章题目也触目惊心——

《光天化日之下，暴徒掐死无辜日本僧侣》。

59.

又是一个不祥的午夜，月亮躲进了厚厚的云层里。那云黑得如泼墨染过一般。寂静的空气中传来急促纷沓的脚步声。昏暗的路灯下，只见黑压压走过来七八十个黑衣人。他们都是年轻人，无一例外在脑门上束着一根黑色的丝带，丝带正中有一个圆圆的红点。他们的眼睛里盛满了愤怒的火焰，每个人手里都拎着一根棒球棍子。他们都是日本青年同志会的成员，东哥混在他们当中。他们直奔三友实业社，声称要讨个说法儿。

在临青路上，两名正在执勤的华人巡捕一看来者不善，急忙上前拦住了他们。这两名巡捕一名叫田润生，另一名就是"鬼难缠"杨非。没想到，田巡捕刚一开口，就遭到十几个人抡着棒球棍一顿劈头盖脸的暴打。田巡捕当下直挺挺地躺平，不动了。"鬼难缠"一看事情不妙，转身就跑，一口气跑到路边的一个公用电话亭里，抓起电话，想打给巡捕房报警。他还没来得及开口说话，追赶过来的东哥一个箭步冲进来，挥起手中的腰刀砍下去，正砍在他拿电话的那只手上，两根指头齐刷刷地掉在了地上。

"鬼难缠"惊呆了，看着两根断指汩汩淌血，呆怔在原地。从此以后，他那"鬼难缠"的绰号改成了"杨三指"。与此同时，他把东哥的样子死死地记在了心底。

七八十人的队伍被三友实业社厂区的篱笆围墙挡住。他们冲上去，有的人用脚踢，有的人用脚踹，有的人用手中的棍子砸，很快砸开几个缺口，然后一拥而入。

到达三友实业社的厂房前，他们将早已经准备好的汽油泼洒上去，放火点燃。顿时，整个厂区火光腾腾，浓烟弥漫。

过来救火的工人遭到迎头痛击，一个个被打得头破血流。东哥趁机将两枚手榴弹投掷到厂房里，随着轰隆两声巨响，厂房倒塌下来。

等李铁强等人闻讯后带着义勇军急匆匆赶来时，同志会的人已经离去，留下了一片火海……

这仅仅是开始。

第二天下午，青年同志会的人在公共租界日本人俱乐部三楼开会，要求日本当局和上海的日本海军陆战队出兵干涉以"保护侨民"。会后，一千多名青年同志会的人手持棍棒，在海军陆战队的掩护下，气焰嚣张地在吴淞路、北四川路一带游行示威。沿途不少商店被他们用棍棒捣毁，电车也被他们阻拦，执勤的巡捕再次被殴打。

上海的空气紧张起来，东哥精心策划的日军进攻上海的借口终于制造出来了。

1月23日，在龙华警备司令部里，十九路军和龙华警备司令部的主要官长都在这里，其中有总指挥蒋光鼐、十九路军军长蔡廷锴、警备司令戴戟和所属各部队的长官。

目光冷峻的蔡廷锴军长站起来，扫了大家一眼，用低沉而坚毅的语调对大家说："日本人这几天在上海处处向我们寻衅，商店被其滋扰，百姓被其侮辱。日本还加派兵船及飞机来沪，大有占据上海的企图。兄弟愿与大家同生共死！"

戴戟司令当众表示："天下兴亡，匹夫有责，成败何足计，生死何足论，只有尽我等军人守土御侮之天职，与倭奴决一死战！"

蒋光鼐总指挥训示："我们的死，可唤醒国魂；我们的血，可寒敌胆。我们明知物质上不是日寇的对手，但是这种万众一心的精神，可以打开一条必胜之路。何况我们还有两三万人，真不能挽救中国吗？"

当天，一份由陈铭枢、蒋光鼐、蔡廷锴、戴戟四位将军签署的《告十九路军全体官兵同志书》流传在广大官兵之间，十九路军将士的热血沸腾了——

四顾神州，版图变色，皇皇五千年之华胄，将沦为奴隶牛马万劫不复之惨境，是可忍，孰不可忍。我不自救，谁能救我？

…………

我们为紧急应付起见，只有以我们爱国热血，染成我们最后一片光荣的历史；只有把我们殉国精神，葬在四万万未死尽的人们心坎里。我们没有回顾，我们不管成败利钝，一刀一枪，死而后已！

…………

自由之钟已鸣，救死之血正沸！我们不要感觉我们物质敌不过人，我们要以伟大牺牲的精神来战胜一切，我们必定能操胜算，我们必定能救中国。哥哥们！弟弟们！冲锋吧！我们要永远在血泊中求得最后的生存与胜利，我们来高呼：杀！杀！杀！

…………

"日僧事件"刚发生，日本第一遣外司令官盐泽幸一就向上海市市长吴铁城提出四项要求。其中有一项，就是交出杀死日本僧人的那个杀人凶手。

吴市长接受了这些条件，但是，紧张的气氛并未缓解，形势更加严峻。

1月23日晚，停在吴淞港外的日本巡洋舰"大井"号和第十五驱逐队、特别陆战队四百五十七人到达上海。

1月24日，日本水上航空母舰"能登吕号"抵达上海。

1月28日20时，盐泽幸一进一步提出无理要求，要求中国军队撤出北四川路并拆毁工事，由日军进驻。

1月28日21时30分，部分日军登陆，和原来就在租界的海军陆战队会合后，趁着夜色向天通庵火车站集结。

1月29日3时30分，盐泽幸一下令进犯上海北火车站，准备以此切断中国守军的军事运输线路，并扩大日本租界外地盘。

60.

小愚和沈静都没想到陶乐然也会来到上海，而且，也是来她们女子护校学习的。三个姐妹聚在一起，高兴地笑个不停。当宿舍里只有她们三个人的时候，她们却突然静默了，互相看着对方，一时不知道应该说什么。

沈静说："大可哥和我哥哥也在上海，这么一来，家里就剩下海洋哥哥了，他好孤独啊。"

陶乐然说："姐姐啥时候也学会悲天悯人了？"

小愚说："我哥哥内心很强大，他才不会感到孤独呢。只要有书读，他就感到快乐。"

沈静说："就像我哥哥，只要有酒喝就快乐。"

乐然说："说来说去，我还没见到我大哥呢。他人呢？"

小愚说："他这几天一直在三友实业社里忙呢，很少回来。"

"我看报纸说，那里发生了大事儿，他不会有事儿吧？"陶乐然担心地问。

"他不会有事儿的。"小愚压低了声音说，"他在组织里，组织会保护他的。再说了，他那么机灵，简直就是孙猴子转世，谁能抓得住他呀！"

三个女孩儿这才轻松下来，轻声笑了。

小愚想起了什么，从她的小包里取出一支金笔，举起让大家看："这支笔有故事呢，回头我告诉你们。"

沈静和陶乐然吃惊地望着那支笔。

"我就是因为这支笔才跟大可哥来到上海的。"

"找到它的主人了吗？"沈静问。

"还没，不过，会找到的。我一定要让它物归原主。"小愚坚定地说。

正说着，沈康来了，看见大家他嘻嘻哈哈地笑着，与大家搭讪。陶乐然和小愚都对他不冷不热的。

沈静把他拉出宿舍，问："你在外面花天酒地的，今天怎么想起到这儿来了？"

沈康说："好妹妹，我没钱了，先借给我几百吧，要不我撑不下去了。"

沈静看着，他生气地说："爹每个月给你那么多钱，你都花光了吗？"

沈康说他最近在追求一位上海的电影明星，所以特别费钱。沈静虽把他骂了一番，但还是心疼他，从随身携带的小坤包里取出一沓子钱来递给了他。

沈康急忙揣起钱，欢天喜地转身正要离去，忽然又想起了什么，转过身来对沈静说："对了，妹妹，以后啊，你离小愚还有大可远点儿。大可已经是头号通缉犯了，满大街都是缉拿他的通缉令。"

沈静惊呆了。

陶乐然见只剩下她和小愚，拉住小愚的手微笑着低声问："现在我可以叫你嫂子了吗？"

小愚的脸一下变得绯红，低下头说："死丫头，说啥呢……"

陶乐然说："听说你和我哥跑到东北去了，我就知道你们俩肯定好上了。"

小愚说："别瞎想，我跟你哥是去办事儿的，又不是私奔。"

"别装了，你就是我阿嫂，我认定啦！"陶乐然拉着小愚的手笑着说，这使小愚更窘迫了。

"前几天我听见我爸妈私下商量，要给你和我大哥定喜日子呢……"陶乐然诡秘地笑道。

小愚推开了黏在她身上的乐然："行啦行啦，我可不喜欢父母之命、媒妁之言那一套。我们的事情，我们自己做主。"

虽然嘴上是这样说，但是小愚在心里，早已经把大可认定是她要托付终身的男人了。经过他们一起去东北的那次经历，她知道了真正的男人是什么样的——大可不仅像对小妹妹一样对她处处加以呵护，而且每到最危险的关头，他都会挺身而出。同时，在他身上时时刻刻存在的那种见义勇为的精神也深深吸引着小愚。与大可朝夕相处，她学到了很多革命理论，决心做一个革命者的意志也越来越坚定。

正说着，只见沈静失神落魄地走了回来。小愚看她脸色不对，问她出了啥事儿。

沈静看看乐然，又看看小愚，失声道："不好了，快去找大可哥……"

她们匆匆走到校门口的时候，看见一个人慌慌张张地跑了过来。那人一眼看见了小愚，急忙一把拉住她，说："快，宪兵队要抓你那个男朋友，你赶紧通知他！"

小愚定睛一看，这个人正是曾抓过她的法租界巡捕房的那个"鬼难缠"杨非。他的一只手被纱布包裹着，又用绷带吊在胸前。自从那两根手指头被日本人砍掉之后，他对日本人恨之入骨，也唤醒了他作为一个中国人的良知。刚才他在巡捕房接到了上峰打来的电话，说吴市长密令，要他们巡捕房配合宪兵队到工厂去抓一个人，以缓解日本军方的压力。那个人的名字就叫陶大可。

61.

三个女孩儿急匆匆前往三友实业社。好在工厂离学校不算远，她们一路小跑着，跑得气喘吁吁，香汗淋漓，很快跑到了三友实业社门外，被在那儿守卫工厂的工人纠察队拦住了。自从发生了日本青年同志会火烧厂房事件之后，陶大可与李铁强组织了一支工人纠察队，对厂区周围做了严密的防范。

小愚对纠察队员说她们要找陶大可。队员看她们像是女学生，让她们在门口等着，一个队员进厂区通报。过了一会儿，大可脚步匆匆地走过来，看见是她们三个人，不由得惊诧，问发生了什么事情，又问妹妹乐然怎么也来了。

乐然把大可拉到一旁，低声把通缉他的事情对他说了。没想到大可轻松地笑了，说："就为这事儿啊？我早就知道啦。"

"那你还不赶紧出去躲躲呀？"乐然真的急了。

"我又不是杀人凶手，为啥要躲？如果我躲了，那就真的有口也说不清了。"

"可是你不知道人家要抓你吗？一旦你落到日本人手里，那可就完啦！"

大可淡淡一笑，轻轻地摸了摸妹妹的脸蛋说："乐然，你回去告诉爸妈，我没事儿的，让他们别担心。"

乐然是个没心没肺的女孩儿，听大哥这么一说，她也就放心了。

小愚却不放心，对大可说："听说是市长下令要抓你，风头正紧，要不，你离开上海几天吧。"

"听说满大街都是你的通缉令呢。"沈静也不安地说。

大可摇头说："不行，这儿需要我，我不能走。"他又指了指附近操场上正在操练的工人纠察队说，"瞧见了吗？我们正在训练，我不能走呀。"

沈静用担忧的目光注视着陶大可，没再说什么。她从小就是一个十分内向的女孩儿，心中的感受从不外露。譬如她喜欢某个男孩子，尽管心底是如此强烈地渴望与他亲近，可外表上丝毫不会显露出来。

就在他们站在厂区大门口说话的当儿，一队宪兵和警察开过来，在门口布置下一道警戒线。马上，工人纠察队迎了上去，与宪兵们对峙着。

李铁强走过去，问："你们有何贵干？"

领队的一个小军官傲慢地说："奉吴市长之命，特前来请陶大可先生跟我们走一趟。"

"陶大可没有杀人，我可以做证。"李铁强拍着胸脯说。

其他几个工友都上前，纷纷说："我们都可以为他做证……"

这时有几位记者赶来，举着镁光灯照相机拍起照来。

军官说："好啊好啊，等上了法庭，自然会请你们去做证的。可是现在，在下奉吴市长之命，前来请陶大可。请陶先生出来吧。"

附近，陶大可和小愚、沈静、乐然都听到了那军官说的话。三个女孩儿不由自主地上前用身子遮住了大可。这时赵友顺匆匆走过来，在大可的耳朵边说："厂区那边还有个小门儿，你可以从那边出去，不会被他们发现的。你赶紧走吧。"

陶大可摇头说："他们知道我在这里，如果我跑了，他们和你们要人，你们怎么办？"

一旁，陶乐然急了，拉住哥哥的手说："哎呀，人家是来抓你的，你还要主动送上门儿去吗？你傻不傻啊！"

陶大可说："他们无凭无据，不会把我怎么样的。再说，办我案子的是中国人，又不是日本人，我跟他们走一趟，把误会说清楚，很快就会回来的。"说着大步朝厂区大门走去。

乐然跺着脚恨恨地说："你不要犯傻啊，逞啥英雄呢！你快回来……"

但是，大可没有回头。

小愚追上去，一下子紧紧地抱住了大可，还没等大可反应过来，她已经把自己的红唇贴在了他的唇上。

她把自己最纯洁的初吻献给了心目中的英雄。

"我等你……回来……"她呢喃着说。

一位记者及时抓拍了这个画面。

62.

大约一个月之前，在上海外滩一间西式咖啡馆昏暗的角落里，陶大可和一位穿着马褂的男子面对面地坐着，他们低声交谈着。那男子面容清癯，目光坚定，大约四十出头的样子。他不时用警觉的目光瞭着咖啡馆的窗外。

外边已是暮色沉沉，但是黄浦江上没有雾，能清晰地看见过往的船只上点点灯光慢慢划过。一切都显得异常平静，谁都不会想到，在这块平静的土地上，在这座美丽的大都市，将会有战火燃起。

那中年男子的名字叫萧平。现在，他的秘密身份是中共上海地下组织某小组的负责人。他公开的身份是报馆的编辑。他和陶大可一直保持着单线联系。这一次他又给陶大可布置了新的任务，那就是深入工厂，去组织和发动工人兄弟们，让他们组织一支抗日武装队伍。

"我们党小组已经发展成五个小组了，总共发展了一百零三名党员，有学校的学生、老师，也有工厂的工人弟兄。他们将会成为我们的中坚力量。"大可信心满满地向萧平说。

萧平有些激动地看着坐在他面前的这位年轻人。他没想到在这么短的时间内大可就能把地下工作搞得有声有色。

"今天我要和你说另一件事情——组织上派我北上，到北平开展地下工作。"

"啊？你走了，我们和谁联系呢？"

"组织上会派人主动与你联系的，你只需要等待。"

"派你去北平，这太突然了。那你会去大兴安岭吗？"

"有可能会去，那里也是我党需要开拓发展的地方。"

"那太好了。我上一次去那儿，认识了一位蒙古族青年，他叫噶拉。他说他和大森林里的游击队有联系，你可以找他。"

"那好啊。大可，有件事情，我还得请你帮个忙。"萧平沉吟了一下说。

"啥事儿？"

"这次我去北平，其实是冒名顶替。"

"冒名顶替？"

"对，我有个胞弟，他叫萧宁，是黄埔六期学员，目前在南京政府保密局任职。他和我长得很像。不久前，南京政府秘密成立了中华民族复兴社，他的黄埔同学戴笠很器重他，委派他去北平建立一个联络站。胞弟正准备启程，却突然一病不起。组织上认为这是一个绝好的机会，让我顶替胞弟去北平上任。如果顺利的话，我们可以得到非常有用的情报。"

"这太好了！"大可有些激动地说。

"不过，有一个麻烦的事情需要解决。"

"什么麻烦的事情？"

"胞弟原计划是要带他的宝贝女儿一起去北平的。我如果独身前往，可能会引起军统方面的怀疑。"

"那您就带女儿一起去嘛。"

"我是单身，没有女儿，所以……"

"哦，我明白了，您是想让我帮您找一个可靠的女同志，假扮您的女儿。"

"对，这个女孩子政治上一定要可靠，而且，最好有一定的对敌斗争经验。"

"让我想想……我身边倒是有几个女孩子，我想想谁比较合适……"

陶大可最先想到的是郝嘉。她革命热情高，肯定愿意接受这个任务。但仔细一想，又觉得不合适。郝嘉不够稳重，总是毛手毛脚的。那么还有谁呢？自己的妹妹乐然？也不行，她年龄太小，处处需要人照顾，她非但不能成为萧平得力的助手，反而会成为他的累赘，再说她对政治也没有兴趣。接着，他想到了小愚——没错儿，她倒是个合适的人选。

当大可说出小愚的名字时，萧平沉默了一下，问："她不是你的女朋友吗？"

"算是吧。我对小愚很熟悉，她能完成这个任务，肯定没有问题。"

"好吧，为了保密，等我出发的前一天，你再和她说这事儿。"

"好。"

"你让她见我时，带着那支金笔，然后我们互对暗号。暗号是……"

咖啡馆窗外，天色已经黯淡下来，黄浦江两岸华灯初上，闪着点点星光。

63.

龙华监狱又称"陆军监狱"，全称是"淞沪警务司令部驻沪军法处监狱"。这里曾经关押过许多知名人士：彭湃、罗亦农、柔石、殷夫、胡也频……

陶大可被关押在龙华监狱第七十二号牢房。因为他是重案犯，所以被单独关在一个牢房里。他被提审过三次，审讯的内容只有一个，就是让他认罪。

"我没罪！"陶大可每一次只是坚定地吐出这三个字。

审讯官拿出他唯一的罪证——那天的报纸，亮给他看："你没罪？照片上的凶手难道不是你吗？"

"是我，但我并没有掐死他。我赶到的时候，他已经死了。我是在试他的颈动脉。是我让人把他送去医院的……"

审讯官冷笑一声道："这么说，你非但不是凶手，还是救人的英雄喽？"

"我只是在陈述事实。"陶大可平静地说。他觉得这件事情从头至尾都很可笑，单凭报纸上的照片，就可以给人定罪？简直就是拿着法律当儿戏嘛！他不知道，吴市长为了息事宁人，平息日方的怒火，早已经承诺要严惩杀人凶手。至于谁是真正的凶手并不重要，反正有一个替罪羊就行了。

陶大可不幸成了那只替罪羊。

三审之后，陶大可依然不改口认罪，审讯官失去了耐心，下令大刑伺候。大可被打得皮开肉绽，一次次昏过去，又一次次被冷水泼醒，继续遭受毒打。

冰冷的水泥墙，墙上只留着一个非常小的小窗子，上面竖着几根铁条。几缕光亮从那铁条的缝隙间流进来，为昏暗的牢房带来些许光亮。天快要黑时，大可再次从昏迷中醒过来，眺望着铁窗，惊讶地发现铁窗外站立着一只小鸟儿。小鸟儿的羽毛是金色的，抑或是残阳的余晖给它的羽毛镀上了一层金色。它像个小精灵似的站立在铁窗外，歪着头，用似乎是好奇的目光望着囚牢里的大可，不时发出一两声清脆的啼鸣。

失去自由的滋味儿可真不好受啊！他有些忌妒那只金色小鸟儿了——它有一对自由的翅膀，想飞到哪儿就飞到哪儿，一切都随心所愿。他痴痴地想，这世界原本是自由的，动物们是自由的，人类更是自由的，可是，为什么有些人要限制另一些人的自由呢？仅仅是因为他们的观念不同、信仰不同吗？还是有些人自以为掌握了生杀大权，可以任意处置其他的生命呢？人类自从有了社会便有了法律，法律本是用来惩治坏人的，可为什么成了一部分人手里的工具呢？如果到了马克思说的共产主义社会，还会有人利用手中的权力来压迫与自己政见不同的人吗？肯定不会了，共产主义是一个没有剥削、没有压迫、没有高低贵贱之分的社会，那时人人平等，世界大同，四海之内皆兄弟……

"为了实现这样一个美好的社会，眼下，即使牺牲自己的性命又算得了什么呢？我们这一代人，就是为了理想和信念而活着的，为了理想，什么都可以舍弃！"

想到这里，他激动起来。接着他想到了自己的亲人——爸爸、妈妈，还有妹妹乐然。他们一定急坏了吧？还有，小愚在干什么呢？那天，她突然抱住他，送给他的那个吻，让他一直回味着。那也是他的初吻啊！她柔软的唇触碰到他的唇上，过电一般麻酥酥地传遍了全身。"小愚，等着我，我一定会从这高墙内走出去的，到时候我会娶你，我们去教堂举行婚礼……不不，我们要举办一个革命的婚礼，像真正的苏维埃布尔什维克那样，我们要抚摸着《共产党宣言》宣誓我们对爱情的海誓山盟……"他在心里说。

第二天下午，有人前来探监。大可是重案犯，原本是不允许探监的，但是陶二爷为了救儿子，动用了各种关系，直接找到了黄金荣那里。金黄荣帮着疏通，上下奔走。可由于此案是吴市长亲自过问的重案，丝毫没有通融的余地，他能做到的，只能是利用关系，用重金贿赂了典狱长。典狱长答应可以让亲属进来见上一面。

来探监的是陶乐然和小愚。乐然一见哥哥惨不忍睹的样儿，忍不住放声大哭。小愚还算冷静，问了大可的一些情况，然后告诉他，陶二爷没有放弃营救他，依然在托关系找门路。她和郝嘉商量，准备明天发动学生们去市政府门前绝食请愿，如果市长不答应放人，他们就绝食到底。

大可听了自然是一番感动，但他劝小愚："不要为了我兴师动众！你们放心，他们没有证据，不会把我怎么样的。"

趁着乐然抹眼泪的时候，大可抓住小愚的手低声说："组织上有一个十分重要的任务要派你去完成。"

小愚望着大可。

"我的上级领导，他叫萧平，他会去找你的。记着，你要拿着那支金笔去见他，接头暗号是他说：'生当作人杰，死亦为鬼雄。'你答：'若为自由故，两者皆可抛。'记住了？"

"记住了。"小愚含泪应道。

十分钟的探监时间很快就到了，两个狱警进来，强行把小愚和乐然拉了出去。

妹妹和小愚走后，大可的心里平静了许多。尤其是萧平老师那天和他谈的那件事情，他终于亲口告诉小愚了，算是了却了他的一桩心事。他相信小愚一定会配合萧平圆满完成任务的。

天不知不觉黑了下来，牢房里很快一片幽暗。这时，电灯突然亮了，牢房的门响了一下，两个狱警走进来。他们把一个食盒放在桌子上，什么话也不说，只是看着他。他闻到了一股香味儿，打开饭盒一看，不是平时清汤寡水的"猪食"，而是有鱼有肉的大餐。今天他们为什么突发善心了呢？也许是小愚她们来探监时带来的食物吧。管他呢，先吃饱了再说。

这几天一直饥肠辘辘，此时他狼吞虎咽地吃着，很快就把食盒里的饭菜吃了个精光。一个狱警看着他微笑着说："等等，还有上路酒呢，喝吧。"说着取出一个酒瓶子，给他斟了满满一碗酒。

上路酒？

他恍然大悟：这是他的"最后的晚餐"啊！

他们今晚就要处决他了！

这些天他想过自己可能会被处死，却没想到会这么快。原来那吴市长急于要给日本人一个交代，又得知黄金荣在为营救陶大可奔波，担心夜长梦多，便下了斩立决的密令。

陶大可一仰脖子，喝光了那碗酒。

陶大可在醉意蒙蒙中被推到监狱后院的那片荒芜的空地上。天空不知什么时候下起了蒙蒙细雨。雨点落在陶大可的脸上、脖子里，感觉十分凉爽。监狱的空地上立着一排绞刑架。陶大可被狱警们推搡着走向绞刑架。他仰头望去，绞刑架下面垂吊着一个打着魔鬼结的绳套，与地面的萋萋荒草相对。两个刽子手把陶大可架到了一个木头凳子上，把那绳套套在了他的脖子上。雨依然下着，将他的头发全部淋湿了。大可闭住了眼睛，突然回味起小愚的那个吻，绵长而甜蜜，即便为了那一吻，他也死而无憾了！

站在下面观看行刑的几位狱警对这类残酷的过程早已经见怪不怪，他们轻松地观望着，低声议论着，就像看着一只羊被屠夫宰杀那样轻松。

"这小子居然没尿裤子，算条汉子。"

"听说，他家里很有钱，不好好读书，非得去招惹日本人，这不是找死嘛。"

"不过，他一直没认罪，说那个日本人不是他杀的。"

"看来，阴间又多了一个屈死鬼啊。"

胖胖的典狱长出现了，身后跟着一个摄影师，还有两位狱工，抬着一个装尸体用的箱子。典狱长的神情十分怪异，对那几个狱警挥了一下手，下令道："你们都出去，统统出去。"

平时，对于那些比较重要的死囚犯的善后，都是由典狱长亲自来处理的，所以对他这个命令狱警们也不足为奇。他们也不想看这血淋淋的极为残忍的场面，纷纷走了出去。

典狱长摆了摆手。那摄影师举起照相机，随着镁光灯一闪，把陶大可被套在绳套中的那一瞬间化为一张图片。次日，全市的报纸都会刊载这张照片。再过几个时辰，这张照片会出现在吴市长的办公桌上，同时也会出现在日本驻沪总领事的办公桌上。

拍照完毕，一个黑色的头套套在大可的脑袋上，他顿时什么也看不见了，那黑暗一直陪伴着他……

细雨断断续续，整整下了一夜。

64.

小愚醒来的时候已经是下午三点钟了，她觉得自己做了一个噩梦，庆幸自己从那噩梦中醒过来了。她坐起来左右看着——这是一间完全陌生的房间，却是女孩子闺房的样子，落地的粉红色窗幔，精致的梳妆台上摆放着一束花，房间里那淡淡的清香可能就是从这里发出来的吧。墙壁上挂着一张女孩子的照片，相框是镂花的紫檀木，那相片上的女孩子看着她微笑着——是陶乐然！这么说，自己是在乐然的房间里吗？

果然，随着一阵脚步声，乐然走了进来，一看见小愚，便走过来抱住了她。她感觉乐然的身子在轻微地颤抖着。与此同时，她也看见乐然臂膀上的黑袖章，脑子里顿时一片漆黑——

天啊，那不是噩梦，那是真实发生了的事情。

大可哥哥的确是被杀害了！

那天，她看到同学们拿来的报纸之后，一下就晕过去了。乐然和沈静急忙把她送到医院。医生说她这是受到过度刺激，暂时性昏厥，睡上一天就会醒过来的。为了她的安全，乐然和沈静把她送到了陶家在上海的陶公馆。乐然让她睡在自己的闺房里。

姐妹二人相拥着默默地抽泣着。

小愚想起了什么，急忙问乐然："他的遗体在哪里？我要去看他……"

"已经出殡了……"

乐然告诉小愚："在你昏睡的三天三夜里，外面发生了许多事情。一是上海各大院校举行了声势浩大的游行，抗议政府媚日并滥杀无辜。愤怒的学生冲进市政府大楼，吴市长吓得从后院的狗洞里钻出去逃走了。学生们把他的办公室砸了一个稀巴烂。二是悲愤到极点的我爸与上海青帮联手，暗杀了那几个行刑的刽子手，分别把他们击毙在妓院、码头、电车、黄浦江边。那个典狱长死得最惨，被吊死在枫林桥畔路边的路灯杆子上，面目狰狞。三是郝嘉等一些学生愤然退学，参加了上海民间义勇军。由于退学的学生太多，学校目前已经暂时停课了，什么时候开学等待通知。"

小愚一边听着，一边任凭眼泪不住地流着。终于，几个时辰后，她的眼泪流干了，突然想起了什么，急忙问："这几天，有没有人来找我？"

"有，有一位姓萧的先生来找过你。对了，他说如果你醒过来了，就到这个地方去和他见面。"

乐然把一张纸条递给小愚。小愚急忙下地，穿上外衣和鞋子，向外走去。

乐然追上去喊："急什么啊，鱼儿，你的身体行吗？要不要我和你一起去？"

小愚摇头说："我没事儿……"

一个时辰后，小愚按着纸条上的地址，找到望平街《大公报》分馆。望平街是上海典型的那种狭窄的弄堂，两侧住户们无一例外地把晾衣竿挑出窗外，晾晒着形形色色、花花绿绿的衣服，既有外衣，也有内衣、内裤。两侧的衣杆几乎搭在了一起，形成了一条奇特的彩色长廊。

小愚行走在这条长廊里，感觉有点儿怪怪的。她没想到，赫赫有名的《大公报》报馆居然躲藏在这么狭窄的弄堂里。这家报纸是她很喜欢读的一份报纸，不仅是因为它的名气大，还因为它一直秉承"四不原则"：不党、不私、不卖、不盲，体现着新闻媒体的良心。

进了报社分馆，一股浓烈的油墨味扑鼻而来。她看见许多人都在忙碌着，有人在埋头写作，有人抱着一摞厚厚的报纸或者是校样走来走去。她拦住一个抱校样的穿长袍的先生问："请问，萧先生在哪里？"那人指给她一间办公室。

她轻轻地敲了敲办公室的门，里面传出一个低沉的男人的声音："请进。"

她推门进去，看见一个中年模样的男人，戴着一副圆圆的金丝边眼镜，正在看一篇稿子。他抬起头，从眼镜框上面瞄着小愚，问：

"你找我吗？"

"是您要我来见您的啊。"

"请问芳名？"

"哦，我姓水，我叫小愚。"

桌子后面的萧平站起来，迎着她走过来，走到她面前时，凝视着她问："你是陶大可的女朋友小愚？"

小愚微微点了点头。

"生当作人杰，死亦为鬼雄。"萧平吟哦着，眼睛湿润了。

"若为自由故，两者皆可抛。"小愚接道。她的眼泪已经忍不住滴落下来。

萧平紧紧地握住了小愚的手。其实，用不着对暗号，他已经把小愚的家庭背景以及她个人的情况了解得差不多了。单凭这个女孩子在危难关头，用酒瓶子打死日本浪人黑川这一件事情，就可以断定她是一个勇敢坚定的好同志。她是陶大可那五个党小组其中一个小组的组长，又是宣传委员，所以她是完全值得信赖的。

"我要为大可哥报仇。我愿意完成党交给我的任何任务。"小愚似乎已经从巨大的悲痛中解脱出来，她的口气镇静而坚定。

"好吧，小愚同志，你现在的任务就是做我的女儿。"萧平含笑望着她说。

"做您的女儿？"小愚流露出惊讶的神情。

第六章

王爷庙街

65.

兴安镇被改名为王爷庙街是在日本人占领这里之后，小亲王一时心血来潮，做出的改名决定。他问奥蕾："王爷庙街这个名字怎么样？"奥蕾并不看好这个名字，说这名儿显得没文化。

小亲王奕昕笑道："王爷庙，突出的是王爷。王爷代表着什么？代表权势，代表贵族。庙代表的是宗教。街呢，意味经济繁荣昌盛。这里面的寓意深着呢。"

奥蕾并不认同他的解释，但也懒得与他争论。对这类事情她往往是漠不关心的。王爷庙街，一个多么土里土气的名字啊，既然阿玛喜欢，那就叫王爷庙街吧。

噶拉在离开兴安镇重返大森林之前，回过一趟王爷府。他刚进了王爷府的大院，就听到一声尖叫声，接着，一个人影风儿一般掠来，一下子吊在了他的脖子上。

想都不用想，肯定是珍珠！

珍珠吊在他的脖子上不肯下来，还用嗔怪的口气说："早听说你回来了，可你躲在小亲王府不出来。我想去看你，人家又不让我进，急死我啦！"

噶拉轻轻地掰开珍珠的手，让她从自己的身上下来，然后双手按着她的肩膀，注视着她的眼睛，问："你真的去找过我？"

"当然啦，去过好几次呢！有一次我见到了九格格，她跟我说你根本不想见我……"珍珠委屈地噘起了小嘴。

"那是她胡说。其实我是被他们给软禁起来了。"

珍珠不懂得软禁是啥意思，问："是把你关起来了吗？"

"和关也差不多——只许我在院子里活动，院子外面不让我去，跟坐牢房也没啥区别。"

珍珠认真地打量着噶拉，发现他的变化很大。他的个头好像又长高了一些，脸晒得黑黑的，嘴唇上也长出了毛茸茸的胡须。他似乎一下子成熟了，眼睛里面有一些陌生的东西，让她认不出来了。

"我阿妈呢？"噶拉问。

"哦，正在客厅里和我堂兄说话呢。"

"你堂兄？你啥时候又跑出一个堂兄？"噶拉奇怪地问。

"走，我带你去见他。"珍珠不由分说，拉着噶拉就往会客厅那边走去。

噶拉只得跟着她往里走。

果然，当噶拉走进屋子时，看见一位与他年龄相仿的少年规规矩矩地坐着，正在和他的阿妈还有香柏夫人、玛瑙夫人说着话儿。他的头是光的，眼睛很明亮，脸庞很秀气，身上穿着一件不太合身的紫色袈裟。

看见噶拉，宝荣吃惊地瞪大眼睛，急忙站起来，将儿子紧紧地搂在怀里，嘴里不停地说着"米尼乎米尼乎……"

"阿妈……"

"我的宝贝儿子呀，你有多久没回家啦？你不知道阿妈天天为你操心吗？"

"我知道，阿妈，我早就想回来看你，可是外面的事情实在是太多了，我想回也回不来……"

"你在外面都忙些什么呢？"玛瑙夫人问。她也为噶拉长时间没有消息而感到担忧。

"哦，我在赚大钱呢——挖黑松露，还有人参……"噶拉为自己信口编出的谎话而脸红。

玛瑙夫人说："那你赚了多少钱呢？拿出来让我们瞧瞧。"

噶拉拍了拍身上，有些尴尬地笑道："本来是赚到钱了，可是……哦，对了，我用所有的钱买了一匹宝马，就是银色闪电。不信的话，我带你们出去看银色闪电。"

珍珠一把扯住噶拉说："谁不信了，看马急啥，快和我堂兄打个招呼。他就是南迪活佛。"

居然还是活佛啊！

南迪早已经站起来，走到噶拉面前，把一个手掌放在胸前，有如庙里那些受过正规训练的喇嘛们一样做着标准的问候的手势说："佛爷保佑你，噶拉兄弟。我几乎天天听珍珠念叨你的名字呢。"

噶拉好奇地打量着南迪——这么年轻就成活佛啦？除了眉眼儿周正俊朗，没看出他哪一点儿与众不同。

他是灵童转世？

噶拉隐约记起来，珍珠以前和他说过，香柏夫人多年不育，后来抱养了一个婴儿，可刚刚养到六七岁，就被庙里的大喇嘛找到，说圆寂的活佛留下遗嘱，确定南迪是灵童转世。

南迪十分文静的样子，说话不快不慢，对人彬彬有礼，噶拉很快就喜欢上了他。一问岁数，他比噶拉小三个月零八天，噶拉大大咧咧地说："行啦，以后，我就是你的大哥啦，你就管我叫安达好了。"

南迪果然听话，一口一个"安达"叫着，噶拉听着，十分受用。

吃过午饭后，噶拉把南迪叫到他的房间里说："你可以住在我这儿。"

"那你呢？"南迪不解地问。

"哦，我要出趟远门儿，可能一时半会儿回不来呢。"

"安达要去哪儿呢？"

"进森林，去找一个人。"

"哦，那我的坐床仪式你参加不上了。"

"啥时候？"

"后天。我这次回来，就是请家人去庙里参加我的坐床仪式的。珍珠和我姨妈她们都不能进庙，所以只有你……"

看着南迪难过的样子，噶拉心中不忍，转念一想，去找列娜和鲁尼也不是啥急事儿，晚去个一天两天的也没有关系，便说："既然这样，那我参加完你的坐床仪式再走吧。"

"真的？"南迪高兴得无以复加。

"当然是真的。我噶拉一向是说话算话的。"

南迪拉着噶拉的手高兴地笑了起来。那一刻，噶拉有些感动，心想：有个兄弟真好啊！

66.

甘珠尔庙离兴安镇有十几里地，是典型的藏传佛教建筑。

噶拉和珍珠一起来到了甘珠尔庙。前来朝圣的牧人很多，有骑马来的，也有赶着勒勒车来的，更有虔诚者，一路叩着等身长头而来。他们聚集在甘珠尔庙门前，静静地等待着。

太阳升到有一套马杆高的时候，庙里的喇嘛们走出庙门，站立在佛殿前，抬着一杆杆大号，还有的抬着大鼓，手持铜镲，鼓乐齐鸣，煞是威严。所有来朝圣的人齐刷刷地跪下，等候着小活佛的出现。

甘珠尔庙的老活佛圆寂之前留下了遗嘱，说他将于东南方向投生。大喇嘛带人沿那个方向找去，找到了王爷府。那时，南迪刚刚被抱回来，一切都符合老活佛的预言。本应该在他六岁时就举行坐床仪式，但是，这时又出现了另外一名转世灵童，他的条件也完全符合老活佛的遗嘱。原来，庙里早有两派人马，一派想确立南迪，另一派想立另外一个孩子，双方实力相当，争执不下，一直争执了十年。另一派想立的那个孩子不久前突然患疾病夭折了，这才正式确定南迪为转世活佛，举行了迟来的坐床典礼。

佛鼓骤歇，大号忽停，正殿大门缓缓而开。一班披着紫色袈裟的喇嘛抬着一架佛床出来。原来那佛床只能坐而不能躺。噶拉急忙挤到前面去，只见南迪端坐于佛床上，目帘低垂，手作莲花状，非常沉静。噶拉心想："哎呀，他倒是真的有活佛之相啊！"这与前两天他见到的那个说说笑笑的南迪判若两人。

此时，千百里外前来朝圣的牧民们牵着牛羊、带着贡品，上前献给活佛以求福寿。

朝拜者先围绕庙宇叩着等身长头，然后再从庙门口磕到活佛的坐床前，匍匐于地，不敢仰视。南迪活佛用细棒轻触其头顶，赐给他们无上的光荣与幸福。之后，他们把带来的财物呈献给庙里。前面的朝拜者退下，后面的朝拜者又涌上来，一波接着一波。

噶拉都不知道自己是怎么被人流推着来到南迪面前的。南迪看见他，眉梢跳了一下，似乎感觉有些意外——他没想到噶拉居然真的来了。他微微抬手，示意噶拉近前。噶拉走到他面前，跪下。他把一只手放在噶拉的头顶上轻轻摁抚了一下。这是活佛送给安达极为特殊的礼遇，意即将齐天洪福赐给了他的兄弟。

一直在附近默默观望的珍珠看到了这个场面，感动得流下了泪水，双手合十，一遍又一遍地祷告着："佛祖，保佑我噶拉哥哥吧，保佑他无病无灾，保佑他躲避开前路上那些隐藏的或者是公开的危险吧……"

67.

在森林中找到列娜和鲁尼的队伍并不容易，噶拉用了五天的时间，才打听到他们那支队伍的下落，又用了五天时间，才找到了他们的宿营地——一排隐藏在密林间的木刻楞房子。

列娜看到噶拉时略有些吃惊，又有些兴奋，说："你还活着啊？"

"我是属狗的——狗有七条命哩！"噶拉笑着说。

列娜却摇头说："不对不对，你被他们活捉了，他们肯定不会轻易放过你的。你是不是背叛了革命，当了叛徒？"

"没有啊，我只是被他们关起来了，关了好久。他们要我说出你们藏身的地点，我没说。"

列娜冷笑一声："别演戏了，噶拉，你对我说实话，我可以饶你不死；你若不说实话，那对不起，我认得你，我的枪可不认得你。"她边说边拍着腰间的枪。手枪在皮套里，发出闷闷的响声。

"我没演戏，列娜，我真的没当叛徒。"

"那你这次来找我，是干什么来了？不会是来刺探军情的吧？"

噶拉心平气和地对她说出了自己此行的目的：希望她能带着游击队的弟兄们前往王爷庙街，参加新办的士官学校。

列娜一听，勃然大怒："原来你真的成了他们的走狗，你是来劝降的呀！来人，把他给我绑起来！"

噶拉想要解释，列娜却不由分说，让她手下的两名战士把噶拉绑起来，扔进了附近一间空的木刻楞房子里。

这是噶拉没有预料到的。原以为列娜和鲁尼见了他，会惊喜地上前与他拥抱，或者捶着他的胸骂几句亲昵的脏话。可是，她突然变了脸，怀疑他是叛徒。这个列娜如此不相信他，一点儿也不念及他们过去同甘共苦的经历啊。

第二天，列娜让鲁尼把噶拉押到她的房间，开始了审讯。

面对那双冷酷的双眸，噶拉不再嬉皮笑脸。他严肃认真地对列娜说："去参加士官学校不是投降，而是利用这个机会，让你的队员们得到正规的军事训练，同时还会得到良好的装备——好枪，好马，还有马刀、手榴弹。学习也就是一年的时间，一年后你就可以带着弟兄们回来。"

"我问你，教官是谁？"列娜问。

"是日本军人。"

"那不得啦，那我们不就成了地地道道的汉奸了吗？就凭你劝我去当汉奸这一条，我就可以马上枪毙了你。"

"我只不过是觉得这是个机会，向你提个建议，同意就跟我走，不同意也犯不着把我绑起来，当成敌人对待呀。"噶拉有点儿生气地说。那皮绳子反绑着他的双手，从昨天到现在，一直没有松开过，他的手臂又酸又痛，双手已经麻木，失去了知觉。

"看来，你是要硬到底啦？"

"我真是为了你们好才回来找你们的，你不能把好心当成驴肝肺呀。快给我松绑！"

列娜看着噶拉，皱起眉头。她吃不准噶拉说的是不是真话。但现在，她断定噶拉是奥蕾派来的说客，是想招安她这支游击队。就凭这一点，自己也不能放过他。

"怎么，真的想枪毙我吗？"噶拉看着她，又换上了那副嬉皮笑脸的样子。

"想死？我成全你。"

列娜冷酷地摆了摆手，旁边站立的两名游击队员立即上前，一左一右，像拎小鸡那样，把噶拉拎了起来，一直拎到院子里。

外面的阳光很好，天空晴朗，几朵孤独的云静静地嵌在碧蓝如海的空中，远方传来风掠过树梢时的喧嚣。院子的围墙是用白桦树干搭起来的，白色的桦树皮反射着太阳的光芒，晃得人有些眼晕。一匹马被拴在白桦树干上，望着噶拉发出"咻咻咻"的叫声。那是银色闪电，它在关注着他的安危吧？它就是这样一匹通人性的马，它的眼睛会说话呢。

两名队员把噶拉绑在一根拴马桩子上。列娜走过来，把一条黑布蒙在他的眼睛上。他依然微笑着说："别蒙我的眼睛啊，我还想在临死前再看一眼你美丽的大眼睛呢……"

列娜没有理睬他，她的眼睛里释放出来的只有冷酷的光芒。她给噶拉蒙好了眼睛之后站到一边。噶拉眼前是一个完全黑暗的世界。

他似乎有些害怕了，大声说："列娜，这玩笑开过头啦！快给我松绑……"

没有人回答，他听见一阵拉动枪栓的金属声。

"列娜——鲁尼——我们可是曾经的战友啊！你们难道真的会相信我是叛徒？真的要杀我？"

他听见鲁尼压得很低的声音，可能是怕他听见。但他们不知道他有一双出奇灵敏的耳朵，能听得到别人听不到的声音。

"姐，他不像是坏人，吓唬吓唬他算啦。"

列娜说："不行，他肯定已经叛变了，我担心他会把日军给领来呢。杀了他，然后我们马上转移……"

噶拉不得不佩服列娜内心的刚烈和冷酷，但同时也意识到自己真的要毁在她手里了。他开始后悔当初答应奥蕾来这里充当说客，这个决定太草率了，仅仅为了一匹马。

他清晰地听见了队员举枪并且准备扣动扳机的细微声音，甚至听见了他们的呼吸声和其中一个人"怦怦"的心跳声——他一定是第一次开枪杀人吧，所以这么紧张。总共是三支步枪，黑森森的枪口已经瞄准了他的头部和胸部，只等待最后一瞬间子弹穿过枪膛飞出来，在飞过极短的一段射程之后，穿入他的脑骨或者穿过他的心脏，将他那颗正在跳动的心儿炸开一个窟窿，让他青春的血飞溅到四处……

"等等，我怎么能就这样不明不白地死了呢？"

几乎是在同时，银色闪电的一声长嘶响起，同时，一道闪光从他脑海里划过。他大喝一声："等等——我有重要的情报要说！"

他听见准备扣动扳机的声音停止了，夺命的子弹卡在了枪膛里。

"你们游击队内部有日伪政府的探子！"

片刻的静默后，列娜快步走到噶拉面前，一把扯去蒙在他眼睛上的黑布。

噶拉顿时看到一双冒着火焰的眸子："是谁？"

噶拉说："其实我来找你，就是要告诉你这件事情的。不过，这事儿不能在这儿说啊。"他用目光扫视了一下周围，意思是要和列娜单独谈谈。

"把他带回房间。"列娜对身边的鲁尼说，又把头转向噶拉，"如果你骗我，会死得比现在惨得多。"

噶拉笑容灿烂，说："我想吃肉，最好还有酒……"

68.

有肉，是鹿肉干；也有酒，是奶酒。

而这些正对噶拉的胃口，他大口嚼着鹿肉干，大碗喝着奶酒，感觉舒服极了。他对面，坐着列娜和鲁尼。鲁尼在吃东西。列娜始终没有吃，只是盯着噶拉，似乎在研究他何以有这么好的胃口，他会不会又在使狡诈的手段骗取时间。

"到底是谁？"

"我不知道。"噶拉猛地喝光了自己碗中的奶酒。

"你不知道?"列娜觉得自己又上当了,猛地拍了一下桌子。那张临时用松木拼接起来的桌子摇摇欲坠,快要散架了。

"你耍我啊!"

"不是,你听我说。我来找你们之前,小亲王告诉我说,他知道你们游击队所有的情况,我当时就想,他一定是在你们游击队里安插了奸细。我拐弯抹角地问他,果然,他承认游击队里有他的人……"这段话前半截是真的,而后半截是噶拉杜撰的,只是为了让列娜相信他所说的话。

鲁尼嚼着鹿肉干,两个腮帮子塞得满满的,不停地蠕动着。他有些困难地说:"姐,他说得有道理……为啥我们转移到哪儿,日本人就追到哪儿?好几回差点儿把我们给包了饺子。一定有内奸告密。"

列娜想了一下说:"这个我也怀疑过,可是,不知道是谁,就等于你啥也没说。"

噶拉又拿起一条鹿肉干准备放进嘴里,却被列娜一把夺过去,放在桌子上。

噶拉也不恼,抹了一下嘴儿,低声说:"我有个办法,可以让那个奸细自己现原形。"

"你说。"

噶拉看了一眼窗外,声音更低了:"今天傍晚,你发布一个命令,就说游击队明天去黑瞎子岭破坏日本人的铁路。然后,我们三个人守在营地外面,看谁出去送信儿。"

"只要是出去的人,必定是日本人的奸细!"鲁尼高兴地说。其实在心底,他有点儿崇拜噶拉。

"对。这叫引蛇出洞。"

列娜点头说:"这个办法好。"

　　噶拉又得意起来，自己斟了一碗奶酒，呷了一口，抹了抹嘴，说："听我噶拉的，没错儿。告诉你吧，我的学问大着呢，给你当个政委都绰绰有余。"

　　列娜抓起桌子上的那条鹿肉干，塞进噶拉嘴里说："你别得意太早了，我告诉你，抓住奸细，你就洗清了自己；若抓不住，就是你胡编故事，到时候我照样把你拉出去大卸八块。"

　　"行，大卸八块，喂狗。"噶拉又露出那种无赖而又充满童真的笑容。

　　"呸，想得美！你这一身臭肉，狗都不吃。"

69.

　　夜，黑得如同一个无底洞，吮吸了一切，就连惨淡的星光都被它吞噬得悄无踪迹。

　　风，像一个行色匆匆的贼，非常轻捷地从身边掠过，当你刚刚感到它凛冽的侵犯时，它已经逃遁得不见了踪影。

　　噶拉和列娜、鲁尼三个人埋伏在离他们宿营地不远的一片灌木丛里。从他们的视角，正好能看见那幢木刻楞房子以及那个用白桦木圈起来的院落。

　　不知什么时候，天空上飘洒下来零星的雪花。噶拉虽然戴着一顶狗皮帽子，可还是感觉脸颊被冻得发疼。

　　鲁尼早已经有些困了，不停地打着哈欠说："都这么晚了，肯定不会有人出来啦，咱们回去吧。"

"再等等……等等……"噶拉说。他知道如果今晚抓不住那个奸细，等待自己的将会是什么。

又是漫长的等待。

列娜可能是觉得实在无聊了，坐起来，背过身去抽烟。这样，营地那边的人就不会看到烟头的火光。她喜欢抽莫合烟，那股浓浓的烟味儿使噶拉忍不住想打喷嚏，但他忍住了。烟头的火光一闪一闪，映照在列娜线条刚毅的脸庞上。噶拉从侧面望着她，发现她其实长得挺俊美的，可是，她这样捧着一个大烟袋抽着烟，两股浓烟从她那挺拔的鼻子里冒出来，实在是与她这副形象格格不入。

烟飘过他们的头顶，与天空上那些悠然飘落的雪花融在一起。列娜发出像老爷们儿一样"呼呼噜噜"的吸烟声。

噶拉忍不住笑了一下。

"你笑啥？"列娜歪过头来问噶拉。

"我想起人们说的那句话啦——东北三大怪，最后一句就是'十八九的闺女叼了个大烟袋'。"

"你这叫少见多怪。"列娜又吸了一口烟，说，"我在我娘肚子里就学会抽烟啦。娘说把我生下来以后，怕抽烟呛着我，就躲到撮罗子外面去抽，我呢，闻不到烟味儿就大哭起来，咋也哄不住。后来，我娘发现我只要一闻到烟味儿就不哭了，这才知道我一出生就带着烟瘾了。"

噶拉入神地听着，问："那你几岁开始抽烟的？"

列娜说："三岁。"

噶拉咋舌："天神神，原来你是老烟枪了。"

列娜瞟了噶拉一眼，问："那个九格格呢？你怎么没带着她一起来？"

"别提她了。那次我们劫运钞车不是被他们打败了吗，她把我抓起来，差点儿把我给杀了。"

"我看，她舍不得杀你呢。她喜欢你。"

"你也看出来了？"

"被她喜欢上可不是啥好事儿，你可得当心点儿。她那样的女人，可不适合当你的老婆。"

"我不会娶她做老婆的。不过，被人喜欢，感觉还是蛮好的呀。"噶拉面聚得意之色。

"狼也会喜欢羊的。"列娜的口气有点儿恶狠狠的。

"那也只能是我当狼。"噶拉感觉自己有些招架不住了。

"你以为她是只羊吗？我的小兄弟，你太天真了！我第一次见到她，就知道她是啥货色了。她的美貌里面藏着一副蛇蝎心肠。你是被莽古斯魔鬼给迷住心窍啦！"

噶拉的目光被夜空中什么东西给吸引住了。只有他听到了从空中传来的一阵微弱的游丝颤音——那是羽毛与空气摩擦发出的颤音。夜空中的飞鸟？怎么可能！森林里的鸟儿除了夜猫子，其他的都在巢窠中酣睡。即便是夜猫子，在这寒冷的冬天也不会贸然外出，严酷的寒冷让它们蜷缩在树洞中躲避着寒风。所以这个时候如果有飞禽，那一定事出有因。

他向身边的列娜伸出手来，说："把枪给我。"

"你要干吗？"

"快点儿，想不想知道谁是奸细？"噶拉焦急地催促着。

列娜犹豫了一下。

噶拉已经把她抱在怀里的毛瑟枪一把夺了过来，然后将枪管举起来对着空中。列娜只看到空中一个黑影掠过，然后一声枪响，那黑影应声坠落在附近。噶拉扔下毛瑟枪，一蹿已经蹿出很远。列娜和鲁尼抓起枪跟了过去。当他们赶到时，噶拉已经从雪地上捡起一个黑乎乎的东西看着。列娜定睛一看，原来是一只金雕，已经死了。噶拉从它的腿上解下一卷桦树皮卷，看了一眼，递给身边的列娜。列娜接过来一看，桦树皮上烫着几个字。列娜熟悉这种写字的方式，鄂温克人会把针放在油灯上烧红，在桦树皮上烫下字，水洗或者擦洗都不能使其消失。

桦树皮上面写着："明日黑瞎岭铁路上有伏击。"

"奸细比我们想的要狡猾得多，他在用金雕传递情报，明白了吗？"噶拉看着列娜说。

列娜把目光投向鲁尼，问："咱们游击队，除了你，还有谁饲养金雕？"

鲁尼摇头，仔细辨认着这只金雕："没有人养了。这只金雕就是我养的那只。"

噶拉有些愕然，问："你养的？那它怎么会去替奸细送信呢？"

"妈的，看来是有人暗中调教了我的金雕。"鲁尼愤愤地说。

"会是谁呢？"列娜把目光移到了宿营地那边。雪已经覆盖了那一栋木刻楞房子，没有灯光，整个院子都笼罩在一片夜色中。

雪开始下得紧了。

70.

第二天一大早，游击队紧急集合，迅速出发。昨夜，噶拉给列娜出了一个主意：咱们真的去攻打日本人的运输队，也许，能逼着那个奸细现原形呢。列娜认为这是一条妙计，决定采纳。

林间地面铺着一层薄薄的新雪，马蹄踩上去发出"吱吱沙沙"的响声。这声音清新悦耳。偶尔风从树梢上掠过，便有一层晶莹的浮雪从树枝上落下来，形成一道瀑布似的雪幕，这使透明的空气变得迷蒙起来。

大约正午时分，队伍开进了一个名叫黑瞎子屯的小村庄。列娜下达命令："我们在这里打尖儿，吃完饭就到附近的黑瞎子岭铁路边设埋伏。"

负责伙食的是老于。老于长了两条细长的瘦腿，大家都叫他于麻秆。老于带领大家来到他们的一家关系户老乡家里，借了一口大铁锅，把他们带来的大粒子放进锅里煮起来。

噶拉用心数了一下，他们这支队伍总共三十一个人，加上自己是三十二个人，应该算是一个排的兵力吧。他们大都是鄂温克猎人或者是鄂伦春猎手，虽然看似散漫，但一个个枪法极准，马上的功夫也好，驾驭烈马不在话下。他们的探子这几天一直在这里出没，发现每天下午三四点钟，黑瞎子岭的铁路上便有一列小火车驶过，上面有荷枪实弹的日本兵。据侦察，这辆小火车是去阿尔山的，车厢里装的是一些军用物资。如果伏击成功，游击队会得到大量的军需装备。如果不成功，也能教训一下日军。列娜说自从这条铁路修好之后，日军便深入大兴安岭腹地。他们在阿尔山表面上是修了温泉疗养院，其实是在山里修筑秘密军火库。所以，那边派过去许多士兵，又押送过去大量的劳工。鲁尼提议打一下阿尔山，列娜没有同意。她知道光凭自己这三十几名队员去攻打阿尔山，只能是白白送死。当噶拉提出伏击日军的小火车时，她认为是个不错的主意。

大约一个时辰后，一盆热气腾腾的大粒子粥端了上来。队员们每人盛一碗,喝了起来。三十多人挤在两间不算宽敞的木刻楞房子里,有的蹲,有的站,有的干脆席地而坐,大家都香甜地喝着,房间里顿时响起一片轰轰烈烈的吸溜声。

噶拉边吃边用心观察着每一位队员,如果谁的脸上流露出一丝不安或者是心神不定的神色,他马上就会发现。可是,每一个人的脸上都是那么平静,没有一个人露出可疑的神情。

噶拉在列娜耳朵边低声说:"这家伙太狡猾了。"

列娜一边吃一边微微点点头,表示认同。

按照噶拉的设想,如果那个奸细得知那只金雕被他一枪打了下来,情报没有送出去,那么此刻,必定会想办法再次出去送情报。只要那人一行动,马上就会暴露自己。所以今天早上吃早饭的时候,噶拉故意大声对鲁尼说:"昨天夜里我出去撒尿,看见天空中有一只金雕,让我一枪给射下来了,但不知道落到哪儿去了。"

鲁尼马上扔下饭碗,跳起来抓住噶拉的衣领,狂怒地说:"那是我养的金雕!怪不得今天早上不见了呢,原来是让你给打下来了!你赔我金雕……"

两个人叫着嚷着,撕扯在一起,后来被列娜给分开了。

列娜生气地说:"马上要有一场恶战了,你们俩还为一只鸟儿打架,快吃饭!"

其实这也是噶拉精心设计的一出好戏,是演给那奸细看的。那奸细马上就会知道:其一,情报没有送出去;其二,没送出的情报尚未落在列娜手上,他还没有暴露,暂时安全。

可是在整个午饭期间,并没有一个队员借故离开。只有房东出去抱来几根木头棒子给灶里加火。难道,那奸细怕暴露自己,不再行动了吗?

吃完饭,列娜和噶拉在一旁低声密语了一会儿。二人的意见一致：既然奸细不敢再往出送情报了，那么，他们就假戏真做，去伏击日军的小火车。

大约一个时辰后，游击队来到黑瞎子岭的铁路附近。这里到处都是森林，铁路是从森林间穿过去的。他们连人带马都隐藏在森林里，等待着小火车的到来。

接下来是漫长的寂静，只有他们的马似乎预感到一场战斗即将来临，激动而不安地用蹄子刨着地，有的则甩着脑袋，嘴里发出"嘶嘶"的声音。鲁尼蹿到铁道上，趴下去，摘下头上的熊皮帽子，把一只耳朵紧贴在铁轨上注意地听着。

一切都如预料的那样，当头顶的太阳刚刚西斜之时，趴伏在铁轨上的鲁尼像跳兔一样跳起来，三跳两跳地跑到林子里，激动地喊着："来啦！来啦！"接着，他们就听到了一阵高亢的汽笛鸣叫声由远而近地传来。那边的铁路绕了一个弧形向这边拐了过来。他们先是看到一股白色的烟雾从森林的顶上冒出来，扯着一条长线向前推进着。又过了一会儿，那小火车的车头从森林那边冒了出来，绕着半圆向这边驶过来。

列娜挥了一下手，所有的游击队员立刻翻身上马，有的持枪在手，有的抽出腰间的马刀。这时，大地被火车震得微微颤动起来。列娜挥了下手，他们一个接一个从林间策马冲出来，沿着铁路两侧的碎石子路奔驰着。起初他们的马跑得比较慢，等待着小火车追上来。当小火车与他们并行之时，他们加快了速度，保持着与小火车同样的速度向前奔驰着。

小火车上押车的日本兵开始向他们射击了，但火力并不密集，只是稀稀拉拉的枪声。列娜与鲁尼带着队员们还击。他们一边让马疾驰，一边举起枪来，对着车厢射击。噶拉则打了银色闪电一鞭子，银色闪电箭一般蹿到车头前面。噶拉对着驾驶室里连开数枪。蒸汽机冒出乳白色的雾气，将车头遮挡得看不清楚了。也就在这时，小火车明显开始减速，越来越慢，终于在一个低缓地带慢慢地停住了。车头的蒸汽机还在喷吐着一团团雾气，犹如一位巨人在跑累了之后大口大口地喘息着。

三十多名游击队员也停了下来，纷纷翻身下马，向车厢那边冲过去。有的人已经爬到车厢门口，打开那一扇扇沉重的车门。他们欢呼着、叫喊着，胜利的喜悦已经让他们热血沸腾。他们相信，打开车门之后，里面的大米、白面、武器、弹药将尽归他们所有。

这样的气氛突然让噶拉担心起来，他觉得事情有些不对头——为什么车上的日本兵不开枪了？难道都被击毙了吗？不大可能啊！莫非，这里面隐藏着一个巨大的阴谋？

他感到脊背一阵发冷。

噶拉一边打马往前冲，一边对着前面的队员们高声叫喊着："快回来——赶紧回来——"

但是没有人听他的，大家都被胜利冲昏了头脑，只想着去取眼看就要到手的战利品。

就在这时，几乎所有车厢的门都被打开了，伸出车厢的是一根根黑乎乎的枪管。就在游击队员们愣怔的那一瞬间，所有的枪管开始喷吐死亡的火焰。

这时噶拉已经策马追到了列娜身边。他弯腰一捞，将列娜捞到了他的马背上。几乎同时，银色闪电配合精确，一个急转弯，向车头方向疾驰而去。

马背上的列娜这时才清醒过来，急忙回头望去，只见她的战友们犹如被镰刀割断的苞米一样，一个接一个地倒了下去。

鲁尼反应非常快，当车厢的门刚一打开，他情知不妙，加之听到身后噶拉喊叫的声音，便一个鲤鱼打滚，滚到了列车底下，沿着铁轨向前爬去，一直爬到车头前，才从车下钻出来，仓皇逃到了附近的密林里。

马背上的列娜想跳下马去营救战友，但是噶拉有力的双臂紧紧地抱着她，不让她去送命。她拼命挣扎着、叫喊着，但噶拉就是不松手。她低下头去，用嘴咬噶拉的手，噶拉依然没有放开她。她锋利的牙齿陷进肉里，那只手被咬得鲜血淋漓……

71.

死里逃生的列娜和噶拉骑着一匹马来到一个隐在森林中的屯子里。列娜认得这屯子里大多数居民，他们有的是伐木工，有的是猎户。冬季正是狩猎和伐木的季节，大部分壮劳力都外出不在，留在家中的大多是女人、老人和孩子。列娜找到一个游走江湖的老郎中家。老郎中一边给噶拉的手包扎，一边奇怪地问："这是让啥野兽给咬的呀？这齿痕我咋从没见过啊？"

噶拉看了身边的列娜一眼，笑道："是被一只母怪兽给咬的。这种怪兽很罕见的，快成国宝啦。"

列娜狠狠地瞪了他一眼。

处理完伤口，老郎中让老婆给他们做了一锅大烩菜。二人狼吞虎咽地吃了。郎中老婆安排他们到旁边的厢房里歇息。当房间里只剩下他们两个人的时候，列娜望着噶拉说："小火车上的鬼子是早已经埋伏好的。看来，那个奸细还是把情报送出去了。"

噶拉思索着说："我们一直盯着每一个人，没发现有啥不对头的地方啊，除非……"他"哎呀"了一声，一拍大腿，"我知道问题出在啥地方啦！"

"啥地方？"

"那家房东……"

列娜恍然大悟："黑瞎子屯那户房东？"

"对，只有他抱柴火出去过。他和那奸细是一伙儿的。奸细怕暴露自己，就让他出去送情报。"

"这个王八蛋！"列娜愤怒地骂着，站了起来，"走，去黑瞎子屯！"

列娜从村子里借了一匹马，和噶拉一起骑着马奔向黑瞎子屯。他们走到那户人家门口时，二人都从腰间掏出手枪，轻轻地将子弹推上膛，互相对视了一眼，然后噶拉一脚将门踹开，二人冲进了木刻楞房子里。

房内的景象让二人呆怔住了。土炕下，那房东瘫在地上，被人割断了喉管，脖子裂开一个血窟窿，血慢慢地从那个窟窿里涌出来，流在他胸前和地上，汇集成一条血的小溪。

72.

列娜没有答应跟噶拉回王爷庙街，她一定要找到弟弟鲁尼，活要见人，死要见尸，若找不到，她哪儿也不去。

那天夜里，噶拉和列娜潜伏到黑瞎子岭附近的铁路旁。一场雪已经将那场大屠杀掩盖得干干净净。他们在附近找了很久也没有找到一具尸体。

噶拉说："日本人已经清理了战场，看来我们不会在这里发现什么了，我们还是回去吧。"

列娜愤怒地甩开了噶拉抓着她胳膊的那只手，斩钉截铁地说："要走你走，找不到鲁尼，我坚决不走！"

噶拉知道列娜的脾气，只得依了她。他们又开始在附近寻找起来。大概后半夜的时候，噶拉在树林里发现了一个大坑，坑里有一些凸起的东西，被厚厚的积雪覆盖着。噶拉跳下去，用手拨开那些浮雪，发现雪下面是一具具已经被冻硬的尸体。列娜也跳了下来，他们二人翻动着尸体，一具具地查看着、清点着。由于夜太黑了，他们只能把脸贴到离尸体头颅非常近的距离才能辨认出死者是谁。死者大都面目狰狞，有的瞪着眼睛，死不瞑目；有的舌头吐在外面；有的半张脸被打烂，几乎认不出是谁了……噶拉头一回看见这么多的死尸，感觉胃里非常不适，几乎要吐出来了。他强忍着呕吐感，配合列娜完成了辨认尸体的整个过程。

清点后总共是二十五具尸体，也就是说，还有五名游击队员幸存。尸体里没有鲁尼、司务长老于、瘦猴小秃、王大鼻子和号称"女魔头"的孙三娘。

天快亮时，两个人从那个大坑里爬上来。这是黎明前最寒冷的时刻，头顶的天空隐隐泛起一抹亮色，预示着天很快就要亮了。噶拉和列娜把附近的积雪往那个坑里填充了一些，将那些尸体全部盖住。他们默默地在大坑边沿站了一会儿，低下头，为死难者默哀。然后两个人谁也没说一句话，各自骑上马，向森林深处奔去。

73.

天完全亮起来时，他们看到林子里有一排木刻楞房子，一缕炊烟从房顶上悠悠地飘向天空，给人一丝暖意。他们下马，噶拉看见房子外边摆放着很多大锯，还有马拉的爬犁。他猜测，这是一个伐木点，里面住的是伐木工人。

噶拉跟着列娜走进木刻楞房子。

房子里有一面大通铺，上面横七竖八地睡了十几个人。有一个汉子已经起床了，正在炉子的铁架子上烤苞米。看见进来的两个人，那人并不感到奇怪，只是把两个烤好的苞米递给他们。苞米烤得焦黄，还有些烫手，散发出诱人的香味儿。噶拉也不客气，大大地咬了一口，香甜地咀嚼着。

那人看着他说："赶了一夜的路吧？这么冷的天，没把你们冻死在路上，是你们的运气。"

说话间，大通铺上的汉子们陆陆续续地爬了起来，穿上衣服，戴上狗皮帽子，有的从炉子上拿过烤好的苞米吃起来，有的倒着壶里的水喝着，还有的跑到外边去撒尿，很快又跑了进来，一边系裤带，一边说："奶奶的，冷死爷了，尿刚滋出去就冻成冰棍儿啦。"众汉子笑了起来。这时，那个烤苞米的汉子给大家介绍说："这两个弟兄是新来的。"大家只是淡漠地看了噶拉和列娜一眼。列娜头上的狗皮帽子一直没摘，所以看不出她是男是女。噶拉从他们的谈话中渐渐弄明白了。原来昨天工头告诉他们说，最近要新增补几个伐木工，他们错把他和列娜当成新来的工人了。

烤苞米的那个汉子显然是个小工头，当大家全都吃喝完毕之后，他把那件老羊皮袄穿在身上，又把一根麻绳系在腰间，走出了木刻楞房子。随后，大家都跟着他走了出去。到了外边，他们各自扛起自己的大锯向森林深处走去。

噶拉低声对列娜说："既然他们把我们当成了新来的工人，那我们就将错就错吧。"二人也急忙拿了一把锯，跟上了那些伐木工。

他们来到了采伐区，那些汉子两个人一组，拉着大锯干了起来。一时间，寂静的森林里响起了一片"吱吱吱"的拉锯声，锋利的锯齿与那些粗壮的树干相摩擦，新鲜的锯末便如喷泉般喷吐出来，落在了雪地上。噶拉看见列娜还呆怔着，给她使个眼色，示意她开始伐木。列娜会意，操起大锯，两个人一拉一推、一推一拉，学着伐木工人的样子，开始锯一棵大树。过了不一会儿，就听见工头儿扯着嗓子悠长地吆喝着："靠山倒啰——"

噶拉回头望去，只见一棵高大的落叶松正慢慢地向一边歪倒下去，倒下的速度越来越快。当它完全倒在地上的时候，发出巨大的轰鸣声，随即，树上和地上的积雪被溅起来，形成了一片迷乱的雪雾，景象十分壮观。

紧接着，又是一棵大树被放倒，这次他们喊的是"顺山倒啰——"林子里的一群飞鸟受到惊吓，扑棱棱地飞向了远方。

当其他的伐木工已经放倒第三棵树时，噶拉和列娜第一棵树还没锯到一半儿。

那工头走了过来，看着他们说："以前没干过这个吧？"

噶拉老老实实地承认："头一回。"

工头说："我来教你们怎么锯。"

他从列娜手里接过锯来，让噶拉配合他，不停地讲解着伐木的要领。果然，速度加快了许多。

工头告诉他们："我姓马，叫马大壮，山东潍坊人，是当年跟父母'闯关东'到这里来的，已经干了将近二十年的伐木工了。我的师父是这一带有名的伐木工，一次在一棵大树'坐桩'，师父去查看伐木情况，大树突然倒下，把他给砸在了下面。所以说这营生是拎着脑袋赚几个辛苦钱啊。你们初来乍到，又这么年轻，要千万小心，可别把自己的小命儿给搭进去。"

噶拉觉得这马大壮人挺好的，和善，实在，虽然没有读过书，没多少文化，但很明白事理儿。中午时马大壮招呼大家一起吃饭，基地的厨子送来一大桶大糙子粥，还有刚蒸出来的大馒头。吃饱喝足后，大家继续干着，直到天快黑了才收工。

回去的路上，噶拉和列娜依然落在最后面。噶拉关切地看着列娜问："咋样，吃得消吗？"

列娜说："有点儿累，不过我能挺住。"

噶拉说："让你一个女人干这个，真难为你啦。要不，干脆你明天假装生病吧，不要来了。"

列娜说："那可不行，我从来不会撒谎。再说，我得和那些伐木工人多交往，向他们打听一下瘦猴小秃的情况。"

原来，瘦猴小秃在参加游击队之前就是伐木工人。列娜认为，只要找到瘦猴小秃，就能找到弟弟鲁尼。

看见前面那些伐木工已经消失不见了，列娜从怀里掏出一把锋利的猎刀递给噶拉。

噶拉不解地看着她问："干啥？"

列娜摘下头上的狗皮帽子，那一头乌黑油亮的秀发犹如瀑布般流淌出来。红色的余晖将她的面庞映照得特别生动——高耸的鼻梁、性感的嘴唇，那对褐色的带着野性的眸子闪烁着亮晶晶的光。她说："帮我把头发剃了，这样才像个男人。"

"全部剃了吗？"噶拉有些惊愕。

"对，全剃。"

"你想好了？"

"想好了。快动手吧。"

噶拉狠了狠心，动手给列娜剃头。当锋利的刀刃掠过她的头皮时，发出轻微的沙沙声，一缕青丝悠然落下。噶拉真的有些心疼，多好的头发呀，都剃掉岂不是太可惜了吗？但第一刀已经落下，已经没有退路了，只得一路剃下去。不一会儿，地上落下一片青丝，列娜的头上只剩下白花花的头皮。她毫不犹豫地戴上她的狗皮帽子，让噶拉把地上的头发清理干净，全部掩埋起来。

当噶拉在掩埋头发时，前面林子里有个影子一闪而过。机敏的列娜马上从怀里掏出手枪，开了一枪，那影子立即倒下了。噶拉和列娜跑过去，看见一只狍子倒在地上，血流了一地。

噶拉高兴地扛起狍子说："看来，今天晚上我们有口福啦。"

74.

傍晚，厨子给大家炖了一锅香喷喷的狍子肉。工头老马让人搬出一坛子老酒来，把酒倒在一个大瓷碗里，大家传递着酒碗，轮流喝酒，然后用刀子割着吃肉。

老马拍着噶拉的肩膀说："不错不错，你们一来，就给大家改善伙食啦……哎，那枪是哪儿来的？"

噶拉说："枪是我们在路上捡的。小列以前当过猎手。"他故意不说出列娜的全名，只说她叫小列。

列娜也像所有的男人一样喝着碗里的酒，表现出粗鲁的样子。她向身边的伐木工人打听瘦猴小秃。有人告诉她："小秃自从参加了游击队就没有再回来过。"

酒一直喝到半夜，大家都昏昏沉沉地睡着了。噶拉有意让列娜挨着墙睡，自己睡在她旁边，这样，便将她与那些汉子们隔开了。

油灯早已经熄灭，房间里是此起彼伏的呼噜声、磨牙声、放屁声以及梦呓声。噶拉在昏睡中感觉一张温柔的脸贴到了自己的脸上，并感觉到似乎是有人抱住了自己。他迷迷糊糊地睁开眼睛，看见熟睡的列娜抱着他。她的脸庞散发着热乎乎的气息，可能是喝了老酒的缘故吧。经历了常年的野外生活，风吹日晒，她脸上的皮肤并不细腻，可与男人的皮肤还是截然不同的，粗糙中透着一种女性的温柔。噶拉压抑着从心底泛起的冲动，轻轻地将她推开了一些。可是过了一会儿，她一个翻身，又把手臂放在了他的胸前。这次他没有移动她的胳膊，任那只手臂香甜地熟睡在他那宽厚的胸膛上，一直到天明时分。

这一夜，噶拉始终不知道自己是不是睡着了，抑或是在半睡半醒之间。

75.

森林里的日子是漫长的，似乎是一列火车循环行驶在一个圆形的铁轨上，日复一日走着相同的路线。噶拉和列娜已经记不清他们在森林里待了多久了，一个月，还是九十天？

每天，与那些粗犷的伐木工人混在一起，讲下流的笑话，喝着烈性的烧酒。夜里将木头棒子塞满炉灶，冬夜的寒风在外面肆虐地号叫着，炉灶里的火愈发烧得热烈，轰轰隆隆地响应着，将多半个铁皮炉筒烧得通红。前半夜由于喝了许多烧酒，加上炉子的热量，大家都不盖被子，有的汉子袒露着胸膛，有的甚至连下体也不加掩饰，呼呼大睡。列娜依旧睡在最里面，靠着墙，被噶拉保护着。

一直没有瘦猴小秃的消息。列娜倒也不急，挑选了几个汉子，和他们交朋友，并且在一个暴风雪横行的日子，趁着因为气候恶劣而不能出工，待在营地的时候，和那几个伐木工弟兄秘密结拜，歃血为盟，用猎刀挑破手指，把各自的血滴到一个酒碗里，然后传给每一个人喝。噶拉知道她是趁此机会发展党员，以待将来招兵买马，组织队伍，东山再起。这种结盟的方法虽然原始，但对于团结劳苦大众来说，是行之有效的。

日子久了，列娜的女性特征难免会被细心的汉子窥出些破绽。这些壮汉们离家日久，浑身的精力得不到发泄，憋得实在是难受。噶拉有些紧张，列娜反倒泰然处之。噶拉从心里佩服她沉着冷静、以不变应万变的态度。

然而有一天夜里，噶拉由于喝多了酒，睡得很死，没想到后半夜在他身边出事了——列娜险些被一个汉子给强暴了。那汉子绰号叫"二愣"，爱喝酒，说话还有些结巴。他早就发现列娜有些不大对头，从来不和大家一起解手，总是一个人躲到很远的地方去方便。夜里，借着炉子里冒出的明亮的火苗，他假装起夜，悄悄观察列娜。由于炉火热，她把被子拉开了，露出了胸部。二愣看见她的胸部隆起来，鼓鼓的样子，忍不住伸手进去摸了一把。这一摸摸出了真相，那果然是女人柔软的乳房。二愣大喜，不管不顾地爬到了列娜身上，往下撕扯她的裤子。这时列娜已经被惊醒了，她突然一个翻身把二愣翻到了身下，顺势从枕头下面抽出她的手枪，把冰冷的枪管狠狠地塞进二愣的嘴巴里。

列娜低声在他的耳朵边说："想要保住你这条狗命，就当今晚啥也没发生过！你要是敢说出去，我敢保证，即便不要你的狗命，也得叫你裤裆里的那玩意儿搬家……"

二愣早吓得根软心颤，嗓子眼里唔唔呀呀，连连点头。列娜这才起身，一脚将他踢下了大通铺。二愣四仰八叉地趴在地上，半天没能站起身来。

早晨去伐木的路上，列娜把这件事情告诉了噶拉。噶拉吃惊地看着列娜说："坏了，他会把这事儿到处嚷嚷的，往后你还怎么在工棚里待呀。要不，我们还是赶紧离开这里吧。"

列娜说："不行，我有预感，瘦猴小秃肯定会到这儿来的，我们必须要见到小秃。"

中午歇工时，噶拉看见二愣在附近小便，走了过去，也假装小便的样子。

噶拉看着他笑道："老兄，你要是敢说出来，你的脑袋就得搬家，明白了吗？"

二愣歪头看着噶拉，吓得不敢吱声。噶拉拍了拍他的肩膀，转身走开。他料定二愣不敢对别人说这件事情了。果然，一连几天，二愣都沉默寡言，好像换了一个人似的。晚上大家起哄，让他讲过去常讲的那些黄段子，他把头摇得像货郎手里的拨浪鼓似的，斜着眼儿怯怯地瞟着附近的列娜和噶拉。噶拉心中暗笑。

列娜的预感真的很准。就在这天晚上，外面暴风雪疯狂肆虐时，木刻楞房子的门突然被人撞开了，随着一股风雪的涌入，一个浑身沾满冰雪的人撞了进来。那人的眉毛上、胡须上都挂着冰凌。待那人摘下头上的狐狸皮帽子，露出光亮的秃顶时，列娜惊喜地叫了出来："小秃……"

76.

瘦猴小秃从寒冷中缓过来之后，无力地说："我快要饿死啦，快给我点儿吃的。"

老马急忙说："快带他去伙房。"

列娜给噶拉使个眼色，噶拉架着瘦猴小秃进了旁边的伙房。

瘦猴小秃疯狂地吃着东西，噶拉看得目瞪口呆。他已经吃进去七八个馒头了，依然左手抓一个，右手抓一个，还在往嘴里塞。嘴巴里已经被塞得满满的，他还要往里塞。突然间，他被噎住了，身子一挺一挺的，眼睛瞪得很大。

噶拉说："你会噎死的，快吐出来！"

可小秃不吐，还要继续往下咽。噶拉在他背后猛击一掌，他才"哇"的一下，把嘴里塞的馒头全部吐了出来。

列娜把一碗水端给他。他咕嘟咕嘟喝下，用袖口抹着嘴巴，说："五天啦，我五天没吃一口东西，要不是在路上捡了一只冻死的老鸹生着吃了，我都没有力气走到这儿啦。"

"你见到鲁尼了吗？"列娜迫不及待地问。

瘦猴小秃点了点头说："我们一起从黑瞎子岭逃出来的。"

"他人呢？"

"他去王爷庙街啦，说是到那里去找你们哩。哎，你们怎么会在这里呢？"

噶拉乐了，对列娜说："你看看，我说什么来着，我们当时直接回王爷庙街就对啦！在这里耽误了多少时间啊！"

列娜说："你总是打马后炮。谁能知道鲁尼会跑到王爷庙街找我们呢。"

瘦猴小秃又吃了一个馒头，突然想起了什么，对列娜说："对啦，我碰到老谢啦，他正满世界找你呢。"

"谢政委？"列娜惊喜地问。

噶拉知道他们说的"老谢""谢政委"是那个俄国人谢尔盖。据列娜说，老谢一年前回了莫斯科。他一走，列娜的游击队和党组织就失去了联系。原以为他不会回来了，游击队陷入群龙无首的混乱状态。眼下，对列娜来说，最要紧的就是赶紧找到组织。

她一把抓住小秃的胳膊问："他在哪里？"

"他也以为你们回了王爷庙街，和鲁尼一起走了。"

"他也去了王爷庙街？"列娜惊喜地问。

"是呢。"

列娜转身看着噶拉说："明天我们一起去王爷庙街。"

噶拉点了点头没有说话，心想："看来一切都是天意啊！"原本以为列娜不会跟他走了，没想到，小秃的出现一下子改变了现状，这不是天意又是什么呢？

77.

三天后，噶拉、列娜和小秃三个人一起回到了王爷庙街。在列娜的引导下，他们几乎没费什么力气就找到了鲁尼。原来游击队在王爷庙街有一个秘密联络点，而这个秘密联络点，只有老谢和她知道。那是一家非常讲究、很有排场的皮货店，名为"关东皮货商栈"。噶拉跟着列娜走进店里，抬眼望去，店铺里悬挂着各种野兽的皮子，有一张东北虎皮铺在一张宽大的太师椅上，看上去颇似某一位国王的宝座；还有许多火红火红的狐狸皮和灰色的沙狐皮，还有灰色的狼皮或者白色的狼皮，噶拉从来没见过那么雪白的狼皮；至于兔皮、旱獭皮、牛皮、羊皮、鹿皮，更是数不胜数。在店铺深处的柜台后面，坐着一位商栈掌柜模样的人，戴着一顶旱獭皮帽子，一只手拨他的算盘，对着账本似乎在算账。听见声音，他漫不经心地抬起头来，冷漠的目光从眼镜框后面射了过来，瞟着列娜他们，问道："请问几位是来做皮货生意的吗？"

列娜回答说："不，我们不是来做皮货生意的。我们是来求仙拜佛的。"

"哦，对不起，那你们走错了庙门。"

"没走错！庙门朝南开，弥勒向西坐。"列娜熟练地和掌柜的对着暗语。

那掌柜的急忙站起身，对着他们三人拱了拱手，说："诸位，请随我来。"

他们跟着掌柜的穿过那密密麻麻的悬挂着皮毛的森林，走到了后院。后院里有几间厢房。掌柜的走到一间厢房前，轻轻地叩了三下门，对里边低声说："人来了。"

过了片刻，那门儿"呀"一声开了，掌柜的做出一个请的手势，侧身闪到一边。列娜第一个走进厢房。她有些警惕地把手伸到怀里，握住了手枪。随后噶拉和瘦猴小秃也跟着走了进去。

他们刚刚进屋，掌柜的就从外面把门"咔嚓"一声关住了。这使噶拉一下子警觉起来，心中暗想："糟了，会不会是中了人家的圈套？"正惊疑之间，只见昏暗中走出了一个人影，一下子与列娜紧紧拥抱在一起，接着发出一连串的俄语"哈拉少哈拉少"，噶拉的心这才落到肚子里。看来瘦猴小秃没有撒谎，老谢果然藏在这里。

见到噶拉，老谢转过身来，给了他一个熊抱。他用生硬的蒙古语对噶拉说："我还以为你们都壮烈牺牲了或者被日本人抓去做了俘虏。能见到你们平安回来，真是太好了！"

列娜坐下，端起桌子上的一缸子水，大大地喝了几口，然后抹着嘴对老谢讲了他们的经历。老谢听了感慨万分，拍着噶拉的肩膀说："是你保护了列娜，你是一位值得我们信赖的好同志。"

列娜环顾四周，见房间里只有老谢一个人，有些急切地问："鲁尼呢？不是说他和你在一起吗？"

老谢说："鲁尼出去了，这两天他天天到王爷府打听消息，看噶拉有没有回来。"

噶拉说："我去找他吧。"

老谢说："别急，他应该马上就要回来了。"

78.

这是鲁尼第三次到王爷府来了。他每一次来，都会让珍珠激动好半天，然后又失望好半天。每次珍珠都满怀希望以为他带来了有关噶拉的消息，可实际上，他也是抱着希望来询问列娜的消息。

"不要和我说你还是没有他的消息。"珍珠不安地盯着鲁尼说。

这个时候，鲁尼就呈现出一副愧疚的神情。他的脸憋得通红，费了好大的力气才使劲儿摇摇头说："嗯，我还是没有他们的消息……"

鲁尼转身想走，珍珠一把拉住他说："你别走，你得告诉我，究竟发生了什么事情。"

鲁尼不安地说："前几次我不是都对你说了吗？"

"你说得还不完整，我要听完整的。"珍珠固执地说。这时候她的样子特别可爱，那种不达目的誓不罢休的劲头让鲁尼感到了一种责任。他想了一下，把那天在黑瞎子岭铁路旁发生的事情详详细细地给珍珠讲了一遍。珍珠认真地听着，生怕漏掉每一个字。

"这么说，是噶拉哥救了你姐姐？"

"对。"

"他们一直在一起？"

"是啊。"

"这都多少天了，他们一直在一起？"

"这我就不知道啦，这些天他们是不是一直在一起，天晓得哩。"鲁尼不安地说，仿佛姐姐和噶拉在一起是他的过错。

"他们会不会从此不回来了呢？"珍珠有些绝望地问。

"这个……我可说不上来呀。"

珍珠默不作声了，泪珠儿却成了断线的珠子，一颗颗落了下来。她心想："噶拉哥这是咋的啦，先是和九格格不清不楚地相处了很长时间，现在又和另一个女人搅在一起，跑得无影无踪。难道是他命犯桃花吗？"

鲁尼知道从珍珠这儿打探不到什么消息，他又见不得女孩子流泪，赶紧告辞。珍珠这一哭把他的心给哭乱了，出来时他在心里想："莫非，姐姐真的和噶拉私奔了？"

鲁尼前脚刚走，珍珠就不哭了。她突然决定去甘珠尔庙，找小活佛南迪给算一下，看噶拉哥这一次是福是祸，是死是活。

骑马跑了大约两个时辰，珍珠来到了甘珠尔庙。南迪见了她略微有些吃惊，以为王爷府里发生了什么变故，一问，才知道珍珠是专门为噶拉而来的。

他不好拒绝珍珠的请求。只见他双手合十，目帘低垂，嘴唇微微动着，念念有词。珍珠不安地坐在他面前看着他，等待结果，似乎南迪是金口玉言，他只要一张嘴，就能决定噶拉哥的生死。

南迪终于睁开了眼睛开了口，不过，他的话让珍珠大吃一惊："你今天就能见到噶拉了。"

"真的？"珍珠惊喜异常，不敢相信，"你不是安慰我才这么说的吧？"

"当然不是。"

"我在哪里能见到他？不会是在梦里吧？在梦里，我天天都能见到他呢。"

南迪听了，心中又是一阵感动。如果有一个女孩子天天能梦到你，那么你是何等的幸福呀！他微微一笑说："不是在梦里，而是在家中。"

"他今天就要回家啦？"珍珠惊喜地问。

"是的，他现在已经到王爷庙街啦。"南迪说。

其实并非南迪真的神机妙算，而是今天上午噶拉与列娜还有瘦猴小秃三个人路过甘珠尔庙时，曾进庙里打尖，噶拉与南迪进行过一番交谈。

珍珠哪里知道这些，也顾不上多问，急忙出了庙门，骑上马飞奔回王爷府。

79.

鲁尼回到关东皮货商栈后，惊喜地发现姐姐列娜、噶拉还有瘦猴小秃已经回来了。他们几个兴奋地拥抱着。瘦猴小秃告诉老谢："另外幸存的三名队员很快也会来与咱们会合。"

列娜皱着眉说："这三个人中，必有一人是内奸。"

老谢说："正好啊，那我们就趁机抓内奸。"

鲁尼说："抓住绝不轻饶他！"

瘦猴小秃说："要把他千刀万剐！"

老谢分别拍着每个人的肩膀说："你们的领导人爱说一句话——'星星之火，可以燎原'。你们就是革命的火种，要去点燃更多的荒原，让整个大地都燃烧起来。"

大家听了非常振奋。

列娜急切地问："下一步我们应该怎么办？重新组织游击队？"

老谢说："不，我已经请示上级领导了，你们就不要再重组游击队了，你们有更重要的任务。"

鲁尼问："什么任务？"

"最近，日伪政府在王爷庙街开办了一所士官学校，正在招收学员，为将来的日伪骑兵准备后备力量。你们要利用这个机会，打入敌人内部，全部去报名入校当学员。"

列娜听后非常吃惊："那我们不是当叛徒了吗？"

老谢亲切地笑道："欸，这和当叛徒是两回事儿嘛。这是组织上交给你们的任务，是为了打入敌人内部，将来让你们每一个人发挥更大的作用。"

噶拉想了一下说："就像孙猴子钻进铁扇公主的肚子里？"

"哎，对了！"老谢猛地拍了拍噶拉的肩膀，"到时候给他来个肚子里大爆炸。同志们啊，想想吧，那是怎样的威力啊！"

"他们是男的，可以当学员，我是女的，咋办啊？"列娜真有些急了。

老谢说："你也好办，听说士官学校要招一个女子骑兵班，以你的条件，入选肯定没有问题。"

刚说到这儿，店掌柜的跑进来，有些惊慌地说："不好了，有人来了，大吵大闹的，非得要闯进来不可。"

"谁？"

"一个女孩子，口口声声说要找她哥哥。"

"珍珠？"噶拉脱口而出。

80.

珍珠与噶拉手拉手回到了王爷府。小时候他们一直这样，手拉手走过了十多年天真无邪的岁月。突然间噶拉心里有一种说不出的伤感：以后，再像这样手拉手一起走的日子，恐怕是再也不会有啦。

路上，珍珠一反平时的蹦蹦跳跳，埋头不语，似有无限心事。

"你咋啦？"噶拉歪头看着她问，"怎么不说话？"

珍珠抬头瞟了他一眼，说："我不想让你再走了……这次回来，你再也不要走啦，好不好？"

噶拉笑道："我早已经参加革命啦，是游击队里的一员。我要是不走，那不是当了逃兵嘛。"

"可是，噶拉哥，你总是和那些女人们搅在一起，谁知道以后会发生什么事情呢。"

噶拉又笑了："啥也不会发生的，你这个小心眼儿，大不了，我给你领回个嫂子嘛。"

"我不要我不要！"珍珠晃动着噶拉的手说，"我不喜欢她们，一个也不喜欢。"

"你说的她们是谁啊？"

"九格格，还有那个女猎手。"

噶拉用手捏了一下珍珠的脸蛋儿说："你想哪儿去了，我怎么会让她们给你当嫂子呢？我给你找的嫂子，你一定会满意的。"

"那咱们得说好了。我要是不满意，你就不能娶。"

"行。"

"一言为定？"

"一言为定！"

珍珠的脸上这才有了笑颜，她开心地说："噶拉哥，刚才我去庙里找南迪活佛了，我请他算一卦，看你啥时候回来，是凶是吉。你猜怎么着？他算得太灵了！他说让我回家，说你今天肯定会回家的。你说他神不神？"

噶拉听了只是微笑一下，没有说今天他和南迪见过面的事情。

说话间他们已经进了王爷府。噶拉先去给阿妈请安。宝荣抚摸着儿子的头和脸，免不了上下打量，生怕他缺了胳膊少了腿儿，又把他这些天来的行程详细问了一遍。噶拉只是轻描淡写地说他去森林里带回来几名游击队员，其他的啥也没说。他知道说多了，阿妈会为他担心的。

宝荣问："这次回来，就不出去了吧？"

噶拉说自己打算报名去上士官学校。

宝荣听了有些意外："你不是不想上学吗？"

噶拉说："这所学校和我以前上的学校不一样，这所学校主要是教骑马、射击、格斗的。"

宝荣听了叹了口气说："唉，原来还是打打杀杀啊。"

正说着话儿，玛瑙在珍珠的搀扶下也过来看噶拉。她拉住噶拉的手看着他说："听珍珠说，这回你回来就不走啦？"

噶拉说："不走啦，就留在王爷庙街上学啦。"

玛瑙高兴地说："现在外面兵荒马乱的，你可别再到处乱跑啦，好好陪一陪你阿妈。你知道她有多不容易吗？她天天在佛灯下给你念佛经，一念就念到天亮。这一次你能平安无事，全亏了你阿妈给你念的保佑经啊！"

珍珠出去后，噶拉头一回认真地打量起自己的母亲，发现她比过去更加消瘦了，两颊几乎全部塌陷下去了，眼窝儿也更加深邃，眼睑下面是两道泪沟，那是日夜流泪的结果。他想起珍珠告诉他说，当他不在身边的时候，母亲总是在不停地哭泣；祈求佛爷保佑他时，母亲的眼泪如成串的珠玑不停地坠落着。母亲所做的一切都是为了他啊！那一刻他在心里暗暗发誓："等我将来出息了，一定要好好孝敬母亲，让她晚年的生活幸福如意……"

突然，刚刚出去的珍珠又急急忙忙跑回来了，气喘吁吁地说："不好啦，不好啦，那个女魔头杀来啦！噶拉哥你快藏起来……"

"哪儿来的女魔头啊？"宝荣不解地问。

珍珠说："就是那个九格格啊！"

第七章

北　平

81.

在北平一条十分古老的街道上，到了冬天，高大的法国梧桐虽然没有了绿叶，却依然坚挺着笔直的树干。沿着这条街道再往里走，就是有名的后海。后海的水被冻成了冰，冰面上覆盖着一层薄薄的积雪，几个孩子在上面滑着冰车，快活地叫喊着、奔跑着，有时会摔倒在冰面上，他们却开心地大笑。童稚的笑声撞到古城墙上又折返回来，犹如湖面上泛起的涟漪一圈圈地向外扩散着。

到了黄昏时分，总能看到沿着后海南沿的岸边，一个穿着风衣的中年男子，偕同一位年轻姑娘漫步而来。那姑娘挽着男子的胳膊，有时候把头依偎在他的臂膀上。她喜欢围一条鲜红的羊绒围巾，围巾的一端垂在胸前，另一端甩到肩后。似乎她的脸庞都被那围巾给映红了。男子的表情肃穆，鼻梁上的金丝边眼镜闪烁着夕阳的光泽。他们一边走一边低声交谈着。有时候中年男人会轻轻地拍拍女孩儿的肩膀说："真是我的乖女儿。"有时，女孩儿也会抬起头来娇嗔地说："爹，今天很冷，我们回家吧。"在严寒肆虐的隆冬季节，他们的天伦之乐给古老的护城河畔带来一层浓浓的暖意。

这一对父女便是萧平和假扮他女儿的小愚。他们住在后海南沿大翔凤胡同二十七号一所四合院里。这里非常幽静，不受任何打扰。这住宅是戴笠特意为"老同学"安排的。院子里除了他们"父女"，还有一位老妈子柳婶儿。柳婶儿勤快，爱干净，把屋里屋外打扫得一尘不染。她为人和善，不爱说话，只要萧平或者小愚摇一下铃儿，她就会出现，问有什么吩咐。

每天上午八点，一辆黑色的小轿车会准时出现在胡同里，接萧平去办公。萧平夹着黑色的公文包，临走时总是要叮嘱小愚，要认真读书，做好报考燕京女子大学的准备。

小愚现在的名字叫萧华，几天下来，她已经适应了这个新名字。听到萧平唤她"华儿"时，她会马上愉快地应着："哎——来啦！"

小愚每天在家中苦读，很少出去。白天家里只剩下她和柳婶儿。有时，午饭期间或者柳婶儿给她房间里送茶送水果时，二人免不了要交谈几句。从简单的交谈中，小愚知道了柳婶儿大致的经历。她家在河北农村，因为家里穷，五岁给一个大户人家当了童养媳，十八岁时死了丈夫。守寡到三十二岁时，公婆都病逝了，她只身来北平打工，给人家做保姆，整整干了八年，如今刚好四十岁。至于小愚，只是说自己从小与父亲居住在南京，在那里读完了小学和中学。其他的事，她很少对柳婶儿提及。柳婶儿总夸她是个聪明懂事的孩子，将来一定会有大出息。

一天，已经很晚了，萧平还没有回家。小愚知道他的工作特殊，夜不归宿是经常的事情。她读书累了，洗漱之后，上床准备睡觉。刚刚熄灯一会儿，听到院子里的门"吱呀"响了一声。她以为是萧平回来了，也没介意，渐渐进入了梦乡。可到了后半夜，她被一种奇怪的声音惊醒了。她心生疑惑，起床披了件衣服，走到窗前拉开窗帘向外望去，见一个黑影一闪，消失不见了。

第二天早餐时，她想起了夜里的事情，觉得有些蹊跷。

小愚问："爹，你昨夜回家了吗？"

萧平说："没有啊，我若回家，你们会不知道吗？怎么啦？"

小愚说："没什么，也许是我出现了幻觉吧。"

对于萧平来说，每天都处于极为忙碌的状态之中。北平情报站刚刚建立，就发现日伪特务已经遍布北平城了，光是奇怪的电台信号就有上百个之多。夜里，经常有不知从哪儿发射的信号弹蹿上天空，在黑色的夜空中画出一道神秘诡谲的轨迹，然后又倏地消失了。近几天，有几个国民党要员离奇死亡，有的死在妓院，有的死在看戏回家的途中，有的死在黄包车内。而他们的死因根本查不出来，看上去像是死于心肌梗死。但是细心的萧平在每一位死者后背都发现了一个极细微的针眼儿，难道说，是有人为他们注射了药剂？这个案子使萧平颇为伤脑筋，到目前为止，依然没有一点儿线索。所以他彻夜加班，有时是做样本化验分析，有时是跟踪可疑分子，有时则混入舞场、夜总会，与当地黑社会分子接触，以期得到一些有用的情报。昨天晚上，他就在夜总会混了一夜，与北平一个名叫"鬼老七"的家伙纠缠了半宿，直到天亮。那"鬼老七"自称手眼通天，与北平的三教九流皆有往来。萧平与他称兄道弟，相交甚洽。"鬼老七"透露给萧平一个情报：近来日本大美株式会社在北平新开了一家药店，店址就在大栅栏里面。奇怪的是，这家药店在高价收购当地民间的中草药偏方、秘方，不知何用。

萧平决定去探访一下这家药店。

吃过早餐，萧平看了几张报纸，掏出怀表看了一下时间，是上午九点整。他知道北平的店铺一般在九点就开门了。

他对小愚说："别总闷在家里啦，今天我休息，跟我出去走走，逛逛街，放松放松。"

小愚高兴地说："好啊，我正想放松一下呢。"

82.

一刻钟之后，父女俩上了一辆黄包车，向大栅栏而去。

下了车，大约是九点三十分。大栅栏已经是人来人往，摩肩接踵，车水马龙，煞是热闹。萧平与小愚一路走来，注意着沿街两侧的店铺。很快，他们看到了一个比较讲究的门脸铺子门上悬挂着一块大匾额，上书"大美药房"四个大字。萧平与小愚互相对视一眼，前后走进了药店。

药店里十分干净整洁，货架子上没有摆放多少药品。一位穿白大褂的中年男人客气而礼貌地接待了他们，用生硬的中文自我介绍，说："我是药店的医师，名叫伊堂修一。不知道有什么地方能为您二位效劳？"

萧平说他的女儿近来因为学习紧张，饮食不好，失眠多梦，不知道应该如何调理。

那大夫用听诊器在小愚的后背上听了听，又让她张开嘴，用一块带着消毒水气味儿的小木片压住她的舌头，仔细检查了她的咽喉，然后收起听诊器，用中文对萧平说："贵千金没啥问题，可能是读书太辛苦，熬夜比较多，精神压力比较大，吃一点儿治疗失眠的药即可。"说着便动笔给开了药单，交给一旁一个也穿着白大褂的姑娘。

那姑娘圆圆的脸儿，圆圆的眼睛，长着一颗小虎牙，一笑甜甜的。她对小愚说："请稍等一下，马上就好。"

萧华冲她点点头。不知为啥，她马上喜欢上了这个小女生，觉得她很对自己的脾性。那女生转身在药架上取了药，用纸包好，又用纸绳包扎紧了，这才把那药包交到小愚手上。

小愚问她："你是日本人吗？中文说得真好。"

她笑道："我不是日本人，我是地道的北京人。我是药店招聘来的，姓田，叫田美惠，有空儿来找我玩儿啊。"

小愚说："那好呀，我和爹刚到北平不久，人地两生，正想交结几位朋友呢。"

这边小愚与美惠说着话儿，那边，萧平也与那位医师攀谈着。伊堂修一说："中医博大精深，我十分仰慕，前年带一家人来到北平，一边开药馆，一边学习中医。"

萧平突然话锋一转，声音压低，说："我这儿有一副家传秘方，不知你有没有兴趣？"

伊堂修一眼睛一亮，问："可允我一睹为快？"

萧平从怀中掏出一张纸来，递给伊堂修一。那是他出来之前临时写下的一个中医方子，无非是几样中草药名的罗列。

伊堂修一认真地看了一遍，然后笑着摇头，把那方子还给萧平，说："这只是一个普通的医方而已，并非什么秘方、偏方。"

萧平也笑了，说："听说贵店在收购秘方、偏方，恰好我手里有个方子，不知是否有价值，所以来试试。"

伊堂修一问："请问先生，祖上是否也曾行医？"

萧平摇头说："我家祖上不曾行过医。不过呢，我从小就对这些秘方、偏方感兴趣，一直注意收集，只可惜运气不好，收集得不多。对了，伊堂先生，您收集这些偏方、秘方有何用？莫非是要在北平开医馆吗？"

伊堂修一摆摆手说："小店所卖都是日本药，不卖中草药。我收集那些药方，完全是因为家父。家父酷爱中医，致力于研究其中之博大精深。我来北平之前，他叮嘱我一定要为他收集一些偏方、秘方回来，以供他研究之用。"

"哦，原来如此。"萧平顿了一下又说，"其实呢，我今日前来拜访，所献的那个所谓的方子只是投石问路，看看先生是否真心探宝。倘若先生有真意，改日再携真迹面谈。"

"不知先生的方子能治何种病症？"伊堂修一问。

"嗯，这个嘛——"萧平犹豫了一下才说，"你知道民间秘方是分为两种的，一种是治病救人，而另一种则正好相反。"

"说说后一种？"

"譬如做蛊、咒语、鸩酒可毒杀仇人，或致人癫狂、魔怔、精神紊乱，或千里之外取人首级，或秘发毒针而不留痕迹，等等，不一而足。"

"先生的意思是，先生的秘方是专门置人于死地的？"从伊堂修一的眼睛里，丝毫看不出他的态度。

"是。不知令尊对此是否也有兴趣？"萧平不知自己抛出的这个诱饵是否起作用，再次试探地问。

"作为一种学问，家父自然有兴趣了。先生若有此方，只管卖给我。至于价格啊，先生不必担心，我会给出一个非常满意的价格。"伊堂修一终于亮出自己的底牌。

萧平释然了——鱼儿终于咬钩啦。下一步，能不能钓上一条大鱼，就看自己的技艺如何了。

"我家的秘方多年来是不许外传的，但是我近来手头拮据，小女要读大学，需要一笔不菲的费用。我急于用钱，所以才出此下策……"萧平吞吞吐吐地说。

"明白。"伊堂修一笑道，"一分钱难倒英雄汉嘛。我理解先生的心情。不过，我得看了秘方之后才能定价。毕竟，眼见为实嘛。"

萧平对伊堂修一拱了拱手，道声："明天见。"携女儿出门而去。出门时，小愚看见美惠在朝她依依不舍地挥手。

回家的路上，小愚有些不安地望着萧平问："怎么样？"

"鱼儿咬钩了。"萧平的脸上异常平静。

就在这时，从不远的地方传来了爆炸声。萧平从黄包车上望去，看见西边的天空中腾起一股浓烟，爆炸声正是从那个方向传来的。萧平顿时变了脸色，对黄包车夫说："麻烦你赶紧拉我们到琉璃厂去，要快！"

黄包车夫是一位二十多岁的小伙子，十分健壮，拉起车来速度很快，并且可以巧妙地躲开路上的行人和车子。不一会儿，他们就赶到了琉璃厂，来到了香炉营头条一号院门前。

显然这里刚刚经过一场可怕的大爆炸。小愚随萧平冲进院子里，只见院内几乎没有一座完好的房子，全都被炸塌了，到处是断壁残垣，有的房子着起火来，火势汹汹，一股灼热感使人不敢靠近。

萧平痛心疾首地望着这一切，几乎把嘴唇咬出血来。这时，从废墟里爬出一个人来。萧平急忙过去扶起他。那人满脸是血，几乎辨别不出他的样子。他用最后一丝力气对萧平说："站长……是……日伪特务干的……"

83.

军统在北平刚刚建立不久的情报站被日伪特务炸毁了，这件事情对萧平的打击很大。除了萧平，情报站共有六人，只有电报员陈东和司机小徐活下来了，其余的人都被埋在了废墟里。还有一些设备和重要的资料也全都埋在或者烧毁在废墟里。萧平几个月来辛辛苦苦工作换来的成果，一瞬间化为泡影。

当时他租下了这个院子，名义上是开了一家文房店，专卖徽墨、宣纸、狼毫笔和黄山镇尺。萧平自认为保密工作做得非常好，没有人知道这是军统的一个情报站，可没想到，还是被日伪特务识破，并且在光天化日之下动了手。

萧平这才意识到，在北平，日伪特务几乎无孔不入，他们一定有一张非常庞大而且非常严密的情报网。在一条看不见的战线上，双方已经开始了激烈的交锋，鹿死谁手就看双方谁更有勇有谋，谁的智商高过对方一筹了。

经过认真思索，他决定把情报站放在后海南沿大翔凤胡同自己住的那个大院里。情报站的人员急需要补充，原来的人员除了电报员陈东，还有司机小徐。那天萧平给小徐放了假，让小徐开车回家去休息一天，因此他躲过了一劫。加上小愚，他们也只有四个人。萧平给远在南京的戴笠发去急电。戴笠紧急从南京调来三个人，这样，他们的情报站总共有了七个人。

从南京来的这三个人中，其中两人是热血青年，一男一女，他们只是在南京接受过一些简单的特工训练，一看就是新手。另外一个人可就非同一般了，显然是个厉害的角色。他叫高冷，四十岁左右，喜欢戴一副茶色墨镜，目光永远是阴冷的。他的目光像一把手术刀，凡是他有所怀疑的人，他都会用那把刀子把对方解剖个彻底，连五脏六腑都会掏出来检查一番。戴笠签发的委任状上，任命高冷为副站长兼督察。萧平知道，这个督察就是专门来督察他的。高冷不喜多言，但说出的每一句话都沉甸甸的，很有分量。

高冷见到萧平的第一面，就不客气地说："戴老板对你的工作非常不满意啊，萧站长。为什么日伪特务炸情报站的时候，偏偏你不在场呢？"

这个问题像一把锋利的刀子插入萧平的咽喉，让他几乎说不出话来。他想说那天他是去大美药房查线索去了，可是，他不想让任何人知道有关大美药房这条线索，只得把话咽回肚子里，说："对不起，那天我休假了，再说，我身体不好，需要休息。"

高冷笑道："休息？据我所知，你并没有休息啊，而是带着女儿去逛大栅栏了。"

萧平心中一惊："好家伙，他居然连我的行踪都知道得一清二楚啊。看来，军统在北平安插了监视我的人，我却全然不知。"这么一想，萧平出了一身的冷汗。

"小女身体欠安，所以我带她去看医生了，并非是去逛大街。"他冷静地说着，并且直视着高冷的眼睛。

萧平的目光有种威慑力，这使高冷有些害怕，躲避开他的目光，又说："总之，情报站被破坏，就是你的失职，你负有不可推卸的责任。"

"我承认我有责任，我已经给戴老板发去了一封辞职信，我准备引咎辞职。"萧平抛出他的撒手锏。他知道眼下这种紧要关头，戴老板是不会允许他辞职的，所以他要借机要挟一下对方。

高冷显然没想到对方要辞职。他知道眼下如果情报站离了这位萧站长，别人还真玩儿不转。而且，情报站都已经搬到他家里来了，如果他不干了，情报站又能放在哪里呢？高冷马上变得和颜悦色起来，拍了拍萧平的肩膀说："行啦，萧站长，别耍小孩子脾气啦。我们都是为了党国而工作的，即便戴老板骂你几句，你也不能撂挑子呀。"

"既然我得接着干下去，那么，我是站长，一切都得听我的。"萧平神情威严地说。

"那是，我们当然听你的。"高冷说。

"我们情报站的安全防范措施就交给你了，若再出事儿，就拿你是问。"萧平巧妙地把高冷踢过来的皮球又踢回给他。

过了两天，萧平发现这个高冷果然是个高手。高冷在他们新的情报站大翔凤胡同二十七号周围五十米范围之内做了调查，查清了周边每一家居民的情况。然后，他又购置了一些监控器材，安装在情报站院墙上，形成了一道警戒网，即便一只猫儿越过墙头也能被发现。他又让人把这里从前修的一个地下室清理出来，做了一番小小的装修，把他带来的电台放在地下室，而天线则是巧妙地沿着那些被古藤爬满的墙壁伸向屋顶，隐藏在烟囱后面。他还让人在一侧开了一个小门，那小门正对着湖畔。他买了一条小船放在后海南沿的野鸭岛码头，如果遇到紧急情况，他们可以从小门出去直接上船划向对岸，在后海北沿直奔宋庆龄公馆隐藏起来。一般情况下，宋公馆是一个非常安全的地方。同时，他还做了另外一个绝妙的安排，那就是在大翔凤胡同口处租下了一个小院，情报站的小车就放在小院里。院里的小阁楼能清楚地看到进出胡同的人。司机小徐的任务就是每天坐在阁楼上监视着胡同内外，几天内他已经熟悉了住在附近的居民的全部面孔，如果有生面孔混进来，他马上就能发现，并及时通过电话给二十七号院子里的人发出警报。

萧平不得不从心底佩服高冷思考、布置之缜密细致。当高冷带人做这些事情的时候，他又去了一趟大栅栏的大美药房。

84.

伊堂修一从萧平手里接过那个秘方之后，眼镜片后面闪烁出一丝不易觉察的光亮。

"狼毒散？"

"对，狼毒散是提炼狼毒花的毒素，加上蛇毒和蝎毒而成，也称三毒散。"萧平慢慢讲着，"使用它时并不需要注射到人体之内，只要把它做成佛香的样子，点燃后把它放在一个细长的玻璃管里密封起来，让毒烟充满玻璃管，当对方与你在一米之内的距离时，你打开玻璃管的盖子，对方只要闻到烟味儿，马上就会窒息而亡，身上不留一点儿痕迹，看上去像是死于心肌梗死，即便是警方再高明的验尸官也查不出一点儿破绽。"

"我有一个问题。"伊堂修一问道，"这么近的距离就能置人于死地，那么，施放毒气的人会不会有危险呢？"

"不会。因为我们还有一种解药，只要提前一个小时服下那解药，施放者就不会中毒。"

"哦，那解药的方子呢？"伊堂修一似乎略有兴趣，目光盯紧了萧平。

"我们一码归一码，这是两桩生意。"萧平故作神秘地说，"那桩生意，我们之后再谈。"

"你很狡猾啊，萧先生。"伊堂修一用开玩笑的口吻说，"明明是一桩生意，你却拆成了两桩，为的是多赚一份钱吗？"

"别忘了，我是个商人嘛。"萧平取出一支烟来，客气地问，"可以吗？"

伊堂修一摆了一下手："请随意。"

"借个火儿。"

伊堂修一把放在柜台上的一个精致的打火机递给萧平。萧平接过来点燃香烟，把玩着那个打火机。他早瞄见柜台上放着一把钥匙，应该是药房大门的钥匙吧。

这时恰好来了一名顾客，要买日本产的人丹。伊堂修一走过去给那顾客取药。就在这时，萧平借着放回打火机的空儿，手心儿早握了一团橡皮泥，非常自然地，在那把钥匙上握了一下——一个清晰的钥匙模子印在了橡皮泥上……

萧平瞟了一眼，伊堂修一已经把一盒人丹递到那顾客手上。附近，小愚也和田美惠聊得高兴。两个女孩子在一起有说不完的话儿。小愚与她交谈之后觉得自己当初的判断是正确的，这个女孩子单纯善良，是可以信赖的朋友。热情的田美惠邀请小愚去她住的地方做客，再过两天，她就要过二十二岁的生日了，这对她来说可是一件大事。她想请小愚参加她的生日宴会。小愚说如果那天没事儿的话，她一定前往。田美惠高兴得几乎跳起来。这时伊堂修一喊她给客人结账，她急忙走到柜台收银台这边。

顾客走后，萧平与伊堂修一继续"谈判"，很快有了进展。伊堂修一答应先支付一部分钱以获得"狼毒散"的秘方。至于解药秘方，他在测试过狼毒散的效果之后，再决定是买还是放弃。二人谈好了价钱，伊堂修一给萧平开了一张支票。萧平接过支票，伊堂修一提议说："快打烊啦，为了我们合作愉快，我们可否到附近的全聚德小饮一杯呢？"

萧平畅快地应道："好啊，为什么不呢？"

半个时辰后，四个人来到了位于前门的全聚德烤鸭店。他们选了一个安静的角落坐定，点了一只烤鸭和其他几样北平的风味儿小吃。伊堂修一问萧平喝什么酒。萧平说可以喝一点儿清酒。

伊堂修一笑道："我可是爱喝北京的二锅头哟。"当即唤服务员开了一瓶二锅头。两个男人各自斟了一个满杯，同时说声"幸会"，举起酒杯礼节性地碰了一下。

小愚与田美惠头挨着头，叽叽喳喳地说着什么。

酒过三巡，萧平似乎想起了什么，漫不经心地问："伊堂君，我想知道，贵药房收集这些秘方有何用？"

伊堂修一一怔，说："那天我不是和你说过了吗，是家父在研究中医，让我帮着收集一些民间的秘方、偏方。"

萧平摇头说："恐怕不尽然吧。"

伊堂修一说："萧先生明察秋毫，佩服。其实，我是想在我的药店里同时出售中草药，所以需要大量中草药的药方。"

萧平说："包括那些能要人命的偏方、秘方吗？"

伊堂修一笑了一下说："有毒的砒霜和罂粟也是非常好的药，不是吗？"

萧平不语了，他已经感觉到对方的狡猾。也许，自己不是伊堂修一的对手。有关秘方的事情不能再说了，再说就要引起对方的怀疑了。萧平把话题转向了其他方面——艺术、运动、赌马，等等。二人谈得尽兴，不知不觉将一瓶二锅头喝光了。

　　回家的路上，萧平感觉略微有些头晕。他是有些酒量的，但很少显露出来。今天的酒他只使出一半的量来。他在与伊堂修一周旋的过程中，发现对方滴水不漏，丝毫找不到一点儿破绽。难道，他真的与日伪特务机关没有联系，只是一个本分的商人？

　　但是今天在药房，有一个细节没有逃过他的眼睛——他们一起出来的时候，伊堂修一起身把那张"狼毒散"的秘方放进收银台下面的一个保险柜里。由于保险柜是在收银台下面，所以当伊堂修一弯下腰去放秘方的时候，外面的人无法看到他打开保险柜的过程。萧平只能听到他转动密码旋钮的声音。他判断了一下，那密码好像是八位数。

　　也许，那保险柜里放着一些有价值的东西。

　　萧平决定找机会打开那个保险柜。

85.

　　小愚没想到田美惠的生日宴会搞得如此隆重，更没想到原来田美惠是大户人家的小姐，她的父亲是赫赫有名的神州华佗制药总公司的董事长田夫。

　　那是一所十分豪华考究的会馆，宽敞的院落里有一片小竹林，有一个人工湖，湖上有一艘漂亮的小艇。花园里还有几处假山。到了夜晚，华灯齐放，到处都闪烁着璀璨的灯光。院门口的马路上停了许多辆小轿车，都是前来给她过生日的客人的。

　　那天傍晚，小愚换上一身晚礼服，把自己打扮得漂漂亮亮的，叫了一辆黄包车直奔田公馆。进了院子一看，几乎把她给惊呆了……公馆里的豪华和热闹程度是她没想到的。她左顾右盼，正惊疑时，田美惠笑吟吟地向她走过来，一下抱住了她："华儿，你能来我真是太高兴啦……"

说着，她拉着小愚的手，走到一个去处。一把巨大的太阳伞下面聚集着几位衣着华丽的小姐，她们正在那儿说说笑笑。田美惠把小愚推到她们面前，给大家做了介绍。她们大都是田美惠医学院的同学或者是从小一起长大的发小。小愚礼貌地与她们点头客套着，依然没有从那愕然的状态中解脱出来。

田美惠在她耳朵边低声说："她们都是我最好的朋友，你会喜欢上她们的。来，我带你随便转转。"

田美惠又拉着小愚的手，在小花园里转了一圈儿。

小愚说："美惠，我真的没有想到，你居然生活在这样一个家庭啊。"

田美惠看着她笑道："是不是因为我在药房当售货员，你就以为我是一个普通人家的女儿呢？"

小愚含笑不语，默认了她的话。

"伊堂修一是我爸爸的朋友，其实，我在他那里，一是做毕业实习，二呢，也是想锻炼一下自己的能力，为将来走向社会积累一些经验。"

小愚觉得田美惠单纯得就像一池清澈见底的春水。

生日宴会正式开始了。留声机里播放出《祝你生日快乐》的音乐。大家簇拥着美丽的公主走到一个巨大的蛋糕前。蛋糕上早插好了二十二支蜡烛。女孩子闹哄哄地让田美惠许愿。田美惠把双手抱成拳，放在胸前。她在闭上眼睛的时候，向大门口那边瞟了一眼。细心的小愚发现这已经不是她第一次朝大门那儿张望了。她是在等待什么人吗?

闭住眼睛的田美惠许完了愿,开始吹蜡烛。就在她把全部的蜡烛一口气吹灭之后,大家热烈地鼓掌。她直起腰睁开眼睛时,突然流露出惊喜的目光,盯住了一个地方。

一个穿着一身雪白西装的青年微笑着走了过来。他身材颀长,瓜子形的脸庞,眼睛并不大,但很有魅力。他的头发蓬松着,一缕头发潇洒地覆盖着额头。他手里捧着一束玫瑰花。当他健步走到田美惠面前时,那束鲜花也送到了她的面前:"生日快乐!"

田美惠接过花来,脸上洋溢着不加掩饰的兴奋和激动。小愚断定,她喜欢这个青年,或者,正在深深地迷恋着他。

"杜林……"

"对不起,领事馆有点儿急事儿,我来晚啦。"

这个叫杜林的青年礼貌地与那些年轻的姑娘们打着招呼。当他看到小愚的时候,脸上流露出惊诧的表情。

"这位是?"

"哦,她叫萧华,是我新认识的一个朋友。"

田美惠给小愚和杜林彼此做了介绍。

杜林向小愚伸出手来,握了一下说:"你好,认识你很高兴。"

小愚从美惠的介绍中得知这位引起姑娘们注目的青年才俊杜林在日本驻北平领事馆做翻译。他曾在东京留学五年,说得一口极为流利的日语。他的身份马上引起了小愚的注意,不由得向他多看了几眼。敏感的杜林感觉到这目光,也把目光投向小愚,注意地看了她一眼。

这时,田美惠的父亲出场了。神州华佗制药总公司的董事长田夫五十岁不到的样子,身材高大魁梧,国字脸,戴着一副圆圆的金边眼镜。他穿了一件紫红色的西装,头发朝后梳去,打了头油,在灯光的映照下显得十分光亮。他口中叼着一根粗雪茄,上衣胸前插了一朵红花。他派头十足地走过来，与女儿拥抱了一下，然后对来客们拱手，说了些感谢诸位光临捧场之类的客套话儿，然后走到一张桌子前，与来宾们寒暄起来。那些来宾岁数略大些，一看就是有身份、有地位的人。小愚在他们中间看到了伊堂修一，他正端着一个高脚酒杯饮着鸡尾酒。一个身穿白色制服的高个子的年轻侍者正在给他往杯子里续酒。伊堂修一看见了小愚，礼貌地对着她举了一下杯子。小愚对他报以淡淡的一笑。

姑娘们起着哄把田美惠推到台上，让她唱歌。田美惠也不推让，站在台上的麦克风前，冲旁边的乐队点了下头，乐队开始演奏。看来，她是早有准备的。

她唱的是那年很流行的一支曲子《夜来香》：

好花不常开

长景不常在

小愚觉得有些无聊，独自走到小湖边，坐在一把长条椅子上望着倒映着点点灯光的湖水，正发呆时，听见旁边传来一个低沉的男声："是不是觉得她们很无趣？"

小愚抬头一看，杜林不知什么时候来到她身边，看着她笑道。他落落大方地在她身边的长条椅子上坐下了。他左右手各端着一只高脚玻璃杯，里面是一层绿一层红一层蓝的鸡尾酒。他把其中一只杯子递给了小愚。

小愚接过高脚杯，礼貌地对他微笑了一下说："谢谢。"

"让我们正式认识一下吧。我的原名其实叫杜源，上小学的时候，同学们给我起外号，都管我叫'肚圆儿'，我一生气，就自己把名字给改了，改成了现在的名字杜林。"

小愚捂嘴笑了："你知不知道马克思有一本书叫《反杜林论》？"

"听说过的。哎，萧小姐，看来，你是喜欢读马克思的文章啊？"他呷了一口酒问。

"那还是在学校时读的。其实，我对那些政治学说不感兴趣。"

"那斗胆问一句，萧小姐对什么有兴趣呢？"

"电影和美食。"

"哎呀，那我们有着一致的兴趣呀！"杜林惊喜地说，"我也是！凡是好莱坞的影片，我一部都不落，全都要看。至于美食呢，可以毫不夸张地说，中国的几大菜系我都品尝过，无一例外。"

离他们比较远的地方，那个小舞台上，田美惠正唱得动情。她的歌声断断续续地传了过来，已经换成了一首流行的电影歌曲《秋水伊人》：

> 望穿秋水
>
> 不见伊人的倩影
>
> 羹残楼静
>
> 孤燕两三声
>
> 往日的温情
>
> 只换得眼前的凄清
>
> 梦魂无所寄
>
> 空有泪满襟
>
> 几时归来哟
>
> 伊人哟
>
> 几时你会走过
>
> 那边的丛林

…………

"好伤感的曲子！"杜林有些感慨地说，"快乐的美惠居然爱唱这些伤感的曲子，真是不可思议。"

"我也喜欢伤感的故事——只有悲剧，才具有打动人的力量。"小愚说。

她在揣摩这个青年的心思。他突然跑到这儿来献殷勤，是一见钟情，还是有别的什么目的呢？

"你说得没错儿，我最喜欢的就是莎士比亚的四大悲剧——《哈姆雷特》《李尔王》《麦克白》《奥赛罗》，哦，我还喜欢《罗密欧与朱丽叶》。至于他的喜剧，我基本上是不看的。你喜欢哪一部呢？"

"我喜欢《罗密欧与朱丽叶》。"

"我一猜你就喜欢这一部。天下难道真的有那样生死不渝的爱情吗？你相信爱情吗？"杜林盯着小愚问。

小愚点头说："我相信！"

那一边，灯影憧憧，歌声隐隐，愈加伤感：

依旧是当年的情景
只有你的女儿哟
已长得活泼天真
只有你留下的女儿哟
来安慰我这破碎的心
望断云山
不见妈妈的慈颜
楼静羹残

难耐锦衾寒

…………

"能说说你吗？你的家庭、生活、爱好。"

长条椅子上，杜林在不知不觉中与小愚越坐越近了。小愚下意识地往椅子另一边挪动了一点儿。她发现这家伙在与女性交往方面真是一把好手，似乎有许多经验，自己一定要保持高度的警惕。

"我没啥好说的……你真想知道？"

"当然想。"

"好吧。我一直是在南京生活的，因为爸爸要来北平经商，所以就带着我一起来了。我正在闭门苦读，准备考燕京女子大学。就这些。"

"一页白纸啊，正好可以书写最新最美的文字。"杜林感慨着，"你能给我你家的电话号码吗？以后，我们可以保持联系。"

"家父对我的管教可严呢，不让我轻易接外面的电话，倒不如把你的电话给我。"小愚反守为攻。

"好呀。"他毫不犹豫地说，并马上从衣袋里取出一张名片递给小愚，"我的地址、电话，都在这上面。"

小愚接过他的名片看了一眼。名片印得精致而考究，上面似乎还洒了香水，散发着一股子淡淡的清香。

往日的欢乐

只引出眼前的孤单

梦魂无所依

空有泪难干

几时归来哟

妈妈哟

几时你会回到故乡的家园

…………

空弃的落叶

依旧是当年的庭院

只有你的女儿哟

坠入绝望的深渊

忍受无尽的摧残

…………

歌声一直未停，如泣如诉。

"我该回去了……"小愚起身，低头轻声说。

她站起来的时候，杜林从旁边伸出手来，扶了她一下。

86.

当夜，小愚将田美惠生日宴会的过程毫无保留地告诉了萧平，尤其是与杜林聊天的那一段，她讲得特别详细。

萧平一直沉默不语，注意听着，也在默默地思考着什么。

过了许久，他抬头望着小愚，对她说："他肯定是喜欢上你了，这是一个机会，不能错过。"

小愚有些愕然，看着萧平问："您的意思是？"

"主动去接近他。从他那里，我们可能会得到非常有价值的情报。"萧平果断地说。只有经过深思熟虑的决定，他才会用这种口吻说出来。

然后他们二人做了具体的分工。萧平设法打开大美药房的那个神秘的保险柜，小愚利用杜林的关系打入日本领事馆。

这两个重要的行动，萧平没有告诉高冷，他要小愚守口如瓶，对谁也不准说。在他们俩密谈之时，萧平把屋子仔细检查了一遍，没有发现窃听装置。由于小愚是女孩子，所以这间房间离其他的房间要略远一些，并不挨着。旁边的房子，住着高冷和其他几个组员。他们一到夜里十点钟的时候便准时睡觉，可能是在军统培训时养成的习惯吧。

"你也早点儿睡吧。"萧平掏出怀表看了一眼，现在已经是夜里十一点半了。

小愚点了下头，看见萧平没有睡觉的意思，穿上了他的风衣。

"您还要出去？"

"趁热打铁——我去大美药房。"萧平不慌不忙地说。

"现在？"小愚吃惊地瞪大了眼睛。

"嗯。伊堂修一今晚去参加田美惠的生日派对，应该喝了一些鸡尾酒吧？"

"是呢，我看见他喝酒了。"

"他身边可有一个高个子穿白衣服的青年侍者给他斟酒？"

"有呢……哎，你怎么知道啊？"小愚觉得萧平真是神了，他没参加宴会，怎么会知道当时的情景？

"那个青年是我们的人……我让他在鸡尾酒里放了一点儿安眠药。伊堂修一现在一定睡得像个死人一样。"

小愚恍然大悟。她没想到所谓的谍战就是智商的较量，正所谓

"魔高一尺，道高一丈"。她在心中对萧平愈发敬重了。

"我和你一起去吧。"小愚央求地说。

"不，我们一起出去动静太大。我自己去。"萧平说着，熄了电灯，然后轻轻拉开门，走了出去。

小愚送他到门口。看着他的身影消失在浓浓的夜幕里，她隐约感觉自己那颗心高高地悬了起来。

87.

夜深沉。

没有月亮，没有路灯，这是一个伸手不见五指的夜。

虽然只来过两次大美药房，但萧平已经对这儿的里里外外十分熟悉了。他用早已经配好的钥匙打开药房一侧的一个小偏门，轻轻推开，走了进去。

药房里浓烈的药味儿马上充斥了他的鼻孔，令他想打喷嚏。他马上用手捂住鼻子，忍住了。他在黑暗中缓步而行，几乎没发出一点儿声音。当他走到柜台边时，停住了脚步，再次四下打量——身边的一切都被黑暗填满，就连货架子上的那些瓶瓶罐罐都看不清楚。他摸进了柜台里，蹲下身去，从衣服口袋里掏出一盒火柴，划亮了一根。黑暗顿时退去，柜台下，放着一个绿色的保险柜。保险柜是用生铁铸成的，非常重，一两个人是无法将它搬走的。

火柴只亮了一会儿就熄灭了。萧平把火柴没有烧完的那小半节梗还有烧过的灰都包在他的手帕里，揣进衣服口袋里。他不能让一丝灰留下，不然的话，细心的伊堂修一会发现有人到过这里。

摸着黑，他开始转动那保险柜的旋钮。仅凭着细微的响声，他判断着旋钮指向的数字：1——9——3——3——1——2——1——3——

全部数字旋转完了其实等待只是不到一秒钟，但他觉得时间被无限抻长了——长得没有尽头。他的手握在那手柄上没敢动。

这组密码数字，完全是他凭着感觉猜测出来的。那天，伊堂修一与他谈到自己的妻子——她叫百惠子，是日本北海道人，夫妻二人结婚后一直非常恩爱。三年前她跟随他一起来到北平，没料到遭遇车祸，不幸去世了。对他来说，从她去世的那个日子开始，时间就仿佛凝固了，他的生命终止在那个时间点上……从他哀伤欲绝的口气中，萧平相信他是真诚的，是发自内心的。他对亡妻充满了无限怀念之情。回去后，萧平去图书馆翻阅了一下三年前的旧报纸，果然，那天的报纸在第四版上登载了一篇豆腐块大小的讣告，正是伊堂修一发的悼亡妻的讣告。萧平记下了那个日子：1933年12月13日。

如果没有猜错的话，伊堂修一会用这个日子来做他保险柜的密码。

他熟悉这种德国产的新式保险柜：如果输错一次密码，就再也打不开保险柜了，即便第二次或者第三次输入的密码正确无误，也无法打开保险柜。如果连续输错三次，那么，内置的一种销毁装置就会启动，保险柜里的所有文件都会被焚毁。

他抑制住心跳，一拉把手——保险柜的门无声地开了。

他伸手进去，从里面摸出一沓子材料来。

他把那些材料放在他随身带来的一个皮包里，轻轻地关上保险柜沉重的铁门，然后快步向外走去。

他锁好了药房的门，走到附近的一家旅馆。那旅馆离药房也就二百米左右，来的时候他已经在那里登记了一个房间。只用了几分钟的时间，他就到了旅馆的房间里。他急忙打开台灯，取出那沓子文件，仔细看了起来。

万万没想到，刚看了一页，房间的门突然开了，一个人影出现在门口。

他听见一阵熟悉的怪里怪气的笑声："萧先生——这么晚了，好辛苦啊——"

萧平还在呆怔时，那人走进来，关了门，慢慢走过来。当他走进灯光照射的范围之内时，萧平清晰地看到了他的面容，血一下子凝固了——

伊堂修一……

第八章

军 校

88.

对噶拉来说，骑兵士官军校的生活其实无聊透了，每天除了上课学习，便是军事训练，摸爬滚打，穿越各种障碍，与同学互相格斗。他唯一感兴趣的是训练骑马——马上射击、马上劈砍、镫里藏身、跳跃障碍、速度和耐力比赛……凡是马背上的课目，他都是第一名，没人能超得过他。当然，这也得力于他的银色闪电，若无它的默契配合，他也不会把马背上的课目完成得如此出色。

鲁尼与其他几位游击队的老队员现在是他最亲密的同学。除了瘦猴小秃，司务长老于和王大鼻子也辗转来到了王爷庙街，一起报名加入了骑兵士官学校。列娜在女子班，由于各方面都很出色，被选为班长。女子班与他们一同住在校园里，只不过隔了一段距离。

最初，奥蕾经常到学校来。她依然是那副贵族小姐的装束，一身光滑的水貂皮大衣，脖子上围着一条火红色的狐狸皮围脖。那狐狸的头尾都完整地保存着，制作它的人巧妙地在它的眼眶里安了两颗玻璃球充当眼球，乍看上去显得有些面目狰狞，但恰恰是这种狰狞反衬出她的妖艳之美。她白皙粉嫩的脸上洋溢着青春的光泽，丰满的身躯膨胀着生命的活力。她第一次来看望噶拉时，整个校园都轰动了，许多男学员对噶拉艳羡不已。高傲的公主使那些带着野性的男生们不敢上前，只能远远地观望。

小亲王奕昕是这所军校的校长，他聘请了日本关东军北原仓介少佐担任教官。

噶拉对奥蕾却是一副爱搭不理的样子。这使奥蕾特别恼火，心想："臭小子，居然跟我端起架子来了！你不就是从大森林里带回来几个人吗？看我怎么收拾你！"

小亲王奕昕对噶拉表露出明显的欣赏。他有他的想法儿。当奥蕾在他面前抱怨噶拉不识时务、不把她放在眼里时，他告诫奥蕾："对于那些桀骜不驯的动物，鞭笞并不起作用，顺毛摩挲它们反而可能会听话。"他知道像噶拉这样的青年，只要能够驾驭住他，他就会成为一名出色的勇士。

相比较来说，奕昕的兴趣更多地放在了列娜身上，对她给予了多方的关照，像对自己的女儿一样，处处呵护着她。他对列娜的关心让奥蕾都开始嫉妒了，不知道他为什么会对列娜那么好。就连列娜自己也不清楚这是为什么。难道，真的像奕昕所说的那样，当年，他曾经丢失了一个女儿，那小女儿的相貌、性格以及出生的年月日都与她一样，所以他才会对她产生一种极为特殊的感情吗？

噶拉自然不相信这种鬼话。他多次告诫列娜："那是一只老狐狸，你一定要对他多加防范。"

列娜误以为噶拉的告诫是要她警惕那老家伙对她性骚扰。她听了之后心中暗暗冷笑："如果那老色鬼敢对我动手动脚，我肯定会用藏在腰间的那把猎刀把他的骚根儿割下来喂狗……"

但是事情并非她想象的那样，奕昕非但没有对她动手动脚，反而对她彬彬有礼，完全是君子风范。他对列娜说："我极少见到像你这样优秀的鄂温克族猎手，尤其是女性猎手，枪法好、战斗勇敢且不说，单说你的美丽，那也是罕见的。"

世上没有人不愿意听恭维话的，明明知道奕昕在讨好她，但她听了还是感觉很受用，心里美滋滋的。

当噶拉再次告诫她时，她对噶拉说："你想多了，他不是那种男人。"

噶拉看见自己的一番好心被她误解，不免有些尴尬。

列娜好久没有和老谢接头了。上一回接头，老谢只是与她在关东皮货商栈匆匆见了一面。老谢说组织上让他马上回斯大林格勒接受新的任务，会有新任领导前来与她联系。老谢的神色很不好，脸上似乎笼罩着一层深深的忧虑。他那秃顶的脑门显得光亮可笑。有一些事情他没有告诉列娜，他只是鼓励列娜要带领大家完成好潜伏任务，等待时机，给敌人致命一击。告别的时候，他给了列娜一个熊抱，在那的拥抱中，列娜感觉到，除了那份纯洁的革命情感，似乎还有一种私人依恋不舍的情感。

两年的时间飞快地过去了。列娜与组织上失去了联系，感觉自己是一只掉了队又迷了路的孤雁，不知道该飞往何处。有了苦闷，她只能向噶拉诉说。可噶拉是那种并不善于听取别人心里话的男人。随着年龄的增长，他的外形越来越成熟、英俊、威武，性格却越来越粗野，大大咧咧，粗粗拉拉，什么事情都不放在心上。

对于列娜的诉说，他认为那是女人的婆婆妈妈，常常不耐烦地打断她的话，摆着手说："苏联离咱们十万八千里，咱们干吗非得让他们来领导呢？到时候时机成熟了，咱们自己把队伍拉出来，直接投奔东北抗联去。"

列娜告诉他："抗联也是属于共产国际领导的啊。"

噶拉说："那我们就联系中国工农红军嘛。"

列娜听了只是摇头。她很固执，认为红军太遥远了，那是"远水"，而共产国际苏维埃离得近，才能解"近渴"。

正在这时候，一个"特殊的人物"出现了……

89.

小亲王奕昕乍一见到他的时候，不由得暗暗吃了一惊：眼前这汉子高大魁梧，一张四方脸上满是凛然正气。他一身日式军装，马靴擦得油光锃亮，一把日式军刀斜挎在腰间，"啪"的一个立正，两只马靴怦然作响。他说话声音不高，但十分低沉雄浑，字字铿锵，是典型的军人做派。

他先是用汉语说："在下李一铜，刚刚毕业于日本陆军大学，特前来向亲王殿下报到。"

奕昕点了点头，用蒙古语问他："听说，你也是东部蒙古族。"

"是的，我的蒙古名字叫阿穆。"

奕昕又突然改用日语："你的故乡在哪里？你在哪里上的学？"

阿穆马上用流利的日语回道："我的故乡在科尔沁左翼中旗，曾在郑家屯第八中学读书，后来又到北平蒙藏学校学习。"

"你上学时，日本陆军大学的校长是谁？"

"是多田骏中将。"

奕昕满意地点了点头，说："很好！眼下正是用人之际，你回来实在是太好啦。"

阿穆又是一个立正敬礼。

奕昕示意他可以坐下了。

他刚刚坐定，奥蕾一阵风儿似的刮了进来："阿玛，我要和你说点儿事情……"

她一眼看到了刚刚坐下的阿穆，不由得把后半截话咽回到了肚子里。

"有客人啊？"

奕昕笑道："我给你们介绍一下。这是我的宝贝女儿奥蕾。这位是阿穆，刚从日本陆军大学毕业归来。"

奥蕾的目光在阿穆的脸上停留了片刻，礼节性地朝他微微鞠了一躬。

阿穆也礼节性地还了一个礼，说："给九格格请安。"开口便是满满的东北大碴子味儿。

奥蕾捂嘴乐了："你要不开口的话，我还真把你当成日本人了。"

"听说九格格的日语很好，有机会要多向格格请教。"

这句话奥蕾听了挺受用，说："切磋一下嘛倒是可以，只是，那得看本格格有没有空儿啦。"

奕昕觉得奥蕾这句话说得有些无礼了，咳嗽了一下，说："奥蕾，我要与阿穆谈些正事儿，你先出去吧。"

奥蕾听了有些不大高兴，说："我要对你说的也是正事儿啊！那个列娜，她在偷偷摸摸地串联同学，不知道又要搞啥幺蛾子呢。"

"哦？"奕昕的眉头皱了起来，"是吗？"

"是呀。他们还联合起来，与仓介教官分庭抗礼，听说想把仓介教官赶走呢。"

奕昕听了不高兴了，站起来说："太不像话了！这是军校，怎么能任性胡来呢！"

"哎呀，阿玛，他们可不是任性胡来，他们那是别有用心！"奥蕾有些急了，瞟了一旁的阿穆一眼，在奕昕的耳朵边低声说。

"行啦行啦，这事儿我会处理的。"奕昕感觉自己有些失态，回到座位上坐下，转身对阿穆说："你瞧瞧，学校的事情有多麻烦，仓介教官都忙得焦头烂额啦。你来了就好啦！你是中国人，学员们对你不会有敌意的，你完全可以独当一面。"

奥蕾听到这儿，惊喜地看着阿穆问："怎么，你是要到军校来当教官吗？"

阿穆对她微微一笑，轻轻点了点头。

小亲王告诉奥蕾："朝廷已经任命阿穆为教导团团长了。"

"那太好啦！"奥蕾高兴地抓住阿穆的手说，"你一来，那些臭小子肯定会乖乖听话，对你俯首帖耳的。"

"那也得仰仗九格格多多帮忙啊。"阿穆对奥蕾笑道。

奥蕾的心情开始好起来了。这位从天而降的蒙古族军人，相貌堂堂，有军人的英武之气，说话得体，举止又彬彬有礼，仅仅是第一次见面，她就对他有了莫名的好感。

"格格——"小亲王奕昕大概觉得女儿的举止有些轻佻了，不由得喝了她一句，递过去一个严厉的眼神。

可是奥蕾并不在意，依然拉着阿穆的手不放，问："你能留下来和我们一起吃晚饭吗？"

不等阿穆回答，奕昕便说："那是当然啦，我已经让厨房准备了。"

"太好了，太好了！"奥蕾一点儿也不掩饰自己的喜悦之情。

当晚，小亲王府的宴会厅里摆了一桌丰盛的酒宴，为阿穆接风洗尘。几位来客都是"兴安总省"的头面人物。来宾们举杯畅饮，谈笑风生，只有日本教官北原仓介埋头喝闷酒，一副不开心的样子。奥蕾虽然发现了他的闷闷不乐，但已经无暇顾及他了。她的注意力已经让阿穆吸引过去了，不停地与他碰杯，并且亲热地交谈着，不时发出会心的笑声。倒是阿穆很快注意到了北原仓介，主动走过去与他干了一杯，用日语简单交谈了几句，才知道原来他们毕业于同一所军校，而且有着同一位教官——吉野英士。二人马上有了共同语言，并对彼此有了好感。

二人谈得正投机时，奥蕾突然插到他们中间，举着酒杯笑道："三人行，必有我师，你二人都是我的老师啊，我敬二位一杯……"

90.

噶拉与阿穆的冲突，是从阿穆做教官第一天上课时开始的。

那不过是一次常规的操练——二人格斗。与噶拉搭配的是鲁尼。鲁尼虽然是个神枪手，但在格斗方面远不是噶拉的对手，所以，噶拉对他也不上心，只是装模作样地比画几下。不料被新上任的教官阿穆看到了。

他走到二人面前，用严厉的目光盯着噶拉问："你叫什么？"

噶拉一看来者不善，急忙一个立正，道："报告教官，我叫噶拉。"

"你这是在格斗吗？小孩儿打架都比你打得好。"

"报告教官，我已经尽力了。"噶拉在心里根本没把这个新来的教官放在眼里。听说他也是蒙古族，却穿了身日本军装，仅凭这一点，噶拉就在心里看不起他。

不料，阿穆摆开格斗的架势，招呼噶拉上前。

噶拉先是犹豫了一下，又转念一想："正好，何不让他在大家面前丢丢脸，出出洋相呢？"于是，噶拉一个大步跨过去，一把抓住对方的衣襟，突然侧身一转，想用蒙古式摔跤大背挎的技巧，把对方重重地摔在地上。岂料，阿穆似乎早料到噶拉会用这一招儿，脚下轻轻一绊，一下将噶拉摔在了地上。附近看热闹的学员们都哄笑起来。

噶拉一个鲤鱼打挺儿站立起来，心里十二分的不服气，盯着阿穆，再次猛扑过去，抱住了他的腰，猛踢他的小腿，企图把他摔倒。阿穆并不着慌，用胳膊肘猛击噶拉的头部，几乎同时，一只拳头有力地击打在噶拉另一侧的脸上。噶拉顿时眼冒金星，感觉有热乎乎的液体从鼻孔里流出来，同时，嘴巴里感觉到一股咸咸的味道。他一头扑倒在地。

噶拉好半天才清醒过来。这时阿穆早已经不再顾及他，而是对附近看热闹的学员们大声说道："大家看清楚了吧？这是近距离格斗，是厮杀，是你死我活，要一招致命，不给敌人还手的机会……摔跤那套技艺可以用，但不能只会花拳绣腿。这可不是开那达慕大会，博克手们在友好比赛，大家明白了吗？"

"明白。"众学员齐声说。

噶拉觉得自己好不丢人现眼，把面子丢尽了。尤其是他看见奥蕾站在操场附近，观看他们的训练。这时候她正捂着嘴儿在窃笑。一股无名的怒火冲上他的脑门儿，冲动之下，他想冲过去再与那教官较量一番。

列娜突然出现在噶拉面前，用严肃的目光盯着他，低声喝道："不要胡来！"

噶拉顿时清醒了一些，压制住自己心底的怒火。继续操练时，他把那腔怒火发泄到鲁尼身上，一次次狠狠地把鲁尼摔在地上，或者用拳头猛击他的脸部和胸部。鲁尼忍不住告饶，求他下手轻点儿，别太狠了，可是他已经收不住手了，只是凶猛地击打着。鲁尼无奈，只得躺在地上装死，这才躲过一劫。

傍晚吃饭时，噶拉与鲁尼、瘦猴小秃、司务长老于、王大鼻子几个弟兄坐在一起。

噶拉胡乱吃了几口，望着那几个人问："哥几个，想不想为我出出气？"

几个弟兄马上表示："如果有人欺负你了，我们决不会轻饶他。大家都是兄弟，为兄弟出气那是应该的。"

噶拉高兴起来，毕竟是生死患难的弟兄，他们与自己是一条心的。于是，噶拉低声对他们说起了自己的"复仇计划"。弟兄们一致赞成，因为，那个新来的教官实在是太招人恨了，大家今天几乎都被他训斥了一番，他那日本武士道的风格谁也受不了。没有一个人反对——干他，给他点儿颜色瞧瞧！

91.

又是一个不平静的夜。

月亮一如既往地升起来，明晃晃地照耀着大地。不知什么地方传来乌鸦的夜啼声，传达着恐怖的气息。远方隐隐传来狼嚎。大家都疯传，草原上有一匹黑狼，单独出来活动，近来猎杀了不少牛羊，也伤了不少牧人。

阿穆从小亲王府出来，向军校那边走去。他的宿舍被安排在军校里，是他自己要求的。奕昕原本是想让他住在小亲王府的，奥蕾当然是全力赞成，要他下榻小亲王府，但他说每天一大早是要出操的，住在小亲王府不方便，便婉拒了。今天晚上，奕昕再次设宴，单独请他一人。席间，奕昕与他说了许多的体己话，并表达出对他的器重。他呢，依然是那副不卑不亢的样子，无论对方说什么，他都只是微微点头，似乎是在赞成对方说的话，又像是表示他听明白了。他一如昨日，只是象征性地饮了两杯酒，然后客气而礼貌地告退。

走出小亲王府院门时，奥蕾追上来说："我送送你吧。"

阿穆说不用送了，军校离小亲王府很近，只有几步路。但是奥蕾执意要送，他也不好拒绝。

月色似乎变得温柔起来。二人漫步在月光下，却没有一句话。他们只是默默地走着，彼此能听得见"沙沙沙"的脚步声和对方的呼吸声。当他们快走到军校大门前时，停住了脚步。

他说："你回去吧。"

她说："你让我一个人回去呀？不送送我吗？"

他想了一下说："好吧，我送你回去。"

于是，他们转身，他送她回小亲王府。

依然是皎洁的月色，二人的影子在地上拉得很长。奥蕾突然痴痴地笑起来。

他问："你笑啥？"

她说："我踩住你的影子啦。"

他问："那又怎样？"

她说："听人家说，如果你踩住一个人的影子，那个人就不会忘记你啦。"

他淡淡笑了一下说："无稽之谈！"

走到小亲王府院门前时，阿穆摆了一下手，对奥蕾说："请你再次转达我对令尊的感激之情。虽然我初来乍到，但我一点儿也不觉得孤单。"

奥蕾把两只手背到后面，用左脚踢着右脚，低着头说："我希望你能把这儿当成你的家，随时过来坐坐。"

阿穆不再说什么，只是再次淡淡一笑，转身，迈着军人的步子向军校那边走去。

奥蕾并没有马上进院子，而是站在院门外的青石台阶上，眺望着他的背影，一直目送他远去。夜色中，他的背影显得更加高大挺拔，影子拉得更长。他走路的步子很重，不是那种"沙沙沙"的声音，而是"砰砰"的声音，那是坚硬的马靴踩在砂石路上的回音。他的影子缩小了，脚步声也消失了，可她依然望着。

就在这时，令她惊愕的一幕出现了——

不知从哪儿蹿出来几条黑影，猛地扑向阿穆，把一个黑色的布套套在他的头上。然后一阵拳打脚踢。阿穆毫无防备，很快被他们打倒在地。他用两只胳膊捂着脑袋，在地上翻滚着。那些人的大马靴毫不留情地踢在他身上，发出"咚咚"的闷响。

奥蕾突然清醒过来——他被人袭击啦！几乎同时，她不顾一切地向那边跑过去。她跑得很快，如一匹发疯的马儿。当她快要跑到那些人跟前时，她看见了一个熟悉的身影。那身影看见她似乎也是一怔，随后，他把一只手的中指和食指放进嘴里，打了一个尖厉的呼哨。其他人听到他发出的信号，飞快地跑了。

她跑到阿穆身旁，蹲下去，先是替他摘去了罩在头上的那个黑布罩，然后扶着他坐起来。她看见阿穆的脸上到处是瘀青和污血，一个眼窝儿已经变黑。他似乎刚刚从被袭的过程中惊醒过来，有些呆怔地看着她。

"你不要紧吧？要不要我喊军医来？"她掏出雪白的手帕，为他擦拭着脸上的血污。

"我……没事儿……"他喘息了一下，苦笑着说，"幸亏你赶过来了，让我少挨了几下拳脚……看清他们是什么人了吗？"

奥蕾犹豫了一下，摇头说："没……我没看清……"

"我知道是谁。"他说。

"你知道？"她吃惊地看着他。

他微微点了点头，却没再多说一句话。

92.

　　早操过后，噶拉来到马厩，给他的银色闪电梳理毛发。每天这个时候，他都会准时到马厩里来，关照他的爱骑。当他仔细地用毛刷子给闪电梳理那油亮的鬃毛时，闪电会很受用地闭上眼睛享受着，并且发出像猫咪那样的呼噜声。这时候噶拉会对它喃喃耳语，说几句心里话。他相信它听得懂人的语言。

　　"老弟，这两天委屈你啦。没办法啊，学校把马背上的训练课目都推到下个礼拜了，这几天只好委屈你待在马棚里啦。"

　　银色闪电甩着尾巴，似乎是在说，不要紧的，主人，只要你时常来看我，我就心满意足啦。

　　那是初入军校时，噶拉非常不喜欢这里，他说宁愿回到王爷府去放马。他的牛脾气一上来，谁也说服不了他，就连列娜也拿他没有办法。他真的回到王爷府去放马了。小亲王一筹莫展，觉得噶拉是难得的军人，不把他拢到自己的麾下太可惜啦。还是奥蕾有主意，让人把银色闪电抓来，关进军校里。噶拉急眼了，几天见不到银色闪电，只能听见它在军校的马厩里"咴咴咴"地嘶鸣着。他的心都碎了，终于服软，答应回到军校。

　　有啥心里话，他就跑到马厩来对着银色闪电独语："对了，我们昨天晚上干了一件很得意的事情哩，你不知道吧？我们总算出了一口恶气……"

马厩外传来一个女人的声音："那事儿是你带人干的吧？"

噶拉一抬头，看见奥蕾从马厩外面走了进来。她的目光十分犀利，宛如两把利剑，直逼噶拉。

噶拉急忙掩饰自己的慌乱，努力让自己镇定下来。他看着奥蕾，露出平时那股无赖的笑容问："啥事儿啊？"

"装，还跟我装，你知道我说的是啥事儿。"奥蕾走到他面前，那目光更加灼热了。

"我真不知道你说的是啥事儿。"噶拉摸着后脑勺说。

其实，昨天夜里，按计划，他们本应该在阿穆把奥蕾送到小亲王府的门外时就动手。但是隐藏在暗处的噶拉看到了奥蕾，就让大家再等等。一直等到奥蕾返回小亲王府时，他们才发动了突然袭击。月光下，奥蕾与阿穆的一切行动他都看在眼里。他没想到奥蕾居然会与这个家伙如此亲近，他们虽然没说一句话，也没有一个亲昵的举动，但噶拉能感觉到奥蕾已经喜欢上这个家伙了！尽管，他对奥蕾的热情已经消退，而且对着列娜发过誓，说他以后再也不理这个女人啦。可是，当他亲眼看到她与另一个男人走得那么近时，他还是感觉心里像被刀扎了一样。这种感觉加深了他复仇的欲望，所以，当他们袭击得手之后，他用大马靴狠狠地踢那家伙的头部，感觉非常解恨。

奥蕾这时候对噶拉早已经是怒火填膺，骂道："你就是个无赖！"

暴怒的她举起一只手来，准备狠狠地抽噶拉一记耳光。噶拉早有防备，迅速出手，攥住了她的手腕，让那只已经伸展五指的手定格在空中。奥蕾想挣脱，可她哪里有噶拉的手劲儿大，只能无奈地在空中抓挠了几下。

"你弄疼我了，快放开！"奥蕾的脸上出现了痛苦的表情。

那一瞬间，噶拉从她身上嗅到了一股似曾熟悉的味道——是黑松露的味道吗？

他松开了手。

奥蕾气冲冲地转身就走。她再也不想与这个无赖纠缠了。

噶拉在她背后喊道："你是不是心疼他了？你要是说实话，我就帮你找到那几个打人的家伙。"

奥蕾没有回头，愤然而去。

噶拉吹着口哨，继续刷他的马，外表上依然是若无其事的样子，可是心尖儿那里突然感觉到一阵疼痛。

她会去告密吗？

93.

阿穆是三天后的上午学员们在操场上练习走正步时才露面的。他的脸上依然带着瘀青，一只眼睛的周围布着黑眼圈儿，乍看上去像是熊猫的眼睛。日本教官北原仓介看见他走过来，喊了一声"稍息"，上百名学员将步子叉开，双臂背在身后，这样胸脯就挺立起来，望着走近的阿穆。

阿穆的一条胳膊用绷带吊在胸前。他的步子很慢，从列队的学员面前一步步走了过去。他的目光从每一个人的脸上扫过，目光洞悉一切，似乎在审查着每一个人。

噶拉和鲁尼正巧站在了前排，当阿穆从他们面前走过时，二人不免有些紧张。阿穆在噶拉面前站住了，仔细地打量着他。噶拉努力让自己站直一些，将胸脯挺得高高的，目视前方，以此来掩饰自己的窘态。他心想："坏了，一定是奥蕾向他告密了，他已经知道袭击他的人是我了……"

阿穆凝视噶拉足足有五秒钟。这五秒钟对噶拉来说仿佛漫长的几个小时。他索性横下心，想："杀人不过头点地，就算他知道了又能怎样？要打要罚要杀，随他去吧。"

不料，阿穆对噶拉淡淡一笑，伸出手来，把他卷在里面的半个衣领子翻了出来，然后拂去他肩膀上刷马时留下的几根马鬃毛。他非常自然地做完了这些，又继续向前走去，接着视察其他的学员。

噶拉有些蒙了："他这是啥意思？奥蕾没有告诉他？或者，他知道了也并不急着报复我，而是等着秋后算账？一定是准备和我算后账的，你没看他盯人的眼神儿有多阴险，他的微笑也表明了他早已经洞察一切。这种不动声色的人是非常可怕的，你不知道他会在什么时候突然出手，将你置于死地，就像他已经高高举起了屠刀，却迟迟不落下来，让你时时刻刻都感觉到死亡的恐惧。"

午休时，噶拉跑到女学员宿舍来找列娜，说有重要的事情要与她商量。列娜从床上下来，跟着噶拉来到操场旁边的小松林里。这儿很幽静，林间空地上漏下来斑驳的阳光，星星点点，很明亮。树叶茂密的地方有一只不知名的鸟儿在不停地啼鸣着，叫得人心烦。噶拉从地上捡起了一块小石头，对着那发出声音的地方投掷过去。顿时，重重叠叠的绿叶间响起一阵扑扑簌簌的声音，那只讨厌的鸟儿飞走了。须臾间，一片白色的羽毛从那树梢上飘然落下。

列娜看着噶拉忍不住想笑：看着是个大小伙子了，可这性格还跟个孩子一样！淘气、好动，浑身有着使不完的力气。

"啥重要的事情要和我商量？"列娜歪头看着噶拉。

噶拉迟疑了一下问："鲁尼没和你说？"

"说啥？没有啊……哦，我知道了，你们是不是干了啥坏事儿？惹下祸了，害怕了，所以才来找我……我跟你说，擦屁股的事儿我可不干……"

"谁惹祸了，我们……我们是正义之举，惩罚一下那个人……"噶拉嗫嚅着说，感觉自己没有底气。

"谁啊？"

"就是……就是那个新来的家伙……"

"阿穆教官？原来是你们袭击了他？"列娜惊讶地瞪着噶拉。

噶拉点了点头说："我担心，他已经知道是我们干的了……"

列娜突然生气地看着噶拉，劈头盖脸地训斥起来："胡闹！你太过分了！噶拉，你还有点儿组织纪律性没有？这么大的事情你都不和我商量就擅自做决定？现在惹了大祸才想起来找我商量了？你忘了我们来这儿之前，老谢是怎么叮嘱我们的吗？我们主要的任务是潜伏，暗中做学员们的工作，发展我们的组织，等时机成熟了，我们就把队伍拉出去……你倒好，只图自己一时痛快，不但暴露了自己，还连带了其他同志……"

噶拉见列娜真的生气了，也有些害怕，急忙赔着笑脸说："你听我说啊，那家伙今天见了我挺客气的，我想，他可能并不知道那是我干的……"

"不可能！想都不用想，干这种蠢事的除了你，不会有第二个傻蛋！他肯定全都知道啦！没有惩罚你，那是他在放长线钓大鱼呢。他一定派人暗中监视你，好查出我们的组织，然后把我们一网打尽……也许现在，他的人就在附近拿着望远镜盯着我们看呢……你呀你呀，让我说你啥好呢……"

列娜在林间的草地上走来走去，很烦躁的样子。她的马靴把地上那些零碎的阳光踩得四下乱蹿。

噶拉却不以为意，认为列娜太胆小了，不过是教训了那家伙一下子，有啥大不了的。

列娜停下来，注视着噶拉，不再说话。

噶拉被她盯得心里有些发毛，问："干吗这样看我？"

"你要是被抓进去，会不会供出我们的同志？"

"不会的，我发誓！头可断，血可流，但我决不会当叛徒，出卖你们大家伙儿的……"

"他们有十八样刑具，再硬的汉子也会有挺不住的时候。"

"我能挺得住。"

"我不信。"

列娜说着，从怀里掏出一颗黑色的药丸来，递给噶拉。

"这是什么？"噶拉看着手心里的那颗药丸问。

"这是毒药，剧毒，只要咽进肚子，两分钟之内就可毙命。"

"你的意思是，让我现在就服毒自尽？"

"不是现在，是你被捕之后……为了保全我们的组织，你必须得牺牲自己。"列娜的眸子闪烁着冷酷的光。

"那还不如我现在就吃了它呢。"噶拉说着，居然将手中的药丸塞进了嘴里，然后做出吞咽状。

列娜愣住了，问："你这是干什么？"

"你不是说，为了保全组织，要牺牲我吗？我这是在执行你的命令啊。"

噶拉说着，突然捂住自己的肚子，显出极为痛苦的样子，一只手向前伸着，似乎想抓住什么东西，身子跟跄着往前走了两步，似乎马上就要摔到地上了。

列娜急忙扶住他，喊道："你真的把药吃了？哎呀，你傻不傻啊……快吐出来呀……"

列娜把手指塞进噶拉的嘴里，想让他吐出来。噶拉忍不住乐了，把握着的拳头展开——那颗药丸还在他的手心里。

"吓死我了！你可真是个狗不吃的家伙。"列娜抬起手要打噶拉，噶拉身子一闪，灵巧地躲开了。

"我告诉你噶拉，这事儿可真不是闹着玩儿的，从现在起，你要随时准备被捕入狱，组织考验你的时候到了！"

突然传来急匆匆的脚步声。二人警觉地抬头望去，看见鲁尼小跑着过来了。

"姐，老谢派人传来口信儿，要你马上去联络站见他。"

"只让我一个人去吗？"

"还有他。"鲁尼指着噶拉说。

94.

一个时辰后，列娜与噶拉一前一后来到了北街。在进联络站之前，列娜警觉地站住，从小皮包里取出一面小镜子，假装照自己的面容，实则观察身后有没有盯梢的。当她确信没有被跟踪之后，给噶拉使了个眼色，自己先进了关东皮货商栈。

噶拉在门外假装看那些贴在墙上的花花绿绿的广告，留意着皮货店里的动静。过了一会儿，只见店里的伙计拿着个鸡毛掸子出来，把那掸子往门框上拍打着，似乎是为了打掉鸡毛掸子上的灰尘，其实那是发出平安的信号。噶拉又回头左右看了看，才进了店铺。

噶拉进来的时候，列娜已经和老谢谈了一会儿。她身边坐着一个男人，背对着门口，所以噶拉一时看不到他的面孔。只是看见那男人的身板挺得笔直，像是个军人。

看见噶拉，老谢笑着迎过来，对他说："噶拉啊，我给你介绍一位新同志。以后，他就是你的直接领导了。"

噶拉看见那背对着他的人慢慢地转过身来，送给他一个神秘的微笑。噶拉不看则已，一看顿时心脏停跳了一拍——老天，怎么会是他——阿穆？

阿穆！

阿穆的神情依然是严肃的，用一种冷冷的目光看着噶拉，然后向他伸出手来。噶拉忐忑不安地与他握了一下手，感觉到他的手非常有力。

"真没想到，原来你……"噶拉嗫嚅着。

列娜走过来说："阿穆是共产国际派来执行特殊任务的，以后，我们都得听他的指挥。"

"可是我……"噶拉看着阿穆，满脸的愧疚。

阿穆拍了拍噶拉的肩膀，说："不打不相识，以后，我们就是一个战壕里的革命战友啦。"

"是……是……"噶拉急忙点头说着，心里的愧疚感依然无法释然。

这时老谢端着烟斗走过来，看着他们几个说："阿穆同志刚刚从苏联回来，他有过两次留学日本的经历，所以，不论是日本关东军总部，还是伪满政府，都非常器重他、信任他，任命他为士官学校教导团团长。组织决定，以后'兴安总省'的地下工作，由阿穆同志来领导。"

列娜用极为信赖的目光看着阿穆问："下一步我们应该做些什

么？"

"明天是日本天皇的生日，学校要组织全校师生到山上，向日本岛方向顶礼膜拜，为天皇祈福。"

"我们已经接到这个通知了。"列娜说。

"我们才不去呢！明天我们集体装病。"噶拉愤然道。

"大家都装病可不行，得想别的办法。"老谢说。

阿穆想了一下，沉吟着说："明天，我们利用祭大庙的机会，把队伍拉出去，给他们唱空城计。"大家都表示赞同，于是马上做了分工。噶拉和列娜回到学校后，把这个决定传达给骨干分子，然后，再串联其他的学员，明天一早，操场集合完毕，就把队伍拉出学校，对校方只说是上山为天皇祈福，只要一出学校，就把队伍直接带到大庙去。

出去的时候，老谢让大家一个一个地走，不要一起出去，以免引起敌特的注意。列娜第一个走出来，抱着一件裘皮大衣。噶拉和阿穆暂且在门口等候。只有他们两个人时，气氛有点儿尴尬。

"还疼吗……"噶拉不好意思地问。

"当然疼啦……噶拉，这事儿不算完。"

"那你狠狠打我几下，消消气吧……"噶拉诚恳地说。

"那不行，我得找一个公开的场合和你较量，分出一个胜负来，要让你心服口服。我不打则已，要打就打在明处，正大光明，不搞暗地里偷袭的把戏。"阿穆的目光火辣辣地盯着噶拉。

噶拉低下了头，一句话也说不出来。

95.

军号吹破一层薄薄的晨雾，犹如尖刀划过羊肚里的那层柔软的隔膜肉，于是，鲜血淋漓的心脏暴露出来——那是从山顶上跳跃出来的太阳，红得似血。

早操一般都是由学生们自己组织进行的，教官并不到场。今天的值班班长是噶拉。他胸前挂着一把用红丝带拴着的哨子，他把哨子含在嘴里，长长地吹了一声，在哨音中大家列队站好，噶拉发出"跑步走——"的命令，他跑在最前面，随后，学员们跟着他向校外跑去。

噶拉的心情非常激动——这是入校以来第一次有组织的活动，这活动意味着他们将向世人宣布：骑兵军校并不是日本人的傀儡，我们决不做亡国奴！

整齐的跑步声惊动了整个王爷庙街，老百姓全部从家里跑出来观看。队伍直奔大庙。许多百姓也跟着他们奔向大庙。

与此同时，一列日本宪兵也赶到了大庙。他们在庙门前拉起一道警戒线，荷枪实弹，不放任何人进庙。噶拉和列娜交换了一个眼色：看来，日本人已经得到了消息，知道他们要来，提前做了戒备，以防万一。

鲁尼、瘦猴小秃等人凑到噶拉身边，低声问："怎么办？"

噶拉说："硬闯！"

列娜说："不能来硬的！我去和小亲王交涉。"

噶拉说："我也去。"

列娜说："你就别去了，你嘴上没把门儿的，说话不多，句句砸锅。你还是带领大家在这儿等消息吧，我和鲁尼去就行了。"

列娜带着鲁尼匆匆去了小亲王府。噶拉让学员们席地而坐。不一会儿，王爷庙街的百姓们云集在庙门前，有的是来祭拜的，有的是来声援军校学员的，也有一部分人是来看热闹的。一时间，庙门前的广场上人山人海，人头攒动。那一队日军也就一个排的兵力，顿时被淹没在人海之中。他们有些畏惧，缩回到大庙里，在大门里架起了机枪，并用刺刀排列出一道障碍。刺刀反射着太阳的光芒，耀眼夺目。那日军军曹抽出腰间的指挥刀，发出了格杀勿论的命令。有一个年轻人想冲进去，只见寒光一闪，鲜血四溅，他倒在了大庙的门槛上。

杀一儆百，人们被这杀气腾腾的场面给震慑住了，没有人再敢用肉身往枪口和刺刀上撞。

接下来便是漫长的对峙。

噶拉不免有些焦急——这么一来，如果想进去的话，必然得攻打大庙了。现在看来，只能等待列娜交涉的结果了。

时间一分一秒地过去了。大庙外面的群众越来越多，人声鼎沸，人们的头顶上弥漫着烟尘。有人提议砸开庙门冲进去，但马上有人反对，说庙门是万万不能砸的。也有人说把庙围死，围他几天几夜，不信日本兵不出来。但有人说那庙里的喇嘛可就遭殃啦，日本兵会在庙里大开杀戒的。噶拉也有些沉不住气了，他让瘦猴小秃爬到紧挨着大庙墙壁的一棵老榆树上，观察一下庙里的情况。

片刻，瘦猴小秃从老榆树上滑下来，对噶拉说："日本兵在院子里垒了沙袋，沙袋上架了一挺机枪，枪口对着大门口，如果我们冲进去，会被日本兵全部射杀，一个也活不下来。"

噶拉听了，脸色愈加阴沉得厉害。

正午时分，列娜和鲁尼急匆匆地赶回来了。噶拉急忙问她和小亲王交涉得如何。

列娜摇头说："小亲王倒是愿意帮忙，已经给日本关东军司令部打了电话。但是，关东军毫不妥协，说今天是天皇陛下的诞辰，所有的人必须上山向东方朝拜，然后才能进大庙祭祀。"

噶拉问列娜："那咱们现在怎么办？"

列娜说："看来只能强攻了，就不信日本人敢对庙外这么多的群众开枪射击。"

正乱哄哄的时候，珍珠赶来了。她把噶拉拉到一旁，低声对他说："其实有一个人可以进庙里。"

"是谁？"噶拉问。

"南迪啊！我昨天去庙里看他，他说今天他一定会来的……"

噶拉眼睛一亮，是啊，怎么把他给忘了！

珍珠告诉噶拉："按计划南迪今天是要在这盛大的祭祀典礼上露面的，可为什么到现在都没有出现呢？"

噶拉想了一下说："也许他在路上遇到什么麻烦了，我去迎迎他吧。"

噶拉翻身上了银色闪电，双腿一夹马肚子，银色闪电飞一般蹿了出去。噶拉心里有一种不祥的预感：南迪肯定遇到麻烦了，不然的话，他是不会到现在还不露面的。

96.

草原上曾经流传着一个十分神秘的传说。在索伦山谷的深处，有一个黑色的精灵。它神出鬼没，飘忽不定，但人们时时刻刻都能感受到它的存在——那是一匹有神性的黑狼。说它有神性，是因为它从来不伤害善良的人、无辜者和那些从来没做过恶事的人。它却会突然出现在那些恶人面前，一口咬断那些坏人的喉咙，然后掏出他们的心脏来，暴晒在光天化日之下。那些被神狼咬死的人有的是臭名昭著的江洋大盗，有的是杀人越货的土匪头子，有的是贩卖妇女儿童的人贩子，有的是靠贩卖大烟而发家的富商，有的则是多年隐蔽杀人却无法破案的连环杀手。

南迪活佛一大早就起床了，因为今天王爷庙有重要的祭祀仪式，他必须得早些到场主持。很快，十几个陪同他的喇嘛组成了一支队伍，一行人浩浩荡荡地往王爷庙街而来。

按说路途并不算远，然而，队伍在经过一条山谷时遇到了麻烦——一匹黑狼挡住了他们的去路。

十几位喇嘛紧张地围绕在马车周围，生怕活佛受到伤害。有胆大些的喇嘛从车上操起棍棒，准备与那匹黑狼做殊死搏斗。黑狼似乎也畏惧他们人多，只是围着他们绕着圈子，一圈圈地绕着，并不发起进攻，于是，人与狼陷入了漫长的对峙。

南迪从来没有见过狼，面对这匹挡住去路的黑狼，他是一点儿办法也没有，只能双手合十，闭住眼睛，默默地祈祷着佛祖保佑，化险为夷。

黑狼是被一种味道吸引来的——从那挂马车上，从某个人的身上，它嗅到了一股熟悉的气味儿，那是它曾经的主人才会有的气味儿。

上回见面时，噶拉把自己曾经戴过的一条围脖送给了南迪，因为南迪送给他一只精美的鼻烟壶，作为回报，他想也没想，就把系在脖子上的羊毛围脖解下来系到了南迪的脖子上。其实那条围脖是珍珠用了五个晚上的时间，在油灯下一针一针地织出来的。冬天快到了，她怕噶拉哥哥受凉。

围脖上残留着噶拉的体味儿。而黑狼正是被这个味道吸引来的。

噶拉赶到时，远远就望见了那匹黑狼，心中不由得一动：天呐，那不是我的风之影吗？

离得还很远，他把两根手指放进嘴里，打了一声尖厉的呼哨。

果然，那黑狼听到声音，马上回过头来，望着噶拉这边。

噶拉纵马向它奔去。

它也迎着噶拉跑过来。

哦，似乎是许多年前了吧，一匹失去母亲的小狼被他抱回了蒙古包。他用牛奶一点儿一点儿地喂它，它才勉强活了下来……

小狼在他和珍珠共同的关照下很快就长大了，长成了一匹健壮威猛的黑狼。他带着它在草原上嬉戏、奔跑、打滚儿；有时候珍珠也参与他们的游戏。他们在索伦山谷里度过了一段多么愉快的时光啊！

他和珍珠商量："给它起个名字吧。"

两个人齐声说："风之影！"

是的，它就是风之影！

它跑起来，如风儿一般轻捷；它爬卧着，如影儿般隐蔽；它跳跃起来，像一道黑色的闪电；它捕杀猎物时迅捷而不留丝毫痕迹。它来自荒野，归于荒野。终于有一天，它隐约听到十分遥远的地方传来同类召唤的号叫声。那声音抑扬顿挫，忽高忽低，那是人类无法听得懂的语言，但它能听懂。虽然从小与人类生活在一起，但它的血液中流淌着狼性的基因，它的遗传代码里埋藏着的野性一直在沉睡，一旦得到同类的召唤，这种野性就会被唤醒，它就会义无反顾地回到同类的身边。

它突然失踪了许多天。当噶拉和珍珠再见到它时，它瘦了许多，但显示出从未有过的坚韧与活力，它的眼珠也如绿宝石般闪烁着光芒。噶拉知道它已经回归了荒野，也许，狼群需要它来做头领，带领它们度过残酷的严冬；也许，有一匹母狼对它情有独钟，使它陷入爱河中不能自拔。总之，噶拉意识到它是回来与他们告别的，它将要离去，在茫茫草原上开始它的传奇一生。

珍珠并没有意识到这些，只顾高兴地抱着它的脖颈与它亲热，诉说着这些天的相思之情。风之影也用它修长的颈项蹭着她的脸颊，那是它罕见的温情，在残酷的狼群中只有它具有这份温情。但只是一瞬间，它就恢复了狼特有的冷酷，健步奔向附近的山冈。

珍珠急着追了它几步，边追边喊："你要去哪里？"

它在山冈上停下了，修长的脖颈伸向天空，号叫声分明是告别的诉说。那正是黄昏时刻，背景是一片血色残阳，它黑色的身影镶嵌在那轮昏黄的夕阳之中，形成了一幅永恒的图画……

后来，追杀的危机过去了，噶拉和珍珠跟着他们的母亲回到了王爷庙街，从此，再也没有见到风之影，噶拉和珍珠却一直挂念着它。那年，噶拉去索伦山谷当向导，临行前，珍珠叮嘱他一定要打听风之影的下落。可是他并没有找到风之影的踪迹，没想到却在这里与它不期而遇了。

他慢慢地走向它。

它似乎犹豫了一下，是过来与他亲近，抑或是装出冷漠的样子，让他从此忘却他们之间的旧情？它显然选择了后者，只是对他温情地一瞥，然后，飞奔而去，犹如一股黑色的风儿掠过草原，不一会儿就消失得无影无踪。

它的目的只是为了能再看他一眼。

附近的喇嘛们和南迪活佛都看呆了。

97.

南迪活佛的到来使前来参加祭祀活动的牧民们沸腾了。他们簇拥着活佛向大庙走去，越来越多的人跟随在他们后面，很快形成了一支长长的队伍，犹如一股黑色的洪流冲到了大庙门前。

庙门里的日本兵看到走在最前面的活佛，不由得呆了一下。南迪如入无人之境，根本不看那些日本兵，一直往前走着。刺刀尖已经顶在了他的前胸，但他丝毫不畏惧，继续向前，逼得日本兵不得不一步步向后退去。

这是一股无法阻挡的洪流，牧民们跟随着活佛，一浪推着一浪，一波涌着一波。日本兵扭过头看着军曹，等待他下令。军曹一脸惊恐——他当然知道一位活佛在草原上的影响力。

恰在这时，一个日军传令兵从庙门外冲了进来，把一份紧急命令交给了军曹。那是关东军司令部的命令：马上撤出大庙。

军曹收起指挥刀，对着部下发出了撤退的命令。日本兵马上给活佛让出一条路来。顿时，人流洪水般冲了进来，将那些日本兵挤得七零八落。他们好不容易挤出了庙门，也顾不得排队，落荒而逃。

噶拉、列娜、鲁尼等学员们兴奋地欢呼起来。

这一次对峙，他们大获全胜！

祭祀活动结束后，南迪回王爷府去看望阿妈。噶拉陪同他一起回去。他们刚刚踏进王爷府大门时，就看见珍珠一脸惊喜地迎出来。上午在大庙发生的事情早已经传进了王爷府，几个女人围坐在一起，焦虑不安地等待着结果。

看着噶拉和南迪毫发无损地归来，女人们顿时高兴起来。香柏夫人抓着南迪的手看着他的脸上、身上，生怕他在大庙的骚乱中被日本兵的刺刀给划伤了。

珍珠不停地问噶拉："那后来呢？再后来呢？"

噶拉被她问烦了，说："后来后来，后来我们不就平平安安地回来了吗。再后来的故事还没发生呢，我怎么告诉你啊。"

听着噶拉的话，大家都笑了。

还没等到吃饭，鲁尼跑进来对噶拉说："赶紧归校，阿穆教官让我们都赶紧归校呢。"

噶拉早嗅到了从厨房里飘出来的煮手把肉的香味儿，吸了几下鼻子说："等我吃完了饭再回去行吗？"

"不行，阿穆教官说要你马上回去，要快，这是军令，一分钟也不能耽搁。"

噶拉无可奈何地跟着鲁尼从房间里走出来。路过厨房时，恰好看见阿妈端着一盆刚出锅的手把肉出来。他急忙抓了一块，一边快步走着，一边把肉往嘴里塞。肉很烫，他被烫得不住地吸溜着。宝荣看着他急匆匆地走出院门，又是心疼又是嗔怪地摇了摇头，端着肉走进了餐厅。

噶拉走后，大家来到餐厅。珍珠又黏上了南迪，坐在他身边，不住地询问今天在大庙里发生的事情。南迪耐心地给她讲着。珍珠入神地听着，依然是那句话："那后来呢？"

南迪看着她那张纯净如白雪的脸庞，还有那对犹如清泉般明净的眸子，心底油然涌上了一股难言的感情。

98.

噶拉跟着鲁尼快步走回军校，发现今晚的校园格外安静，人们都在房间里，没有说笑声，没有唱歌声，更没有操练时的吆喝声。这种安静令噶拉感到不安："这是怎么了？今天我们取得了前所未有的胜利，大家应该狂欢才对呀。"

他直接去了阿穆教官的办公室。

阿穆正在写着什么，头也没抬地说："噶拉，你马上回宿舍，整理一下室容和装备，'省长'一会儿要来视察，听见哨声马上到操场上列队。你一定要有出色的表现。"

噶拉心中顿时老大不高兴，他原以为，阿穆教官叫他回来，是要与大家一起庆祝一下今天取得的胜利，起码准备了好酒好菜，要好好喝几杯呢。

"我还没吃饭呢……"噶拉摸着脑袋说。

"食堂已经没人了，别吃了。"

"让我饿着肚子去列队呀？"

"一顿不吃，饿不死的，快去吧。"阿穆依然没有抬头。

噶拉怏怏地走出来，回到宿舍，看见大家都在整理床铺，把被子叠得方方正正的。他的被子一向叠不齐整，胡乱堆放在床头。看见他回来了，平时与他亲近的那几个同学急忙凑了过来，低声问他是怎么回事，为啥学校让整理仪容装备。

噶拉毫无情绪地摆摆手说："肯定是日本人今天出了丑、丢了人，要拿我们撒气儿。"

他的话音刚落，外面就响起了集合的哨声。大家急忙小跑着向外涌出。

大家刚刚在操场上列好了队，就看见一辆车开进了校园。车在他们前面停住。阿穆教官走过去，帮着打开车门。从车上下来的是其王和小亲王奕昕。其王自从当上"兴安总省"的"省长"之后，谱儿比过去大了许多，无论去哪儿，总有一大群保镖侍卫前呼后拥，还有几个家奴跟随着，有的给他捧衣物，有的给他牵马。他已经有了八名福晋，最近准备娶第九房，那是一个十八岁的女孩儿，兵荒马乱中与家人失散被人贩子卖进了窑子，其王去逛窑子见她长得水水嫩嫩的就为她赎了身，改名银苞。其王不管去哪儿都要把银苞带在身边。

最后一个下车的就是银苞，虽然天气已经很热了，但她穿了一件水貂皮大衣，把自己裹得严严实实，只露出一窄条粉白的小脸儿。她紧跟在其王身后，俨然是他的秘书。

阿穆教官对着来宾立正敬礼，高声说："报告长官，'兴安总省'骑兵士官学校一百二十三名学员列队完毕，请检阅。"

奕昕微笑地摆了摆手。虽然，他的身份只是"总顾问"，但就连'总省长'其王都得听他的。

其王先开腔讲话。他先是褒奖列队的学员们，说他们是真正的勇士，是不可多得的栋梁之材，振兴民族的大业寄托在他们身上。然后话锋一转，说起今天发生在大庙的事情，声称是居心叵测的人利用了学员和牧民们，掀起了一场暴乱。念及学员年幼无知被人利用，故不追究他们的过错，但是……说到"但是"时，其王停顿了一下，缓缓环顾着一个个站立得笔直的学员们，口气开始严厉起来。"但是，就此一回，下不为例，振兴我们民族大业，需要大日本帝国的鼎力相助，所以，我们不能惹日本人不高兴，倘若下次再发生如此恶劣的事件，必严惩不贷……"

听到此，噶拉在心中暗笑："今天是因为我们齐心，全体学员一个不落地去了大庙，日本人想惩罚也是狗咬刺猬无从下口，总不能把全体学员都惩罚了吧？有道是'众怒难犯'，只要我们一条心，谁也不敢把我们怎么样。"

女班那边，列娜却在想："今天的动静搞得太大了，校方和日本人是不会善罢甘休的！他们这是在迷惑我们呢，表面上做出宽宏大量的样子，背地里还不知道在耍什么阴谋诡计呢。"

接下来是小亲王奕昕训话。奕昕的语调比较温和。他主要讲国际的大形势："目前，德意日三大强国已经强强联手，准备称霸世界，大家一定要认清形势，铁了心做'满洲国'的勇士，将来必会光宗耀祖，青史留名……"

一番训话之后，开来一辆小汽车，后面紧跟着一辆军用卡车。从车上下来了着一身日式军装的东哥。日本教官北原仓介带着几个持枪荷弹的日本兵紧跟在她身边。

东哥高声宣布："为了表彰诸位学员的忠心，日本关东军特意给你们调拨来一批军需物资。现在，由我给大家分发日军军服。"她摆了摆手，北原仓介与那些日本兵从卡车上取出一捆捆崭新的军装，开始分发给每一个学员。

东哥捧着一套新军装走到噶拉面前，用一种妩媚的目光打量着站在她面前的噶拉。噶拉觉得她的目光很熟悉，忽然想起她就是奥蕾说的那个喜欢女扮男装的表姐，曾经嫁给"草原狼"的那位格格。关于这位格格的传说，近年来越来越多，人们给她起了一个绰号"东方女魔"。噶拉发现她的脸型以及身材与奥蕾几乎不差分毫，尤其是说话的声调和表情，简直就是一个模子里脱出来的。噶拉虽然总是从奥蕾嘴里听到有关她的消息，却从来没有见过她。在他被软禁在小亲王府的那些日子里，东哥经常出入府邸，但她行踪隐秘，噶拉并没有见到过她。

当东哥把那套军装递到噶拉手上时，歪着头看着他，用讥讽的语调说："如果我没猜错的话，你就是那把火——噶拉。"

噶拉看着她笑嘻嘻地说："我这人相貌出众，鹤立鸡群，你一眼就认出来啦？"

"知道我是谁吗？"她歪着头问。

"知道，你是奥蕾的表姐。"

"错了，是表兄。"她看着噶拉，目光里多了一层阴翳，"我听说过你许多的故事。你很聪明，但是，聪明过头儿是很危险的。"

东哥说完之后，转身走开。

噶拉从她的话语中听出了弦外之音——难道，让她看出了破绽？她在怀疑我？

当夜，是地下小组碰头交流情报的约定时间。当噶拉走进那座神秘的关东皮货商栈时，看见阿穆和老谢正在焦急地等待着他的到来。列娜也是一脸焦虑不安的神情。

"出啥事儿了？"噶拉感到气氛有些不对劲儿，马上想起了今天东哥与他说的那番话。

阿穆说："有一个重要的任务要交给你去完成……"

"任务？"噶拉心中一紧。

"你，列娜，还有我，我们三个人搭今天夜里的火车，马上走。"老谢神情严肃地说。

"去哪儿？"

"北平……"

第九章

八里桥

99.

京奉铁路。

夜已经很深了。车厢里大多数的旅客已经倚着靠背昏然入睡。车厢里弥漫着浓烈的烟草味儿和人们的汗臭味儿。乘客大都是一些小商贩，也有从东北逃难出来的难民。不知为什么噶拉有些激动，身边的列娜和老谢都睡熟了，他们二人打扮成一对白俄夫妻的样子。噶拉没想到列娜穿上白俄贵夫人的衣服居然显得十分高贵，与她平时那份"女土匪"的样子截然不同。

闭上眼睛，噶拉依然睡不着，思绪在漫无目的地漂泊着。

老谢说："这次行动事关重大，可能要与日军特工交火。"

对于噶拉来说，好久没有打仗了，手正痒痒呢，渴望好好杀几个日本特工过过瘾。

但是老谢告诫他："这次任务的目标不是日本人，而是一位苏联人——一位从苏联叛逃的重要人物，可能是位将军。组织上传来紧急命令：一定要在北平城外拦截那个叛逃者，不能让他乘船去日本，因为他手里掌握着极为重要的情报。"

老谢通过阿穆得到的情报是叛逃者由日本关东军特高课十二名经过特殊训练的特工护送，已经坐着一辆军用吉普车在日军摩托队的护送下，从奉天直奔北平了。

阿穆判断，奉天到北平的路被国军的轰炸机炸坏了不少，一路上崎岖难行，他们乘坐火车很可能会赶到他们面前。

老谢说："北平的地下组织会配合我们行动。我们计划在通县大运河的桥上设埋伏，将那个叛逃者干掉。"

眼下，是和敌人在赛跑啊，谁能先赶到北平，谁就会稳操胜券。

耳边是火车单调乏味的"哐当哐当"的声音。车窗外闪过黑黢黢的原野和村落。村落也只是一些低矮的土房子沉默地蹲踞在原野上，没有一丝灯光，似乎是昏睡过去的怪物。偶尔听到一两声犬吠，但马上被火车巨大的嘈杂声所淹没。

留希科夫，是的，那位叛逃者叫亨利希·萨莫伊洛维奇·留希科夫！好长一串名字，但噶拉还是记住了。他想起了老谢对这个人的介绍：他是苏联内务人民委员部驻远东边疆区的全权代表，是三级国家安全委员。他掌握着苏联在远东地区详细的驻军情况以及各级指挥员的名单，同时，还掌握着苏联克格勃的联络密码。他一旦到了东京，必会把这些情报透露给日方，那么，日方极有可能趁苏蒙边境空虚之时发动军事进攻。

噶拉恨得牙根痒痒，心想："别让我撞见他，只要见了，拼着一死也要干掉这个叛徒！"

不知过了多久，噶拉睡着了。睡梦中身边的列娜把头倚在了他的肩膀上，一只手温柔地握住了他的手……

100.

与此同时，在北平一家光线阴暗的咖啡馆里，萧平与伊堂修一面对面坐着，两个人半天都没有说话，一直沉默着。

那天夜里，萧平到大美药房窃取保险柜里的文件被伊堂修一抓住之后，伊堂修一却没有为难他，也没有向当局告发他，只是轻轻拍了拍他的肩膀，请他在椅子上坐下。萧平已经做出牺牲的准备。没想到伊堂修一开门见山，说他早已经知道萧平是军统的人。他还告诉萧平："其实你拍摄的这些材料都是些毫无价值的东西，只是为了引你上钩。"

萧平听了，毛骨悚然，决定先发制人，以极快的速度抽出手枪，将枪口顶在伊堂修一的头上，喝问伊堂修一是什么人。

伊堂修一笑而不答。

萧平将手枪的保险栓打开，手指紧扣在扳机上，声音低沉地说："你要是不说，我马上打死你……"

伊堂修一这才开腔道："我是日本反战同盟会的一名反战人士。"

他并没有向萧平表明他的真实身份。他表面上是大美药房的总经理，其实他还有另外一层不为人知的身份：拉姆齐秘密小组的成员。

这个秘密小组不久将和萧平以及噶拉、列娜、老谢产生极为重要的关联，并对二战战场产生重要影响。

那夜的交谈比较简短，也就十分钟左右。二人达成了一个默契：互相为对方的身份保密，同时，以后要情报共享，互相配合。

伊堂修一说："如果我这边得到什么重要情报，我会让田美惠去通知你的。"

萧平这才知道，田美惠也是他手下的特工。这不会是日本特务机关故意设下的一个陷阱吧？萧平在心中打了一个问号，决定查出这位神秘的药房老板的底细，揭开他的真面目。

萧平运用了军统庞大的情报网，却查不到有关伊堂修一的任何情况。后来，他想："既然他自称是日本反战同盟会的，那么，通过日本共产党这条线也许能查出他的来龙去脉。"果然，从组织上传来了消息："伊堂修一是我们的人，是完全可以信任的。"

之后是漫长的静默期。北平军统站得到戴老板的密令：由于军统出了叛徒，日本特务机关正在清除北平的抗日情报网，军统在北方所有的情报小组停止行动，保存实力。副站长高冷突然被戴老板叫回了南京，接受新的任务。萧平感到自己背后少了一双阴冷的眼睛，顿时轻松了许多。

为了掩护身份，萧平在离后海不远的地方租了一家临街的商铺，开了一家小书店，取名若愚书屋。书店规模不大，可以买书，也可以借书。这下小愚有事做了，每天在书店里忙碌着。她那软软的吴越口音吸引了不少附近上学的大学生，他们时常来借书、买书，往往那些男生借了书或买了书也不走，只是和小愚聊天，走时也是一副恋恋不舍的样儿。

这天傍晚时分，正是书店打烊的时间，田美惠来找小愚玩儿，并把一本诗集交给了小愚，说那是老板伊堂修一前几天借的书，已经读完了，由她代为归还。小愚回家后把那本诗集交给萧平。萧平不动声色地接过那本诗集进了书房。他翻开诗集快速查找，很快从书中第五十三页上找到几行诗句，诗句下用铅笔轻轻画着一道细线。

咖啡般浓郁的黄昏，

乡愁油然袭上心头，

老地方看暮色中的飞鸟，

与我之爱，一吐心曲……

"飞鸟"二字下面有两个着重号，那是他们有非常重要的事情要商量的暗号。他穿上风衣，胳膊下面夹着一本书，不紧不慢地向附近的那家飞鸟咖啡馆走去。

伊堂修一已经先一步到来。萧平刚刚坐稳，伊堂修一看了一下四周，低声说："我有一件极为重要的事情要告诉你——有一位苏联将军要叛逃日本，明天一早可能会到达通州……"

萧平一怔："看来叛逃者是一位重要人物。你是从哪儿得到的情报？"

"日本领事馆有我的朋友，是他透露给我的。"伊堂修一低声说。其实，这个重要情报是从东京佐格尔那里传过来的。

"日本关东军特高课要在北平秘密审讯他。据说他带出来许多重要情报，还有苏军联络的电报密码。"

"我们得制止这件事情啊！"萧平语调不高，却十分坚定。

"是的，必须得把他拦截在北平城外，不能让他进城。"

二人又简单地交谈了几句便匆匆分手了。

伊堂修一没有问萧平打算怎么干，用什么方法去打伏击。他只是告诉萧平："那个叛逃者乘坐一辆日式军吉普，跟随护卫那辆吉普车的，还有一队日军摩托兵，大约有十多辆摩托车。"

晚上九点十三分，萧平回到后海大翔凤胡同的住地，正在焦急等待他归来的小愚把一份加急密电交给了他。那是组织上传来的命令：不惜一切代价，拦截叛逃者并将其击毙！

过了一个小时，又一份急电传来：一支东北行动小组（代号"猎鹰"）已经在路上了，他们将与你们配合作战。

萧平马上召集站里的三名特工准备起来，带上武器，一个小时后出发。

小愚有些焦急地问："那我呢？"

"你留守。"

101.

通县南站是京奉铁路进入北平的必经之地。

天蒙蒙亮时，一列火车缓缓进站了。车头顶上粗粗的烟囱里喷吐着浓烟。汽笛长嘶惊醒了附近依然熟睡的梦中人。一排黄包车停在了出站口外。当从车上下来的旅客拥挤着出了站后，车夫们挤上前去用河北口音向旅客们询问着："要车吗？坐车走吗？先生，我的车很便宜的啦……"

噶拉、列娜和老谢刚从出站口走出来，便有一位穿着浅色风衣的中年男子迎上前来，用略带南方口音的话问道："是谢先生吗？"

老谢向对方伸出手说："我是谢尔盖·彼德罗维奇。"

风衣男子握住老谢的手，又瞟了一眼他身边的噶拉和列娜，问："先生一行三人？"

"正是。"

"我们的车子在那边停着，请跟我来。"

风衣男子带着他们三个人到了停在路边的一辆吉普车前，打开车门，做了一个请上车的手势，但他警惕的目光始终环视着周围。

噶拉最先上车，他发现这是一辆三排座的中型吉普车，可以坐八个人。车上已经有三个人坐在了座位上。他们的礼帽都压得极低，似乎处于睡眠状态。但噶拉分明觉得那礼帽下面有一双双警觉的眼睛在打量着自己。

噶拉摘下头上的帽子与大家打招呼："大家好。哎，怎么这么安静？都睡着了吗？"

说话间，老谢与列娜也上了车。风衣男子坐在副驾驶位置上。他摆了摆手，司机开着车疾驰而去。

路很不好走，非常颠簸。有几次噶拉被颠起来，头都撞到车棚顶上了，幸亏那车棚是帆布的，如果是铁的，脑袋上肯定会被撞出一个大包。他从车窗望出去，发现他们走的地方根本没有路，忽而是荒坡，忽而是农田的土埂，忽而又行驶在山沟里。

没过一会儿，噶拉就晕车了，急忙叫喊起来："快停车，我要吐啦……"

司机并没有停车，仿佛没听见似的。

他又喊了几次，可就是没人搭理他。他这才意识到这是去执行特殊任务，不是去旅游度假，时间紧急，即使吐在车上也不会停车的。他强行把已经涌到咽喉处的那些肮脏物又咽了回去。可是嘴角依然残存了一些秽物。

这时，他身边一位身材瘦削的人不声不响地把一块手帕递给他，示意他擦拭一下。他接过那手帕一看，一块洁白的手帕上绣着两朵红色的蜡梅花。这应该是女孩子用的东西啊。疑惑中他扭过头去打量给他递手帕的人，不看则已，一看惊得合不住嘴巴——

小愚！

原本，萧平是要让小愚在家留守的，毕竟她是女孩子，这次执行的是特殊任务，免不了要进行激烈的枪战。可是，让他没想到的是，当他们上了车已经出了北平之后，才发现小愚躲藏在最后面放行李的地方。她用一块布把自己蒙了起来。再把她送回去已经没有时间了，更何况，小愚举着一个急救包说："打仗就会有人负伤，我学过医，可以当战地救护员啊！"

萧平无奈，只得让她跟着一起参加这次行动。

对小愚来说，最令她惊喜的是遇到了噶拉。噶拉一上车她就认出了他，但是她没敢吱声，因为萧平宣布过纪律：这次行动，大家要全神贯注，不许说一句废话。

噶拉似乎也认出了小愚，惊喜地瞪大了眼睛，正要开口说什么，小愚急忙把食指放在嘴唇上，轻轻地"嘘"了一下。噶拉马上意识到这时候相互倾诉相逢的喜悦显然不合时宜，只能微笑一下，对小愚点了点头。

他们虽然没有出声，但这些微妙的动作没能逃过萧平的眼睛。他从车内的反光镜里把这一切看在眼里，心中暗忖："看来，这蒙古族青年就是小愚经常向我提起的那个噶拉了。"小愚简直把他当成了一个神话，是她心目中崇拜的英雄。看来，从东北来的这个"猎鹰小组"不是等闲之辈啊！

大约过了半个小时，吉普车停住了。萧平没有说话，只是做了一个手势。大家打开车门，纷纷跳下车。

噶拉下车之后，马上觉得不难受了，那种呕吐感也消失了。他脚踩着平稳结实的大地，伸展双臂，做了一个伸展动作，却觉得头顶上黑沉沉的，似乎有一个庞然大物压在头顶上。他仰头向上望去，原来，他头顶上是一座拱桥，而前面不远的地方，传来"哗哗"的流水声。他几步跑过去，拨开眼前的芦苇和水草，看见一条河就在脚下。

运河，这就是传说中的大运河吗？

噶拉又激动得热血沸腾起来。

102.

他抬头仰望着这座古老的桥，细听萧平给他讲述这座古桥的历史。

八里桥，原名永通桥，是明代三孔石拱桥，据《明英宗实录》记载："正统十一年八月，建通州八里庄桥，命工部右侍郎王永和督工。"《通州志》记载："八里庄桥即永通桥，在普济闸东。正统十一年敕建，祭酒李时勉作记。"正统皇帝赐名该桥为"永通"。由于其在通县县城西八里，所以又俗称八里桥。

八里桥横跨在通惠河上，是通州至北京大道上的必经之处。通惠河是元至元二十七年（1290年）由都水监郭守敬主持开凿的一条重要人工运河。此河"上自昌平白浮村引神山泉，西折南转，过双塔榆河、一亩、玉泉清水，至西水门入都城，南汇为积水潭，东南出文明门，东至通州高丽庄入白河"。通惠河是京杭大运河在北方的最重要的一段，史称它是"陆运京储之通道"。北京为京杭大运河的北端城市和漕运终点，八里桥正是在这样一条十分重要和著名的漕河上建造的唯一的一座大型石拱桥……

八里桥长三十米，宽十六米，为三孔桥，中孔高达八点五米，宽六点七米，2个次孔仅高三点五米，相差悬殊。这种构造是专为漕运的需要设计的。通惠河运粮船多为帆船，如建造普通形式拱桥势必阻碍漕船航行，将中孔建造得相当高耸，漕船即可直出直入，因此有"八里桥不落桅"之说。

噶拉打量那桥的中孔，果然，那是一个很高的细长的孔洞，它的高度过一条带帆的船没有问题。

不一会儿他们来到了桥上。时间尚早，桥上几乎没有车马经过。一层薄雾从桥下的河水中升腾起来，笼罩在田野及林间，一切都显得模模糊糊的。

噶拉好奇地打量着这座桥——栏板上有望柱三十三对，每个望柱上都雕有石狮。三十三对雕刻的石狮各具神态，活灵活现。桥东西两端各有一对戗兽，昂首挺胸。

突然，背后传来一个声音。噶拉回头一看，原来是小愚。

小愚说："我曾梦见过与你在一座桥上相遇，我们擦肩而过，又背道而驰，我回头，喊你停下，可你就像没有听到一般，急匆匆地走到了桥的那一边。我急忙去追你，可刚跑到桥中间，桥突然塌了……现在想来，这个梦有很深的寓意啊。"

"你真的做过这样的梦？"

"真做过，只不过，那座桥不是这座桥，是一座黑色的铁桥。"

"哦，不是这座桥啊？"噶拉显出有些失望的神情。

"哎，这座桥和你有些瓜葛呢。"

"与我有啥瓜葛？"

"你知道僧格林沁吧？"

"当然知道啦，他是英雄啊。"

"咸丰十年七月，英法联军因天津谈判无结果，从天津向北京逼近，经过这座桥，被僧格林沁带兵阻挡在这里。"

"哦？后来呢？"

"后来，英法联军以六千人的兵力，在猛烈的炮火掩护下，自通州郭家坟分三路向八里桥猛扑。战斗打得惨烈极了。"

"那后来呢？"噶拉迫不及待地问。他忽然想起珍珠不住地问他"后来呢后来呢"的样子，心里笑自己怎么变得和她一样了。

"后来，驻守八里桥的三万清军，分别由僧格林沁统率。挥舞着大刀长矛，与英法联军展开生死决战。那时，通州城外杀声震天，八里桥边遮天蔽日，清军将士视死如归，英勇杀敌，桥上的将士倒下了，后面的将士又冲了上来，誓与大桥共存亡。战至当晚，清军官兵前仆后继。在清军大旗的指挥下，彪悍的蒙古族骑兵多次冲到离英法联军阵地仅五十米的距离，但是在密集的子弹和炮弹的精确杀伤下，桥面上堆满了清军的尸体，最终，八里桥还是失守了……"

噶拉重重地叹了口气。

就在他们交谈的时候，萧平和老谢带其他人在桥上埋着地雷。

噶拉看着他们的身影，心中不免有些遗憾，说："唉，多好的一座桥啊，炸了太可惜啦。"

"地雷埋得非常浅，爆炸力是向上的，能把鬼子的车炸上天，可是炸不坏桥。"小愚解释说。

噶拉这才释然，说："我还以为要把这座桥炸了呢。"

接下来，萧平让列娜和噶拉去锯桥头的一棵大树，并叮嘱说："锯口要对着桥，千万别让它倒下，看着它快要断了就停下来。"

"这是要干啥？"噶拉不解地问。

"到时候你就知道了。"萧平说。

当一切准备就绪的时候，大约已经快到中午时分了。按照萧平得到的情报，关东军特高课的车队应该是在正午时抵达这里。

这时，负责望风的一名队员飞奔回来，喊着："来啦！他们来啦……"

萧平挥了挥手，让大家马上散开，分头埋伏隐蔽起来。

列娜用她从路边砍下的柳条给大家做了"伪装帽"。当他们趴伏在地上和草丛之后，从外面根本看不出一点儿痕迹，只是一片自然的绿色。

大约过了一刻钟，汽车引擎的轰鸣声由远而近。噶拉从他的埋伏点抬头望去，看见一辆军吉普飞驰着开了过来，它的前后都是骑着三轮摩托车的士兵。摩托车的挎斗上架着轻机枪，日军士兵紧抓着机枪的歪把子，做出随时射击的样子。

噶拉觉得自己的心跳有些快，手里紧攥着一根粗麻绳，手心已经渗出汗来，把那根麻绳弄湿了。他扭过头来看着身边的小愚，她只是静静地爬着、望着，脸上没有一丝惊惧的神情。这使噶拉愈加觉得这个江南女孩子非同一般。与此同时，噶拉的心底也似乎增加了许多勇气，不再感觉那么紧张了。

当车队行驶到桥中间时，摩托车最先触碰到了地雷，一声爆炸惊天动地，噶拉看见那辆三轮摩托车飞到了空中，几个日本士兵被爆炸的气流推到了桥下。

那辆军用吉普车似乎是稍微犹豫了一下，接着，司机加大油门向桥的另一端猛冲过去。

埋伏在桥两端的队员们开始猛烈射击，主要是对着吉普车的车轱辘打。萧平的想法是只要能让吉普车瘫痪在桥上，他们就能将其彻底摧毁。

吉普车行驶得飞快，给瞄准射击带来很大的难度。眼看着吉普车就要冲到桥的那一端了，这时，萧平给噶拉发出信号，让他赶紧拉绳子。

原来绳子的另外一端是系在那棵被他锯过却没有倒下的大树上的。噶拉一直在等待这个时刻。听到命令，他用尽全力拉绳子，不承想，那棵大树晃了晃，却没有倒下。

噶拉急眼了——是不是自己刚才锯得不够深，所以它才没有倒下呢？他曾在大森林里与那些伐木工人混过一段日子，对于放倒一棵树是很有经验的。他满以为这棵树会在他的发力下百分之百地倒下，不料却"坐桩"了。

噶拉不顾危险站起来，大喝一声，用尽全力拉绳子。他的爆发力是惊人的，只见那棵大树再次晃了一下。这时，一个倩影突然一闪，也来帮他拉绳子。噶拉回头一看，原来是小愚。二人一起用力，那棵大树顺着他们这边轰然倒了下来。

大树倒下得恰到好处——那辆军吉普刚好开过来，一时刹不住车，一头撞在了横在路上的大树上。引擎盖被撞得弯曲变形，水箱里的水冒出白色的烟雾。

这时候那些护卫吉普车的日本士兵醒悟过来，停下了摩托车，开始用机枪扫射。密集的子弹雨点儿般泼洒过来，伏击的队员们被猛烈的火力压制得抬不起头来。趁着火力的掩护，几个日本兵奔到吉普车前面那棵横在路上的大树前，用力搬那棵树。噶拉急了，甩枪向那几个日本兵射击着，但由于距离比较远，命中率并不是很高。这时候，藏在附近灌木丛中的列娜显示出她猎手的高招儿，她使用一支德制狙击步枪，静静地瞄准，然后深吸一口气，果断扣动扳机。一粒细长的子弹呼啸着从灌木丛里飞出去，准确地击中一名正弯腰搬大树的日本士兵。

其他的日本士兵并不畏惧，依然奋力搬着，眼看就要把大树从路上搬开了。

列娜又射出一发子弹，击倒一个士兵。

噶拉忘记了危险，孩子般高兴地欢呼雀跃。身边的小愚急忙将他扯倒在地。与此同时，一串子弹擦着他的头皮飞了过去，一发炮弹在他身边爆炸。他突然感觉屁股上热辣辣的，下半身似乎失去了知觉，低头一看，一股鲜血正从裤腿里流淌出来。

"哎呀，你负伤啦。"身边的小愚惊叫着。

"没事儿，离心还远着呢。"噶拉不当回事儿地说，还想站起来去战斗，可是腿一软，重重地摔倒在地上，哪里还能站得起来。

小愚急忙奔过来，判断了一下，确认伤到了臀部，急忙打开急救包，用一把剪刀剪开他的裤子，露出了鲜血淋漓的屁股。噶拉看着小愚，一时有些羞怯，躲闪着不让小愚碰。

小愚有些急眼了，呵斥道："炮弹皮半截还在肉里呢，得赶紧取出来啊！"

虽然是呵斥，但江南女子的声音是温柔的，噶拉听了心里很受用。他不再躲闪，乖乖地趴在地上，任小愚处理他臀部的伤口。当小愚从他的肉里拔出那块弹片时，他疼得"哎哟哎哟"地叫起来，双手抓住地上的青草。他听见"咣当"一声，弹片被扔到了地上。之后小愚飞快地给他缝合了伤口，用一团纱布给他把伤口包扎了起来。

就在小愚给噶拉包扎伤口的时候，噶拉抬头看见一个机敏的身影灵活轻巧地向前蹿去，很快接近了那辆吉普车。

是列娜！

她在森林里狩猎时就是这般身手敏捷。

横在路上的大树已经被日本兵搬开了，吉普车已经启动，开始向前蹿去。

几乎同时，列娜的身影在路上滚了几下，从这头滚到了另外一头。一瞬间，她把一枚手榴弹塞到了吉普车的下方。

随着一声爆炸，吉普车瘫在了桥头。

与此同时，萧平和老谢带着几名队员从另一个方向冲了过去。老谢和萧平必须亲眼看到那个叛逃者死在车内，才能撤离。老谢曾在莫斯科见过几次留希科夫，他是最好的见证人。

敌人的增援来得意想不到的迅速———一辆拉满士兵的军用卡车已经从另一侧的桥头疾驰过来。

萧平与老谢一前一后，一边不顾一切地冲到那辆吉普车前，一边甩着盒子枪射击着。萧平打开车门，让老谢赶紧上车。他在车外阻击着冲过来的日本兵。

老谢钻进车内，一个个仔细辨认那几具尸体，除了两名日本兵已经死在驾驶座上，还有一个男子脑浆迸出，溅得满车厢都是。老谢仔细地打量着男子的面容，吃惊地瞪大了眼睛，急忙从车内钻了出来。

"中计了！"老谢对着萧平喊了一声，"快撤！"

一秒钟也没有迟疑，萧平急忙下达了撤退的命令。但此时，他们已经死伤过半了。北平组的几位同志除了萧平和小愚，已经全部牺牲了。小愚架着噶拉往下撤，可她身材瘦弱，噶拉人高马大，走了没几步就走不动了，摇摇晃晃的，几乎要倒下。这时列娜冲过来，从另一边架住噶拉，两个女孩儿架着噶拉用最快的速度奔到附近的一片小树林里，他们的吉普车隐藏在这里。

一刻钟后，吉普车已经将密集的枪声甩到后面。噶拉的伤口在屁股上，他不敢坐，只能蹲在车座下面，兴奋地抓住萧平的胳膊问："那个家伙怎么样了？"

萧平被噶拉那么一抓，疼得"哎呀"一声。噶拉这才发现萧平的小臂中弹了，鲜血正从他的袖筒里渗出来。小愚也是刚刚看见，急忙给他包扎。

"问老谢。"萧平默默地说。

噶拉急忙看向老谢。

老谢一脸的沮丧，默默地摇了摇头。

"怎么，没把他炸死？"噶拉呆怔住了。

所有队员的目光齐刷刷地聚焦到老谢身上。

老谢用几乎只有自己才能听得见的声音说："调包计……留希科夫根本不在车里……"

103.

东北组的老谢、列娜和噶拉在北平后海南沿大翔凤胡同的四合院里隐藏了五天。

他们在等待上级的指示。

又过了三天，上级指示到达：根据佐格尔从东京送来的情报，叛逃者已经到达东京，把苏军以及东北抗联的重要军事情报全部告诉了日方。原来，东北抗联一路军在一个叫白狼峰的地方建立了一个秘密营地——南野营，那是一个训练空降兵的基地。苏联教官在这里训练东北抗联教导旅官兵，教他们格斗、爆破、跳伞、滑雪、游泳等科目，目的是将他们空投到日军的虎头要塞，炸毁安置于要塞的巨型大炮。本来，这是极为重要的军事秘密，日本人完全不知道这个营地，但是，叛逃者泄密，日军十分震惊，立即制定了一个"白狼峰作战案"。这个作战案是什么？准备实施的时间和地点是什么？日军总共调集了多少人马？是使用拉大网"铁壁合围"的战术，还是两面夹击，抑或是声东击西？上级部门希望北平组与东北组迅速查清敌人的这个"白狼峰作战案"的具体内容。

萧平把电报交给老谢，他深思起来。

老谢看完电报，马上对萧平表示："我们要马上赶回王爷庙街，利用我们的情报网，争取尽快查清这件事情，完成上级交给的任务。噶拉负伤了，不便一起走，就让他暂且留在这里，等日后伤好了自行返回。"

说毕，老谢和列娜一刻钟也没有耽搁，马上去火车站乘坐当天去奉天的列车。

噶拉急得嗷嗷叫："凭啥你们走了，把我一个人扔在这儿呢？这不公平……哎呀，可恨的小鬼子，打我哪儿不行，非得要打我的屁股……"

小愚看着他捂着嘴偷偷地乐。她觉得这个蒙古族青年太有意思了，直率坦白，毫不掩饰自己，一眼就能看透他的心——那是一颗冰雪雕琢的透明心呢，还是没有一丝瑕疵的水晶心呢？

她端着药盘走到他面前，捂住嘴笑道："该换药了，我的大哥。"

噶拉顺从地趴在床上让她换药。他臀部上的伤口比较大，一时难以愈合。有些地方出现了发炎红肿的情况。小愚认真地给他的伤口消了毒，然后细心地包扎好。

养伤的那些日子是平静的。小愚怕他待着无聊，每天都会从书店带几本有意思的图书回来，让他开心解闷儿。噶拉认识的汉字不是很多，就让小愚读给他听。在笼罩着一层黄昏暮色的小院里，小愚捧着一本小说慢慢地读着，噶拉扶着树站立着认真听着，脸上渐渐浮现出入迷的状态。小愚的声音很好听，是那种让人听了感觉很舒服、想进入梦境的声音。她读书时声情并茂，能够准确地表现出书中人物的内心世界以及他们或者她们的个性色彩。噶拉完全被她的诵读吸引住了，他没想到书中有这么广阔的世界，还有这么多姿多彩的人生。他喜欢听《水浒传》，也喜欢听《西游记》，尤其喜欢孙猴子上天入地，不受羁绊，随性而为的那股子劲头。外国小说中，他喜欢高尔基的《我的童年》《我的大学》《在人间》，等等。有一次，小愚站在小院里高声朗读《海燕》。那时候天空中阴云密布，天边隐隐在闪电。那气氛与文章中的氛围十分吻合。小愚突然变得激昂起来，一扫平时娇柔的江南女子的韵味儿，声音也高了一个八度。尤其是当她大声朗读到"让暴风雨来得更猛烈些吧"的时候，突然间炸雷轰鸣，狂风袭来，小院的树木剧烈地摇晃起来。噶拉觉得自己的心都快要炸了。那一刻，他觉得自己突然理解了面前的这个瘦弱的女孩儿——她是一个江南女子，但更是一位已经成熟的革命战士；她外貌娇弱，但内心无比强大，因为她有理想信念的支持，所以有着极为丰富的内心世界……

就是在那天夜里，萧平把小愚叫到自己的房间，凝视着她，许久没有吱声。

小愚心中忐忑不安起来，小声地问："老师，您这是怎么了？"

又过了一会儿，萧平用缓慢的语气问她："你和那个杜林……最近交往得怎么样了？"

小愚说："还行吧，时常联系，他总说要单独请我出去吃饭。对了，前天，他还从我这儿借了一套《金瓶梅》呢。"

"那你就以取书为由，想办法进入领事馆。"萧平思忖道。他脸上掠过一丝不易觉察的神情。

小愚敏感地捕捉到了那个神情，但那复杂的神情是小愚所不能理解的。

是的，除了他自己，没有任何一个人理解萧平的内心。他的情感、爱恋、好恶……他的一切，都被他不动声色地掩饰起来。这是他在南京军统经过系统的特工训练后获得的基本功。教官告诉他："想要成为一名出色的特工，必须得扼杀自己的情感，因为任何一个场合、一个微妙的情感流露，都会导致你露出破绽，从而招来杀身之祸。即便看到自己的亲人受到酷刑，脸上也不能有丝毫的表情变化，依然要保持冷若冰霜的样子，这样才能让你的对手难以窥破你的内心。要时刻记住，你的对手比你强大得多，也比你聪明得多，你只有使出浑身解数才有可能战胜他。"

他知道目前自己是一个双重身份的间谍，游移于上海地下党与南京军统之间。这使得他的神经格外紧张，时时刻刻都在不停地确认自己的身份——是姓国还是姓共？有时候一觉醒来，他自己也弄不清他究竟姓什么了。时间久了，他觉得自己的神经快要出问题了，譬如，在完全没有理智的情况下，他会用军统的那一套来领导北平的地下组织；当他清醒之后，又觉得采用这样的手段是不对的，有违我党的某些原则；可是另外一个代表军统的声音马上会出来反驳，说只要能达到目的，采用何种手段根本不是问题……有时候从梦中醒来，他会一时搞不清自己的真实身份："我是谁？我从哪里来？今天或者明天我要做些什么？完成什么任务？"

最真实的自我已经被他深深地压抑到心灵的最底层。

而此刻，他眼睛中流露出的那种痛苦，虽然只是稍纵即逝的一闪，但也是罕见的。

虽然无法完全理解那种复杂的神情，但小愚从中明白了一点：必须尽快从杜林那儿得到他们目前最需要的情报——"白狼峰作战案"。

104.

杜林从日本领事馆出来的时候眼睛一亮：那是萧华吗？站在马路边上的那个亭亭玉立的少女，一身素洁的连衣裙，领口系着一个鲜红的蝴蝶结，一头秀发被晚风吹拂起来，在她白皙如玉的颈项上轻轻起舞……

天边一片火烧云烧得正热烈，橘红色的光线柔软而迷蒙。

"萧华。"他激动地叫了一声。

她轻盈地走过来，挽起他的胳膊，柔声问："都忙完了？不会再有事情了吧？"

"不会了，今晚的时间属于我们两个人。"

"太好了！那我们先去吃西餐，然后去看电影。"

"好啊好啊。"杜林欣喜地看着她，感觉她今天像是换了一个人。出来时他也着意修饰了一下，穿了一件藏蓝色的西装，打了一条米色领带，看上去蛮精神的。

他们像一对真正的情侣一样挽着胳膊在马路上漫步，招来不少行人的目光。杜林一时感觉脚下轻飘飘的。

他低声说："我感觉我是最幸福的人。"

她索性把头依偎在他的肩膀上，也低声说："和我的感觉一样啊。"

黄昏的光芒泼洒在他们身上，她的白色连衣裙变成了橘红的颜色。

他们先是去了北平最好的西餐厅。餐厅正中有一位妙龄女郎弹奏着钢琴，琴声极为轻柔，再伴上暖色的光，使人产生一种梦境般的感觉。在这里用餐的大都是一对对俊男靓女，有情侣，也有夫妻。没有人高声喧哗，大家几乎都是贴腮低语。他们用餐快要结束时，一位漂亮的女歌手上了台，开始演唱一首西洋歌剧的曲子，好像是歌剧《茶花女》里的曲子。不知为什么，她心底油然泛起那句诗："商女不知亡国恨，隔江犹唱后庭花。"

从西餐厅出来之后，二人又到王府井影院看了一部好莱坞爱情片。那故事她是知道的，讲述的是在战乱中一位女子在等待她上了战场的恋人，可是恋人从战场上归来时，她已堕入风尘……故事很悲伤，令人唏嘘不已。有一阵子她抵制不住自己的眼泪，这时从旁边不失时机地递过来一块手帕，让她拭擦腮边的泪花。她感激地对他点了点头。从影院出来后，小愚似乎突然想起了什么，说："哎呀，对了，前几天我借给你的那套书，老板急着要呢……"

"我明天还给你好吗？"

"不行，那书是禁书，本来老板不让往外借的。我是偷偷借给你看的。老板要是知道了，非得砸了我的饭碗不可。"小愚的脸上满是惊恐之色。

"那怎么办？要不，你跟我到宿舍去取吧？"杜林无奈地看着她。

小愚默默地点了点头。这正是她所期望的。

杜林喊了一辆黄包车，对车夫说了句："东四十条，使馆区。"她的心一下子踏实了，她知道鱼儿已经上钩了。

黄包车夫精力充沛，飞步向日本领事馆跑去。

105.

日本领事馆在一个僻静的小胡同里，乍看上去，只是一条普普通通的胡同，只有走到近前，才能看到铁质大门上悬挂的太阳旗。那时恰有半弯月牙挂在天上，使这幅画面显得有些阴冷。

领事馆大铁门内有岗哨，是两个持枪的日本宪兵。她害怕地把身子紧贴在他的身上，低声问："有宪兵啊？他们会让我进去吗？"

他搂着她微笑着说："我们不走正门。我有后门的钥匙。"

他带着她绕到了后面，果然有一扇小铁门，被一把锁头紧锁着。他从口袋里掏出一把钥匙，打开了锁。当他们二人轻轻地进了院子后，他又娴熟地从门上的一个四方小窟窿里伸出手去，从外面把那把锁重新锁好。显然，他经常从这里溜出去厮混，混到半夜再偷偷从这个小门回来，没有人发现他。

他把她带到他的宿舍。作为一等机要秘书，他的住宿条件不错，床很宽大，还有漂亮的衣橱和写字台。他看了一下腕上的手表，还有半个时辰就到了他去值班的时间。他并不急着把书还给小愚，其实是想把她留下来。小愚似乎也忘记了来取书之事，只是好奇地打量着这个房间，这儿看看，那儿瞧瞧。她看到桌子上放着咖啡和水壶、水杯，微微一笑。趁杜林进卫生间之时，小愚迅速从贴身处取出一小袋白色药粉，飞快地把那药粉倒进了桌子上的一个咖啡杯里，然后，又拿过一个空杯子，沏上了两杯咖啡，用小勺搅拌均匀。

　　过了一会儿，杜林从卫生间走出来，看见她安静地坐在那里，捧着一只杯子正在喝水。他问："渴了是吧？"

　　她点了点头，一边搅拌着杯子里的咖啡，一边说："我沏了咖啡，我们先喝点儿咖啡吧。"他以为她是一个喜欢玩情调的女孩儿，欣然坐下，拿起杯喝着咖啡。小愚给他讲了几个学校里的故事，他听得无趣，看了一下手表，就要到他值班的时间了，只得起身说："时间快到了，我要去值班了，你在这儿等我回来，我送你回家。"

　　她默默点了点头。

　　他刚一出去，她就急忙关了灯，跑到窗前，撩起一点儿窗帘，向外窥视。他走进了前面不远的一幢小楼里。小愚判断那里肯定是机要室，他值班的地方。

　　她掏出一块小怀表看着时间。她在他的咖啡里放了安眠药，应该在一个小时之内药性发作，那时他会昏睡过去。她焦急地看着表，觉得时间过得实在是太慢了。为了打发时间，她坐在写字台前，翻看着桌子上的杂志。

　　终于，怀表的指针指向一点。她急忙带上她的小包，蹑手蹑脚地向外走去。怕门锁住，她把一本杂志放在了门槛上，这样，门就虚掩住了。

　　她向不远处的那幢小楼走去。这时她的心跳加快了，许多不祥的想法冒了出来："万一，药劲儿不够大，他没有睡过去怎么办？那我就说，我一个人在宿舍里待着好害怕，所以过来找你。万一值班的不只他一个人，还有其他人怎么办？那就说自己睡不着，出来散心，走错了地方……"

　　小洋楼的门没有锁，她顺利地进了第一道门，然后，轻轻地在昏暗的走廊里慢慢往前走着。每扇门上都用日文标着某某课、某某室。走到走廊尽头时，她才看到一扇门上有"机要室"三个字。她先在门外默默地站立了一会儿，仔细听着里面的动静。里面没有一点儿声音，她试着扭动门把手，那扇厚重的橡木门无声无息地开了一条缝儿。她没有立即走进去，又在门口伫立了片刻，依然没听到里面有动静，这才将门开得再大一些，闪身进去。

正如她预测的一样，杜林独自一人值班，趴在桌子上已经昏然入睡。看来，萧平给她的那包安眠药起作用了。桌子上放着几部电台，还有一部电报机。靠墙壁的地方放着一排铁柜子，她猜测那些铁柜子是放机密文件的。

她快步走过去，从墙上找到一串钥匙，每把钥匙上都标着号。她对着铁柜子上的号码，打开了1号柜，翻看了一下，发现都是几年前的一些文件。然后，她急忙打开2号柜，里面放着的是一些传真和电报。接着，她又打开3号柜和4号柜，也没有发现什么有价值的文件。当她打开5号柜时，目光一下被一部卷宗给吸引住了，那上面用日文写着几个字"白狼峰作战案——影印本"。

她急忙将那部卷宗取出来，放在旁边的一张桌子上。她回头看了一眼趴在桌子上的杜林，他睡得正香，打着轻微的呼噜。她急忙从小包里取出那架微型照相机，将那部"白狼峰作战案——影印本"的每一页进行了拍照。所幸页码不多，只有十来页，她很快就拍完了。她照原样把那卷宗放回到原处，然后，迅速离开了机要室。回到宿舍时，她看了一眼怀表，刚好一点二十分，就是说，除去走路的时间，她寻找并拍摄卷宗只用了十分钟。

她决定一分钟也不耽搁，马上离开。

她早注意到杜林走的时候把后门锁子的那把钥匙放在了桌子的抽屉里。她打开抽屉，找到钥匙，急忙向后院走去。

天空不知什么时候出现了一片乌云，把月亮遮得严严实实的，光线更加暗了。她深一步浅一步地走着。进来的时候，她死死地记着路，如何拐弯，如何直行。所以她没有走冤枉路，很快找到了那个小门。她从那个小窟窿里伸出手去，摸索着，可无论如何也无法把钥匙塞进锁眼里去。她有些急了，若打不开这扇门，她就无法走出去啊。结果这一急就出了差错———一不小心，那把钥匙掉在了外面。

这下惨啦！怎么办？只能返回去，等他清醒过来，大约天亮时分，让他从正门出去捡钥匙。

可万一……那钥匙被外面的人给捡走了呢？

一时，她呆立在原地，大脑一片混乱，不知如何是好。

正在这时，寂静中，她听见门外似乎有人在用钥匙开锁。

她大吃一惊，想马上逃开，可双脚被焊在原地似的，动弹不得。

那扇门无声无息地开了，一个黑色的人影站立在门外。

她感觉自己浑身的血液顿时凝固住了……

106.

是萧平！

原来，萧平一直在附近保护着小愚。当她跟随杜林去吃西餐时，他就在离他们不远的一张桌子旁一边喝着咖啡，一边暗中关注着他们。后来，他们去看电影，他坐在他们后面，观察着。再后来，当他们从后门进了日本领事馆之后，他就徜徉在门外，一支接一支地吸烟。他有个强烈的预感：她会得手的。到目前为止，一切都非常顺利。她不仅漂亮，而且聪明，最主要是她的机灵，她可以应付一切意外的变故。在北平这一年多，他对她进行了严格的训练，她圆满地完成了各个科目的考试，这令他非常满意。看来，当初自己没看错人。

他的车子就停在不远的地方。当他拉着她快步离开那扇小铁门时，她没有忘记把那锁子照原样锁好。

他亲自驾车，载她回家。

她坐在副驾驶的位置上，一直沉默着不说话。

萧平突然问："你没事儿吧？"

"我没事儿……"她说。

他们回到住处，便立即来到暗室，洗印放大胶卷。不到天亮，他们就已经把照片全部洗印放大出来。在一片红光笼罩着的暗室里，萧平看着那些悬挂在空中正在被晾干的相纸，吃惊得几乎合不拢嘴巴。日军的"白狼峰作战案"，关东军调集了一万多兵力，将要在七天后对南野营进行偷袭，计划一举将抗日联军驱赶到黑鹰河畔；而号称"铁血军"的伪满第九军将埋伏在河畔，将抗联的队伍装进口袋里，一举全歼！

这是一个十分歹毒的计划。

萧平决定天一亮就把这个重要的情报送出去。

天很快就要亮了，但是萧平和小愚都很亢奋，没有丝毫睡意。他们安静地坐在暗室里，小愚自然而然地将头依偎在他的肩上。这是他们成为名义上的父女之后经常有的亲昵动作，只有这样别人才会把他们当成真正的父女，他们才能获得更为真实的保护色，就像趴伏在树上的变色龙一样，让人根本看不出它的本色。萧平是一位可以依赖的同志，一位父亲般的领导。有时候她依偎在他的肩膀上，两个人都默默地不说话，她能清晰地听到他"怦怦"的心跳声，那么有力，那么沉稳。那感觉像大海的浪潮一般一波推着一波涌过来。而他只是端坐着不动，似乎也很迷恋这份只有父亲才会有的感受。有时候她会尽情地发挥着女儿孩童般的顽皮——看他闷闷不乐或者沉思的时候，她会突然胳肢他的脖子，想引逗他发笑，可不等他发笑，她自己却笑个不停……

他们一同享受着那种父女间的天伦之乐。

闲暇时，她想知道他过去的故事，尤其是他的爱情故事。她很想知道，就抱着他的胳膊，央求他讲一讲。但他一直沉默着不肯讲。她有足够的耐心来纠缠他，逼着他非讲不可。终于有一天，他把自己过去的故事讲给她听。

他曾经是上海某大学的一位教师，风流倜傥，英俊潇洒，受到许多女学生的追捧。后来，一位漂亮的女老师爱上了他，主动向他表白。他也喜欢她，两个人都喜欢现代艺术，有共同的话题，很快坠入了爱河。后来他们结了婚，过了一段非常甜蜜的日子。后来他参加了地下党，并成为一名锄奸队的队员。有一次他接到一个任务，潜入一家豪华大饭店，去刺杀一名为日本间谍提供情报的汉奸。闯进房间之后，他发现一对男女正在床上云雨。他丝毫没有迟疑，上前一刀插在那男子的后背上，那男子一声不吭地瘫软下去。那男子身下的女人惊叫一声，将压在身上的男人的尸体推下去。而正要转身离去的他看到那女子的面容时一下子惊呆了：那女子居然是他的太太。

太太看见他，也惊呆了，一丝不挂的她突然羞愧地捂住了脸啜泣起来。原来，她已经被军统发展成秘密特工，她的任务也是要诱杀那个大汉奸，只不过是用色相来引诱他，然后找机会下手。当她哭泣着说出这一切时，他一句话也没说，转身默默地走出了房间。那是他们最后一次见面。他回家简单地收拾了一下东西就离开了，再也没有回去。后来，他来到北平执行任务，一住又是若干年。

她开始理解这个"父亲"了，对他的敬佩又加深了一层。

107.

　　黎明即将到来的时刻是一天当中最为神秘的时刻。小愚伫立于院子当中的那棵老槐树下，仰望天空，看见那一颗颗寒星逐渐消失了光芒，而天幕的一端逐渐亮起来，做着分娩太阳的准备。寒冷袭来，她浑身不由得一颤，双臂抱在胸前。这时，附近的小胡同里已经传来小贩们的叫卖声："豆浆——油条——老豆腐——"她想了一下，走到大门口，打开院门，准备到胡同口去买些早点回来。这时却听见身后传来噶拉的声音："你今天起得好早啊。"

　　她回过身来，看见噶拉笑嘻嘻地站在她身后。噶拉的伤口恢复得很快，这几天，他已经能下地走路了。他是一个不喜欢被关在房间里的人，只要一有机会，就会跑到院子里来转转，好像一匹被关起来的狼，绕着院子转悠，是为了寻找一个缺口从这里逃出去。

　　"我阿妈说，早起的鸟儿有虫儿吃。看来，你是一只勤奋的好鸟儿啊。"

　　小愚没有对他说自己昨天夜里出去执行任务，一夜未睡。这次行动是高度机密，自然不能告诉他了。虽然噶拉也是自己的同志，但那个任务她还是羞于说出口。不过，见到噶拉她一下子高兴起来，方才心中的沮丧和悲凉感顿时消失得无影无踪。这是一种很奇怪的感觉，每一次见到他，她的心情似乎就一下子变得好起来。

　　她高兴地拉住他的手说："走，和我一起去买早餐吧。"

噶拉巴不得出去转转，痛快地答应了。

二人出了院门，走向胡同口。在卖早点的小摊上，小愚买了油条和老豆腐。她问噶拉喜欢吃什么。

噶拉问："这里有奶茶和手把肉吗？"

小愚捂嘴乐了，说："你以为这是在你们草原上啊？哪里会有奶茶和手把肉呀！"

噶拉叹气说："除了奶茶和手把肉，其他的我啥也不想吃。"

小愚说："好啦好啦，你再坚持几天就让你回去了。回到草原上，你尽情地吃个够！现在先委屈一下吧。"

噶拉说："有你这句话，天大的委屈我也能承受。"

小愚看着他又乐起来，她觉得这个蒙古族大男孩儿很有意思。

他们拎着买好的早点往回走，当快要走到胡同里时，明显感到气氛不对——胡同里，有五六个戴礼帽穿长衫的男人正在鬼鬼祟祟地向里走着，走到他们居住的那个院门口时，他们从怀中摸出手枪，似乎在低声商量着什么。

小愚心中一惊："糟了，是特务！"

噶拉似乎也看出了端倪，停下了脚步。

"他们要偷袭我们的站点！"小愚紧张地说。

"有人出卖了我们？"噶拉疑惑地问。

小愚也是这样想的，因为胡同口就有他们的暗哨，那儿为什么没发出报警信号呢？

"不行，我们得给里面的同志们发信号。"小愚果断地说。她已经从腰间拔出了手枪。

噶拉一摸身上，居然忘记带枪了。也难怪，他原本只是打算在院子里转转，并没想到要出院子。他一把从小愚手里夺过手枪，说："你赶紧走，我来对付他们。"

　　小愚抓住他的手说："不行，不能硬来，我们走。"说着拉起噶拉的手就往胡同外跑。

　　出了胡同口，他们马上急转弯，沿着后海岸边又往回走。噶拉不知道小愚要拉着他去哪里，一时有些莫名其妙。

　　小愚边跑边告诉他："那边有一个秘密的小门，是应急用的。打开小门，就直通对面的那个小码头。"当他们跑到小门时，发现那儿也把守着一个穿风衣戴礼帽的家伙。他正撅着屁股从门缝里向院内窥视。噶拉一秒钟也没有犹豫，一个箭步上前，从那家伙后面用双手摁住他的脑袋两侧用力一拧，只听得"咔嚓"一声，他的脖子被拧断了，一声不响地倒在地上。这个动作一气呵成，大概只用了三秒钟就完成了。小愚看得直咋舌，没想到这位蒙古族青年平时嘻嘻哈哈，在危急之时，临危不乱，如此勇猛。

　　小愚飞快地打开小门，进了院内。噶拉也跟了进去。就在这时候，前门那边枪声响了起来，肯定是院子里的同志发现了特务闯入，开始了枪战。他们想冲过去接应，这才发现房顶的制高点已经被敌人占领，一挺机枪架在房脊上，子弹雨点般密集地泼洒过来，他们根本冲不过去。小愚急眼了，不顾一切就要往里冲，噶拉急忙抱住她，把她抱到墙后一个安全的地方。

　　小愚大声叫喊着："你放开我，让我冲进去……我要去救他，让我去救他们……"

　　噶拉在她的耳朵边低声但清晰地说："我上房去，干掉那家伙，然后你再冲过去。"

　　不等小愚反应过来，噶拉已经松开她，找到一棵沿着墙边的大树，抱住树干向上一蹿，如猴子般敏捷地蹿到树上，然后纵身一跃，从树梢上跃到了房顶上。他像一只敏捷的大狸猫从房子的后侧向前摸去，很快就摸到了那个机枪手的身后。小愚听见一声惨叫，看见一个人被从房顶上扔了下来，重重地摔在院子里的青石板上。

小愚一秒钟也没有犹豫，立即向前冲去。与此同时，噶拉也从房脊的前面纵身跳下去，与小愚汇合。他已经从那个机枪手的身上摸到了一把手枪。他们快要跑到前院时，看见萧平扯着一个女人跟跄着走过来。小愚认出那女人是给他们做饭、打扫卫生的柳婶儿。

柳婶儿浑身哆嗦着，不停地说："他们抓了我的儿子，我要不按他们说的办，他们就会杀了我儿子呀……"

小愚一下就明白了，原来，柳婶儿当了内奸，把他们这个秘密情报站给出卖了。

噶拉感觉萧平受了伤，急忙过去扶住他，果然发现他小腹上渗出了鲜血。

小愚也跑过来，急忙说："我把后院的小门打开了，快，我们从那儿去码头。"

谁也没有想到，就在萧平回头和他们说话时，柳婶儿突然从怀中摸出一把匕首，猛地扎进萧平的心窝处，然后挣脱了萧平的手臂，向院门那边飞奔而去。事后小愚才得知，柳婶儿原本就是一个训练有素的日伪特务，萧平和她一直没有发现，真以为她是被日本人逼迫的。

那时小愚惊呆了，急忙扶住萧平。噶拉甩手就是一枪，将那个狂奔的女人击毙。

萧平用最后的力气从怀里掏出那个文件袋，递到小愚手里，小愚看着他的嘴在动，却听不到声音，但那意思她懂了：赶紧把这份情报交给我们的组织，一分钟也不能耽搁！

他从小愚的怀里慢慢地向下滑落。小愚使劲抱紧他，不想让他落到地上。可是，他变得越来越沉重，以小愚的力量根本就支撑不住，他终于坐到了地上。小愚也跟着跪在了他身边，两只手依然紧抱着他没有松开。

这时，从前院冲进来几个便衣特务，已经开始向这边冲过来。噶拉挥枪奋力阻击着。外面传来大卡车的紧急刹车声，然后是一阵日语的叫喊声，显然，日本宪兵队的后援队赶到了，如果他们再不撤离，将面临着被全部被歼灭或者被俘虏的结局。

噶拉不顾一切，拉起小愚，向小门那边撤离。他感到她的手黏黏糊糊的，低头一看，她的手上沾满了鲜血。

那是萧平的血！

108.

变故来得这么突然，无论是小愚还是噶拉都没想到，他们的情报站会猝然被敌人攻占。从那里逃出来的只有小愚和噶拉。他们在中午到达了通县火车站。路上，二人决定，一起去兴安镇，把那份重要情报交给那里的地下组织，由他们转交组织。

车站检票口站着两个显然是便衣特务的家伙，他们盯着每一个进站的旅客，眼睛如鹰隼一般阴鸷。小愚悄悄地拉了拉噶拉的衣袖，用目光传达她的疑问："我们怎么办？"噶拉满不在乎地一笑，把自己系在腰间的绸子腰带解下来，缠到小愚的头上，乍一看，小愚颇像一位蒙古族姑娘。他示意她站到自己的身后，然后大大咧咧地向检票口走去。小愚迟疑了一下，跟在他身后往前走。

噶拉变魔术似的从身上摸出一支烟来，径直走到那两个便衣面前，举着手里的香烟用蒙古语说："噶拉？"便衣听不懂，噶拉就向他比画着，意思是他想抽烟，但是没有火，想借个火儿。那便衣不耐烦地摆手，示意他赶紧走。噶拉偏偏不走，站在那儿继续和他们说着蒙古语，似乎他一句汉话也不会说，一边说一边动手在他们身上摸索，似乎要找火柴。两个便衣躲闪着，被他搞得非常恼火，其中一个人只得取出一个打火机来给他点燃了香烟。噶拉这才笑着对二人笑了一下，带着小愚进了检票口。

当他们坐在火车的座位上，听着汽笛鸣叫，火车徐徐开动时，小愚才松了一口气。对于噶拉刚才的临危不乱、机智平添了几分敬意。噶拉问她是不是饿了。她这才想起从早上到现在还没吃一口东西，真的饿了。噶拉变戏法似的，从怀中取出一个旧报纸包，打开纸包，里面居然是他们早上买的油条。她拿了一根，剩下的让噶拉吃。噶拉狼吞虎咽地吃起来。小愚只吃了几口就发起呆来，她又想起了牺牲的萧平，眼泪如断线的珠子一颗接一颗地滚落下来。一旁的噶拉见状，想劝劝她，可又不知道该怎么说，说些什么才能抚平她内心的伤痛？由于有纪律，小愚没有告诉他萧平并不是她的父亲，他们是一对冒充的父女。噶拉以为萧平真的是她阿爸，非常同情她，也能理解她，觉得这个女孩子真的好可怜，只是不知道应该怎么样安慰她。他唯一能做的，就是为她跑前跑后，甚至讲笑话想逗她开心。她看出来他的用意，可就是笑不出来。

后来，她一直昏睡着。噶拉让她靠在自己的肩头，自己坐得身体板直，不敢动，尽管屁股上的伤口又在隐隐作痛，但他坚持着不敢动，怕把她惊醒。侧过脸，看见她那张天真秀美的脸庞，他不由得想："来的时候，是列娜靠着他的肩膀睡觉，回去时，却换成了这个娇弱的江南小女子。人世间的许多事情真是变化无常，是你永远无法预知的。"

到了后半夜，他也坚持不住了，昏昏沉沉地睡去了。在梦中，他骑着银色闪电正在冲锋陷阵，挥舞着一把雪亮的马刀嘶喊着，策马奔跑着。当敌人的骑兵迎面而来时，他挥舞着马刀，向对面来的那家伙横刀砍过去，准确地将他的脑袋砍了下来。他勒住马缰绳，回头望去，那颗被他砍下来的人头在地上骨碌着，一直滚到他的马蹄下才停住，瞪着眼睛望着他。他惊得差点儿从马鞍上滚落下来——

那个被他砍死的人居然是野村！

他一下惊醒过来。这时，火车进站前那一声雄浑而沉闷的汽笛声也响了起来。他看见车窗外已经是一片朦胧的白色，一个站牌从车窗外闪过。

王爷庙街到了。

109.

下了火车，噶拉带着小愚直接奔向关东皮货商栈。刚刚打开门窗护板的小伙计见他带了一个陌生人走来，急忙上前想阻拦，噶拉一把将他推到一旁，拉着小愚走进店里。

老谢看见噶拉和小愚，大大吃了一惊，随后有些紧张地问："出了什么事情？"

噶拉把北平情报站的变故简略地和老谢说了一下。小愚从身上取出那个牛皮纸袋子，递给老谢。

老谢打开纸袋子，从里面取出那份情报，只看了一眼就吃惊地合不拢嘴巴："白狼峰作战案！"

老谢激动地站起来，在地上绕着走了一圈儿又一圈儿，喃喃道："这个情报太重要啦，太重要啦……必须得马上送到南野营去！"

老谢摇了一下桌子上放着的铜铃，那小伙计急忙走进来。老谢在他耳朵边说了一句什么，小伙计匆匆而去。不一会儿，一个高大挺拔的身影走进店里，是阿穆。

阿穆见了噶拉并没有表现出吃惊和意外。只是当老谢让他看那份情报时，他才略显得有些惊讶。

"这么重要的情报，你们是怎么得到的？"阿穆的脸上是异常严肃认真的表情。

小愚讲了自己获取情报的过程。

"如果是从日本领事馆得来的，那它的真实性应该没有问题。"

老谢却眯起眼睛，从眼镜上面投掷出犀利的目光，逼视着小愚说："这么重要的情报，你得到的也太容易了吧？"

小愚犹豫了一下，不知道应该如何回答。

噶拉有些不高兴了，对老谢说："我亲眼看见萧平同志在牺牲前把这份情报交给她的，你看，这上面还带着他的血呢。这还有啥可怀疑的呢？"

老谢却不理睬噶拉，依然用那种目光盯着小愚说："你必须毫无保留地向组织说清楚一切。你是怎么认识杜林的，又是用什么办法获得这份重要情报的？"

小愚显得非常为难，低下了头。

噶拉上前，推了老谢一把说："喂，你是不是有点儿欺负人啊？人家一个女孩子，凭啥要把一切都告诉你呢？"

噶拉很用力，他这一搡，几乎把老谢搡了一个趔趄。

老谢恼怒地盯着噶拉说："你想干什么？"

"我想揍你！"这句话噶拉忍了忍没说出口，只是对老谢怒目相向。他心里一直认为，上一次在八里桥上的伏击战就是因为老谢误传了情报，导致几位同志牺牲，老谢应该负有不可推卸的责任，可他依然傲慢地在这里指手画脚，盛气凌人，这是噶拉看不惯的。

老谢感觉到了噶拉目光中的那股子杀气，把手按向腰间的小手枪。

倒是阿穆非常冷静，慢慢地说："萧平同志我还是比较了解的。在我党的隐蔽战线上，他是一位有着丰富经验的老同志。他利用军统的身份，给我们提供了许多非常有用的情报。我估计这份情报百分之九十是真的，我们一刻也不能拖延，要马上将情报送到南野营。"

老谢被阿穆说服了，终于点了点头说："我去送，不过，她得跟我一起去。"他指了一下旁边的小愚。

噶拉又来气了，说："为啥叫她和你一起去？"

"只有她，才能证实这份情报的真实性。"老谢不紧不慢地说着，又把他的那个梨木烟斗叼在了嘴上。

"你咋知道人家愿意跟你走呢？"噶拉说。

"这是组织纪律。"

"你又不是人家的领导……"

小愚跨上前一步，坚定地说："我去。"

噶拉这下没词儿了，只得对老谢说："你要绝对保证她的安全啊！"

老谢瞟了噶拉一眼，没再说话。

他和阿穆商量，他带小愚去送这份重要情报，阿穆留在这里，等待上级的命令。战斗一旦打响，阿穆马上带领军校的学员们起义，粉碎日寇围剿东北抗联的计划。

方案很快就商量好了。老谢让人准备了两匹马，让小愚马上跟他走。小愚这才想到自己不会骑马，把绝望的目光投向噶拉。

"我不会骑马呀，能让噶拉哥送我吗？"她请求道。

老谢和阿穆这才想到这个问题，是呀，她不会骑马，怎么可能跟着老谢跑到大森林那边呢？南野营驻地离这儿少说也有一百多里地呢。

阿穆果断地说："那就这样，噶拉，你送他们到南野营。送到后马上返回来。这边有更重要的任务等着你呢。"

第十章

白狼峰

110.

葛拉还没有走到军校的马厩时，就听见马厩里传来一阵响亮的"咴咴咴"的嘶鸣声，一听就是银色闪电的声音。它的听力好，或许是凭着敏锐的嗅觉，已经感知到葛拉回来了，所以在马厩里激动地蹦着、转着。当葛拉出现在它面前时，它反而安静下来，那一对大眼睛里，居然水汪汪的，似乎蓄满了泪水。

葛拉紧紧地抱着它的脖子，把火热的脸颊贴在它光滑有皮毛上。它的鬃毛磨蹭着他的皮肤。

"哦哦，老伙计，我是多么想你呀！我知道你也在想我，一直焦急地等待着我的归来，是吧？"

"好了，以后，我答应你，再也不和你分开了，好吗？"

它打了一个响鼻，似乎在回应他的话。他马上给它备好了鞍子，牵着它出了马厩。它停下来，等着他上马。他轻捷地上马。一坐到马鞍上，顿时就找到了那种熟悉的感觉，他用双腿轻轻地一夹它的肚子，它箭一般蹿出了军校大门。

镇子边缘的一个路口，老谢和小愚在这里等着噶拉。噶拉翻身下马，双手卡住小愚的腰，往上一举，小愚便坐到了鞍子上。噶拉觉得她身子太轻了。随后噶拉也上了马，坐在鞍子后面。他的双臂环绕着小愚，小愚顿时有了一种安全感，不必担心自己会掉下马背。这时老谢也上了马，于是他们一前一后向北方疾驰而去。

一望无际的草原展现在他们眼前。小愚禁不住激动起来。这里与她见过的世界是完全不同的，那种辽阔与广袤是她过去从来不曾见过的。策马飞驰对她来说也是头一回，马背上的那种愉悦的感觉也是过去从来不曾有过的。清风迎面扑来，草浪随着马蹄的奔腾而翻滚。这使她想起了在南湖泛舟船舷边泛起浪花的情景。这一切仿佛都曾在她的梦中出现过，她似乎是在旧地重游，可又像是在梦境中畅游。

对于噶拉来说，他无心欣赏草原景色。这些景色他早已经谙熟于心，那是草原必有的布景，山峦、河流、草滩、沙丘……这一切对他来说都是司空见惯的，他关心的只有小愚的安全和这次任务的危险性。他预感到狂风暴雨正在袭来，他已经闻到了战火硝烟的味道。

还有，他屁股上的伤口还没有痊愈，在激烈的颠簸中，他感到隐隐作痛。

只有当小愚的长发被风吹得飞舞起来，那一缕缕青丝拂到他的脸上时，他才意识到这个女孩子肩负着特殊的使命，他有责任协助她完成这个使命。同时，他也不由得想起他曾经与另外一名女子同骑银色闪电在草原上奔驰的情景，当时，他第一次受到了女性的诱惑。那女子是谁呢？他居然有些恍惚，似乎那是十分久远的故事了，画面早已经变得黄旧不堪，具体的细节已经越来越模糊。

是奥蕾吗？

她的影子在他心里正在变得越来越模糊，就像一块原本晶莹的冰块，在春天到来后慢慢地被污染了、融化了，而且是在悄悄地融化，在不知不觉中，已经化成了一摊水，又变成了一片气，最后消失得无影无踪。

这真是一种很奇妙的感觉。有时候他会为这种感觉而感到奇怪：我曾经爱过她吗？或者是我喜欢过她呢？怎么都不记得了呢？记忆中唯一留下的是那淡淡的黑松露味儿……

老谢骑马的技术不行，马跑得慢，噶拉和小愚早已经把他远远地甩在了后面。途经一个小村子时，噶拉和小愚下马，在一棵大树的树荫下休息。噶拉把自己的大衣铺在地上，让小愚坐在上面。虽然已经是五月中旬了，但草原上天气依然寒冷，有些地方依然堆积着冬天的残雪。向阳的山坡上吐出新绿，一层绿茵茵的小草铺满了南坡。

噶拉让小愚在树底下等着，自己跑到附近的一户老乡家里。不一会儿，他又跑了回来。一个老乡跟着他，端着一个盘子，里面放满了食物，还有热气腾腾的奶茶。那老乡放下食物，问噶拉还需要什么。噶拉说："不需要了，如果有需要的话我再去找你。"显然，他们很熟悉。

小愚吃惊地问："这里的人你都认得啊？"

噶拉自豪地说："那当然啦，以前我在这里放过马，这一带的人没有不认得我的。"

他们吃饱喝足了，依然不见老谢的影子。闲着无聊，噶拉提出要教小愚练习骑马。他说："在草原上不学会骑马可不行，那就像一个人没有腿儿一样，哪儿也去不了。"

小愚对骑马也颇有兴趣。于是噶拉把小愚抱上马背，把缰绳交给她，反复告诉她应该怎样操纵控制马，怎样对它发号施令，怎样让马跑，怎样让马停下来。小愚本是个聪明的女孩子，用心记下，按照噶拉教的方法，一步步对马进行操控。果然，那银色闪电就好像懂了她的心思，按照她的意愿时而小跑，时而慢走，时而停下，时而绕着圈子。噶拉惊讶小愚的悟性，居然这么快就掌握了骑马技术，他却并不知道其中的奥秘。小愚则高兴地笑着。在北平的那段日子，萧平经常带她去赛马场骑大洋马，所以她已经具备了骑马的基础。不到一个时辰，她就基本上掌握了骑马的要领，已经可以独自骑着马跑得像模像样了。

小愚正练习着，老谢骑着马气喘吁吁地赶来了。他翻身下马，一屁股坐在草地上，样子十分狼狈。不等噶拉叫他，他又急忙站起来，走到他们面前，抓起食物狼吞虎咽地吃了起来，丝毫不见了平时的高傲和优雅。吃饱喝足后，他从背包里取出一张地图，查看他们的前进路线。他们要去的地方是海拉尔，老谢对那里十分熟悉。只要把情报送到共产国际的情报站，他们就算是完成了任务。

对于噶拉，老谢的态度在不断地转变着。起初，他认为这个蒙古族少年勇敢机智，是可塑之才，对他寄予厚望。可渐渐地，他发现噶拉并不像他当初所想的那样听话，野性难驯，极难驾驭。对于老谢，老谢觉得噶拉完全不把自己放在眼里。再就是噶拉爱认死理儿，易冲动，许多时候不够理智。但是在草原上，噶拉又是一个非常好的同伴，他熟悉草原，有丰富的野外生存经验；他战斗勇猛，从不畏惧敌人，在上次的战斗中，他有出色的表现。眼下他的伤还没有完全好就主动要求送他们到边境，这真是帮了他很大的忙，不然，他有可能会迷失方向。

其实，这次送情报，他完全可以不带小愚一起来，但是，他对日本人的"白狼峰作战案"一直心存疑问：这会是真的吗？日军真的要对我们的秘密训练营地动手了吗？如果情报是真的，那么只有七天，不，只剩下五天的时间了，时间非常紧迫。他带小愚来，是为了让她向组织上证实这份情报的真实性。

当他们休息好了，准备上马继续赶路时，天空中传来飞机的轰鸣声。老谢抬头望去，只见一架飞机飞得很低，从他们头顶上掠过。机翼下血红的太阳旗标志清晰可辨。这显然是一架日本侦察机。日本人飞到这边要侦察什么？

莫非，日本人真的要孤军深入，在白狼峰一带展开大规模的围剿战？

111.

嘎拉独自骑着银色闪电返回了王爷庙街。

他是把老谢和小愚送到了白狼峰南野营附近才与他们分手的。嘎拉勒马伫立，一直目送着他们骑着马慢慢走远，身影消失在南野营。不知为什么，那一刻嘎拉心中突然泛起一股莫名其妙的失落感，这种快快的情绪伴随他走了一路。他预感到，一场暴风骤雨即将来临。当他回到王爷府，在院子里见到珍珠的时候，那种惶惶然的情绪才渐渐消失。

珍珠见了他自然又是一惊一乍的样子，双手吊在他的脖子上，盯着他不停地说着："我去军校找过你，有人说你突然失踪啦。哥，你去哪儿啦？去哪儿也不说一声儿，快把人急死啦！"

他微笑着把她的两只胳膊从自己的脖子上解下来，说："以后不兴这样啊，我们早就成大人啦，这样让人看见多不好啊。"

"你一定要告诉我你去哪儿了。"珍珠似乎忽然意识到了什么，脸儿微微一红，但还是不依不饶地盯着他问。

"好啦好啦，我去执行了一次任务。"噶拉想搪塞过去。

"啥任务？"

"这是秘密，我不能告诉你。哎，我阿妈还好吧？"

珍珠噘起了小嘴说："听说你失踪了，你阿妈好几天都睡不着觉，天天让我去军校打听你的下落。"

二人正说着，门外响起马嘶声。他们回头看去，走进大院的是南迪。原来，最近香柏夫人偶染风寒，南迪放心不下，时常过来探望，并带些蒙药来给额吉。

噶拉与南迪见面，免不了会寒暄一番。自从上一回大庙风波之后，他们二人就再也没有见面。那次南迪的出现引起了阿穆的注意，阿穆让噶拉把他介绍给南迪。这次正巧南迪回来了，噶拉便把阿穆引进了王爷府，与南迪见面。二人一见如故的样子使噶拉有些意外。阿穆对宗教懂得很多，与南迪谈得入迷。噶拉不知道的是，从那次见面之后，阿穆经常去庙里探望南迪，二人在青灯香火下一谈就是半夜，后来南迪成为著名的"红色活佛"就是从那时阿穆对他的启蒙开始的……

南迪对噶拉有一种天然的亲近感，几乎把他当成了自己的亲兄弟，对他的安危非常关心，时不时来王爷府打听他的行踪。南迪的到来给寂寞的珍珠带来些许的欢乐，她把南迪当成仅次于噶拉的哥哥。当然啦，如果按亲戚血缘关系，他还是她的姨表哥呢。

可眼下噶拉在，珍珠就顾不上和南迪说话了。她缠着噶拉问他这些天去了些什么地方，又见到啥好玩儿的东西了。噶拉胡乱应付着。

南迪看见二人如此亲热，不免有些不大自在，说："你们先聊着，我去给额吉送药去。"

坐在南屋的宝荣早听见院子里儿子的声音，急忙从房间里走出来。噶拉前些天突然不见了，她心里一直惴惴不安，让珍珠去打探消息，却没有任何音信。这些天她天天做噩梦，梦见噶拉在和人打架，被打得头破血流。她愈加担心儿子出事儿，每天心惊胆战，只要王爷府的大门一响，她就急忙向外窥视。

看到儿子平安无事地回来了，宝荣悬在半空中的心这才落回到肚子里。她紧紧地抓住噶拉的手说："噶拉，不要再到那个军校去了，以后，你就好好待在王爷府吧，继续放马，行吗？你在外面到处乱跑，我实在是不放心啊！"

噶拉觉得阿妈的样子有些好笑——以前自己在外面厮混多少天她都不担心、不惦记，这回是咋的啦？他笑着对阿妈说："我就是被派出去出了趟公差，到奉天送了些银两、肉食，这不，我平平安安地回来了，你操的哪门子心呀。"

噶拉心里想："阿妈还把我当成个孩子呢，不知道我已经是一名成熟的革命战士了，要是给她讲讲我在北平的经历，一定会吓着她的。"

想起完成任务后还没有到军校汇报，他急忙跑到厨房抓了一根羊腿骨，一边啃着，一边策马奔回了军校。

阿穆先他一步回来，此时正在焦急地等待着他，见到他回来急忙问："怎么样？"

噶拉说："一切顺利！我把他们送到南野营附近，就马上返回来了。"

阿穆的脸上并没有流露出喜色，眉头依然紧皱着，默默地说："你赶紧回宿舍准备一下，队伍一会儿就要出发了。"

噶拉有些发蒙，问："出发？要去哪儿？"

"去和'铁血军'汇合。"阿穆依然是那种调门不高但吐字清晰的状态。

"是要去南野营吗？真的要打仗了吗？"

"刚刚接到通知，你们都得上前线，参加'铁血军'。学校决定，我们派出的一百二十三名士官生，由你带队。你现在是士官生骑兵队的执行队长。"

"日本人让我们去当炮灰？"噶拉气愤地说，"我才不去呢！"

"当然不能给日本人当炮灰了。组织决定，咱们假装配合行动，只要时机成熟，就立刻发动兵变，起义暴动，掉转枪口，与东北抗联一同打关东军。"

噶拉顿时高兴起来，说："打小鬼子？那我去！"

112.

小松原将军身材虽然不高，但身体结实健硕，腰板笔直，显然是多年军旅生活造成的。他戴一副金丝边眼镜，留着夸张的小胡子。作为日本帝国顶尖的苏联问题专家，他曾在苏联做过两任武官，后来成为哈尔滨关东军特务机关长。他是一个对自己十分严格、一丝不苟的军人，同时，他又是一位诗人，喜欢写作，每天必定要写日记，日记如同优美的散文；而且，他会在激情光顾时写下一首首激情澎湃的诗歌。

其实，小松原十分谨慎，沉着冷静，做事低调，不喜欢张扬。此时此刻，他坐在办公桌前，入神地看着那份"白狼峰作战案"，心中想："呵呵，看来，对南野营的军事行动马上就要开始啦！"

他对这次行动充满了信心。秘密报告显示，南野营东北联军兵力比较弱，趁敌方空虚，正好开始我们的铁壁合围计划。南野营驻扎着一支苏联军队，他们大都是教官，是来训练东北抗联士官的。那里还有个小型机场。苏联人的计划是把训练好的"敢死队"的士兵们空投到虎头要塞，炸毁关东军布置在那儿的巨型大炮。对于关东军来说，这个南野营就是一个毒瘤，若不赶紧剜掉它，将来后患无穷。

这时办公桌上的电话铃响了，小松原拿起电话，是少佐打来的。少佐兴奋地告诉他："我们的侦察机在白狼峰上空进行了一次全面的侦察，我们发现敌人的队伍比较分散，训练如常，也就是说，敌方目前毫无军事准备，如果这时候我们开始突袭的话，必定会稳操胜券！"

放下电话，小松原将军闭目想了一会儿，感觉已经稳操胜券了，对付东北抗日联军，他有必胜的把握。一股豪情开始在他的心中升腾起来，诗情涌上心扉，他不由自主地拿起笔来，把一首已经涌到嗓子眼儿的诗写下来。

从年轻的时候起他就一直深深地喜爱日本古典诗歌，喜爱古典诗歌的超现实性、消遣性和唯美性。他熟读了小室屈山的《自由之歌》、北村透谷的《楚囚之诗》和森鸥外翻译的诗集《面影》。后来，他又喜欢上国木田独步的诗歌《独步吟》。而每每读到透谷和岛崎藤村、土井晚翠的诗作，就会浑身激动得颤抖，而对于他心中的"诗圣"藤村的《嫩菜集》，他认为无论在内容上和形式上，那伟大的诗作以浪漫主义的方法，为日本近代诗歌写下了光辉的一页，那几首著名的诗《初恋》《旅途》《千曲川旅情之歌》《常青树》，他早已经倒背如流。

他把写诗吟诗看成是一种艺术修养，一种高雅的怡情养性的消遣，他认为日本的古典诗歌是一种高级的语言艺术游戏，而那些"劣等民族"是不懂这种高雅的。

> 绵绵春雨懒洋洋，
> 故友不来不起床。
> 疲惫不堪借宿时，
> 夕阳返照紫藤香。

呵呵，多么优雅绝伦的俳句啊！

他挽起衣袖，挥毫泼墨，写下涌到他嗓子眼儿的那几句诗：

> 今朝绿草如茵地，
> 明日兵燹遍地焦。
> 待到荣归故里时，
> 古佛满堂尽香飘。

写完最后一个字，他将笔掷于书案上，感觉像投掷下一颗重磅炸弹，那飞扬四溅的墨汁便是炸弹爆炸时飞溅的灿烂火焰。他一边向外走，一边系着牛皮武装袋和盒子枪。他急着去指挥部，召集手下的将士们，详细布置五天之后的作战方案。他相信一场漂亮的战役马上就要打响，而那将是一场为他增加荣誉的战役。

113.

急行军。

军校一百二十多名学员排着整齐的队列急速向北行进。日本人给他们的命令是要他们三之内赶到白狼峰，在那里与"铁血军"第四十九团汇合。

噶拉是执行队长，日本教官北原仓介是督战官。

所有的战马都保养得皮毛光亮，肥硕的臀部有力地扭动着。有的马由于激动打着响鼻，从它们的鼻孔里喷出白色的雾气，在凌晨的空气中消融。有的马尾巴左右甩动着，似乎在驱赶着叮咬在他们皮毛上的马蝇。虽然是五月中旬，天气依然寒冷，但当太阳从山尖上浮出来后，那些讨厌的马蝇就不知从哪儿冒出来骚扰马匹。如果马跑得够快，马蝇是追不上的，而现在整个马队都在以碎步小跑着，所以给了马蝇可乘之机。

太阳很快从山尖上冒出头来。一片片青色或者灰色的氤氲便开始在低洼处或者是山沟里游荡着。马队所过之处，惊起草丛中的鸟儿，有百灵，也有画眉，甚至更大些的鸿嘎鲁也会一起惊飞起来，它们冲到空中之后，才开始组合队形，然后排着队向更远的地方飞去。

由于马蹄的践踏，青草味很浓。许多马蹄已经被染成了绿色。当马队经过沼泽时，马腿的小腿部分就会沾满泥巴，远远看上去像是给它们穿上了一双双土色的靴子。很快，那些泥巴就被风吹得干裂开来，然后一片片地脱落。

日本教官北原仓介策马跑在最前面，他亲自督战表明了这次的行动的重要性。女班由列娜带领跑在队伍的末尾，十名女学员基本上都是救护队员，她们在军校系统地学习了战地救护。列娜对她们管理格外严格，一个个都像乖乖兔似的紧跟在列娜身后。

阿穆留守军校，他把这次带队的任务交给了噶拉。临行前，阿穆反复叮嘱噶拉："你们此去战场，目的一定要明确：等待组织命令，带领学员们起义，调转枪口，配合我东北抗日联军，粉碎日本人的阴谋。"同时，他又强调说："你们不仅要自己起义，还要暗中做'铁血军'第四十九团团长郭铁心的思想工作，最好能把团长郭铁心争取到我们这一边来，让四十九团与你们一同起义，这样，对敌人造成的威胁就会大得多。"

阿穆把郭铁心的资料交给了噶拉和列娜，让他们先熟悉这个人，然后再想办法做他的工作，策动他起义。

列娜对郭铁心原本就比较熟悉。她告诉噶拉："这个人的屁股还没有完全坐到日本人那一边去，而且日本人实际上也并不完全相信他，咱们还是有争取余地的。"

几年前郭铁心在北兴安警备军司令部任参谋，曾亲眼看见了凌升是如何被杀害的。

1932年3月伪满洲国成立后，凌升出任"兴安总省"北"分省"的"省长"。由于他不愿意当日本人的傀儡，拒绝参拜日本神社，并因为哈拉哈庙的归属问题与日本特务机关长斋腾发生了激烈的冲突，日本特务机关突然逮捕了凌升以及他的手下、亲属二十余人，给他们安上一个"通苏通蒙"的罪名，在新京南岭将凌升、福龄、春德、华林泰四个人枪杀。之后，为了震慑"满洲国"的官员，日本特务机关又把兴安北警备军一批军官枪毙了……这个血腥的事件使郭铁心感到心寒，他对日本人只是虚以逶迤，应付而已。

得知了这些情况，噶拉对说服郭铁心团长充满了信心。

将近黄昏时分，队伍赶到了将军庙。"铁血军"比他们早出发半天已经从海拉尔赶过来了，已经在小梁镇安营扎寨。督战官北原仓介匆匆走进临时团部，与郭铁心商谈联合作战的若干问题。

噶拉趁着这个空当，走上小梁镇外的一个小山坡向远处眺望——这儿离白狼峰已经非常近了，几乎能听得见远处的河水匆匆流淌的声音。天上不时出现日军的侦察机。突然间，刺耳的防空警报响起，那是苏军的飞机飞了过来，显然也是一架侦察机，并不俯冲下来投弹或者用机枪扫射。噶拉看见山脊的另一边浓烟滚滚，机器轰鸣，大地为之震颤。片刻，看见一辆又一辆的装甲车和坦克鱼贯般蜿蜒而来，向南野营那边开了过去。坦克上红色的太阳旗标志清晰可见。

啊，看来真的是要打一场大战啦。噶拉心里更加肯定了自己的预感。

噶拉痴痴地想着，一时居然呆呆地伫立在山坡上忘了归队，直到从将军庙那边传来列娜的呼唤声他才如同从梦中清醒过来一般。

"噶——拉——快——回——来——"列娜的声音尖锐而高亢，穿云破雾，滚滚而来。她早年在森林中吆喝驯鹿时练出了一副好嗓子。噶拉相信她的声音已经响彻整个草原了，甚至已经越过哈河，到达河对岸了。

"她真是讨厌，怎么这么肆无忌惮地呼叫我的名字呢？"回去的路上，噶拉有些恼怒地想着。突然间，他想起了小愚儿。她此刻在哪里呢？和老谢一起在抗联那边，还是已经回到王爷庙街了呢？

114.

噶拉赶回到宿营地时，看见列娜一脸惊慌地看着他，说话的声音都在发抖："完了完了，噶拉，出事儿了……"

噶拉的心哆嗦了一下问："怎么了？"

"鲁尼……鲁尼被他们抓起来啦……"列娜一副无助的表情。这还是噶拉第一次看到她这个样子。平时，她都是一副铁娘子的神态，从来没见过她发慌。

"为什么？"噶拉预感到事情有些不妙。

列娜说："刚才，鲁尼和瘦猴小秃、司务长老于他们吃饭喝酒，突然来了几个日本兵，啥也没说，就把鲁尼抓走了。"

"会不会是有人走漏了风声，咱们起义的计划被敌人知道了？"噶拉最担心的就是这个。

"如果走漏消息，那我们这些人都得被抓，为啥只抓鲁尼一个人呢？"

噶拉仔细一想，也对——如果敌人知道我们要兵变，那绝对不会只抓鲁尼一个人。"但是，他们为什么抓鲁尼呢？"

"我也不清楚。你看怎么办啊？"

噶拉想了一下，果断地说："我去找郭铁心团长，把这事儿问个明白。"

噶拉来到"铁血军"第四十九团的指挥部。那是喇嘛庙一间比较宽敞的房子，郭铁心正站在一幅巨大的军事地图前与两名军官商量着什么，看见噶拉进来自报姓名，他的态度倒也温和，说："你就是王爷庙街骑兵军校的那匹黑马？我听说过你。"

噶拉双腿一碰，一个立正，行了一个军礼："奉阿穆教官之命，特带一百二十三名士官生前来参战并拜见团长大人。"

听到阿穆的名字，郭团长笑了："原来是阿穆的弟子。我与阿穆是多年的老朋友啦。他最近怎么样？"

噶拉说："他很好，他让我给团长大人带好，并且带给您一句私房话。"

郭铁心颇有兴趣地看着噶拉问："什么话？"

噶拉看了一眼他身边的两名军官，欲言又止。

郭团长说："没关系，他们都是我信得过的部下，你但说无妨。"

噶拉说："蒙古族人不打蒙古族人。"

郭铁心微微一怔，问："就这一句？"

"就这一句。"

郭团长说："噶拉，既然你是阿穆老弟派来协助我的，那我也对你实话实说——对于这场战争我很不乐观。日本人有些太狂妄了，想打过黑鹰河，一举消灭东北抗联，胃口太大了。"

"东北抗联会给他们教训的。"噶拉肯定地说。这句话是他与老谢分手时老谢亲口对他说的。

"是的，惹恼了他们是不好办的。这次，日本人把我们的队伍调过来，并且布置在第一线，其用心显而易见啊。"

噶拉趁机说："我们可不能上日本人的当。"

"关东军给我们的任务是沿黑鹰河右岸一直向前推进，到达与狐狸河的交汇处，截断抗联的退路，完成小原松将军亲自制定的三军包围并全歼南野营的计划。”

“团长大人，我们干吗要给日本人当炮灰呢？我们不如先按兵不动，看看战场的情况再说。”

郭铁心没有说话，但噶拉认定他在心里是赞同自己的提议的。

噶拉想起了列娜的嘱托，急忙问：“对了，团长大人，我手下有个弟兄刚才被日本兵给抓走了，这事儿你知道吗？”

“他叫鲁尼是吗？”

“是，他与我是生死之交，怎么样才能把他从日本人手里救回来呢？”噶拉急切地问。

“来抓他的，其实不是日本人，而是一位格格。”

“格格？”噶拉的心里“咯噔”一下——难道，会是她？

“日本人只不过是配合她罢了。”郭团长淡淡地说。

“鲁尼被关在哪里了？”噶拉又问。

“听说要带到齐齐哈尔审问。”

噶拉的心一下子凉了，他知道如果鲁尼被带到齐齐哈尔日伪特务机关，那简直生不如死啊！“在十八般酷刑的逼供下，鲁尼会出卖我们大家吗？幸好，他并不知道有关兵变的计划，不然的话，一旦他招供，大家都得跟着一起完蛋。”噶拉心想。

噶拉心里很急，无心再与郭铁心团长聊天，匆匆告辞出了团部，他去找列娜，可是，列娜也不见了！按约定，列娜应该在将军庙外面的那棵大榆树下等着他，可是，噶拉从团部出来之后，却找不到列娜的踪影……

115.

噶拉在将军庙里的临时团部与郭铁心团长说话的时候，一辆吉普车从附近开过来，然后一个急刹车，停在列娜身边。

列娜略有些吃惊地看着那辆吉普车。从车上，下来了一身日式军装打扮的奥蕾。这让列娜有些疑惑，心想："这位娇生惯养的格格怎么也跑到前线来了？"

奥蕾看着列娜露出微笑，脸上依然是那副居高临下的傲慢表情。她走到列娜面前，不紧不慢地说："我们都是老熟人了，就不用自我介绍了吧。你在这儿等噶拉是吗？"

列娜看了她一眼，没有说话，她觉得奥蕾的突然出现不同寻常。

"噶拉是进团部打听你弟弟鲁尼的下落的吧？其实不必费那么大的劲儿，我可以告诉你鲁尼在哪儿。"

列娜吃惊地看着奥蕾问："你知道？"

奥蕾点头微笑着说："当然，是我让日本兵去抓他的。"

列娜一下被激怒了，冲上前去，恨不得把她撕碎。但是从小车上下来的两名保镖挡在了她面前，两支枪口顶在她的胸前，使她根本无法触碰到对方。

"为什么？你为什么让日本兵抓我弟弟？"

奥蕾说："我们怀疑他是苏联间谍。"

列娜怒道："你胡说！鲁尼一直跟着我，他是军校的士官生，怎么可能是间谍！这完全是无中生有！"

奥蕾淡淡地说："办这案子的是日本关东军特高课，你找他们去说吧。"

列娜问："鲁尼在哪儿？"

奥蕾说："他马上要被日本人带到齐齐哈尔去了。"

列娜惊道："什么？"

奥蕾说："特高课是什么地方你还不清楚吧？那儿就是一座人间地狱，再刚强的汉子进去也得被剥几层皮，最后的结局是异常悲惨的——没有人能从那儿活着出来。"

列娜几乎绝望了："告诉我，怎样才能救他出来？告诉我！"

列娜的父母很早就过世了，只留下她和弟弟。她把鲁尼从小带大，又当爹又当娘，眼看着小鲁尼一天天长成一个剽悍的小伙子，并成为一名神枪手，她心中激荡着一种幸福感。这些年，姐弟俩的感情是极深的，鲁尼如果出事儿，那无异于要了她的命。

"有一个办法可以救你弟弟，就看你愿不愿意干了。"奥蕾微笑着说。

"什么办法？"

"你跟我上车来，我和你细说。"奥蕾摆了摆手，她手下的保镖从列娜腰间下了列娜的枪，之后闪开一条路。奥蕾先走到那辆吉普车前，打开车门，对列娜做了一个"请"的手势。

列娜没有丝毫犹豫，上了那辆吉普车。

奥蕾也跟着上车，关了车门。

吉普车快速行驶起来，转眼间不见了踪影。

其实，抓鲁尼以胁迫列娜是东哥与小亲王奕昕商量出来的一条计策。昨天半夜，东哥再次秘密来到了小亲王府。她向奕昕传达了关东军特高课的秘密指令：日军马上要在白狼峰进行大规模的军事行动，需要情报人员配合，尤其是需要派间谍渗透到抗联里去刺探情报。奕昕提出几个人选，但都不是很理想。过了片刻，他忽然想到一个人：列娜！她不但会说汉语和蒙古语，而且还会说一口流利的俄语，如果派她过去，对方是绝对不会有任何怀疑的。

但是奥蕾马上摇头否定了奕昕的提议，说："这个列娜我很熟悉，她性子刚烈，像一匹野马，是不会任由我们摆布的。"

东哥想了一下问："她有没有对她来说非常重要的人呢？"

奥蕾说："有啊，她有个亲弟弟叫鲁尼，也是军校的士官生。"

东哥说："那我们就把她弟弟抓起来做人质，看她听话不听话。"

奕昕也认为这个办法好。对于列娜，他一直抱有希望，想把她培植成自己的亲信。

只有奥蕾对这个办法表示怀疑："如果她不听我们的呢？"

东哥笑着拍了拍她的肩膀说："你放心，我有十成的把握，她会听我们的。我对人性的弱点看得很透，我们只要抓住对方的软肋，就没有办不成的事情。"

他们商议后做出决定：由奥蕾出面，前往将军庙督办此事。

奥蕾不得不佩服东哥。与东哥预想的完全一样，列娜亲眼看着囚禁鲁尼的汽车从她面前开过，鲁尼从囚笼里发出一声声撕心裂肺的惨叫声"姐姐救我——救我啊——"列娜几乎疯了一般追赶着汽车。可汽车很快消失在山那边。

列娜瘫软地坐到了草地上。五月的风吹拂着她的乱发，她悲痛欲绝，呆呆地坐着。

奥蕾走到她身后，低声细语："你能救他，只要你答应去做一件事情，就能救你弟弟回来。"

列娜可怜巴巴地抬起头来，望着奥蕾。

那一刻，奥蕾有一种获得猎物后戏弄困兽的快乐。

列娜说：“我愿意答应你的任何条件，只要能让鲁尼回来。”

奥蕾对她说：“你马上换装过河，到白狼镇去完成一项重要的任务。”

至于是什么任务，奥蕾没说，只是叮嘱列娜，到了白狼镇之后，到一个军人俱乐部找老板，并让她记住了接头暗号。只要接上头，具体任务那老板会交代她的。

列娜不得不答应。

在那一刻，她乱了方寸。

116.

浓厚的夜色被惨烈的炮火撕裂，山峦上的天空都被染成血红的颜色。轰隆隆的炮声和坦克的引擎声使大地不停地颤抖着。号称“铁血军”第四十九团的骑兵大都是来自呼伦贝尔的牧民小伙子，他们骑术精湛，许多是猎人出身，枪法极准。噶拉带领的一百二十三名军校的士官生大都是“兴安总省”人和呼伦贝尔人，与四十九团许多士兵都认识，有的是亲戚甚至是亲兄弟。大家见了面高兴地拥抱着、捶打着对方，马上融合成一个整体。

部队向黑鹰河慢慢地移动着。

郭团长下令：“不要急行军，先派尖兵到前面探听军情，如果前方没有抗联的军队，我们再往前走；如果遇到阻击，就朝天空放枪，然后退到安全地带等候命令。”

噶拉知道自己的"攻心术"起作用了，但若想说服他跟着他们一起起义，恐怕时机尚不成熟。他对列娜的失踪非常担心，问了许多人，大家都不知道她去了哪里。她会不会也被日本人给抓走了呢？这个念头使噶拉心中一直忐忑不安。

按小松原将军的作战计划，分三路围攻白狼镇，抗联必然招架不住，就会从黑鹰河与狐狸河交汇处唯一的一座大桥撤到西岸。"铁血军"第四十九团的任务就是火速赶到大桥那里，占领桥头堡，拦截抗联的退路，以形成包围之势而一举全歼。

小松原将军自认为他的作战方案天衣无缝，对付白狼峰的抗联部队，取胜是十拿九稳的。从苏联叛逃者亨利希·萨莫伊洛维奇·留希科夫提供的情报来看，这个秘密基地的兵力不过一个团，苏联派来的军官是来做教练的，人数不过百人；而他指挥的日军第三十二师团虽然武器装备配置比较落后，但是，士兵都是从日本四大岛屿中最南端的九州岛招募过来的。从古至今，九州岛以盛产强壮坚韧的战士而闻名，他们的刚毅和勇猛是极为罕见的，所以，小松原将军对这支队伍充满了信心。此外，他还组建了一支新的更加强大的攻击部队，由第六十四步兵联队司令官山县武光大佐率领，他们由四个中队、一个联队级炮兵中队、三个卡车中队以及由东八百藏率领的骑兵和轻型摩托化分队组成，还有"满洲国""铁血军""铁石军""铁心军"三军的人马，兵力总数达到一万多人，再加上空中力量的支援，这一切都使小松原将军信心满满，怀着必胜的信心指挥日军开始了这场对他来说是小试牛刀的战役。

小松原将军万万没想到，他的两名得力战将同时受到沉重的打击。而这两支部队被分割在黑鹰河右岸，彼此间失去了联系。

那还是昨天夜里，当噶拉他们的队伍即将离开将军庙时，一批通信器材刚好从阿尔山那边由一辆军用卡车运送过来。阿尔山离这边非常近，那里有火车，日军所有的军需物资都运送到阿尔山，然后再由军用卡车送到前线。军用卡车停在一家小饭馆的门外，司机和押送人员进去吃饭。也是押送人员大意了，他们看见了噶拉和他的弟兄在附近，就把他们叫过来，让他们负责看守卡车。他们对军校学员的信任导致了无法挽回的损失。噶拉让瘦猴小秃、司务长老于、王大鼻子等几个弟兄守在卡车周围，自己跳到卡车的车棚里。他在昏暗的车厢里发现了几个木头箱子，找了一根撬棍撬开一个木箱子一看，里面放着崭新的电台，那军绿的油漆还散发着浓浓的油漆味儿。噶拉知道在战场上电台的作用是何等重要。他想了一下，解开裤带，掏出家伙来，对着那电台撒了一泡尿。然后把木头包装箱又按原样钉好。他又撬开两个箱子，可是自己已经没有尿了，便跳下卡车，招呼瘦猴小秃和王大鼻子，让他们二人上车上去，如法炮制，给另外的几个电台也撒了尿。一个小时后，看着那几个吃饱喝足的日军卡车司机和押送人员从将军庙里走出来，开着卡车扬长而去，噶拉和瘦猴小秃等弟兄都忍不住哈哈大笑起来。

日军的电报员哪里知道他们刚刚领取的新电台会被人做了手脚。浓烈的油漆味儿掩盖了尿臊味儿。他们上了战场之后，一个奇怪的事情发生了——几乎所有的电台都短路失灵，不能正常工作了。

彼此失去联系的日军成了聋子。所以，当左翼日军指挥官突然发现前面出现了大批的坦克和装甲车时，急忙与右翼指挥官联系，请求派援兵，可是，无线电台发生了短路，耳机里传来的只有刺耳的怪叫声和电流声。右翼日军也发现自己被包围了，急忙让通信兵给左翼日军发电，企图两军会合一起突围，但是，无线电同样失去了作用。无奈之中，只得派一个传令兵骑马去与右翼的日军取得联系。

此刻，噶拉和他的兄弟们并不知道他们的尿会起到那么大的作用，他们躲在刚刚挖好的战壕里吃着肉干，喝着烧酒。北兴安警备军的士兵们会在马背上驮些烧酒，尤其是上战场，酒不但能让他们在烽火连天中变得胆大勇敢，也能使他们在夜里或者白天，在嘈杂的环境中休息时不受影响很快入眠。几口酒下肚，这些士兵与噶拉他们已经成为无话不谈的朋友。他们谈各自的家乡，各自的草原，各自的牲畜——牛羊马，还有狗，尤其是谈到他们的马，一个个无不兴致勃勃，眉飞色舞，似乎此时此刻就置身于自家的牧场上，骑着他们心爱的马，带着听话的牧羊犬在到处游逛。酒喝得差不多时，噶拉和几个兄弟从战壕里出去小便，刚撒完一泡尿，就看见不远处有一匹快骑正在飞奔。噶拉借着酒劲从身上摘下步枪，瞄也不瞄就扣动了扳机，"砰"的一声，只见那疾驰的骑手一头从马背上栽了下来。

瘦猴小秃说："你也不看看是谁就打呀！好像是咱们的友军哩。"

噶拉哼了一声说："狗屁友军，是敌人的探马。"

"看样子像个传令兵呀。"王大鼻子眺望着说。

远方，那匹失去主人的战马"咴咴"嘶叫着，惊恐地奔向远方，很快消失不见了。大家又说笑着互相搂着返回战壕。

这时，一发炮弹不知从哪儿射过来，落在他们附近，爆炸的威力很大，把地炸了一个大坑，炸起的土像瀑布般落下来，落在他们的头上、身上，一个趴卧着睡觉的胖士兵几乎被土给埋住了。但那个胖士兵一定是困极了，要不就是酒喝多了，只是摇了摇脑袋，摇掉了头上、耳朵眼儿里的土，继续香甜地睡着。炮弹并没有打消他们的酒兴，噶拉和警备军第四十九团的弟兄们喝干了最后一滴酒，之后他们开始唱歌，那是一曲大家都会唱的古歌《安达》。歌词很古老，是讲两个结拜的兄弟同生共死的感人故事。

> 有安达的人，
> 心胸像草原一样宽广；

没有安达的人，

心眼儿狭窄如同巴掌。

两山相隔虽远，

可用云雾相连；

安达相隔千里，

可用情义相连……

唱着唱着，有些士兵哭泣起来。一个大胡子士兵大声嚷嚷着："凭什么呀？日本人跑到我们的地盘上来打仗，还得让我们陪他们玩儿，凭什么呀！"

另一个有着灰眼珠的骑兵把他的马刀不停地在皮靴上蹭着、擦着，那马刀已经被他磨得闪闪发亮。他挥着马刀驱赶着头顶上那些讨厌的蚊子，烦躁地说："好歹打完这一仗，等发了军饷，我立刻回家，再不会给他们卖命啦。"

噶拉趁机说："弟兄们，日本人把我们安排在前方，他们在后面督战，这分明是把我们当炮灰呀！我们可不能任他们摆布。"

大家乱纷纷地响应着。噶拉说出了他们心里想说的话。

一个正在哭泣的士兵这时不哭了，他很年轻，相貌也挺英俊的。他擦着眼泪说："我不想死……我结婚才两个月就被拉来当兵了。我媳妇可漂亮了。"

郭铁心团长带着警卫员快步走过来，日本教官北原仓介紧跟在他身后，一脸铁青。

郭团长高声喝道："我们马上出发！"

噶拉有些着急，问："团长大人，我们要去哪儿啊？"

郭团长看了身边的北原仓介一眼，说："向黑鹰河桥头堡推进，立即执行命令！"

噶拉马上明白了，一定是北原仓介督促郭团长，逼他按照小松原将军的计划赶往两河的交汇处。战斗打响后，桥头堡马上会处在风口浪尖上：抗联突围，必定会不惜一切代价攻下桥头堡，即使用大炮把那里轰平也在所不惜。"这个浑蛋，原来跟到这儿来，是来督促我们送命的。"噶拉瞄着北原仓介，牙根恨得痒痒。

他们只得放弃了刚刚挖好的战壕，从战壕里跳出来，拍打着身上的浮土，整理着背后的行囊，到附近找到自己的战马，纷纷上马。这时，附近的炮火减弱了一些，炸弹落在了离他们比较远的地方。噶拉估计，那地方应该是左翼战线，听枪炮声，那边打得正激烈呢。

郭铁心发现那个胖士兵还在战壕里熟睡着，走过去狠狠踢了他一脚。那个胖士兵受了惊吓，一骨碌爬起来四下张望着："敌人来了吗？敌人在哪儿？"

郭铁心扯着他的耳朵把他拉上战壕说："快去找你的马，要是掉队，按军法严惩不贷！"

混乱持续了片刻，很快，队伍列队排整齐了。郭铁心一声令下，骑兵们拉开一条长线，向那闪烁着炮火光亮的前方疾驰而去。

117.

为了赶抄近路，北原仓介建议沿着河岸急行军。郭铁心接受了他的建议。可当他们刚走到离河岸不远的一片河滩地时，不知从哪儿冒出黑压压的一片抗日联军，在他们前面，是五辆喷火坦克，朝着他们飞快地冲了过来。原来，那是苏军为了保卫白狼峰而布置的几辆坦克，没想到此刻发挥了作用。

北原仓介抽出指挥刀来，发出冲锋的命令。他第一个策马向抗日联军的阵地冲过去。一些骑兵也跟着他向前冲去。

郭铁心正准备下达全线冲锋的命令，噶拉来到他身边，勒住缰绳对他说："团长大人，苏联人的坦克会喷火啊，我们若是冲锋，只会白白送死。"

似乎是对噶拉的话的回应，有两辆坦克飞快地向着他们冲了过来。果然，当那些骑兵快要冲到他们面前时，他们的炮膛里射出的不是炮弹，而是一股股凶猛的火焰。

火焰喷射得很远，将冲到近前的士兵和战马一下点燃了，人和马都冒着火焰，马盲目地到处乱跑。一时间，河滩上到处都是带着火苗的战马和士兵，一片号叫声和马嘶声传了过来。这景象把正要冲锋的骑兵们惊得目瞪口呆。

"快下达撤退的命令吧，再不撤就来不及啦！"噶拉再次对郭铁心催促道。

"撤！"郭铁心挥着马刀发出了命令。

但还是迟了一步，喷火的坦克已经逼到他们面前。队伍顿时乱作一团。

噶拉对郭团长大声喊道："我去引开坦克，你们快撤！"

说着，他的银色闪电飞快地向喷火的坦克冲过去。坦克里的驾驶员很快就发现了他，转动炮口，瞄准了他。他打着马向另外一个方向飞奔而去。坦克马上跟着他疾驰，同时从炮筒里喷射出一股股火焰。但是银色闪电的速度实在是太快了，坦克喷出的火焰就差一点儿就要烧到马尾巴了。坦克车里的战士大概也急了眼，从顶上的出口爬出来，用架在坦克顶上的机枪扫射。

噶拉让银色闪电跑着"S"形路线，后面坦克上机枪射出的子弹总是打空。那些灼热的子弹雨点般飞过来，"扑哧扑哧"钻进河滩的沙土里。噶拉熟悉这里的地形，知道前面有一片沼泽地，而在夜色中，驾驶坦克的士兵是看不清的。他的目的是把喷火的坦克引到沼泽地里去。果然，有两辆坦克中了计，跟着他飞驰而来。当噶拉回头看到坦克车已经开进沼泽地时，他才加快速度，转眼不见了踪影。那两辆坦克这时想掉转方向，可是已经晚了，那钢铁履带陷在泥淖里空转着，引擎疯狂地吼叫着，但坦克就是在原地不动窝儿。

当噶拉追赶上正在狼狈逃跑的队伍时，郭铁心团长对他报以感恩的笑容，说："好样的，噶拉，给你记一大功。"

噶拉说："我可不要啥大功，只要弟兄们保住性命就好。"

枪炮声已经被远远地甩在了身后，北兴安警备军第四十九团的骑兵们松了一口气，马步开始放缓。郭团长清点了一下人数，还好，少了六名士兵，还有七八个弟兄受了轻伤，没有太大的伤亡。他们都在庆幸这次的死里逃生。

噶拉突然发现日本教官北原仓介不见了。难道，他做了喷火坦克的殉葬品吗？

噶拉心里有些幸灾乐祸。

118.

一架军用飞机向着海拉尔飞去。

机舱内，小松原将军眺望着机翼下掠过的草原和森林，却丝毫愉快不起来。他的心情糟透了，他怎么也想不明白，为什么自己最精锐的部队会在白狼峰遭到毁灭性的打击。尤其是左翼的部队，几乎全军覆灭。他的一位爱将战死在战场上，右翼的指挥官侥幸死里逃生。"看来，一定是有人泄露了我们的进攻计划，东北抗联与苏联红军做好了迎战的准备，不然的话，怎么会有几乎一个团的苏军赶来支援呢？"小松原将军心中思忖着。

"好吧，这只是一个开端，谁笑到最后谁才是真正的胜利者！"他在心里安慰自己，"我们大日本帝国的皇军是战无不胜的，这点小小的失败只会激励我们的战士去夺取更大的胜利！"他把沮丧埋藏在心底，渴望胜利的心情更加迫切。

小松原将军亲自去调查电台失灵的原因，从一台机器中他嗅到一股浓浓的尿臊味儿难道，敌人的奸细渗入了我们的队伍里，是他们故意搞的破坏？"这个想法令他警觉起来，下令今后电台由专人保管，任何人不得接近。

再一个令他恼火的是北兴安省警备军第四十九团在此次战役中可耻的表现——他们居然按兵不动，与敌军刚一接触就急忙撤到了安全地带。看来，他们是靠不住的，得派日本军人过去监督他们。也许，奸细就隐藏在他们的队伍里。此外，北原仓介在战场上失踪也让他很不安。他知道北原仓介是荻州立兵中将的亲眷，如果北原仓介阵亡了，他无法向荻州立兵中将交代。

下了飞机后，一辆军用吉普车把他接到了关东军司令部，参加紧急军事会议。在这个高度机密的军事会议上，小松原交过 国再次提出他的"闪电理论"，他特别强调："我们为什么不采用先发制人的战术，对白狼镇苏军的机场进行一次偷袭呢？只要炸毁了他们的机场，他们的空投计划也就失败了。"

他的建议得到军官们的一致拥护，大家纷纷认为，必须得给敌人一次狠狠的教训！

会议当下做出一个决定：对白狼峰的空军基地进行一次偷袭。

对于这次偷袭，也有军官略有些担心，提出异议："据可靠情报，白狼峰机场周围布置着高射炮阵地，对于我们的空袭会构成一定的威胁。还有，倘若我们的偷袭被敌人发现，他们的战机马上升空作战，等待我们的可能是又一次重大的损失。"

小松原将军自信地一笑，说："只要我们掐断他们的空袭警报系统，让他们的防空警报发不出声来，那这一切就都不是问题了。"

掐断敌人的防空警报系统？这可能吗？

小松原再次自信地微笑了一下，没有回答。他相信东哥对他做出的承诺：派特工到白狼峰去进行必要的破坏，以配合他们的军事行动。对于那位"东方魔女"的能力，他深信不疑。

119.

白狼镇冷清的夜，天上只有几颗星星在闪烁。虽然马上要进入夏季了，但这里到了夜里依然寒风料峭，街上也是冷冷清清的，几乎没有几个行人。一个穿着咖色呢子大衣的女人从街角那边走了过来，她左右张望了一下，确定没有人跟踪，又一直向前走去。她的脚步轻盈，有经验的男人如果看见了，会把她当成一个专门在夜里出来游荡的燕子。

　　小镇虽然规模不大，但自从在这里建立了空投训练基地之后，除了抗联的队伍，还来了不少的苏联军人，使这个一向平静的小镇热闹起来。当地人开设了一家家小酒馆，还有烟馆、妓院，甚至还开了一家规模比较大的军人俱乐部，这是那些苏联飞行教官的乐园，也是燕子们最喜欢去的地方。

　　穿呢子大衣的女人走进了军人俱乐部。

　　夜半时分，里面正是最热闹的时候。那些飞行员有穿军装的，有穿夹克衫的，也有穿西装系领带的。他们有的搂着女人在饮酒谈笑，有的在舞池里与舞伴低声呢喃，有的则是三五一群豪爽地斗酒。

　　咖色呢子大衣女子径直走到吧台前坐下。老板是个秃头的中年男人，过来问她要喝点儿什么，她点了一杯杜松子酒。在点酒的时候，她将左手放在吧台上，用中指轻轻叩着台面板，无名指上的那枚翠绿戒指非常显眼。老板将一杯酒放在她面前，似乎是漫不经心地瞟了她的手一眼，说："小姐的戒指好漂亮啊，是缅甸绿玉吗？"

　　她端起酒杯呷了一口酒，然后点燃一支香烟，轻轻抽了一口，吐出一个烟圈儿，说："不，是俄罗斯绿玉。"

　　二人暗号对接无误。

　　秃头老板借着给她添酒之机，在她耳边低声说："坐在那边桌子旁的那个苏联军官，留着卷曲的小胡子那个，叫斯捷潘，是个中尉，负责机场安全。"

　　她瞟一眼过去，看见那中尉正在与另外两个伙伴饮酒。不知道同伴讲了一个什么笑话，他笑得十分开心，嘴唇上的小胡子一翘一翘的。

　　她脱去了咖色大衣，端着酒杯向那中尉走过去。

　　正在开怀大笑的斯捷潘中尉看见走过来的这位漂亮女士，马上止了笑，起身，绅士般微微鞠躬，用俄语说："你好女士，可以和你喝一杯吗？"

她微笑着。她相信自己的微笑极具诱惑力，足能使对方乱了方寸。"为什么不呢？"

两只杯子轻轻碰了一下，各自喝干了杯中酒。斯捷潘中尉拿起酒瓶，给她斟满。

他的那两位同伴互相笑着离开了。

她落落大方地坐在中尉面前，用熟练的俄语说："我一进来就注意到你了。"

"是吗？难道我如此与众不同吗？"他诙谐地问。

"的确与众不同——我喜欢你的小胡子。"她依然微笑地看着他，轻声说。

中尉自豪地抚摸了一下自己卷曲的小胡子，夸耀地说："我是乌克兰人，我家族的男人遗传漂亮的胡须，我们是真正的美髯家族。"

"难怪呢。"

"请问女士芳名？"

"我叫安娜，你也可以叫我妮娜。"

"你是从莫斯科来的吗？"

"不，我是从哈尔滨来的。"

"哦，怪不得你有西伯利亚的口音。"斯捷潘打量着她说，"我早听说在哈尔滨居住着一些白俄贵族，想必你也是他们其中的一员吧？"

她似乎一下子变得忧伤起来，说："是的，我父亲是一位贵族，他仇视布尔什维克。我和他恰恰相反，我读了许多马克思和列宁的著作，我认为共产主义是人类最伟大的理想，所以我同情布尔什维克。"

斯捷潘中尉的神情变得愉悦起来，再次与她碰杯。放下酒杯，她看见他卷曲的胡须上沾着一滴酒珠，在灯光下闪烁着光亮，看上去好像是晶莹剔透的珠玑。

他们开始聊起来。中尉给她讲他的家乡基辅，那个被誉为"罗斯众城之母"的城市，是东斯拉夫人建立的最古老的城市，位于第聂伯河右岸一块凸起的台地上，三面临陡峭的悬崖，地势异常险要。

"你没去过基辅吗？那太遗憾啦。知道我们的城市是怎么来的吗？现在我告诉你吧——那是我们的祖先，波良人部落首领三兄弟共同建造的城堡。这三位兄弟是基伊、塞克、霍里夫，所以它叫基辅。最辉煌的时候，我们曾经是第聂伯河上的帝王之城呢！"

她一直耐心地听着他讲着有关他家乡的事情，偶尔，也会向他讲一下海拉尔的情况。

"那可是敌占区啊！日本人占领着那里，你是怎么跑出来的？"中尉关心地问。

"我认识一位地下党，他叫谢尔盖，是他帮我逃出来的。"她巧妙地编织着谎言，只是为了博取他对自己的信任。

酒喝得差不多了，中尉要请她跳一支舞。她没有拒绝。舞池的灯光幽暗，音乐缠绵。中尉用熊掌般的大手紧握着她的小手，将她揽入怀中。她将脸的一侧贴在他的胸前，能听到他"怦怦怦"的心跳声。舞毕，他们回到座位上，又对饮了一杯。

她看了一下手腕上的手表，说："哎呀，已经很晚了，我得回去了。"

他表示要送送她。

"不麻烦您了。"

"我有吉普车，转眼就到了。而且，我想邀请你与我一同回去，卿个尽兴。"

"这不太好吧……"不等女人说完，中尉不由分说，抓住她的手，拉着她向外走去。在经过吧台时，她没忘记取走自己咖色的呢子大衣。当秃头老板把那件大衣递给她时，她看到秃头老板的嘴角浮现出一个会意的微笑。他知道这个计谋已经成功了一半，正在按照预定的设计顺利进行着。

出了俱乐部，斯捷潘中尉请女人上了一辆军用吉普车。他发动引擎之后，车子飞驰而去。女人知道想要混进苏军的空军基地是非常不容易的，但是这个中尉肯定会有办法把她带进去的。果然，快进基地时，中尉让她藏到吉普车后面，用一块军用毯子把她盖了起来。当大门口的卫兵拦住吉普车做例行检查时，斯捷潘中尉漫不经心地吐着烟圈，乜斜着卫兵，说："兄弟，连我也要检查吗？"

卫兵认出中尉是他的上司，急忙升起栏杆让吉普车进去。

120.

后半夜，天即将破晓，寂静的海拉尔日军机场突然喧嚣起来，十多架飞机同时轰鸣起来，之后，战机一架接一架起飞。如果在白天，可以看到那些战机上醒目的日军太阳旗的标志。当最后一架飞机升空后，整个战机编队向着白狼峰的方向飞去。

白狼峰的天色已经亮起来。在空投培训基地，谁也没有注意到一个女人这时候从军官们居住的那幢小楼里出来，走到瞭望塔下。那座瞭望塔很高，上面悬挂着四个高音大喇叭，分别对着四个不同的方向。那喇叭是空军基地发空袭警报用的，声音很大，几乎整个基地都能听得到。

　　女人从怀里掏出一把钥匙，打开瞭望塔的门，摸黑在那十分陡立的木头楼梯上攀爬着，木头楼梯发出"吱吱嘎嘎"痛苦的呻吟。她一直不停地爬着，虽然体力很好，可爬到最顶端还是有些气喘吁吁。东哥交给她的任务就是不让那几个喇叭发出警报声，这样，日军的偷袭就会成功。她掏出一把剪刀，欲将电线剪断。但落剪时她却犹豫起来，神情痛苦而迷惘。她久久僵立在那里，手中的剪刀似乎凝固了。

　　昨天，到达白狼镇的第一天，她先去了一家小酒馆。老谢曾告诉过她，这家小酒馆是他亲自建立的一个联络点，专门负责传递情报。对上接头暗号之后，她把一封非常简短的信交给了酒馆老板，请他转交给组织。那封信上写道："日本人有可能在明天上午偷袭机场，到时候警报器不会响起，请苏联空军做好应战的准备。"她没想到的是，当天下午，酒馆老板把那封信交给了前来喝酒的老谢。老谢把信揣进衣服口袋之后并没有马上看，直到第二天上午才想起看那封信，却是悔之晚矣……

　　列娜僵立在那里。她并不担心那个把她带进基地的中尉。昨夜与他回来之后，列娜提议再喝几杯，表示自己方才在军人俱乐部没有尽兴。中尉欣然同意，取出一大瓶伏特加来，二人在他的宿舍里边喝边聊，一直喝到天亮时分。中尉的酒量远不是她的对手，很快喝多了，昏睡过去。现在，就是天边打雷也不会把他惊醒吧。他没醉的时候告诉她：破晓时分他得去瞭望塔上值班，并且亮了亮手中的钥匙给她看。那把钥匙帮了她一个大忙。

　　她现在最担心的是弟弟鲁尼怎么样了。日本人是不是给他用了酷刑折磨他了？自己按照那个秃头老板的指示完成了任务，他会被他们放出来吗？

　　然后她又想到自己——为营救弟弟，自己干了这件事情，可自己已经把情报送出去了，老谢一定已经收到了情报，苏军肯定已经做好了应对空袭的准备，那么，日军如果前来偷袭，无异于自投罗网，有去无回。

接着她又想到噶拉——这几天他一直在黑鹰河前线浴血奋战吗？说好的要带队伍哗变起义，已经开始了吗？如果开始了，是否已经成功了呢？不过不用替他担心，那家伙一向好运气，当年在大森林里多少次死里逃生，他会成功的。

之后她莫名地想到了小愚——她跟老谢到这边来送信，应该已经返回王爷庙街了吧？这个江南女孩子的确与众不同，在八里桥上的那场伏击战中，她沉着冷静，全无惧色。回来的路上，老谢对列娜讲了小愚这些年在北平情报战的种种表现，更是令列娜对她刮目相看。显然，噶拉与她走得越来越近了，难道，噶拉喜欢上她了吗……

她眺望东北方向的天际，那里已经泛出淡青的光，预示着天马上就要亮了，也就是说，日军的飞机马上就要来偷袭了。她犹豫着，伸手向那个红色的按钮摸过去，她知道如果她现在摁下那红色按钮会发生什么——刺耳的警报会立即响起，基地的全体官兵会马上从宿舍里冲出来，冲向高射炮阵地，然后对前来偷袭的日军战机射出致命的炮弹……

如果这样做了，当然会粉碎日军偷袭的阴谋，可也就意味着弟弟鲁尼将会人头落地……

怎么办？

时间一分一秒地过去了。

那天黎明时，刺耳的空袭警报声唤醒了基地上沉睡着的指战员，他们迅速进入到各自的战斗岗位上，进入得恰到好处。当他们刚把炮弹装入炮膛时，一队日军战机正好俯冲下来。日军万万没料到，迎接他们的是一发发搭乘着死神的炸弹……

是谁在雷达及肉眼尚未发现敌机时就拉响了警报，为保卫基地争取了宝贵的时间？斯捷潘毫无争议地戴上了英雄的花环。战后，他眉飞色舞地向人们讲述他是如何练就了一副千里眼和顺风耳，在日本人的敌机躲过雷达将要俯冲下来偷袭时，是他及时摁下警报，为那场空战奠定了胜利的基础……

列娜是第一次观看地对空、空对空的激战。她站在高高的瞭望塔上，敌我的飞机几乎是擦着她的鼻子尖掠过来飞过去，她成了那次战役的历史见证人。那时，空中传来了巨大的轰鸣声。起初，列娜并不知道那是什么声音，只是感觉到整个瞭望塔都在震颤，摇摇欲坠。抬头望去，果然是敌机群来了，防空高射炮发出怒吼，密集的防空火力网会喷吐出死神的火焰……与此同时，我们的战机已经升空，迎战敌机，敌我双方的战机在天空中互相追逐，犹如鹰隼在蓝天上争斗，变幻飞舞，神出鬼没，看得人眼花缭乱……

她忘记了害怕，也没有去找一个安全的防空洞躲藏起来，依然站立在瞭望塔上仰头呆望着。

突然，一颗炸弹在瞭望塔下爆炸了，顿时，天地间都旋转起来，瞭望塔轰然倒塌。她眼前一片乌黑，那黑暗似乎顿时笼罩了整个世界。

列娜在那次空袭之后失踪了，没人知道她是死是活。当然，更没有人知道其实是她拯救了白狼峰基地，使东北抗联赢得了那场战役。

121.

前方打得火热，而噶拉和他的弟兄们却坐在战壕旁看热闹。这可是一场大战啊，天上飞机，地上坦克、装甲车和远程火炮。坐山观虎斗——他们成了真正的观众。郭铁心团长与他们混在一起观战。如果日军那边下令他们配合侧翼进攻，他们就把枪口抬高一寸，对着空中乱放一阵枪，然后退回来，对日本人谎称："敌人火力太猛，我们无法攻上去。"

北兴安警备军第四十九团的弟兄与王爷庙士官学校的学员们早已经熟得不分你我。学员们给他们灌输反战思想："咱不傻，干吗要给日本人当炮灰呢？让他们去打吧，谁胜谁负，就看他们彼此的实力了。"

只有郭团长感到不安，私下与噶拉商量："我们这么应付，日本人会不会看出来？他们会不会对咱们下手？"

噶拉大大咧咧地说："日本人要是敢对咱们下手，那咱们对他们可不能客气，一个字——打！兔子急了还咬人哩！"

郭团长左右看了看没有别人，低声问："哎，你和那边有联系吗？"

见噶拉警惕地看着他没有回答，他又说："放心，我只是想给弟兄们提前把退路找好。"

噶拉心里有了底儿，低声说："有……那边有我几个好弟兄，只要团长你一声令下，咱们把队伍拉过去，他们会热情欢迎咱们的。"

郭团长拍了拍噶拉的肩膀说："那就全倚仗兄弟你了。"

第二天一早，郭团长又把噶拉叫到一边，说："日本人有一个秘密行动。他们派了一个中士来找我，让我派一名当地士兵，要求是对这一带地形熟悉的人，去协助他们完成一个任务。"

"知道是啥任务吗？"噶拉问。

"日本人鬼得很，没说。"

噶拉想了一下说："我是当地人，我对这一带非常熟悉，让我跟他们去吧。"

"那你可得多加小心啊。"郭团长叮嘱说。

噶拉拍了拍胸脯说："放心,我有办法。"

噶拉和郭团长从掩体里钻出来,看见那个日本中士站在外面等候着。郭团长指着噶拉对那日本中士说："让他跟你们去吧,他是当地人,对这里非常熟悉。"

那中士对噶拉友好一笑,摆了摆手,让他上了一辆翻斗三轮摩托车。摩托车由一个戴着风镜的日本兵驾驶着。

噶拉对附近的几个弟兄叮嘱了一下,让他们照顾好他的银色闪电,然后,坐进那辆摩托车的翻斗里。那日本兵把摩托车开得飞快,也不管荒野上的坑坑洼洼。有时车轮碾压到石头上会一下弹跳起来。

噶拉急忙抓住前面的把手,对着日本兵大声喊叫着："喂,开慢点儿啊!这么急是要去赶死啊……"

那日本兵显然听不懂蒙古语,只是歪头看了他一眼,一笑,露出雪白的牙齿。噶拉看清了他的面容,原来是个娃娃兵,顶多十六七岁的样子。

大约过了半个时辰,摩托车直接开到了黑鹰河岸边。噶拉跟随那中士下了摩托车,走到岸边,看见河边停着两只橡皮筏子,大约有二十多名日本兵正把一个个军用扁铁桶往皮筏子上搬着。噶拉一眼就瞄见那铁桶上印着一个骷髅标志。他的心中暗暗一惊:"桶里装着什么?"

中士用日语对一名正在现场指挥的少佐说了几句。那少佐回过头来打量着噶拉,他居然会说流利的蒙古语:"你是当地人?"

噶拉点点头说:"我从小就在这里放牧。"

"对黑鹰河熟悉吗?"

"熟,可熟了。这条河有多少条支流、多少个弯弯叉叉,我一清二楚。"

少佐摆了一下手说："你跟我们走，带我们去这几个地方。"说着，他从怀里掏出一张军用地图来，指着上面用红笔圈着圈的几个地方。那上面，用日文和蒙古文标注着名称以及河水的宽度和深度。

噶拉说："没问题，我带你们去。"

士兵们已经把十几只铁桶搬到了橡皮筏子上，然后纷纷上了船。噶拉跟着少佐和军曹上了其中的一只船。几个日本兵奋力划着桨，两只橡皮筏子顺着河水向下游而去。

坐在船上，噶拉飞快地转动着脑子想着："他们要到那些地方去干什么？肯定不会是啥好事儿。"

橡皮筏子行驶了一会儿，少佐指挥士兵们把防毒面具戴上。那中士也丢给噶拉一套装备，让他戴上。

他心中一动，没戴，对身边的少佐说："戴上这玩意儿像个鬼似的，我可不戴。"

少佐说："你如果不怕死就不要戴，随你。"

噶拉问："不戴这玩意儿就会死吗？太可怕了，我们去执行什么任务呢？你们是石井四郎中将的部下吧？"

少佐看了他一眼说："你只管带路，不要问那么多。我们执行的是高度机密的任务。"

他的回答使噶拉确信他们的确就是石井四郎手下的细菌部队，同时，他也明白了他们所执行的秘密任务是什么了——往黑鹰河里投放细菌，让抗日联军染上可怕的传染病，从而丧失战斗能力。

有关石井四郎的731部队噶拉早听过种种可怕而恐怖的传闻——他们在哈尔滨设立了所谓的实验室，用中国人做活人实验，制造伤寒、霍乱、鼠疫、鼻疽等细菌。被传染上细菌病毒的人生不如死，痛苦不堪。

不能让他们的阴谋得逞。噶拉飞快地想着，要把他们引到那些死水湾的地方，把细菌撒在那里，就不会大面积污染水源了。

噶拉非常热心地当起了向导，指挥着航向："那边，对那边，走那条河叉，对，就是这儿。"

少佐挥了一下手，两个士兵打开一只铁桶，将桶里的液体倾倒进河水中。

"这边这边，往这边划。"噶拉在少佐的地图上指指点儿。这一带河水里生长着旺盛的芦苇，一人多高的芦苇遮住了视线。少佐庆幸自己事先找了一个熟悉河道的当地人，不然的话，自己在芦苇里连东南西北都分不清，根本无法找到准确的投毒地点。

两只橡皮筏子沿着河道行驶了大约两个小时，日本兵们将那十几个铁皮桶里的细菌液体全部倾倒干净，并将已经空了的铁皮桶的盖子拧紧。

看见只剩下一只铁皮桶了，噶拉凑上前去，说："让我帮你们，这个我来倒吧。"

那日本士兵将铁皮桶交给他。他开始往河水里倾倒细菌液体。当他倒了一多半时，摇晃了一下铁皮桶，示意已经倒光了，将桶的盖子拧上，将那只桶丢在一边。

开始返航了，士兵们都疲惫地、懒散地坐在船上。噶拉背靠着他刚刚倾倒过的那只铁皮桶，一只手摸到身后，用一节铁丝在那只铁桶上划了一道，留下了记号。

上岸后，少佐指挥士兵们将那十几个空桶挖坑掩埋起来。噶拉知道他们是要销毁罪证。他帮着用铁锹挖坑，埋着铁桶。一切干完之后，噶拉脱下那套生化武器防护服，顿时感觉浑身清爽起来。

少佐走到他面前说："不错，你配合得非常好，我会向上级汇报，你们北兴安警备军第四十九团会奖赏你的。但我要叮嘱你，今天这事情是一级机密，你对任何人都不能说。"

噶拉"嘿嘿"一笑说："我明白，我对谁都不说。这事儿我会烂在肚子里的。"

"如果走漏风声，军法处置，明白？"

"明白。"

说话间日本兵们已经上了两辆军用大卡车。卡车匆匆离去。噶拉依然坐那辆三轮摩托车。送他的还是那个娃娃兵。中士已经随大卡车而去。

上摩托车前，噶拉指指画画，意思是自己要坐在驾驶员的后面，不坐翻斗里。那娃娃兵笑了一下，意思是坐哪儿都可以。

回去的路上摩托车开得并不快，可能是去时有长官的命令，要他们火速赶到吧。已经是黄昏时分，一轮血红的夕阳正在向山峦后面坠落着。荒野上十分寂静，只有鸟儿不知在什么地方若隐若现地啼鸣着，野花在晚风中摇头晃脑。若不是远方还冒着浓烟，表示正在发生着战事，人们会把这里当成一片宁静的和平乐土。

大约行驶了十分钟，噶拉盯着面前那个开摩托车的士兵的后脑勺，脸上浮现出复杂的神情。按噶拉的计划，必须得解决掉这个小家伙！可是，他几乎还是个孩子，杀了他吗？自己可从来没有杀过孩子啊。

噶拉从衣服口袋里悄悄摸出一根皮条，两只手攥紧两端，又犹豫了一会儿。"不，他已经不是个孩子了，他是士兵，是侵略者。也许，他已经用刀枪残杀了我的同胞。战场上不能有仁慈之心。这话是谁说的？对，是阿教官说的。老谢也说过同样的话——心慈手软只能害死自己……"

想到此，他一狠心，两只手举到空中，然后突然向外一套，正好把前面的士兵套进他的皮条里，然后猛地一勒，皮条深深地嵌进他脖子的皮肉里。摩托车失去控制，东歪西扭了几下，日本兵的双手无力地垂落下来。摩托车也慢慢停了下来。噶拉感觉到他还在痉挛着，就更加用力地勒着，直到他没有丝毫动静了才松手。日本兵的尸体软塌塌地从前面的座位上落到了草地上。

噶拉喘息着下了摩托车，双手抓住那士兵的双脚，把他拖进了附近的灌木丛里，用一些树枝将尸体隐藏好。

噶拉将那歪斜的摩托车扶正。在军校学习时，他们不仅学习骑射，也学会了驾驶汽车和摩托车。好在摩托车还没有熄火，他急忙坐稳，调转车头，向刚才他们埋藏铁桶的地方飞奔而去。

一刻钟后，他来到埋藏铁桶的地方，用摩托车上配备的军用小铁锹挖开那些浮土，几乎没费什么力气，就找到了被他做了记号的那只铁桶。他用一块毛巾捂住自己的嘴，把铁桶扔进摩托车的翻斗里，想了一下，开着摩托车奔向另外一个地方。

大约一个多小时之后，他来到一个泉眼边。泉水从地下汩汩地冒着，在附近形成了一个小湖泊。他知道这是日军取水的地点。为了争夺这个水源，他们北兴安警备军第四十九团的弟兄还差点儿和日本人打起来。最后还是日本人霸占了这个水源，不让他们前来取水。

小湖泊那边有一个日本兵看守着。他大概实在是太无聊了，跑到附近去掏鸟蛋了。趁着这个空当，噶拉把那只军用铁桶从翻斗里取下来，拧开盖子，把里面剩下的一部分液体倾倒进湖水里。飞快地做完这一切，他把铁皮桶又扔进了翻斗里，开着摩托车匆匆离去。

当他驶回北兴安警备军第四十九团的前沿阵地时，天已经完全黑了。噶拉把那辆摩托车藏在一片小树林里，然后走到附近的一条小河边，一遍遍地洗着双手——他怕自己的手上沾染了细菌。洗完手后，他依然不放心，又撒了泡尿，用尿液把双手冲了一遍。他听人说，人的尿是可以杀死细菌的。

几天后，日军的战报上登载了这样一条消息："由于不明原因，我军三百四十名士兵及军官染上伤寒病、赤痢病和霍病，被细菌传染而亡者达四十七人。原因目前正在调查中……"

122.

坑道掩体挖得有半人多高，用木头支撑着，人躲在后面，炮弹就无法发挥它的威力，除非它精准地落到坑道里面，但这种情况极少发生，所以，躲藏在坑道里还是比较安全的。

噶拉下了坑道，向指挥部那边走去。他要向郭团长报到，没想到，却在坑道口遇到了瘦猴小秃和王大鼻子，二人看见他特别欣喜。

"你可回来了，把我们急死啦！"瘦猴小秃说。

"快，阿教官来了，一直在等你呢。"

噶拉心中一喜："阿穆来了？这下好啦，有依靠啦。"

噶拉急匆匆地跟着二人向前走去。果然，在坑道一头，他看见了身上也穿着日式军装的阿穆。他身边站着一个人——一个女孩子。噶拉一看到她，顿时高兴地叫出声来——那是小愚啊！小愚也是一身军装，一头秀发藏在军帽里。她微笑地望着噶拉，似乎有一肚子的话想对他说。她是完成任务之后，由两位蒙古族士兵护送返回王爷庙街的。老谢说他要去执行另外一项重要任务，不能跟她一起回去了。小愚刚回到王爷庙街，正赶上阿穆要带几名战士赶往白狼峰，她非要跟着一起过来。

阿穆握住噶拉的手说："噶拉，我带来了组织上的紧急命令。"

噶拉感觉事态有些严重。

"我们得到可靠情报，今天半夜十二点整，日军要对基地发起总攻。日军有一支五六十人组成的敢死队要从你们防守的阵地这边经过，然后奔赴黑鹰河，想炸毁浮桥，切断我们撤退的路。"阿穆神情严肃地说。

噶拉问："我们的任务是什么？"

阿教官说："你们的任务就是阻击日军的这支敢死队，不让他们炸桥，保住黑鹰河上的浮桥。"

"那我们就得公开起义了。"

"正是！你通知大家，再过两个小时，我们就起义，先干掉前来督战的日本军官，再把北兴安警备军连级以上军官都控制起来，把军队的指挥权掌握在我们手里。"显然，阿穆已经进行了精密的计划。

"好吧，我马上去布置。"

噶拉急忙向坑道里面走去，感觉后面有人跟着他，回头一看，原来是小愚。他转过身来，看着小愚，一时不知该说些什么。这时他又嗅到了从她的身上散发出来的那股淡淡的香味儿。

"你还好吧？"小愚用关切的口吻问道。

"我很好，你呢？"

"我也很好。知道吗，这场战斗，我也开了一枪哩。"小愚不无夸耀之意地说。

"你也开枪啦？"噶拉有些不大相信。但小愚从来没对他撒过谎，他将信将疑。

"当然啦，来这儿的时候，我们遇到一队鬼子。阿穆带着我们打埋伏，消灭了五六个鬼子呢，其余的都逃走啦。我有点儿紧张，开了几枪，打伤了一个鬼子，他吓得急忙爬上马背逃走……"小愚兴高采烈地讲着。

噶拉用敬佩的目光打量着小愚。看来，她完全不是那种娇滴滴的江南女孩子。在烈火中，她已经被淬炼成一名真正的战士了。

"那你——不打算回江南了吗？"噶拉突然想到这个问题。

"等打完这一仗我就回去。"小愚凝视着噶拉说，"真想带你去我家乡看一看，你会喜欢上那儿的，就像我喜欢上这里一样。"

说话间他们走到了坑道的一端。十几个弟兄正在这里等着他。瘦猴小秃知道阿教官一来肯定就会有重要任务了，不用噶拉叮嘱，就把军校的一些骨干全部召集过来。噶拉默默地看着他们，这些天他们没有洗脸，又是炮火硝烟，又是风吹日晒，一个个脸上都是黑乎乎的，污浊不堪，嘴唇无一例外干裂开来，有的嘴角渗出血迹。只有他们的眼睛是明亮的，一笑，牙齿是雪白的。他们都用信任的目光望着噶拉，虽然，他们大多比噶拉的岁数要大，但是，这些年他们生死与共，已经把噶拉当成了可以把性命交给他的安达。

"两个小时后，我们起义。你们谁有红布？"噶拉问。

弟兄们面面相觑。这些大老爷们儿，平时谁会有红布呢。

"要红布干什么？"瘦猴小秃问。

"撕成布条，每个人的胳膊上绑一条，这样，就能知道谁是起义的兄弟了。"噶拉说。

大家都摇头说没有。

小愚犹豫了一下说："我有……"

噶拉高兴地说："你有？太好了，快拿出来啊！"

小愚面色有些羞红，对众人说："你们都转过身去。"

噶拉明白了，一定是小愚的内衣是红色的，她需要脱下来。便下令："都转过身去，谁都不许看。"

听到命令，弟兄们急忙转身的转身，扭头的扭头。听得一阵窸窸窸窸的脱衣声，接着是撕扯丝帛的声音。等大家转过身来看时，小愚已经把她红色的丝绸内衣撕成一条条分发给每一位战士。

阿穆给每一个弟兄分派了具体任务。噶拉的任务是策反郭团长。他迈步向指挥部的掩体走去，一边走一边思虑着："我该怎么向郭铁心摊牌？如果他不支持起义该怎么办？是当场将他击毙，还是将他控制起来？"

123.

噶拉的担忧不无道理。当他把起义的计划告诉郭铁心时，郭铁心瞪大眼睛，不敢相信："你不会是和我开玩笑吧？"

"军中无戏言，这么大的事情，怎么会开玩笑呢？"

郭铁心脸色一变，从腰间"刷"地抽出手枪来，对着噶拉的太阳穴喝道："你敢叛变，信不信我一枪打死你？"

噶拉流露出无赖般的笑容，一把抓住枪管，抵在自己的脑门上说："你开枪啊！"

郭铁心没想到他居然不怕死，一怔。

"你手下的连长、营长都被我的弟兄们控制住了，你打死我也没用，再过两分钟，起义的枪声就会响起。大势已去，郭团长，人们常说，识时务者为俊杰。你是一个非常识时务的军人，更是一个有良心的人，你会做出正确的选择的。"

仿佛是为了印证噶拉所言，这时，外面"啪啪啪"地响了几枪。

然后，一切又都平静下来。

郭团长有些慌了，将手枪顶上膛，似乎真的打算开枪。

门突然被推开，阿穆走了进来。

"郭老兄，枪下留人。"

郭团长看见阿穆，一怔。噶拉也不怠慢，一把夺过他的手枪。"阿教官出现得太及时啦！噶拉有些感激地想。"

阿穆走到郭团长面前，给了他一个有力的熊抱说："老兄，好久不见了啊。"

郭团长呆呆地望着阿穆，这时才反应过来，问："你们……是一伙的？"

"当然，我们都是共产党员。"噶拉不无夸耀之意地说。

"老兄，你是个聪明人，到了这个关键时刻，我希望你能想清楚——是替日本人卖命，还是弃暗投明？"阿穆的目光火一般，紧盯着郭团长。在那雷电般的目光下，郭铁心终于软下来，颓唐地跌坐到椅子上。

"即便你不参加我们的起义，也希望你不要妨碍我们的行动。我是把你当成朋友才这么说的。"噶拉说。

"其实我早就料到你们会哗变。"他叹了口气说，"从一开始我就觉得不对劲儿……可我把你当成我的朋友……"

"我是你的朋友啊！郭团长，我并不强迫你和我们站在一起，我只是想让你认清形势，保护好自己。"噶拉真诚地说。

"前不久，国军曾派人来联络我，说只要我反水，国军那边就会给我一个总司令的头衔……"

"动心了？"噶拉的口吻带有嘲讽的意味。

"我拒绝了。这天下将来究竟归谁，我还得再等等看。"

噶拉走到郭铁心身边，拍了拍他的肩膀说："为了团长将来的大好前程，眼下还得委屈你一下。"

"你要干什么？"郭铁心警惕地看着噶拉。

噶拉从怀里掏出一团绳子说："把你捆起来……这也是为了你好，要不，这边兵变，你怎么向日本人那边交代啊？"

郭铁心本不十分情愿，可听噶拉这么一说，觉得也在理儿——如果日本人追究下来，自己只说是被逼无奈，失去自由，谅日本人也不能把他怎么样。更何况，就在噶拉亮出绳子的时候，从外面又进来了瘦猴小秃和王大鼻子，他们向阿穆汇报："几个连长和营长都已经被控制了——只有二连的连长想反抗，已经被我们解决掉了。"

"士兵们的情绪怎么样？"阿穆问。

"大家早不想给日本人卖命了，听说今晚起义，都高兴坏了。"瘦猴小秃说。

"我们向大家宣布，愿意跟我们一起起义打日本人的，留下；不愿意的，马上离开，并不强求。"王大鼻子说。

"有离开的吗？"阿穆关切地问。

"有，但人数不多，大多数人都留下了。"

"还有一些犹豫不决的，小愚就给他们做宣讲，讲了国内国际的形势，指出日本侵略者肯定会被我们打败。别说，这女子还挺厉害的呢，她的话起了很大的作用，许多想走的士兵留下不走啦。"瘦猴小秃告诉阿教官。

"阿教官，大家都等着你出去指挥呢。"瘦猴小秃说。

阿穆对郭团长拱了一下手，说了声"多有得罪"，就跟着瘦猴小秃他们向外走去。

噶拉已经把郭铁心绑在椅子上了。他拍了拍郭团长的肩膀说："郭团长，我们当地人爱说这样一句话——两股风不会相遇，但两匹马总会相逢。咱们后会有期！"

郭铁心没有任何反抗，只是安静地坐在椅子上。他心想："这个噶拉别看平时粗粗拉拉的，可关键时刻倒很厉害，有大将风范，这种人将来是会成大器的。"

124.

将近零点时，趴伏在草丛里的士兵们听见从远方传来一阵马蹄声。起初那声音是模糊的，随着马队向这边推进，那声音越来越清楚，越来越响亮。

已经很近了，可见马蹄急促地奔腾着，马上就要跑到离他们只有一百米左右的距离了。

噶拉已经派了几个弟兄在前方布置下绊马索。他把食指和拇指放在嘴里打了一个尖锐的呼哨，那几个弟兄听到传来的信号，同时拉动绊马索，把那一根根皮绳子绷紧。日军骑兵来不及勒住马的缰绳，更何况是在黑夜，哪里会看到突然绷起来的绊马索，顿时，一片人仰马翻的景象。

机会到来，阿穆挥舞着盒子枪高喊一声："打啊！"

埋伏在草丛里的弟兄们一起开枪射击，子弹雨点儿般泼洒过去。那些倒在地上刚刚爬起来的日军士兵中弹，再次倒下。

日军的火力也不弱，几挺机枪压制住对方的火力，同时，几门小钢炮也开始发射炮弹。炮弹落在他们附近，造成了很大的伤亡。

激烈的枪战进行了一个小时左右。日军突然停止了进攻。一时间，四周十分安静，仿佛这里根本没有发生过枪战。阿穆有些纳闷，派了几名侦察员到前面去侦察。

不一会儿侦察员跑回来说："日军分散开来，正在从我们两翼包抄过来。"

"妈的，想包围我们，想得美！"噶拉骂道。

"我们往后撤退两千米，让他们的包围落空。"阿穆深谋远虑。

队伍马上悄悄往黑鹰河边的方向撤退。

噶拉叮嘱大家："要保持安静，不能让敌人发现我们的意图。"

士兵们都牵着马，静静地向河边走着。当他们走到一片乱石滩时，噶拉下令把所有的战马赶到河边的芦苇地里隐蔽起来，战士们就地埋伏。

好一片嶙峋错杂的地形，那些黑色的岩石从地表凸出来，有高有矮，错落有致，高的有一人多高，矮的也能隐藏下一名士兵。士兵们纷纷选择属于自己的岩石，藏在岩石后面，把长枪、短枪、重机枪架在岩石上，等着日军冲过来。

日军敢死队很快发现上当了，他们的包围圈合拢之后，发现里面空无一人。急忙又组织起来，向着黑鹰河的方向追过来。

又是一场激烈的枪战。

起初，噶拉他们的队伍凭借着地形的优势占据上风，将日军阻击在乱石滩之外。日军留下一片尸体撤了下去。可很快，空中飞来几架日军的战机，将一颗颗照明弹投射下来，顿时，战场上明亮如白昼，噶拉他们完全暴露在日军的视线内。日军战机丝毫没有犹豫，俯冲下来，对着乱石滩投弹或用机枪扫射。起义军毫无还击之力，死伤过半。紧接着，从那边日军的阵地上开过来几辆喷火坦克车，它们开到乱石滩前停下来，开始喷吐熊熊火焰。那烈焰将一块块岩石烧得灼热，炸裂开来。躲藏在岩石后面的士兵有的被烧成焦炭，有的被灼伤号叫着逃走。

噶拉跑到阿穆和小愚身边，大声叫着："敌人有备而来，这哪儿是五六十人，足有好几百人啊！"

阿穆的脸色铁一般凝重，说："那也得把他们阻挡住，只要再坚守三个小时，突围的大部队就会通过浮桥，我们就完成任务啦。"

"三个小时？"噶拉大叫起来，"就这阵势，只怕连半个小时也守不住啊！"

小愚反倒比较冷静，说："奇怪呀，敌人好像知道我们要起义并且伏击日军敢死队的事情，难道是有人给敌人通风报信了？"

这句话一下子提醒了噶拉，他立刻想起当年在大森林里那次伏击日本人小火车的事情，也是中了日本人的埋伏。他和列娜一直认为有一个内鬼隐藏在他们中间，但那内鬼是谁，一直也没有查出来。

难道今天，又是那个内鬼给敌人通风报信了？

这时，日军的坦克又往前推进了一些，它们选择那些岩石不太高的乱石滩行进，那些低矮的岩石对于它们的履带来说没有丝毫影响，它们可以很轻松地越过那些障碍向前推进。如果前面遇到比较高的岩石，坦克就会开炮，将挡在面前的岩石击得粉碎。噶拉第一次领教了坦克的厉害——简直是没有任何力量能阻挡它们前进啊！

"我知道对付坦克的方法。"小愚冷静地说。

"什么办法？"噶拉惊喜地看着她。

"我在北平接受特工训练时，学过一种方法。把几颗手榴弹绑在一起，趴在地上不要动，等坦克到了身边时，迅速把那捆手榴弹塞进坦克的履带里，只要炸断履带，坦克就瘫痪了。"

噶拉把大家带来的所有的手榴弹收集在一起，三个绑成一组，这样，绑了有十几组。噶拉挑选出十个弟兄，让大家每人拿了一组手榴弹。

噶拉神情肃穆地对这十个弟兄说："弟兄们，能不能挡住鬼子，保住浮桥，为大部队过河争取时间，就看我们这一招了！"

说完，他率先匍匐前进，选了一个合适的坑洼，把自己隐藏起来。其他几个弟兄也学着他，各自找到藏身之处。他们趴伏在地上，坦克明亮的灯光照不到他们。接着是轰轰隆隆一阵响，日军的十几辆坦克浩浩荡荡地冲了过来。当其中一辆坦克从噶拉身边驶过的那一瞬间，他一跃而起，将手中的那组手榴弹塞进了坦克履带的缝隙里。几乎同时，他拉开了弦，然后一个鲤鱼打滚儿，滚到一边。几乎同时，听到一声巨响，那响声几乎震聋他的耳朵。他爬起身望去，那辆坦克的履带已经散开，只有那些传动轮还在空转。坦克停在了原地。

成功了！一阵欣喜袭上心头。他四下望去，只见那几个弟兄也像他一样，正在跃起，把手榴弹塞到坦克的履带里。接着便是此起彼伏的爆炸声。

一多半的坦克被炸断了履带，瘫痪在原地。跟随在坦克后面的日军步兵见势不妙，急忙掉头跑了回去。

战场上，又是短暂的静默。

噶拉与那几个敢死队的弟兄返回阵地。阿穆满脸笑容，对他们伸出大拇指。小愚激动地抱住噶拉，在他的脸颊上亲吻了一下。

大约过了半个小时，日军的火炮开始轰炸这边的阵地。这一阵火力非常猛烈，炸弹几乎是一颗挨着一颗落下的。由于他们处在乱石滩，那些岩石被炮弹炸成无数碎块飞溅起来，对阵地上的士兵造成了极大的伤害。

"敌人马上要发动下一轮进攻了。"阿穆望着前方，显得忧心忡忡。

"阿教官，还剩下一个小时了，我看，你带着小愚还有女兵们先撤吧。"噶拉望着阿穆说。

他知道接下来将会是一场更加残酷的恶战，而且，敌强我弱，凡是在这里阻击的战士生存的希望极小。他不想让小愚牺牲在这里。

阿穆思考了一下说："也好，指挥部那边还有更重要的任务等着我呢。小愚，你去招呼女兵们，让她们跟着你一起撤。"

十来个女兵都来自军校，她们是头一次上战场，开始时有的在哭泣，有的在发抖，有的则把头埋在沙土里。但后来，她们越战越勇，一个个俨然老兵的样儿。听说要她们先撤，老大不情愿，但是小愚说服了她们，她们才答应跟着小愚一起撤离阵地。

噶拉把银色闪电交给了小愚。他不想让他的爱骑战死在这里。小愚懂他的心思，什么话也没说，只是牵着银色闪电默默离开了。当他们走出很远后，噶拉听见银色闪电发出一声绝望的嘶鸣。

之后，是死一般的沉寂。

又有无数炮弹飞来，落地，爆炸，大地震颤不已。

日军的新一轮进攻又开始了……

125.

血战，几乎是一个团的兵力，打得只剩下十几个弟兄。乱石滩上到处是战死的士兵的尸体，鲜血染红了每一块石头。

他们十几个弟兄集中在一块巨大高耸的岩石后面，架着两挺机枪，严密地封锁着两侧的通道。日军每次想从这附近冲过去，都会受到致命的打击。现在，他们这里已经是唯一的一道关卡了。

噶拉看了看东方的天色，山顶上的天空已经隐隐泛白。他猜想突围出来的部队现在大概开始通过浮桥了，因为日军的飞机已经飞到黑鹰河上空去轰炸了。但是河对岸有我们的高射炮阵地，密集的火力使日军的战机无法接近浮桥上空。有一架试图俯冲下来投掷炸弹的飞机，不等投弹，就被防空火力笼罩住，冒着白烟坠落到河里。

此刻，阿穆和小愚他们也应该到了河岸边了吧？只要到了浮桥那里，他们就安全了，自己也就不用再为他们担心了。

日军的冲锋再次被击退，他们开始从两侧包抄过来。当噶拉发现敌人的意图时，敌人已经将他们从四面包围起来了。

噶拉把大家叫到自己身边，神色凝重地说："日本人包围了我们，我们无路可走了。我不能让你们白白送死，我打算举白旗——投降。"

几个弟兄吃惊地看着他，谁也没想到，噶拉会第一个提出投降的建议。一时间，谁也不说话，只是沉默着。

噶拉又说："只有两条路可选，一是死，一是降。我已经做出决定了——降。"

王大鼻子似乎不相信地问："你真打算投降？"

"当然。我只是担心，万一降了日本人，可他们依然不肯放过我们，把我们全杀了，这就死得没有任何意义了。"

弟兄们面面相觑。

"我不知道大家谁与日本人那边有交情，只要能让日本人给我们打个包票，我们就放下武器。"

噶拉环视众人，目光从一张张脸上扫过。事先，有几个可信任的弟兄他做了交代，他们都明白他的意图，这时也开始配合他演戏。他们纷纷举手表示赞成投降，同时说自己与日本人那边没有交情。

当噶拉的目光落在王大鼻子身上时，他犹豫了一下，对噶拉说：

"如果你真的打算投降，我倒是在那边有个关系。"

"好呀！"噶拉高兴地说，"那你马上过去和日本人联系。"说着，他从自己的白衬衣上撕下一块布，然后从附近找了一根树枝，把那块白布系在树枝上，做成一个白旗。他把白旗交给王大鼻子，叮嘱说："你一定要告诉日本人，我们是诚心诚意地投降，请皇军宽恕我们，给我们一个戴罪立功的机会。你得让日本人打包票……你行吗？日本人会相信你吗？算了，我看你不是那块料，我还是派别人去吧……"

王大鼻子急忙说："别别，还是我去吧。我实话对你说吧，我与日本人的关系不是一天两天了，我给他们送过好多情报，他们对我非常信任。"

当王大鼻子举着白旗向日军阵地那边走去时，噶拉心里彻底踏实了——没错，就是他！他就是那个多年来隐藏在他们身边的内鬼！

在王大鼻子走出不到一百米时，噶拉走到架立在岩石上的机枪前，瞄准，扣动扳机——

一梭子弹喷吐而出。

王大鼻子的后脊背上被打成了筛子眼儿，冒出一个一个血窟窿……

与此同时，日军的炮弹再次落下，爆炸产生的巨大气浪将噶拉抛到了半空中。

他失去了知觉……

126.

……

奇迹就是在那一瞬间发生的———一道黑光一闪，原来是一匹黑狼，不知从什么地方闪电般扑过来，锋利的狼牙准确地咬住野村脖子上的气管。它的头一歪，狼牙撕破了野村的气管。野村几乎没有来得及哼一声就重重地倒下了，倒在了噶拉的身边。

风之影？我的风之影啊！

噶拉歪头看着倒在自己身边的野村，只见他的眼睛瞪得很大，嘴角还保持着那个讥讽的笑容。回头寻找，早已经不见了那匹黑狼的影子……

太阳高高升起的时候，走路跟跟跄跄的噶拉独自离开那片被鲜血浸红的草原。可是，他没走几步就倒下了，极度的虚弱已经使他无法再前行一步了。

躺在温暖的草地上，眺望着天空上的蓝天白云，他慢慢而绝望地闭住了眼睛——"看来，我是无法走出这片被死神掌控的土地啦……"

不知过了多久，隐约听见一阵熟悉的马嘶声。

"幻觉吧？绝对是幻觉，怎么可能是我的银色闪电呢？小愚已经骑着它过了浮桥，走到黑鹰河的对岸了。"

马蹄声犹如一股春风向他掠来，越来越近，终于在他身边停住了。又是一阵马嘶声，这一次异常清晰，不再模糊而遥远。"难道，真的是我的银色闪电来找我了吗？"

他吃力地睁开眼睛，在明亮刺眼的阳光里，只见一匹浑身雪白身上均匀分布着蓝色小圆点的骏马伫立在他身边，那一双懂事的大眼睛正在凝视着他。

可是，他连爬上马背的力气也没有了。

它似乎知道这一切，前腿弯曲下来，趴卧在他身边。现在好了，他可以上马啦，他用最后一丝力气爬到了银色闪电的背上，双手搂住它的脖子。"老伙计，我生死相依的兄弟啊，永不背弃我的安达哟，我把我的生命交付给你啦，要去哪里，你是知道的。好了，让我们走吧，走吧……"

似乎看见前面有一座桥，他正要骑马走上桥，迎面一个女孩儿走过来，是小愚，还是珍珠？他看不清楚——这才发现原来这两个女孩子的身材是那么相似！他想下马去拥抱她，但是，桥突然塌了，女孩儿消失不见了……

那天，如血的残阳中，一匹马驮着一位已经昏迷的骑手踽踽独行，走向茫茫草原的深处。

（第一部完）

2022年6月19日完稿于青城

2023年3月15日修改于青城